Tim Winton
Schwindel

Tim Winton

Schwindel

Aus dem australischen Englisch
von Klaus Berr

Luchterhand

für Denise, immer

… dass sie auffahren mit Flügeln wie Adler,
dass sie laufen und nicht matt werden, dass sie
wandeln und nicht müde werden.

Jesaja 40:31

I

So.

Da war dieser Fleck auf dem Teppich, eine feuchte Stelle, so groß wie ein Couchtisch. Er hatte keine Ahnung, was es war oder wie er da hingekommen war. Aber der Anblick jagte ihm Angst ein.

Bis jetzt hatte der Donnerstag nicht ganz so bedrohlich gewirkt.

Es war ja auch ziemlich einfach, spät und unabhängig vom Läuten der Rathausglocke unter ihm aufzuwachen. Acht, neun, vielleicht zehn am Vormittag – Keely fehlte der Wille mitzuzählen. Dieses strenge, calvinistische Bimmeln machte ihn kribbelig. Die Augen fühlten sich schwer vom Wein an, obwohl er sie geschlossen hatte. Er blieb noch eine Weile liegen, um das Unvermeidliche hinauszuzögern, und überlegte sich, wie viel Kummer wohl auf ihn wartete. Die winzige Wohnung war schon jetzt heiß. Die Luft dick und schwer von den Kippen und Duschen und Bratgerüchen und Spülwasserbläschen der anderen. Die Gerüche seiner guten Nachbarn. Was heißen soll, der Gestank von Fremden, denn seine Mitbewohner in diesem Turm waren ihm unbekannt auf die befriedigendste Art, anonym und beruhigend distanziert, nur Trappeln und Räuspern hinter nackten Ziegelwänden, Lachfetzen und Gepolter, denen er kein Gesicht geben musste. Vor allem nicht der Verrückten von nebenan – der Merkwürdigsten von allen. Sie investierte einen Großteil ihrer Tage in den Kampf gegen Satans Listen und Schliche. Was zugegeben eine ehrbare Arbeit war, aber an den Nerven zerrte. Vor allem an seinen. Im Augenblick war sie gnädigerweise still, vielleicht schlief sie oder hatte Beelzebub zwischen Frühstück und Mittagessen ein Unentschieden abgerungen, und Gott möge sie dafür segnen. Auch dafür, dass sie Ruhe gab, während er die giftigen Nachwirkungen dieser Unmengen Barossa Syrah ausbaden musste.

Das Gebäude schwankte im Wind, wie immer schepperten und stöhnten die Rohre, und hin und wieder stieß es einen gedämpften Schrei aus. Ach, Mirador, was für ein gemütlicher Steinhaufen bist du doch.

Mit einem Seufzen, das aus tiefster Seele kam, schlug er die Lider auf und stemmte sich in die Höhe und auf die Füße, doch ohne sich sofort in Bewegung zu setzen. Schwankte ein wenig, während er sich, zwischen Unwohlsein und formloser Erniedrigung, einem Zustand wie Wachsein näherte. Der abscheulich war. Obwohl alles in allem die heutigen Beschwerden das geringste seiner Probleme waren. Er sollte froh sein über die Ablenkung. Die kleine Unpässlichkeit war ja nur vorübergehend. Na ja, zeitweilig. Nur ein verdammter Kater. Allerdings eine richtige Granate, einer, bei dem sogar Schweine kotzen. Sogar die Füße taten ihm weh. Und ein Bein war noch immer besoffen.

Der Schmerz würde erst noch kommen. Eine Staubsäule in der Ferne.

Im Bad, vor einem sengenden Block Sonnenlicht, beugte er sich zum Spiegel, um nachzusehen, wie weit die Augen sich aus dem Schlachtfeld seines Gesichts zurückgezogen hatten. Über dem wilden Bart sah er nur Furchen und schuppigen Schiefer. Ödland. Seine vom Wein geschwärzten Zähne die Ruinen nach einem Rückzug der verbrannten Erde.

Hand über Hand tastete er sich in die schimmelige Duschnische, stand dann unter einem kalten und verschwenderischen Wasserfall, bis jede Aussicht auf Belebung sinnlos war.

Das Handtuch war nicht im Entferntesten frisch. Ans Gesicht gedrückt, erinnerte es an den ehrlichen, schlichten, moderigen Geruch von Hippies. Nicht abwertend gemeint, Genossen. Doch auch wenn die Nase ein eindeutiges Signal bekam, vollreifer Gorgonzola war es nicht. Noch war Leben darin. Wenn man der Romantik abhold war. Und sich so weit hatte gehenlassen.

Er band sich den Fetzen um den weicher gewordenen Bauch, schlurfte ins Wohnzimmer mit seinem vom Boden bis zur Decke reichenden Fenster und betrachtete die uneingeschränkte Klarheit der westlichen Grenze: das funkelnde Meer, die Blechdächer, Fahnenmasten und Norfolktannen. Die alle im Bodensatz des Vormittags ihr grausames, augenschmerzendes Gleißen aufsammelten.

Der Hafen von Fremantle, das Tor zum Boomstaat Westaustralien. Wie Texas, könnte man sagen. Nur dass es groß war. Von dünnhäutig ganz zu schweigen. Und unvorstellbar reich. Die größten Erzvorkommen der Welt. Der Steinbruch der Nation, Chinas großspuriger Förderer. Ein kulturloser Riese, der sein Glück als Tugend verkaufen will und seine Defizite als Ostküstenverschwörung abtut, immer mit dem Ruf nach Abtrennung von der Föderation auf den Lippen. Leviathan mit Reizdarm.

Die glänzenden Zähne der großen Bestie waren im Osten, durchs Küchenfenster, zu sehen. Nicht dass er dort hinausschaute. Aber er spürte sie im Rücken, die Staatshauptstadt, die da draußen auf der Ebene in ihrem sidolingewienerten Halbschatten dräute. Sie lag nur eine halbe Stunde den Swan River hoch, so nah und so unverständlich wie ein Blutsverwandter. Während Perth seine Vergangenheit plattgewalzt und seine Zweifel mit Gepolter übertüncht hatte, pflegte Fremantle seine Beschwerden und kratzte sich den Arsch.

Und da zu seinen Füßen war es. Das gute, alte Freo. Benommen und gottverlassen lag es an der Flussmündung, die abgetakelte Kaimauerschlampe, deren gute Knochen sich trotz der Verwüstungen des Alters und des schlechten Lebens noch zeigten. Die Gebäude waren niedrig, aber hochpreisig, ihr Stil ebenso aufsässig wie verblendet, all die georgianischen Lagerhäuser und viktorianischen Pubs, die Kalkstein-Cottages und geschnitzten Veranden waren nur dank eines Jahrhunderts politischer Vernachlässigung verschont geblieben. Geduckt im Wüstenwind, kauernd unter der australischen Sonne.

Mein Gott, was konnte ein Mann am Morgen danach salbadern. In letzter Zeit hatte er nichts als Quatsch im Kopf, war nur ein weiterer glattzüngiger Jeremias ohne Mission oder Prophezeiung und ohne Stamm, der ihn beanspruchte, bis auf die Familie. Seine Gedanken stammelten vor sich hin, weinerlich, bitter, launisch, ohne vernünftige Struktur, zu nichts nutze, außer den Schmerz anzustacheln, den das tückische Licht bereits geweckt hatte. Und, Mann, der überstieg alles, was der Suff anrichten konnte. Da waren sie schon, Rauch und Donner, der aufwallende Trommelwirbel in seinem Schädel. Wie Huftrappeln. Zwei Reiter, die sich näherten. Und der aufheulende Wind.

In der Küche wühlte er nach Munition, präventiver Linderung. Irgendein Fläschchen, irgendeine Packung. Sagte der Witzbold zum Dieb. Ein Glücksgriff und sie blind aus der Messerschublade rütteln. Mit einer Grimasse einwerfen wie Kugeln. Nachladen. Oder zumindest so dastehen. Arme und Beine gespreizt an der Arbeitsfläche. Binnen Sekunden die Seifenfrische durchschwitzen. An was anderes denken.

Er streckte die Hand zum Radio aus. Verkniff es sich. Viele, viele Monate waren es jetzt, und noch immer hatte er Mühe, den Impuls zu kontrollieren, als sehnte irgendein kaputter Teil von ihm sich nach dem Ritual der frühmorgendlichen Erkundung, der Suche nach schlechten Nachrichten, bevor das Telefon zu bimmeln anfing. Weil es immer ein Gerücht gab, eine Vertraulichkeit aus dem Kabinett, eine verdeckte Presseverlautbarung über ein neuerliches Einknicken der Regierung, eine frische Genehmigung zum Bohren, Roden, Verfüllen oder Sprengen. Das Industriefieber hatte alle gepackt. Öl, Gas, Eisen, Gold, Blei, Bauxit und Nickel – es war der Boom aller Booms, und binnen eines Jahrzehnts hatte er jede Institution von der Regierung bis zur Bildung als Geisel genommen. Die Medien waren geblendet. Ein pfingstlicher Enthusiasmus lag in der Luft, und sich dagegen zu wehren war Ketzerei. Aber das war sein Ding gewesen, jeden Morgen der Stampede entgegenzutreten, noch im Dunklen anzufangen, im Halbschlaf die Frequenzen durchzuzappen, während sich das Waschbecken mit Rasierschaumwasser füllte und sein noch funktionstüchtiges Gesicht im Spiegel mit etwa derselben Geschwindigkeit Gestalt annahm wie seine Gedanken. Ein Teil seiner Arbeit war simple Sichtung, das Aushusten von Slogans wie die PR-Flak eines dubiosen Geschäftemachers. Ohne dabei den Weitblick, die größeren Hoffnungen, mit denen er begonnen hatte, auf der Strecke zu lassen. Zum Beispiel an die höhere Natur des Menschen zu appellieren. Und der Natur selbst angemessenes Gehör zu verschaffen. Was natürlich in diesem Staat, in einem solchen Augenblick der Geschichte so war, als wollte man Fürze mit einem Schmetterlingsnetz einfangen.

Davon kam man nicht so leicht runter. Das toxische Adrenalin, die permanente Höchstleistung, die mönchische

Disziplin. Jeden Morgen noch vor Sonnenaufgang die Probleme aufsaugen, die Strategie eines ganzen Tages in der Dusche planen. Mitternachts, nach der letzten Telefonkonferenz über fünf Kanäle noch im Büro sitzen bleiben, zitternd vor Wut, Koffein und Erschöpfung. Aber nach einem Jahr bitterer Freiheit hätte es doch vorbei sein müssen. Er war schließlich kein Dummkopf. Entlassen werden? Das war eine Gnade, eine Intervention ohne Sicherheitsnetz. Dafür sollte ein Mann dankbar sein. Er hatte damit nichts mehr am Hut. Was war es denn anderes gewesen als ein langer, kämpferischer Rückzug? Nichts als Prahlerei und Pose. Für die Cowboys und ihre wildäugigen Kühe war das alles nur Kulisse gewesen, eine prozessuale Hürde auf dem Weg, während sie mit Triumphgeheul zu den saftigen Weiden stürmten.

Also vergiss es. Rühr diese Wähltaste nicht an. Weder das Radio noch den Fernseher. Und auf keinen Fall den Laptop. Lass ihn geschlossen neben dem Handy auf dem Tisch liegen wie eine Schlick filternde Muschel. Er war nicht mehr wichtig. Und das alles war ihm inzwischen scheißegal. Er konnte nicht anders. Wollte nicht. Las nicht einmal mehr die Zeitungen. Versuchte wenigstens, es nicht zu tun. Er brauchte nicht noch mehr Geschichten über »saubere Kohle«. Die nationale Tagespresse in ihrem langen Kampf gegen die Klimawissenschaft. Egal, welches Schmierblatt man las, es war immer nur eine Folge der Fortsetzungsgeschichte über den Triumph des Kapitals. Noch ein schmeichlerisches Profil über eine Selfmade-Eisenerbin, und er würde sich einen Harpic Wallbanger mixen, und die Sache wäre gegessen. Nur um den verdammten Geschmack aus dem Mund zu bekommen. Man musste nicht einmal die Schlagzeilen überfliegen. Man wusste, was einen erwartete. Die Sommerration Haigeschichten und peinliche Skandälchen des immer gleichen Rugby-Spielers zwischen Episoden der Gewissenserforschung in Bezug auf Ladenöffnungszeiten. Da kam einem die Galle hoch vor Scham.

Nee, die Nachrichten bekräftigten nur, was man bereits begriffen hatte. Was man fürchtete und hasste. Wie die Dinge waren und sein würden. Das brachte einen nicht weiter. Der Fusel natürlich auch nicht – das musste man gerechterweise eingestehen. Wie die Nachrichten brachte der Suff eher Bestätigung als Trost. Und es war so viel einfacher, eine Leere zu füllen, als über sie nachzudenken.

Kaust immer noch auf dem alten Knochen herum. Lass es sein. Konzentrier dich lieber darauf, deine biologisch wertvollen Schmerzmittel zu schlucken. Halt dich in der Vertikalen. Denk positiv.

Na ja, das Gute war, dass er in der Nacht nicht gestorben war. Er war frei und ungebunden. Was hieß, er war allein und arbeitslos. Und er brauchte dringend ein heilendes Frühstück. Sobald alle seine Funktionen hochgefahren waren. Nur einen Augenblick noch.

An der Schiebetür zum Balkon sah er hinunter auf die schimmernden Blechdächer und dahinter den Hafen. Kräne und Container am Kai in wilden Gelbs, Rots, Blaus; der hektisch grüne Überbau der Brücke eines Tankers. Sengender Lichtblitz auf nach innen geneigtem Glas. Alles so strahlend, dass es einem Überfall gleichkam.

Das Meer hinter dem Hafendamm war flach, die Inseln schwebten in trübem Dunst. Ein oranges Lotsenboot tuckerte an den Molen vorbei ins offene Wasser hinaus, eine Doppelsäule aus Dieselrauch quoll aus den Schornsteinen, das Kielwasser wie eine weiß schwärende Wunde auf der Haut des Meers. Was alles sehr lyrisch und seemännisch klang, bis man die Tür ein wenig aufschob und den Wind der roten Ebene spürte. Eher teuflische Windhose als göttliche Erhebung. Rau, erbarmungslos. Schwer von Sand, der scharf genug war, um einen Babyboomer zu häuten.

Rückzug. Den Riegel wieder einrasten lassen. Und dann dastehen wie ein durch den Mund atmender Schwachkopf. Im müffelnden Handtuch.

Trotzdem. Der Immobilienmakler hatte recht gehabt: eine Wahnsinnsaussicht für das Geld. *Das* war das Gute. Nicht nur die Nacht überlebt zu haben, sondern zu dem hier aufzuwachen, dieser unvergleichlichen Aussicht auf den großartigen Indischen Ozean. Ein Ausblick wie Champagner, die Klitsche dafür wie Selbstgebrautes. Das Mirador war nicht nur das höchste Gebäude der Stadt, es war mit Abstand auch das hässlichste. Man musste grinsen über die so rührend täuschende Aufstiegsromantik des Namens. Als örtliche Würdenträger sich mit Aqua Vista oder Island Vue hätten zufriedengeben können, verstiegen sie sich zum Mirador: Schlupfloch des zitternden Matadors, des sexfreien Casanovas, traurig, armselig und mit Kopfweh. Von wo aus man trotz der eigenen Ängste den ungewollten Luxus hatte, von oben herabzuschauen. In die Ferne und nach unten. Wie ein Prinz. Aus diesem schäbigen, kleinen Adlerhorst. Auf das komische Treiben und die noch komischeren Dinge dort unten. Auf all diese Leute, in Stiefeln und Anzügen, noch voll im Spiel. Die sich darauf einlassen wollen. Und gleichzeitig den Wolf von der Tür fernhalten. Als wäre das überhaupt möglich.

Keely lehnte die Stirn an das warme Glas der Tür. Ein Schiffshorn ließ die Scheibe an seinem Schädel vibrieren. Der erste Ton jagte ihm eine Erschütterung durch die Hirnschale, bis zur Kinnspitze und hinunter zum Kehlkopf. Der zweite war länger und stärker und grub sich so tief in ihn, dass er hochschrak und einen Schritt zurückmachte.

In diesem Augenblick registrierte er das merkwürdige Gefühl unter seinen Sohlen. Der Teppich. Er war feucht. Nicht nur feucht, sondern triefnass.

Der Fleck war einen Meter lang. Ein Schmatzen war zu hören, als er den Fuß heraushob. Ihm fiel auf, dass es zwei getrennte Flecken waren – ein großer, ein kleiner – wie die beiden Teile eines Ausrufungszeichens, was immer das zu bedeuten hatte. Wie zwei Hornstöße, die wenigstens so freundlich waren, etwas zu bedeuten.

Keelys Wohnung lag zehn Stockwerke hoch, im obersten Stock; es war also kaum ein undichtes Rohr oder eine übergelaufene Badewanne. Ein Loch im Dach? Als das letzte Mal ein vernünftiger Regenguss diese Stadt beehrt hatte, war er noch in Lohn und Brot gestanden und noch nicht so umfassend geschieden gewesen. Wie auch immer, an der hässlichen Stuckdecke gab es keine Wasserspuren. Sie war so niedrig, dass er sie auf Zehenspitzen stehend berühren konnte. Die Oberfläche war nicht nur trocken, sie fühlte sich puderig an, hinterließ auf den Fingerspitzen ein weißes Pulver. Und der Rest der Wohnung – Küchenzeile, Schlafzimmer – war normal. Boden, Wände, Decke. Sogar das Spülbecken war trocken. Die einzig andere nasse Oberfläche war die fugenkranke Duschkabine, die er eben verlassen hatte.

Keely ließ sich in den einzelnen Lehnsessel fallen und schaute hinaus auf den Balkon mit seiner korallinen Ansammlung von Taubenscheiße. Ein Stückchen feuchter Teppich ist kein Grund zur Panik, das wusste er, aber sein Herz klopfte wie ein defekter Dieselmotor. Und da war es wieder, dieses fiese Flattern. Verdammter Kopf. Diese vielen Wochen. Mersyndols, Kodeine, groß wie Bullenhaie; sie würden bald wirken. Mit Sicherheit. Aber noch spürte er sie nicht im Wasser. Schwimmt, ihr Mistkerle. Es war anstrengend, klar zu denken, an seinen haarigen Knien vorbei auf den waffenstahlblauen Teppich zu schauen und einen Grund für eine Provokation wie diesen feuchten Boden zu finden, sachlich darüber nachzudenken und nicht in Panik zu verfallen.

Mit dem großen Zeh betastete er das Nylongewebe. Eindeutig matschig. Er stand wieder auf. Drückte den Fuß in die wirre Üppigkeit. Das Handtuch rutschte herunter, und er stand da, nackt, schwabblig und hitzefleckig. Er war sehr weit oben, aber bei seinem Glück bekam irgendein argloser Steuerzahler etwas zu sehen. Altersschwache Morgenlatte, hallo! Er trat das Handtuch gegen die Wand, schwankte kurz von der Anstrengung. Und dann kam ihm ein schrecklicher Gedanke, wie von außen übermittelt. Das Zimmer verschwamm ein wenig.

Was, wenn er diesen Fleck selbst gemacht hatte? Hatte er letzte Nacht Sachen getan, an die er sich nicht erinnern konnte? War es so weit gekommen? Er hatte es in letzter Zeit übertrieben, aber er trank nicht so viel, dass er umkippte. Zumindest nicht bis zur Bewusstlosigkeit, das war nicht sein Stil. Er besoff sich, aber er drehte nicht durch. Aber wer sonst hätte hier in seinem Wohnzimmer etwas verschütten können? Und genau was verschütten? Er flehte zu Gott und zu allem, was grün und heilig war, dass er nicht einen neuen Weg gefunden hatte, sich zu blamieren. Das könnte er nicht ertragen.

Aber er musste es wissen.

Also kniete er sich auf den Teppich und schnupperte. Er strich über die Fasern, roch an seinen Fingern – zuerst nur zaghaft, vorsichtig, dann mutiger –, drückte die Handflächen in die Feuchtigkeit, schnupperte, rieb, spähte. Bis er an das Bild dachte, das er abgab, auf allen vieren schnüffelnd wie ein Trüffelschwein, Arsch in der Luft, Gemächte baumelnd, der eigenen Fährte nachschniefend wie ein verirrter Köter, deutlich sichtbar für jeden Parkplatzwächter, der in diesem schrecklichen Augenblick gerade zufällig in die Luft schaute. Was – ja – auf gewisse Art ganz lustig wirken mochte, sich aber einfach nicht sehr amüsant anfühlte. Noch nicht, nicht solange er noch gefangen war im Grauen des Nichtwissens, und die Scham hinter den Farbblitzen in seinem Kopf lauerte. Er würde später lachen. Im Augenblick musste er sich vergewissern.

Sicher. Mehr wollte er nicht. Als sicher zu sein. In seiner Wohnung. In sich selbst. Also machte er weiter. Bis er zufrieden war. Halbwegs, einigermaßen sicher. Zumindest bis er auch nicht die geringste Spur von Urin entdecken konnte. Oder schwache Aromen von Erbrochenem. Oder irgendeiner anderen Körperflüssigkeit.

Gott sei Dank. Ralph Nader, Peter Singer sei Dank – dem ganzen sandalentragenden Universum. Genossen, er war entlastet. Was natürlich nichts erklärte, aber man musste sich doch noch an den kleinsten Triumph klammern, der einem über den Weg lief, oder? Ja. Ja, ja, ja. Drei Sekunden jubelte Keely. Bis der Gedanke sich setzte. Hier war er. Ein Mann mittleren Alters mit durchschnittlicher Intelligenz, splitterfasernackt und mit einem ungeheuerlichen Kater, enthusiastisch bis zum Überschwang über die Erkenntnis, dass er *wahrscheinlich nicht* mitten in der Nacht aufgestanden war, sternhagelvoll von den Früchten des Barossa, und auf seinen eigenen Boden gepinkelt hatte.

Tja. Die Hochstimmung verschwand schleunigst. Und mein Gott. Es war noch da. Was immer es sein mochte. Hier auf dem Teppich. Ein Beweis dafür, dass sein innerer Elvis das Gebäude mit Sicherheit verlassen hatte.

Und jetzt fing nebenan, als würde sie sein Elend über den Äther spüren, die Besessene mit ihrem Tag an. Nein, das wirst du nicht, sagte sie durch die dünne Wand. Nein, wirst du nicht. Nie!

Nein, murmelte er verbittert. Wahrscheinlich nicht.

Er hatte Hunger.

Er schüttete Müsli in eine Schüssel und mampfte reuig, ohne den Blick von dem Fleck zu nehmen. Nee, das war kein Urin. Aber falls er sich irrte, würde an einem Februartag wie diesem seine Zufluchtsstätte bald stinken wie ein Pissoir in Marseille.

Nach zwei Löffeln Schweizer Kleie würgte er und gab sich geschlagen. Er brauchte ein unvernünftiges Frühstück.

Wie auch immer.

Sofort.

Am Laubengang des zehnten Stocks an der Ostseite des Gebäudes waren alle Türen geschlossen und die meisten Vorhänge gegen die Sonne zugezogen, es gab also niemanden zu begrüßen, nichts zu sagen, als Kelly im röstenden Wind zu den Aufzügen marschierte. Um sich abzustützen, hielt er sich am eisernen Geländer fest. Das Metall war höckerig von Jahrzehnten des Lacks, so schuppig und kalkverkrustet wie die Heckreling eines Trampdampfers. Während er sich daran entlanghangelte, spürte er die Vertikalstützen in einer merkwürdigen Sympathiebekundung vibrieren und bei jedem seiner Schritte lauter summen, bis es klang, als würden das Gebäude und die Straßen der Umgebung miteinander sprechen. Von unten kam ein Brei aus Bussen im Leerlauf, abkühlenden Schornsteinen, Auto-Alarmanlagen und wüsten Schreihälsen. Hinter, unter und vor ihm flimmerte und brodelte die Luft. Lieber Gott, die Hitze, die Kakophonie – sie waren unerträglich. Aber er musste raus, musste sich ablenken von dem, was er nicht verstand, nicht beheben konnte, sein lassen musste.

Bei den Liften suchte er ein wenig Schatten, das heißt das schmuddelige Treppenhaus. Während er wartete, drang das Zwitschern und Krähen kleiner Kinder von dem Konventskindergarten aus der Seitenstraße zu ihm herauf. Tobende Hosenscheißer, das war ein Geräusch, dessen ein Mann nie überdrüssig werden sollte. Aber in Wahrheit ging es ums Altwerden. Nach einer Weile klang sogar Kinderlärm bedrohlich, war noch etwas, gegen das man sich wappnen musste.

Und jetzt schlug ihm das Herz wieder bis zum Hals.

Und wo war der verdammte Lift?

Er fragte sich, ob es möglich war, dass er gestern Nacht die Tür offen gelassen hatte, dass er sie in der erstickenden Hitze einen Spaltbreit geöffnet hatte und dann eingepennt war. Vielleicht hatte sich irgendein Spinner nur so zum Spaß hereingeschlichen, um ihm einen Streich zu spielen, einen Schrecken einzujagen. In diesem Gebäude gab es keinen Mangel an Arschlöchern. Aber die Tür war geschlossen gewesen, als er ins Bett ging. Oder? Ob besoffen oder nüchtern, mit dem Abschließen nahm er es sehr genau. Wie auch immer, sie war geschlossen gewesen, als er aufwachte. Falls jemand hereingeschlichen war, die Gelegenheit ergriffen und seinen kurzzeitigen Aussetzer oder seine mögliche Umnachtung ausgenutzt hatte, dann hatte derjenige beim Hinausgehen die Tür zugezogen. Aus welchem Motiv – gute Erziehung, Mitleid, Bedauern? Es gab keine Hinweise auf irgendeinen anderen Unfug. Nichts war gestohlen worden. Wobei es auch nicht viel zu holen gab. Er hatte hier keine Feinde. Soweit er das wusste. Er blieb für sich. Mit Bedacht. Kein Mensch, nicht einmal seine Familie, hatte je seine Schwelle überschritten. Deshalb durchfuhr ihn der Gedanke, dass sich jemand hereingeschlichen hatte, während er schlief, jemand, der in der heißen Dunkelheit lauerte, wie ein Darmkrampf.

Der Lift war zum Glück leer. Ungesehen und ungestört fuhr er ins Erdgeschoss. Ließ die Lobbytüren aufgehen. Bekam es voll ins Gesicht. All das abscheuliche Licht. Wie ein Idiot in ein Buschfeuer hinein marschierte er los.

Er wusste nicht einmal, wohin er wollte. Merkte zumindest, dass er in die falsche Richtung ging. Die Hitze hätte sogar einen Asbestspatzen umgebracht. Der betonierte Vorplatz war gleißend hell, die Straße sengend, blendend, atemsaugend. Ätzendes Licht platschte weiß unter seinen Füßen, schwappte von Mauer zu Mauer, von Fenster zu Fenster, und er watete einen Augenblick darin, spastisch und hilflos schwankend, weil plötzlich alles porös und kalkig wurde und ihm direkt hinter die Augen drang, in seinem Schädel zischte, bis die Außenwelt nur noch aus Blitzen und Geflacker bestand. Hier draußen gab es keine sanften Töne, lediglich abgrundtiefe Schatten oder Farben, die so gesättigt waren, dass sie krebserregend wirkten. Keely blinzelte, keuchte, verscheuchte das Grauen und schlurfte lahm weiter, doch die Körper auf dem Bürgersteig vor dem Chinesen sah er erst, als er beinahe daraufgetreten wäre.

Ein Mädchen kauerte im regen Fußgängerverkehr vor einem Publikum aus Frauen, die mit solcher Überzeugung keiften, dass sie Verwandte sein mussten. Alle fett und wütend, rotgesichtig, hinterhältig. Das Mädchen wechselte hier auf der Straße einem Baby die Windeln; ein überhitztes, kreischendes kleines Mädchen auf dem nackten Beton. Und als er sich näherte, ein wenig rudernd, sowohl desorientiert wie im Vorwärtskommen behindert, spürte er, wie der gesamte Clan erstarrte und ihn alle böse fixierten, als wollten sie ihn verscheuchen. Er zögerte und suchte sich einen Weg um die Gruppe herum, während die Älteste, eine stämmige und hässliche Frau, eine Kmart-Tüte zusammenknüllte und sie dem Baby unter den Kopf schob. In fast demselben Augenblick warf die kauernde Mutter einen Blick nach oben, der einzig auf ihn gerichtet schien. Es mochte vielleicht nur ein Blick der Scham oder des Trotzes gewesen sein, aber Keely spürte ihn wie Hass und drehte sich zur Seite, als hätte man ihn geschlagen.

Er bog in den entgegenkommenden Schwall von Fußgängern ein, lauter gekochte Gesichter mit überdimensionierten Sonnenbrillen, eine Woge aus Ellbogen, Handys, Rauchkräuseln und abgehackten Silben in einem Mief aus Schweiß und konkurrierenden Parfums. Er schob sich in Richtung Straßenrand, wo Busse am Bordstein schwankten und schnauften. Ein Skateboarder rauschte vorbei. Die Straße pulsierte und brauste, während er sich zu orientieren versuchte. Target-Laden, Apotheke, Immobilienmakler, Bank. Scheiße, er krängte, gierte, korrigierte sich sinnlos selber. Es war mehr, als er ertragen konnte. Jeden Augenblick würde er zusammenbrechen.

Also tappte er in den nächsten Eingang. Ein Coles-Supermarkt. Sicherer Hafen. Gehorsame Glastüren, Klimaanlage, Muzak. Er ging weit hinein, instinktiv auf das fluoreszierende Quellgebiet zu, suchte kühle Luft und noch kühlere, bis er sich in der Gemüseabteilung wiederfand, wo er Speere peruanischen Spargels in einheitlichen, schlanken Reihen von Hellgrün anstarrte. Das war doch nur geschnittenes Gemüse, Mann, und noch dazu billiger Import, aber die eng geschlossenen Reihen und der Pastellton hatten etwas Anmutiges und Sanftes, und jetzt, da er es bemerkte, umgab die ganze gekühlte Kolonnade ein dunstiger Schimmer, so kalt, dass er einen Kelten zum Weinen gebracht hätte. Feuchter, sauberer, endloser Schleier. Hinter der Muzak eine spezielle Art der Stille. Stumme Böen der Erholung. Und eine solche Ruhe, solch unbevölkerte Ordnung. Er musste sich sehr beherrschen, um sich nicht in den Windschatten dieser hauchenden Vitrinen zu legen und bis zur Dunkelheit zu schlafen. Nur er und die arme Karen Carpenter. Er und die sauberen Fichtenholzkisten und das Pine-O-Cleen-Desinfektionsmittel und das Gemüse, an dem noch der schwache Geruch von etwas wie dem Leben selbst hing. Er stellte es sich vor, überlegte es sich anders und fand sich dann auf dem Linoleum wieder, überragt von einer Frau mit Brille und braunen Fäusten. Sie wirkte bekümmert, vielleicht sogar zornig, aber in einer Sprache, die er noch nicht kannte. Sie deutete aufgeregt auf ihn, bleckte die Zähne und meckerte eine Weile, bevor sie auf das Stahlgestell der beeindruckenden Tomatenauslage hämmerte. Aber seine Wange ruhte kühl auf dem Boden, und er verstand die Dringlichkeit ihres Anliegens nicht recht. Und dann riss sie an ihm ohne Angst oder Wohlwollen, und er war wieder auf den Füßen, allein.

Vielleicht fühlte es sich so an, ein wenig zu sterben, von Sünden befreit, gerettet, erlöst zu sein. Am Kragen gezerrt zu werden, den verdammten Bart an den Wurzeln gezogen zu kriegen, bis man schuldlos wieder aufrecht stand und die verärgerte Retterin in Dritte-Welt-Latschen und mit einem wohlgefüllten Einkaufswagen davoneilen sah.

Besänftigt. In der Schwebe. Ein wenig zu Atem gekommen.

Er geisterte durch die Reihen, begleitet von den traurigen, süßen Carpenters – für die er hoffte, dass sie inzwischen beide tot und in Sicherheit waren. Für seinen eigenen Seelenfrieden. Zu ihrem Wohl.

Schließlich tätigte er, um des Anstands willen und um sich seiner Selbstbestimmung zu versichern, ein paar Einkäufe. Die beruhigende Kraft der Warenwelt.

Das. Das. Und das, was es auch sein mochte. Konnte sich nichts davon leisten, kaufte aber alles.

Die Routine an der Kasse half ihm etwas, doch ihm kam der Gedanke – blinkte wie die Ölwarnlampe am Armaturenbrett –, dass er wirklich den Verstand verlieren könnte. Und das konnte doch nicht allein seine Schuld sein. Sicherlich nicht.

Das Wechselgeld. Das er gnädig annahm. Zusammen mit dem schlaffen, gelangweilten Lächeln des Mädchens.

Und dann stand er da, erfolgreich abgewickelt, nachdem er für seine kleine Ausschweifung, seine paar Minuten verblüfften Hirnschwunds, teuer bezahlt hatte, die klamme Tüte mit dem Unnötigsten unter dem Arm, und plötzlich wurde ihm wieder bewusst, wie unheimlich hungrig er war.

Er hätte jetzt gern mehrere von Bubs schaumigen Cappuccinos. Aber bis zum Strip würde er es nie schaffen. Das hatte er heute ganz einfach nicht im Kreuz. Eine Strecke von nur dreihundert Metern oder so, aber heute unerreichbar. Er war fix und fertig. Er könnte es höchstens irgendwo in diesem tiefgekühlten Mini-Einkaufszentrum riskieren. Es gab da so eine Art Imbiss neben dem Cut-and-Blow-Friseur. Ja, da war er. Mit malariösen Warmhalteschüsseln und Plastiktischen. Zum Innenhof hin offen, die Endlos-Muzak war also umsonst, und die Gerüche von verbranntem Käse und versengten Haaren verwirbelten um die Plastikpalme zwischen den beiden Läden zu einer trüben Aromabrühe. Na und? Zeit zum Experimentieren. Die Notwendigkeit walzt alles nieder, was ihr im Weg steht.

Setzte sich an einen kleinen, runden Tisch. Drückte sich die Daumen, als wäre er sein eigener Henker, an die Schläfen. Bestellte etwas, das irgendwie nach Kaffee klang. Und zog Bilanz.

Normalerweise – an einem seiner üblichen vergeudeten Tage – ging er eine Stunde spazieren, ein bisschen schwimmen, hing im Bub's herum und mied gewisse Blickkontakte durch wohlüberlegte Benutzung der Speisekarte oder eines Reiki-Traktats, das ein großäugiger Trottel liegengelassen hatte. Und redete sich währenddessen ein, dass seine Tage trotz des äußeren Scheins noch eine gewisse funktionale Kohärenz aufwiesen. Das war ein Kraftakt, und heute war er zu einer solchen Anstrengung nicht in der Lage. Er fühlte sich gehäutet, ohne Abwehrkräfte. Er war nicht er selbst, nicht einmal der kümmerliche Rest, der gestern Nachmittag noch von ihm übrig gewesen war. Vielleicht war es einfach der schlechte Start. Der fiese Schrecken. Der, wie sich zeigen würde, natürlich eine ganz einfache Erklärung hatte. Aber heute Morgen fühlte sich die Stadt feindselig an, und die Welt jenseits ihrer Grenzen erbarmungslos. Er spürte, wie sie in einiger Entfernung heiß und atemlos gegen die Glastüren drückte. Vielleicht war es aber auch nur das Wetter.

Außerdem war heute Rentenzahltag. Der vierzehntägige Vollmond. Zwölf Stunden Springflut. Wenn er sich also auf der Suche nach besserer Kost und einer kongenialeren Umgebung wirklich weiter von zu Hause fortbewegen wollte, musste er sich auf ein Zahltags-Spießrutenlaufen zwischen diesem kleinen Oma-Einkaufszentrum und Bub's gefasst machen. Für so etwas brauchte man Haut. Einen Willen wie Stahl. Und Geld. Denn noch bevor man bis zur Ecke kam, waren da die zahnlosen Säufer und mitleidgierenden Aborigines, jeder mit einer Tragödie zu erzählen und einer Wolke aus Elend und Körpergeruch, um ihr Nachdruck zu verleihen. Wenn man den Alk- und Junkie-Park dann hinter sich hatte, musste man die Phalanx der Sammelbüchsenschwenker überwinden, die gefühlsduselig durch die Gassen der Schmuckverkäufer und die schattigen Arkaden schlichen. Und was konnte man tun, außer ihre Bemühungen zu honorieren, ihre Petitionen zu unterschreiben, Kohle hinzublättern und dabei innerlich zu kochen? Er nannte falsche Post- und E-Mail-Adressen und hasste sich selbst dafür. Ihre Anliegen waren gut, aber dem Untergang geweiht.

Zum Glück waren sie alle so frisch und endlos ersetzbar, diese Jungs und Mädels, denn sie erkannten ihn fast nie wieder. Was konnte man ihnen sagen, diesen lächelnden Elfen von Oxfam, Greenpeace, Friends of the Forest, was konnte man ihnen aufrichtig sagen? Sie brachte einen um, diese strahlende, beuteltierhafte Unschuld in ihren Gesichtern. Nein. Nein, Sir. Nicht heute.

Und selbst wenn er es so weit schaffte, ohne wieder umzufallen oder jemanden vollzukotzen, musste er sich immer noch mit den Straßenkünstlern herumschlagen. Sie waren schlimmer als die Gutmensch-Mafia, anstößiger und stinkender als Penner oder westentragende Weltverbesserer. Die talentfreien Schwachköpfe waren das letzte Hindernis zwischen Keely und einer Handvoll Arabica-Bohnen. Und wenn man bis zu ihnen vordrang, war man bereits groggy und verzweifelt. Ohne Vorurteil oder Stolz. An den meisten Tagen schlich man also zu den Tattoo-Höhlen und Räucherstäbchen-Tempeln, nahm sich fest vor, mit ernster Miene an den Musikanten vorbeizumarschieren, blechte aber dann wie jemand, der neidisch ist auf die höheren Gaben. Nur um zu entkommen, nur um allein gelassen zu werden, nur weil man Mitleid hatte mit den ewig gleichen drei Akkorden über das schlimme Leben der Barden.

Danach würde er schließlich auf die kleine Avenue der Selbstinszenierung wanken, die jeder den Cappuccino Strip nannte. Fünfzig Sonnenschirme, um die sich einst ein gewisser Bürgerstolz scharte. In den Siebzigern war der Strip ein Leuchtfeuer gemütlichen Kosmopolitismus gewesen, ein Gegenentwurf zur tristen Franchise-Versorgung, die sich von der Küste bis zu den dunstigen Hügeln erstreckte. Aber das war, bevor die Blasiertheit übernahm. Irgendwann machten es sich die guten Leute des Hafens in dem Bewusstsein bequem, dass Kaffee alles an Kultur und Gewerbe war, was eine Stadt brauchte. Metzgereien, Eisenwarenläden, Krämerläden und Bäckereien wurden beharrlich verdrängt und ersetzt durch noch mehr Cafés, neue Spaghetti-Schuppen. Mieten waren halsabschneiderisch, Hauspreise absurd. Die Stadt wurde zu einem Vergnügungspark der Boheme auf dem Fundament einer Immobilienblase, und hinter jeder vernachlässigten Goldrauschfassade, jeder leeren Ladenfront zählte ein Wucherer seine Pennys, schikanierte seine Familie und schimpfte über Flüchtlinge.

Freo, *mon amour*. Er bekam Sodbrennen, wenn er nur daran dachte. Wusste nicht, wie er es immer noch so lieben konnte. Versuchte sich zu sagen, dass es wenigstens nicht Perth war, die pastellene Stadt flussaufwärts. Aber das hieß nicht viel, oder?

Nein, diese traurige Brühe musste ihm für heute reichen. Er war körperlich zu schwach und mental nicht in der Lage, noch weiter zu gehen. Er würde hier sitzen bleiben und zuschauen, wie die Jungs mit den Einkaufswagen vorbeizockelten, die ausgedörrten Alten mit ihren Rollatoren vom Sozialamt und Culley's Café herankeuchten und rattenschwänzige Kleinkinder sich vor Wut auf die glänzenden Fliesen warfen. Er konnte das ertragen. Oder? Er war ja schon hier, hatte bereits bestellt. Alles geregelt. Und doch konnte er sich nicht entspannen. Denn das Hirn raste weiter, katalogisierte die Gräuel, die er sich erspart hatte. Die dreckigen Schmuckverkäufer auf den Bürgersteigen, die schon jetzt besoffenen irischen Rucksacktouristen, die vorlauten Schulkinder.

Doch als er sein Frühstück auf dem sonnengelben Teller vor sich sah, begann seine Entschlossenheit zu bröckeln. Er konnte nicht anders, er musste an vernünftig gebratenen Speck denken, an Bratkartoffeln und flockige Rühreier von freilaufenden Hühnern, an Kaffee, auf dessen hellbrauner *crema* ein Löffel Zucker dümpelte, wie ein Engel auf einer Wolke. Während er mit einer verqueren Spezies von Croissant mit Schinken und Käse kämpfte, das ihm am Gaumen klebte wie Gebiss-Haftcreme, fragte er sich, ob er sich nicht doch aufraffen und zu Bub's laufen sollte. Na ja, vielleicht nicht gerade laufen. Ein kraftvolles Schlurfen, ein stures Schleichen.

Verdammt, ja. Doch als er sich für seinen Zeitlupenaufbruch aus dem klebrigen Plastik stemmte, fiel ihm ein, wie spät es war. Auf dem Strip war jetzt Hexenzeit. Das hieß Kampfmütter. Übermatronen. Er konnte sie nicht ertragen. Oder ihnen widerstehen. Sie würden ihn in Sekundenbruchteilen abservieren. Ohne ihn überhaupt zu bemerken. Ohne seine schwache Präsenz zu registrieren. Mit ihren ausladenden Kinder-SUVs und dem Jogging-Lycra, den schreienden Ethno-Schals und den glänzenden Schenkeln brachten sie einen Mann dazu, einen Buddhisten zu treten. Am späten Vormittag liefen sie in Horden zusammen, stürzten sich auf das Viertel, besetzten komplette Cafés für eimergroße Lattes und klitzekleine, pappige Milchschäumchen-Drinks. Ihr fruchtiges Zirpen, ihr süß duftender Schweiß, der Dunst ihrer Zufriedenheit hatten etwas Widerliches und Üppiges. Sie gaben sich nicht damit zufrieden, gesund und attraktiv zu sein, nein, sie mussten grausam hinreißend sein. Und mein Gott, sogar Leni Riefenstahl hatte uns Lycra erspart.

Keelys Verachtung und Lust waren ihnen nicht gewachsen. Deswegen ging er normalerweise früher hin. Um sich das Leiden zu ersparen. Daraus wurde also nichts. Hier stand er nun. Setzte sich wieder. Kämpfte mit seinem fettigen Klumpen. Nippte an seinem teerigen Gebräu. Nachdem er von einem Zehner kaum Wechselgeld herausbekommen hatte. Soll nur ja keiner sagen, er sei nicht unvoreingenommen.

Also runter damit und sich dann behutsam zurückziehen.

Seine Wohnung war nur vierzig Meter entfernt, maximal sechzig. Aber bei seiner verschwommenen Sicht und den wiederkehrenden Lichtblitzen in seinem Kopf schon eine kleine Herausforderung. Zweimal musste er sich abstützen.

Zuerst an einem Palisanderbaum. Dann, indem er eine vor sich hin schmelzende Parkuhr umklammerte. Und in diesen Erholungspausen lehnte er sich zurück wie eine sedierte Stangentänzerin und betrachtete den brutalen Monolithen, der sich über Bäume, Kamine und sirrende Leitungen erhob.

Das Mirador. Hat nicht viel von dem charmanten spanischen Türmchen, das ist mal klar. Es war ein klassischer Scheißkasten: beiger Klinker, Balkone und Laubengänge aus nacktem Beton, Eisenstangen als Geländer, Türen und Fenster wie Gefängnisschlitze. Kaum zu glauben, dass irgendein Superreicher es vor fünfzig Jahren für eine gute Idee gehalten hatte, einen Fortschrittsboten. Das Gebäude war schon binnen weniger Monate nach seiner Fertigstellung alt und abstoßend geworden, und die folgenden Jahre waren nicht besonders sanft mit ihm umgegangen. Die Leute aus dem Viertel hassten es. Aber es war ein Zufluchtsort für Senioren gewesen, für Hafenarbeiter und Verwaltungsangestellte, behinderte Pensionisten, Wanderarbeiter, Säufer und Mütter auf Sozialhilfe. Sie waren noch immer da, viele davon, und seit Neuestem kamen die ersten hoffnungsvollen Aufsteiger und gescheiterten Mittelklassler wie er selbst dazu. Keely schaute hoch zu den kümmerlichen Balkonen. Der trocknende Wischmopp, der kaputte Fernseher, die Dockers-Fahne, die fröhliche Sonnenblume im Topf, der in der Sonne blitzende Rollstuhl.

Er schwankte gegen die Parkuhr und spürte ein wenig Zuneigung für den alten Kasten aufflackern. Wie er selbst war das Gebäude ein Produkt der Sechziger. Und wie er war es ein zu großer Fehler, um behoben zu werden.

Ich bin nicht viel, sagte er sich auf dem ätzenden Vorplatz, aber ich bin zu Hause.

Die Eingangshalle stank nach Waschmittel, frischer Farbe und gewischten Böden. Keely ging hinter einer Frau und einem Kind her, die auf dem Weg zum Lift waren. Er hätte es vorgezogen, sich kurz in den Waschsalon zu verziehen, bis sie weg waren, und wenn die Luft dann rein war, allein hochzufahren, aber er musste sich unbedingt hinlegen; er fühlte sich schwach, und die Kopfschmerzen waren übel. Außerdem ging die Lifttür bereits auf, wenn er jetzt zurückbleiben würde, sähe er aus wie ein Trottel. Also folgte er ihnen in die Kabine und achtete darauf, sich samt seiner moralisch wenig schmeichelhaften Plastiktüte in die hinterste Ecke zu stellen. Als die Frau auf den Knopf für die zehnte Etage drückte, verließ ihn der Mut.

Sie?, fragte sie, ohne ihn anzuschauen.

Oh, murmelte er. Genau der.

Also Nachbarn, sagte sie mit skeptischem Unterton.

Er brummte. Sie seufzte, als hätte sie seine Anwesenheit bereits abgeschrieben.

Keely schaute kurz zu dem Jungen hinunter, als der den Kopf an die Hüfte der Frau legte. Der Kleine wich seinem Blick aus. Während sie langsam nach oben gezogen wurden, konzentrierte Keely sich auf das wirr getüpfelte Muster der Edelstahlverkleidung der Kabine.

Nicht gut?, fragte die Frau den Jungen.

Ich bin in mir drin nicht richtig, sagte der Junge.

Hast du gebrochen? Die Lehrerin hat nichts gesagt.

Nein, sagte der Junge. Aber mir geht's nicht gut.

Du bist heiß.

Ja, heiß in der Temperatur.

Die Frau lachte leise durch die Nase und wiederholte ohne Spott: *Heiß in der Temperatur.*

Keely spürte das blasse Lodern des Gesichts der Frau in seine Richtung kommen.

Als er noch ganz klein war, sagte sie, glaubte er, seine Stirn wäre seine Temperatur. Du weißt schon, *lass mich mal deine Temperatur fühlen* und so. Kleiner Klugscheißer.

Bin ich nicht.

Bist du schon.

Keely bemühte sich um ein notdürftiges Grinsen, ersparte sich aber den Augenkontakt. Da stand er in monströsem Umriss, verzerrt vom glänzenden Pressstahl, dessen Grübchen und Knötchen das Neonlicht zurückwarfen. Als er sich bewegte, wurde ihm schwindelig. Gott, dachte er, die ganzen Kiffer im Gebäude – nehmen die die Treppe?

Er drückte sich den Daumen an die Schläfe und schloss die Augen.

Und jetzt, sagte sie, jetzt ist er *in sich drin nicht richtig.*

Na ja, sagte der Junge. Bin ich auch nicht.

Du wirst doch nie übers Wochenende krank, oder?

Einmal war ich's.

Das war an Ostern, du Dummchen. Die ganze Schokolade. Die Augen größer als der Bauch.

Er spürte die Aufmerksamkeit der Frau, die volle Kraft ihres Blicks. Er musste sich sehr beherrschen, um nicht zurückzuweichen. Unter dem Hemd brach ihm der Schweiß aus; er spürte Panik in sich aufsteigen wie Übelkeit, und nur der Ruck beim Ankommen rettete ihn. Als die Tür aufging, machte er einen Satz nach vorn, hielt die feuchtkalte Supermarkttüte hinter dem Rücken und atmete tief die heiße Luft ein. Auf der Galerie, dem offenen Laubengang, trat er beiseite, um sie durchzulassen, und die Frau drückte sich, nach Zigaretten und Deospray riechend, an ihm vorbei. Aber der Junge blieb zurück. Und als Keely sich umdrehte, sah er ihn in der Öffnung stehen und die zugehende Tür mit Schulter und Hüfte aufhalten wie ein kleiner Rugbyspieler. Sein Blick war intensiv, aber distanziert, und ohne dass der Junge ihn tatsächlich anschaute, spürte er, dass er gemustert, eingeschätzt wurde. Und es war ihm peinlich. Wie er hier so an die Wand gedrückt stand. Hinter sich die Frau, die sich im Warten gar nicht erst um Geduld bemühte. Als würde sie ihm ebenso sehr wie dem Jungen die Schuld geben für die Verzögerung.

Keely wollte schon davongehen, aber etwas an dem Jungen faszinierte ihn. Vielleicht waren es die dunklen Ringe unter den Augen. Oder die hellblauen Iriden. So ein rundes Gesicht. Und sie machten etwas Komisches, diese Schatten, ließen den Jungen älter aussehen, als er war, älter, als er sein konnte. Die Haare fielen ihm weiß und glatt auf die Schultern. Er leckte sich die Unterlippe, die aufgesprungen war, und stieß die Tür noch einmal weg, als die Frau mit den Schlüsseln klimperte. Der Junge trug ein kleines Polohemd, Shorts und Turnschuhe. Ein ganz gewöhnliches Mirador-Kind, das seine schwer geprüfte Mutter provozierte. Warum hatte Keely dann so ein flaues Gefühl im Magen, während er hier stand und zusah, wie der Junge den Blick über die Hausdächer schweifen ließ, während der heiße Wind aus dem Schacht zu ihren Füßen in die Höhe stieg? Er hatte keine Erfahrung mit Kindern; er wusste nicht, was das hier zu bedeuten hatte. Aber es fühlte sich ein bisschen so an, als würde man von einem Hund beäugt, der zu argwöhnisch war, um einfach herzukommen und zu schnuppern.

Wenn du so weit bist, sagte die Frau.

Ich bin bereit, sagte der Junge, trat aus der Öffnung und ließ die Tür zugleiten.

Ich hoffe, es geht dir bald besser, sagte Keely zu dem Jungen.

Dir auch, sagte der Junge.

Die Frau schnaubte und suchte in ihrer Tasche nach etwas. Früher musste sie mal schön gewesen sein. In dem Jeansrock und dem ärmellosen Top wirkte sie aufgedunsen. Ihre schmutzigblonden Haare waren trocken, und sie hatte das gegerbte Gesicht einer lebenslangen Raucherin, trotzdem würde jeder Mann zweimal hinschauen.

Sie kommen mir bekannt vor, sagte sie.

Sie schien ungefähr in seinem Alter zu sein. Einer ihrer Schneidezähne war angeschlagen und verfärbt, so als würde er absterben.

Na ja, sagte er. Selbe Etage, schätze ich. Wie Sie gesagt haben, Nachbarn.

Wo sind Sie gleich wieder?

Ihm kam der Gedanke, dass sie wahrscheinlich nur vorsichtig war, dass sie ihn verdächtigte, sie durch die Sicherheitstür bis in diese Etage verfolgt zu haben.

Zehn-null-sieben, sagte er.

Aha, murmelte sie und fasste den ernsthaften Jungen bei der Hand. Glaube nicht, dass ich Sie hier schon mal gesehen habe. Aber ich kenne Sie von irgendwoher.

Keely versuchte, den Austausch zu beenden, indem er sich auf der Galerie in Bewegung setzte. Na ja, sagte er über die Schulter – ein bisschen abrupter, als er geplant hatte –, ich bleibe eher für mich.

Er hörte sie etwas grummeln; es hätte alles bedeuten können. Als er vor seiner Tür stand, sah er sie Hand in Hand mit dem Jungen heranschlendern, plötzlich hatte sie es nicht mehr so eilig. Sie wollte nur sichergehen. Was etwas über sein

Aussehen sagte, kein Zweifel, also fischte er umständlich seinen Schlüssel heraus wie der sprichwörtliche müde Jäger. Er lehnte sich an die rauen Klinkersteine, weil ihm inzwischen die Puste ausging, und als er das Sicherheitsgitter aufzog und den Schlüssel ins Schloss stecken wollte, sah er, wie der Junge plötzlich lostrabte, zur Balustrade stürzte und sich auf die unterste Sprosse stellte, alles mit einer Geschwindigkeit, bei der Keely Herzklopfen bekam. Er fummelte mit dem Schlüssel herum und ließ ihn fallen, konnte ihn aber nicht aufheben, solange der Junge nur zwei Meter entfernt, direkt vor der Tür, auf Zehenspitzen auf dieser Sprosse stand. Er hatte seine dünnen Arme um das eiserne Geländer geschlungen, der Kopf hing in einem röstenden Aufwind, die Haare wurden nach oben gerissen wie der Schweif eines Kometen. Als würde er bereits fallen, immer schneller werdend nach unten sausen. Brutale silberfarbene Dächer, weit, weit unten. Verkehrslärm. Schreie vom Spielplatz. Eine Schiffssirene, die die bevorstehende Abfahrt verkündete. Keely traute sich nicht, den Blick von ihm zu wenden. Zuerst war er zu verblüfft. Und voller Angst, dass er ihn durch eine plötzliche Bewegung, einen Sprung, einen Aufschrei katastrophal erschreckte. Und dann war er für zwei, drei, vier ganze Sekunden überzeugt, dass sein ruhiger Blick lebenswichtig war, dass er die einzige Kraft war, die den Jungen sicher auf dem Gebäude hielt. Die Fersen der Turnschuhe wippten in die Höhe, die Schnürsenkel flatterten im Wind. Keely hörte die Frau, registrierte aus den Augenwinkeln verschwommen ihren gemächlichen Schritt. Konnte nicht glauben, dass sie so nachlässig war, so unbekümmert darüber, dass das Kind so nahe am Abgrund stand, zehn Stockwerke hoch und die Füße nicht mehr auf dem fleckigen Beton. Mit letzter, versiegender Energie konzentrierte er sich auf die schmächtige Gestalt, wurde mit jeder langsamen Bewegung zorniger, wütend auf sie beide, weil sie so sorglos waren und eine so grausame Unterbrechung seiner Routine. Bis der Kehlkopf des kleinen Jungen sich bewegte und er so aussah, als müsste er gleich kotzen. Und in dem Augenblick, da Keely die Muskeln anspannte, um zu springen, ihn zurückzureißen in die Sicherheit, als es aussah, als würde der Junge würgen und den Halt verlieren, räusperte er sich und spuckte einen glänzenden Speichelklumpen in die Luft. Und dann war die Frau bei ihm und packte ihn gutmütig im Genick.

Nicht spucken, du Lümmel, sagte sie. Irgendein armer Kerl denkt noch, es regnet.

Nur ein Tropfen?, sagte der Junge.

Das war ein Witz, du Holzkopf.

Was ist lustig?

Na, vielen Dank.

Keely ließ sich gegen seine Tür sinken. Wie ein schlecht eingepacktes Paket, ein verdorbenes Stück Fleisch in durchweichtem Einwickelpapier, jeder sichtbare Teil von ihm bleich und ungesund. Mann, wie er stank. Er hob den Schlüssel wieder auf, fiel durch die Tür und ließ die zwei draußen witzeln, als wäre er nie dabei gewesen.

Komm von da runter, sagte die Frau. Verdammt, ist das heiß.

Keely schloss die Tür, stellte seine sinnlosen Einkäufe auf die Anrichte und schlurfte ins Schlafzimmer. Fiel auf die Matratze wie ein Brennender in ein Schwimmbecken.

Gott sei Dank. Oder wem auch immer. Einfach nur danke. In diesem ersten Rausch der Befreiung empfand Keely fiebrige Erleichterung. Bevor das Blut ihm zu Kopf stieg und die Decke fürchterlich verschwamm, ihm auf die Augen, die Brust, die Zunge drückte. Dagegen half nur, einfach liegen zu bleiben. Es hinzunehmen. Ihm Zeit zum Verschwinden zu geben. Die verzerrte Wahrnehmung so lange abzuwehren, bis er seine fünf Sinne zusammennehmen und wieder normal atmen konnte.

Doch es klopfte an der Tür.

Nicht jetzt!, rief er.

Das Klopfen hörte nicht auf. Der Kühlschrank schaltete sich so lautstark ein, dass er es im Hals spürte. Und eine Stimme, wie durch Wasser. Gurgelnd. Den Schmerz steigernd. Jedes Klopfen an der Tür war wie ein dröhnender arrhythmischer Herzschlag, der in seine Zähne stach. Um Himmels willen!

Als er aufstand, sah er doppelt, schlug sich auf dem Weg zur Tür die Hüfte an der Küchenarbeitsfläche an und war so beschäftigt mit diesen widerstrebenden Empfindungen, dass er gar nichts sagen konnte, als er die Tür einen Spalt aufzog und sie noch immer dort stehen sah, im Gegenlicht nur verschwommene Umrisse auf der anderen Seite des Fliegengitters.

Tommy Keely, sagte sie.

Er blinzelte. Seinen Namen ausgesprochen zu hören war unangenehm. Hier im Gebäude. Draußen im Freien. Durch sein eigenes Fliegengitter.

Ich habe eine Weile gebraucht, sagte sie. Aber dann wusste ich, dass du es bist.

Tja, krächzte er. Glückwunsch. Schätze ich.

Du bist es doch, oder? Ich habe recht, nicht?

Vielleicht. Wen juckt das?

Was für ’ne blöde Frage ist das denn?

Weiß auch nicht. Tut mir leid. Wirklich. Weiß auch nicht.

Keely lehnte sich kurz gegen den Kühlschrank, weil sein Kopf zu zerplatzen drohte wie eine Melone. Als er wieder zur Tür schaute, war der Junge verschwunden. Die Luft draußen flirrte vor Lichtblasen, Kamerablitzen, einem violetten Puls.

Alles okay?, fragte sie.

Ja. Nee. Ja.

Du erinnerst dich nicht?

Doch, sagte er. Ich weiß noch, wer ich bin.

Nicht du, du Trottel. Ich.

Er starrte sie durch das Fliegengitter an. Sah kaum mehr als den lodernden Strahlenkranz um ihren Kopf.

Wie bitte?

Blackboy Crescent, sagte sie.

Scheiße, wirklich?

Ich dachte, du erinnerst dich dran.

Ich erinnere mich an die Blackboy Crescent.

Aber nicht an mich.

Ihm kam der Gedanke, dass jetzt der Zeitpunkt war, da er alle Vorsicht fahren lassen und sie hereinbitten sollte, aber er lebte schon zu lange in argwöhnischer Isolation. Und bedauerte bereits, dass er eingestanden hatte, wer er war. Aber Blackboy Crescent, das warf ihn zurück. Und wo war der Junge? Was tat sie dagegen, dass der Junge vielleicht irgendwo auf der offenen Galerie herumturnte?

Dein kleiner Junge, krächzte er.

Schaut fern. Irgendein Bauernfänger.

Er versuchte, sich aufzurichten. Er spürte, dass sie hereinspähte. Spürte, wie sie seinen gesamten ruinierten Kadaver musterte.

Deine Schwester heißt Faith.

Okay, sagte er. Er drückte sich ans Fliegengitter, um sie sich genauer anzusehen. Die Frau kicherte. Wegen der turbulenten, zuckenden Lichter konnte er sie nicht richtig erkennen.

Alter, du bist vielleicht von der Rolle.

Nein. Kopfweh.

Aha, sagte sie skeptisch.

Also, sagte er. Also. Du kennst also Faith?

So wie ich weiß, dass deine Mum Doris heißt und dein Dad Neville.

Er ist tot.

Oh. Mein Gott. Scheiße. Hab ich vergessen.

Egal.

Du siehst verändert aus, sagte sie. Vielleicht ist es der Bart.

Vermutlich, sagte er und fand den Gedanken entfernt amüsant, dass es nur die Haarpracht sein könnte, die daneben war, und der Rest von ihm wäre in Topform.

Noch einige Augenblicke stand sie als dunstiger Umriss da. Er befürchtete, gleich umzufallen. Kurz hätte er am liebsten gekotzt. Keine Übelkeit, nur der Drang, was ziemlich neu und verwirrend war. Dennoch spürte er ihre Enttäuschung, das Gefühl, als würde etwas gerinnen. Blackboy Crescent. Der Sumpf, Kanus aus Wellblech, Tuartbäume, gelbe Erde, der Schmierölgeruch seines Vaters.

Wie auch immer, murmelte sie.

Genau.

Ich lass dich jetzt in Ruhe, bevor du umkippst.

Okay.

Ich bin übrigens Gemma, nur falls du dich tatsächlich gefragt hast.

Gemma? Gemma Buck? Im Ernst?

Nein, das denke ich mir nur aus, was glaubst du denn?

Es tut mir, es …

Doch sie war schon nicht mehr da.

Das Bett kam ihm entgegen, um ihn aufzunehmen.

Als er aufwachte, war es schon fast dunkel. Die Meeresbrise rüttelte an den Jalousien über seinem Kopf, und im Gebäude klapperte und gurgelte es vom Duschen, Kochen, Geschirrwaschen. Schon komisch, wie Husten und Weinen und TV-Gelächter durch die Knochen des Hauses wanderten. Draußen nur Möwen und das Murmeln des Verkehrs, alles gedämpft, als wäre das Fieber des Zahltags gesunken.

Er stand langsam, schrittweise auf. Er war schwach. Seine Kopfschmerzen hatten sich zu einem reinen Kater abgeschwächt, und mehr Linderung würde er wahrscheinlich nicht mehr bekommen. Seine Sicht war wieder mehr oder weniger normal.

Wie immer kochte jemand mit altmodischem Currypulver – Keen's oder Clive of India –, der Geruch von Kirchenspeisungen und Studentenbuden. Die Junkies dürften zufrieden sein, am Einnicken. Die Säufer schliefen, nachdem sie sich schon tagsüber zugedröhnt hatten, ihren Rausch zu Hause, auf der Straße, in der Ausnüchterungszelle aus. Alle anderen gönnten sich ein schönes Kotelett, ein würziges Huhn. Alles war gut.

Auf der Arbeitsfläche in der Küche seine Einkaufstüte in einer Pfütze. Er schob sie in den Kühlschrank und versuchte, nicht an Salmonellen zu denken. Drüben bei der Glasschiebetür war der Fleck auf dem Teppich nicht mehr zu sehen, doch als er darüberging, merkte er, dass die Stelle sich an den Sohlen noch leicht feucht anfühlte. Wenigstens stank es nicht.

Er schob die Tür auf und trat auf den Balkon, um den salzigen Wind in den Haaren, im Bart zu spüren. Der westliche Himmel über dem Meer war ein verlöschendes Nachglühen. Unter ihm die melancholischen Lichter der Werften, Lagerhäuser, Straßen.

Blackboy Crescent. Gemma Buck.

Ein festlicher Haufen rosafarbener und grauer Papageien ließ sich auf den Dattelpalmen hinter der Kathedrale nieder. Die Galahs waren die Rucksacktouristen der Lüfte – ungestüme, ungezügelte Schmarotzer, er mochte sie. Ein paar Minuten sah er zu, wie sie voreinander stolzierten und tänzelten, und es war beruhigend. Bis die Tür nebenan knirschend aufging und er sich in die Wohnung zurückzog, als jemand auf den Balkon trat, um sich eine Zigarette anzuzünden und sich die Lunge freizuhusten.

Da er nun zum Drinsein gezwungen war, dachte er daran, dass er etwas essen sollte. Sein Appetit war enorm. Er fühlte sich hohl, und Essen half da vielleicht. Jeden Abend eine Mahlzeit zu kochen war so ziemlich die einzige Form von Selbstdisziplin, die er sich noch bewahrt hatte. Abgesehen vom Kopfeinziehen. Aber an diesem Abend war er zu fertig und erschüttert, um sich die Mühe zu machen. Er würde sich das Pfannengemüse vom Vorabend aufwärmen und sich morgen dafür entschädigen.

Und während die Schüssel sich in der Mikrowelle drehte, versuchte er, sich über Gemma klar zu werden. Über den Jungen auf dem Geländer, über diese ganzen verrückten dreißig Sekunden konnte er gar nicht nachdenken, nicht jetzt, nachdem er sich wieder ein wenig eingekriegt hatte. Aber dass sie hier war. Vor seiner Tür, in diesem Gebäude. Das war bereits mehr, als er ertragen konnte, ohne dass bei ihm eine Sicherung durchbrannte.

Gemma Buck. Absolut kein Mädchen mehr, sondern eine

Frau – und dazu noch eine ziemlich gewöhnliche Frau mittleren Alters. Er konnte es nicht glauben. Denn in seiner Vorstellung war sie noch immer eine hilfsbedürftige, kleine Göre mit weißblonden Zöpfen. Irgendjemandes lästige kleine Schwester.

Die Schüssel mit Essen fing im Gerät an zu schwitzen, und der erdige Geruch von Shiitake-Pilzen und Sesamöl zog durch die Wohnung. Eine Mahnung daran, dass er wenigstens bis zum frühen gestrigen Abend noch funktioniert hatte. Was zwar nicht gerade das Herz erfreute, dennoch betrachtete er es als kleinen Erfolg. Der Kasten piepste. Er holte sein gesundes Gemüse heraus und stellte die Schüssel auf die Arbeitsfläche, um sie ein wenig abkühlen zu lassen. Was ihn zu der Frage brachte, warum er sich überhaupt die Mühe machte, das Essen aufzuwärmen. Doch dann war er tatsächlich hungrig, zu rasend hungrig, um zu warten. Deshalb verbrannte er sich die Zunge. Natürlich. Et cetera.

Die Buck-Mädchen. Oben vom Hügel. Sie waren so oft im Haus, diese Kinder, es war fast schon ein Dauerzustand. Und einen Teil eines Jahres lebten sie sogar bei ihnen: 1971 oder vielleicht 72. Er sah es überdeutlich vor sich, sie alle im Wohnzimmer, auf dem Bauch vor dem Fernseher liegend, der in prächtigem Schwarzweiß flackerte. Die kleine Gemma an einem Ende der karierten Reisedecke, seine Schwester Faith neben ihr. Dann er, neben Baby Buck, der Älteren. Die Mädchen in ihren Flanellnachthemden, er in seinem albernen Pyjama. Hinter ihnen allen sein Vater, der in seinem Lehnsessel gluckste. Flip Wilson, der in Schwarzweiß noch schwärzer wirkte. Alle schrien in entzücktem Einklang: *Here come de judge!*

Die kleine Gemma Buck. Sie fiel einem ein, wenn man an *McHale's Navy*, Herb Alpert and the Tijuana Brass, die

Grundschule dachte. Sie gehörte zu der goldenen Zeit, bevor seine Welt zusammenbrach. Als Nev noch bei ihnen war. Und, o Mann, wie Nev diesen Flip Wilson liebte.

Keely versuchte es noch einmal mit dem Essen, während die Erinnerungen hereinstürzten.

Gemma war eine Mundatmerin, das fiel ihm jetzt wieder ein. Recht niedlich, auf eine Art wie Cindy Brady, aber auch sehr anhänglich. Sie war völlig anders als ihre Schwester. Und irgendwie nervig, weil sie dauernd um einen herum war. Aber sie waren eine geschützte Art, diese Mädchen; sie hatten Probleme zu Hause, und deshalb musste man ihnen Zugeständnisse machen. Faith und er lernten, ihnen viele Dinge durchgehen zu lassen, um sich selber eine Strafpredigt der Eltern zu ersparen.

Keely dachte an die Hunderte von Abenden, an denen die Buck-Mädchen zu ihnen gekommen waren: Sommerabende draußen auf der Veranda, sie schluchzend in ihren Nachthemden, und auf der Hügelkuppe hinter ihnen hörte man das Glas brechen. Und immer das Geschrei. Das Haus dort oben war nach Einbruch der Dunkelheit das reinste Irrenhaus. Freitags war es am schlimmsten, denn da vertrank Johnny Buck seinen Wochenlohn bis zur Sperrstunde, und er hatte keine Lust darauf, dass seine Alte ihn ausschimpfte, wenn er rotzbesoffen und pleite mit ein paar Flaschen unter dem Arm und einem zerrissenen Hemd am Leib nach Hause kam. Die Prügeleien waren fürchterlich und öffentlich. Kein Mensch rief je die Polizei. Die Mädchen standen einfach vor der Tür der Keelys und wimmerten auf der Veranda, bis ein Licht anging und Doris sie hereinholte. Der Vater machte sich dann auf die Suche nach seinen Stiefeln, fasste sich kurz ein Herz und murmelte ein Gebet oder einen Fluch, bevor er den Hügel hinaufstapfte, um sich darum zu kümmern, so gut er konnte.

Zu dieser Zeit hatten die Keelys keine Probleme, sie lösten sie. Mit tiefem Glauben und Dankgebeten. Und hin und wieder, wenn die Kacke wirklich am Dampfen war, mit ein paar wohlüberlegten Schlägen.

Die Eltern achteten sehr darauf, ihn und seine Schwester vor dem Gemetzel auf der Straße zu schützen, aber hin und wieder schaffte es das Chaos in die Pufferzone. Keely hatte immer wieder aufblitzende Erinnerungen, die nie verblassen würden. Das waren, wie er vermutete, seine ersten Erfahrungen mit der Gewalt. Und es war immer merkwürdig, wie fremd sie wirkten, diese Erinnerungen, trotz ihrer grellen Unmittelbarkeit, denn obwohl sie eindeutig aus seiner alten Nachbarschaft stammten, wirkten sie nicht so, als gehörten sie zu seiner Welt, damals nicht und auch jetzt nicht. Aber er konnte es noch immer sehen, wild und klar wie ein Alptraum. Er sah Bunny Buck. Die Mutter der Mädchen. Mrs. Buck. Auf den Knien in knotigem Büffelgras. In ihrem Vorgarten. Kniend drückte sie sich eine Damenbinde an das blutende Gesicht. Was eine Damenbinde war, lernte er erst Jahre später. Sie drückte sie sich an den anschwellenden Kiefer, als würde alles Weiche ihr Linderung bringen. Während Schatten auf sie eindroschen. Johnny Buck in seinen Arbeitsklamotten. Neville Keely in Shorts und Unterhemd. Nebenan und auf der anderen Straßenseite viele Lichter, Silhouetten in jedem Vorgarten, aber keiner, der zu Hilfe eilte. Im Verandalicht Nev kreisend, eine Stimme wie ein Pferdeflüsterer, Schlaf in den Augen und Schmierfett in den Furchen seiner Hände. Johnny Buck torkelnd, mit zusammengekniffenen Augen, um ihn im Blick zu behalten. Nev, der ganz langsam näher kam, lächelte, täuschte, dabei von Vergebung und Loslassen, Bekennen und Sich-der-Liebe-Ergeben plapperte, eine tänzelnde, keuchende, mitternächtliche Predigt, deren Höhepunkt ein plötzlicher Sprung und ein Halbnelson war, der das fiese kleine Arschloch in Sekundenbruchteilen auf den Boden warf. Und schwer zu vergessen war vor allem der Anblick, wie ein kräftiger Mann wie Nev Johnny Buck segnete und ihm gleichzeitig das Gesicht ins Gras drückte. Die gesichtslosen Nachbarn johlten; daran erinnerte er sich noch gut.

Doch wo hatte er in dieser Nacht gestanden? Hatte er sich schließlich doch fortgeschlichen, um es mit eigenen Augen zu sehen, hatte er Faith und seine Mom und die Mädchen im Haus zurückgelassen und war von Garten zu Garten getapst, um mitzukriegen, was ihre Nächte immer so aus der Form brachte? Oder waren die Mädchen auch dabei, hatten sie geschrien, sich an Doris geklammert und die rückgratlosen Gaffer angefleht? Er wusste es nicht mehr. Er sah nur noch Johnny Buck, der auf dem Rasen kämpfte und fluchte. Seinen Vater, der sich für seine Mühe ein paar auf die Nase einfing. Und wie dann Nev plötzlich die Oberhand bekam und auf ihm kniete wie ein Mann im Gebet, dem Scheißkerl die Arme auf die Erde drückte, bis er flennte. Einen Augenblick später war seine Frau bei ihm, um ihn zu trösten, und nannte Nev ein bigottes, beschissenes Brutalo-Arschloch, das sich um seinen eigenen Dreck kümmern solle.

Es war verwirrend. Und es fühlte sich falsch an, dass ihr gedemütigtes »Leck mich« genauso unauslöschlich war wie die Gewalt selbst. Doch selbst jetzt noch evozierte die Erinnerung nicht nur Stolz, sondern auch Beschämung.

Es war das Jahr, in dem Harold Holt ertrank. Irgendwie war ihm diese Tatsache im Gedächtnis geblieben. Aber Keely wusste, dass es so ablief, seit Menzies Premierminister war. Es ging weiter bis Whitlam. In der Blackboy Crescent war es eine Standardprozedur. Wenn irgendein verwirrter Trottel ausflippte, holten die Nachbarn den guten alten Nev. Er war der heilige Narr mit Händen wie die Wurzeln eines Mallee-Eukalyptus und einem Herzen, das, solange es schlug, groß war wie ein Bierfass. Nacht für Nacht schickten sie ihn los und ließen ihn die ganze Last tragen. Und drückten sich dabei selbst in den Schatten herum, trieben ihn aus komfortabler Entfernung an.

Keely aß sein Gemüse zu Ende. Er stand noch immer. Nicht mehr ganz so ruhig wie eben, als er auf die Kakadus hinuntergeschaut hatte. Erregt von der Erinnerung. Aber das Gewicht in seinem Kopf hatte sich ein wenig verringert, der verärgerte Passagier döste.

Jetzt fühlte er sich komisch. Aber nicht so schrecklich. Sogar besser. Als hätte Gemmas unerwartetes Auftauchen ihn aus einem Teufelskreis herausgerissen. Etwas Neues, Unerwartetes. Okay, vielleicht alt und unerwartet. Um sein Hirn von den fünftausend Sachen abzulenken, über die er nachgrübelte, bis ihm sämtliche Sicherungen durchbrannten. Es war irgendwie nett, ein neues Thema anzuschneiden. In Erinnerungen zu stöbern.

Aber woran konnte er sich tatsächlich erinnern? Vor allem in Bezug auf Gemma? Eigentlich an nicht sonderlich viel, wenn er ehrlich war. Abgesehen von dem Anblick, wie sie und ihre Schwester sich unter Doris' Morgenmantel duckten und jaulten wie Welpen. Und diese blonden Zöpfe. Sonst an nicht viel. Weil es das ältere Mädchen, Baby, gewesen war, das Eindruck machte. Sie war taff, pummelig, irgendwie unheimlich und unflätig. Einmal hatte er sich in der Schule vor den Augen von einem Dutzend Jungs von ihr Schläge eingefangen; er wusste nicht mehr, warum – erinnerte sich nur an das Gelächter und das Explosionsgefühl in seiner Wange. Babe verströmte eine merkwürdige Aura. Jungs beachteten sie, redeten mit ihr; und Männer ebenfalls. Als sie diese Monate bei ihnen lebte, als ihr Vater im Gefängnis und ihre Mutter noch im Krankenhaus war, fiel

Keely ihr vage erdig-grasiger Geruch auf und die merkwürdige Förmlichkeit, mit der sein eigener Vater sie ansprach. Nev war kein vorsichtiger Mann, aber bei Baby Buck war er behutsam, fast höflich.

Die Buck-Schwestern. Sie waren Streuner, die man nicht abschütteln konnte, bis die Keelys selbst nicht mehr da waren, von einer Katastrophe in ein neues Leben geschwemmt. Für Faith und ihn selbst waren diese Teenagerjahre vernebelt von Kummer. Die Bucks verschwanden zusammen mit allem und jedem anderen. Nach der Blackboy Crescent verschwendete er kaum noch einen Gedanken an sie.

Bekam sie aber hin und wieder einmal zu Gesicht. Es musste Ende der Siebziger gewesen sein, als er eines Abends in der Barrack Street an Baby vorbeiging. Mit einem kaputten Schuh lehnte sie an der Wand. Sie wirkte zerstört, sei's von Drogen oder ganz allgemein. Es gab einen peinlichen Augenblick, als sie sich gegenseitig erkannten, aber nicht grüßten. Ein paarmal sah er Gemma aus der Ferne. Bei einem Konzert, in einem Pub. Unter dem Arm des einen oder anderen gefährlich aussehenden Kerls. Sie war gebräunt, die Locken von der Sonne streifig, eine Provokation auf zwei langen Beinen, und damals für einen wie ihn eine völlige Unmöglichkeit. Ihre Blicke trafen sich, aber Keely tat so, als würde er sie nicht sehen. Wusste noch gut, wie ihm die Ohren vor Scham brannten.

Das Geschirr vom letzten Abend stand noch auf der Spüle. Die Hitze des Tages hatte die Flecken eingebrannt und die purpurne Kruste in seinem Weinglas roch schwer und schwül. Er wusch lustlos ab, begrub seine Flaschen in der Recycling-Kiste und wischte alle Oberflächen, eher aus innerer Unruhe als sonst etwas.

Aber er war noch immer leicht aufgedreht. Er sollte Wäsche waschen. Oder besser noch, Faith anrufen. Sie wäre amüsiert. Oder wenigstens neugierig. Außerdem hatte er, nachdem er über all diese Erinnerungen gestolpert war, das Gefühl, er müsste ihre Stimme hören. Er schaute zur Uhr. Singapur. Dieselbe Zeitzone. Er schnappte sich den Festnetzapparat und wählte die Nummer seiner Schwester.

Faith antwortete in lärmender Umgebung, in einem Restaurant, wie es klang. Er musste seinen Namen zweimal wiederholen, bevor sie begriff, wer sie anrief.

Alles in Ordnung mit dir?, fragte sie. Geht's um Mom?

Ihr geht's gut, uns geht's gut.

Du klingst aber nicht so.

Nee, es geht mir gut.

Hast du jemanden aufgesucht?

Was?

Hast du diese Nummern angerufen?

Quacksalber und Banker, Schwesterherz. Du kennst mich doch.

Manchmal frage ich mich schon.

Muss dir erzählen, wen ich getroffen habe.

Tom, ich bin in einer Besprechung.

Okay, tut mir leid. Dachte nur, dass du es vielleicht ein bisschen ... komisch finden würdest.

Im Augenblick ist alles komisch. Die Welt, wie wir sie kennen, geht gerade den Bach hinunter.

Echt?

Du hast ja keine Ahnung.

Na ja, im Großen und Ganzen schon.

Ich bezweifle es.

Wie auch immer, ich habe zwei Wörter für dich.

Bitte sag mir, dass es nicht Lehman Brothers ist.

Lustig.

Nicht sehr. Welche Wörter, Tom?

Buck. Und Gemma.

Gemma Buck?

Bist schnell, Schwesterlein.

Die Gemma Buck aus der Blackboy Crescent?

Genau die.

Was ist mit ihr?

Wohnt in meinem Haus. Auf demselben Stock.

Ist das ein Witz?

Bin ich ein so witziger Kerl?

Mann. Also das ist … komisch. Und, wie sieht sie aus?

Keely konnte nicht anders, er musste lachen.

Was?, fragte sie.

Ich liebe es, dass das das Erste ist, was du fragst. Wenn ein Kerl so etwas behaupten würde, würdest du ihm die Eier abreißen.

Ach, komm schon.

Um ehrlich zu sein, sie sieht ein bisschen fertig aus.

War sie denn nicht mal 'ne Klassefrau?

Glaub schon.

Hör zu, ich muss Schluss machen. Kannst du mich später anrufen?

Klar.

Gib mir noch eine Stunde, okay?

Keinerlei Problem.

Ich ruf dich an.

Mach dir nicht die Mühe, sagte er. Ich rufe wieder an.

Natürlich tust du es. Aber ich kann's mir leisten.

Ich habe gesagt, ich rufe an. Oder?

Liebe dich, sagte sie mit einer gewissen Resignation, bevor sie abschaltete.

Ja, sagte er in den Äther. Ich dich auch, Schwesterlein.

Kurz versetzte ihn ein flüchtiges Gefühl der Nähe in Hochstimmung. Er dachte an die sichere Masse ihres Körpers in einem Schlafsack neben ihm auf der Ladefläche des Kombis.

Ihr asthmatisches Keuchen, ihr seifiger Vanillegeruch über den Gerüchen von Kunstlederbezügen und nassem Gras. Das Geräusch der Grillen. All diese Nächte, abgestellt in Vorgärten, während die Eltern Sitzungen, Gebetsgruppen, Demo-Besprechungen abhielten. Dieser keuchende, süße Klumpen ganz dicht neben ihm im Auto. Seine kleine Schwester, die Handelsbankerin. Er küsste den Hörer wie ein Trottel und legte ihn auf die Gabel.

Schaute kurz durch die leere Wohnung. Schnappte sich die Schlüssel.

Während er an verschlossenen Läden in sich leerenden Straßen vorbeischlenderte, dachte er daran, dass er seine Mutter anrufen sollte. Er war Doris einen Anruf schuldig, und außerdem würde es sie freuen, von Gemma zu hören. Aber er wusste, es ging nicht; er konnte das liebevolle Aushorchen nicht gebrauchen, ihr Drängen, er solle noch zu einem anderen Arzt gehen, einem neuen Berater, irgendeinem Arbeitsvermittlungsguru in den westlichen Vorstädten, der von allen sehr gelobt wurde. Konnte das vielsagende Schweigen, ihre nachlassende Geduld nicht gebrauchen. Ein paar Minuten war er wieder nahe am mentalen Aufruhr. Doch er beschwichtigte sich wortreich selbst, rief die Konferenz in seinem Kopf zur Ordnung.

Es war noch immer warm. Hier und dort Jogger und Flaneure. Späte Pendler hasteten über den Bürgersteig, Bummler hingen herum, verlorene Seelen, Frauen, die mit ihren Handys Taxis riefen. Unten auf der Hauptstraße strampelten lachend lycra-freie Radfahrer, Gott beschütze sie. Dahinter knurrten Holden Commodores voller einheimischer Jungs, die mit offenen Fenstern den Block umkreisten und den Frauen Obszönitäten zuriefen. Mädchen mit Tattoos und dürren Hunden sagten ihnen, sie sollten sich verpissen. Ein Kerl versuchte, vom Balkon einer Herberge für Rucksacktouristen einen Drachen steigen zu lassen, aber die Brise zwischen den Gebäuden war zu unstet.

Die Abendluft war schwer von Salz, Kaffee und Abgasen. Die Stadt wirkte matt und wohlwollend. Es war dieselbe Gegend, die er am Vormittag gemieden hatte, aber am Abend verzieh man ihr leichter. Im Grunde war es ein Dorf, mit allen Tugenden und Lastern der Vertrautheit. Und er kannte das alles in- und auswendig, hatte fast sein gesamtes Arbeitsleben hier verbracht. Aber er musste sich täglich daran erinnern, dass es für ihn jetzt eine ganz andere Stadt war; in seinen neuen Verhältnissen lebte er anders in ihr, erlebte ihre Charakteristika neu. Inzwischen war er ihr mehr ausgeliefert, sie wirkte auf eine Art auf ihn, wie er es zuvor nicht erlebt hatte. Man konnte jeden Ort und jeden Menschen hassen, wenn man nicht gebraucht wurde. Er war pleite in jeder Hinsicht, überflüssig, denn es gab für ihn keinen Bedarf mehr. Aber an diesem Abend war er ein wenig beschwingter, als wäre er nach einem schweren Sturz wieder aufgestanden.

Auf dem Strip kaufte sich Keely ein Bier, trank es schnell aus und ging weiter, bevor er sich ein tröstendes zweites bestellen konnte. War kurz stolz auf sich und dachte dann wieder an Doris.

Unter den Dattelpalmen gegenüber dem Bahnhof bettelten Säufer nölend um Geld für Taxi oder Zug, zwei Dollar, Kumpel. Ihre Weintüten blitzten silbern unter den Bäumen, und diese optimistischen, kumpelhaften Rufe bekamen schnell einen drohenden Unterton. Er ging schleunigst weiter, über die Fußbrücke zum Kai.

Ruf Doris an, dachte er, während er den Kai überquerte. Sei kein Feigling.

Von den Fähranlegern rauschten Autos davon. Auf dem Dock versuchten Passagiere nach der Überfahrt von Rottnest, ihre Beine wieder an festen Boden zu gewöhnen. Andere schoben Fahrräder, Rollkoffer, Kinderwagen voller schreiender, zappelnder Babys.

Seine Mutter war ein Fels in der Brandung, eine Heilige. Was natürlich alles nur noch schlimmer machte, vor allem da sie mehr als genug Zeit gehabt hatte, sich ein Bild seiner Situation zu machen. Zwei Jahre seit der Trennung. Ein ganzes Jahr seit seinem katastrophalen Aussetzer und allen seinen Folgen. Doris war mit allen Wassern gewaschen. Ihr entging nicht viel. Er wollte ihre wohldurchdachte Analyse keine Sekunde lang über sich ergehen lassen, aber er war sich ziemlich sicher, dass er sie in all ihren liebevollen, erbarmungslosen Varianten bereits verstanden hatte. Ihre Ansicht war ohne Zweifel die folgende: dass man von ihrem einzigen Sohn inzwischen vernünftigerweise erwarten konnte, sich aus den Ruinen seines Lebens zu erheben und etwas Neues anzufangen. Sie war natürlich schlau genug, das nicht zu sagen. Aber sie verströmte es.

Ihr treues Dasein, ihre Zurückhaltung, ihre sorgfältig abgestimmte Aufmerksamkeit sagten alles über sie, und sogar abwesend übte sie einen tektonischen moralischen Druck aus. Sie hatte guten Grund, verwirrt zu sein, ihre Ungeduld war berechtigt. Ja, ja, ja, verdammt noch mal ja, diese Monate waren vergeudet, und wahrscheinlich war er ein Feigling, weil er es sich in seinem Selbsthass gemütlich machte, aber er wurde den Verdacht nicht los, dass noch mehr kam, dass noch etwas Schlimmeres notwendig oder zumindest unvermeidlich war, dass er noch nicht genug gestraft war. Es war nur eine Frage der Zeit. Und wenn er erst ganz unten angekommen war, würde er dort vielleicht Gewissheit finden, neue Überzeugung, ein Gefühl der Dringlichkeit, das er nicht mehr kannte. Sie hielt das für Unsinn, sogar Verrücktheit. Obwohl er kein Wort darüber hatte verlauten lassen, es gar nicht brauchte. Doris konnte ihn in fünf Sprachen lesen und ihn in Braille ertasten. Seit seinem verheerenden Wahrheitsgefasel spürte er die Beredtheit jedes ihrer zurückgehaltenen Urteile und langmütigen Blicke. Er musste nicht lange raten, was sie von seiner mürrischen Passivität, seiner Verbitterung und seinem verletzten Schweigen hielt, und das war der Grund, warum er ihr in letzter Zeit aus dem Weg ging. Es war kein Vergnügen, etwas zu verkörpern, was die eigene Mutter bemitleidete, vielleicht sogar verachtete. Sie liebte ihn, ihr Mitgefühl war grenzenlos, aber ihre Enttäuschung kränkte mehr als irgendeine andere Demütigung. Das Problem war, sie hielt ihn für stark, beurteilte ihn immer noch entsprechend und wusste noch nicht, dass er verloren war.

Aber heute Abend würde er nicht zu ihr gehen.

Er musste sich davon lösen. Von Doris' angsteinflößendem Einfühlungsvermögen. Dem bekannten Unbekannten. Von allem.

Ich habe mich, sagte er sich, ich habe mich bereits gelöst.

Was eigentlich Blödsinn war, aber er glaubte es, weil es ihm nötig erschien.

Ich bin okay, murmelte er laut.

Was als Behauptung etwas sicherer war, aber kaum begründet.

Mir geht's gut, verkündete er einem erschrockenen Passanten.

Und dennoch, so rechtschaffen er auf seine misanthropische Art war, Güte war etwas Mühseliges. Missverstanden, das war Keely. Ja. Und es stimmte, dass seine Absichten unabänderlich gut waren. Aber nur wenn er welche hatte. An einigen Tagen hatte er Mühe, überhaupt eine Absicht zu formulieren.

Er schwankte auf dem Gipfel seiner helleren Stimmung. Die Dunkelheit saugte an ihm.

Aber die Abendluft war die reinste, salzige Gnade. So dicht am Wasser roch sie göttlich, fühlte sich barmherzig an. Und welchen Unsinn er sich auch einredete, wie schwach und falsch das positive Gebrabbel auch war, sobald man es mit der beschissenen Wirklichkeit verglich, die wunderbare, rettende Nacht beschlich ihn einfach. Der Rest war unwichtig. Aus Gründen, die er nicht ermessen konnte, verlor die Hoffnungslosigkeit unvermittelt ihre ultimative Gewalt über ihn. Als wären für einen Augenblick die Ketten abgefallen, und sein Herz wäre frei. Oder wenigstens auf der Flucht.

Er schlenderte an den ranzig riechenden Schuppen am Kai vorbei, wo die *Leeuwin* an knarzenden Tauen auf der Flut dümpelte. Auf Deck stand unter dem Gewirr aus Spieren und Takelage ein Junge mit Dreadlocks und spritzte Kisten mit einem Schlauch ab. Die Piercings in seinem Gesicht glitzerten im Licht. Für Keely sah er jubilierend aus, als könne er seine Jugend und Schönheit und sein Glück nicht fassen. Hier vor den Augen der Passanten auf einem Großsegler zu stehen – das musste etwas wert sein, wert, sich ein paar Minuten in dem fast greifbaren Gefühl von Neid und Geheimnis zu suhlen, wert, eine so einfache Aufgabe wie Kisten abzuspritzen ein wenig in die Länge zu ziehen. Den Drang, Juhu zu rufen, gerade noch unterdrückend, ging Keely an Familien von leise murmelnden Vietnamesen vorbei, die winzige Gelbschwänze und Makrelenbabys einholten. Mit nachsichtigem Blick betrachtete er ihre Fetteimer, in denen es von Flossen und weißen Bäuchen und goldenen Schwänzen wimmelte. Er beugte sich nicht mit finsterer Miene und missbilligenden Geräuschen über sie. Das waren Leute, die sich eine Mahlzeit fingen: müde, schüchtern, argwöhnisch. Heute Abend brauchten sie sein spitzlippiges Interesse nicht. Der Beton des Kais war klebrig von Kleie, verdreckt von den Eingeweiden zerdrückter Kugelfische, übersät mit Schuppen. Gelangweilte Schulmädchen saßen auf Milchkisten, simsten und kicherten und hassten es, hier zu sein, während ihre Väter und Großväter in Plastiksandalen, grauen Hosen und weißen Unterhemden am Wasser kauerten, um Maden auf winzige Haken zu spießen und feuchte Kleie in Reusen zu stopfen. Friedliche, gelassene, zielstrebige Leute. Keely ging weiter – leben und leben lassen.

Am Ende des Kais setzte Keely sich im Windschatten des glänzenden neuen Museums auf einen Poller und sah zwei turtelnden Rucksacktouristen zu, die sich eine Dose Bier teilten. Birkenstocks, Haarknoten, vergoldete Glieder. Sie schauten hinüber zum anderweltlichen Licht des Containerterminals. Ihre Stimmen waren sanft und fremdländisch. Sie klangen nordisch. Und sie verströmten ein nicht unterdrückbares Gefühl der Zufriedenheit, als wäre dieser warme Abend am anderen Ende der Welt die lange Reise wert gewesen. Er blieb noch einen Augenblick sitzen, ritt auf der Dünung dieses Kontakts. Bis sie ihm einen Blick zuwarfen, der ihn fortschickte.

Als die Lifttür sich im zehnten Stock öffnete, stand Gemma Buck in einer Art Uniform davor.

O Mann, sagte sie. Wie wahrscheinlich ist denn das?

Noch mal hi, sagte er, während sie sich linkisch aneinander vorbeidrückten.

Auswärts gegessen?, fragte sie und hielt die Tür mit einem flaumigen Arm auf.

Nur ein Spaziergang, sagte er. Und du?

Arbeit.

Im harten Licht der Neonröhre im Lift sah er das Supermarktlogo auf der Brust ihres Kittels.

Nachtschicht?

Regale auffüllen, sagte sie. Wirklich erfüllend.

Keely grinste. Gemma hatte eine Tasche über der Schulter. In der Hand hielt sie eine nicht angezündete Zigarette. Ein Augenblick verging, dann grinste sie sarkastisch. Als die Tür sich wieder zu schließen begann, trat Keely dazwischen und ließ sie sich an die Hüfte stoßen.

Was hast du vergessen?

Dein Junge. Ich meine, ich dachte nur.

Er schläft, sagte Gemma.

Keely stand da, ließ sich von der Tür schubsen und wurde sich plötzlich bewusst, wie viel er über sie angenommen hatte, ohne ihre Lebensumstände wirklich zu kennen. Einen Augenblick hatte er sogar geglaubt, sie lasse das Kind unbeaufsichtigt.

Er ist ein netter Junge.

Ja. Ist er.

Hör mal, tut mir leid wegen heute Nachmittag.

Gemma zuckte die Achseln.

Ich war ziemlich im Arsch.

Tatsächlich?

Ich wollte nicht unhöflich sein.

Okay.

Schätze, wir sollten mal reden.

Was?

Ein paar Sachen nachholen.

Ach ja. Vielleicht.

Na, dann lass ich dich mal.

Gute Nacht, sagte sie.

Er trat zurück, und die Tür ging zu.

Eine halbe Minute stand er noch da, während der Lift ächzend und scheppernd nach unten fuhr. So müde er war, er würde nicht schlafen können, das wusste er. Oder seine Mutter anrufen. Er würde auch Faith nicht mehr anrufen, weil es ihn nur wieder melancholisch machte. Er würde sich irgendein uraltes B-Movie anschauen und hoffen, dass der Schlaf ihn irgendwann beschlich.

Kaum war er in der Wohnung, klingelte das Telefon. Er zögerte einen Augenblick, griff dann zum Hörer. Anstelle von Faith war es Doris.

Was gibt's?, fragte er.

Ich schaue mir gerade Victor Mature an. Kannst du dir vorstellen, dass Samson so schmalzig und rehäugig war? Ich nicht.

Ich nehme an, Faith hat dich alarmiert.

Ja, aber die Liebe und die Hoffnung haben mich befreit.

Sehr witzig, Mum.

Ich habe zuvor schon mal angerufen.

Ich war spazieren.

Gute Idee.

Na ja, ich hatte keine bahnbrechenden Erkenntnisse. Aber es war ganz nett.

Faith sagt, du hast eins der Buck-Mädchen getroffen.

Stimmt. Gemma.

Gott, sie war ein wunderschönes Kind. Kannst du dich noch an diese wunderbaren Haare erinnern?

Hm.

Sie war wie eine kleine Puppe.

Was ist eigentlich mit ihnen passiert?, fragte er. Den Eltern?

Bunny verließ ihn schließlich. John starb in den Achtzigern in Port Headland. Ich habe mich immer gewundert, dass sie ihn nicht umgebracht hat. Glaube mir, es gab Zeiten, da hätte ich es für sie tun können.

Du warst gut zu ihnen. Das habe ich nicht vergessen.

Tommy.

Ich meine, wie es war, was du getan hast.

Alles okay mit dir?

Mum, ich war spazieren. Es geht mir gut.

Tut mir leid, ich wollte nicht …

Keinerlei Problem.

Tom, ich mache mir keine Sorgen.

Er lachte.

Warum lachst du?

Na ja, Doris, sich keine Sorgen zu machen, das scheint so eine spezielle Mum-Sache zu sein.

Okay, sagte sie. Ertappt.

Ich gebe dir Grund dafür, ich weiß.

Du bist in Ordnung, Junge.

Wie auch immer, heute Abend brauchst du dir nicht den Kopf zu zerbrechen.

Das wird schon wieder, Tom.

Ja, murmelte er. Vermutlich.

Lass uns zum Mittagessen gehen.

Kein Kopfzerbrechen.

Montag?

Okay.

Ich ruf dich am Sonntagabend an?

Gut.

Ich liebe dich.

Ich dich auch.

Beim Auflegen wurde ihm bewusst, dass seine Mutter ihn kaum nach Gemma gefragt hatte. Das passte nicht zu ihr. Vielleicht war es ein Zeichen dafür, wie besorgt sie war. Oder wie weit sie die Vergangenheit hinter sich gelassen hatte. Vielleicht würde er es beim Mittagessen herausfinden. Aber seine beschwingte Stimmung war verschwunden.

Er stand unschlüssig vor der Schiebetür, drückte die Zehen in das Gewebe des Teppichs, spürte nichts und war nicht sehr getröstet.

Spürte einen kleinen Schlag. Von woher auch immer. Wie ein Ellbogen an seiner Schädelwand. Die Nachbarin drehte sich im Bett um.

Er schluckte ein paar Nurofen Plus. Ein paar Barrikaden zur Sicherheit.

Schaltete den Fernseher ein. Und da war er in seinem Lendenschurz. Victor Mature, so theatralisch, wie's nur geht. Bald würde er augenlos durch Gaza irren.

Schaltete wieder aus. Starrte sein trauriges Spiegelbild im Fenster an. Wusste, dass er gleich wieder vor der Messerschublade stehen würde. Auf der Suche nach etwas, das ihm den Rest gab. Versuchte, sich selber niederzustarren. Et cetera. Und blinzelte natürlich.

Ein gewaltiges Aufkeuchen, und er war wach. Auf dem Bett im stinkenden Zimmer. Jede Oberfläche zitterte und blitzte. Weit unten dröhnte eine Straßenkehrmaschine. Das Blut blubberte in seinen Adern, als hätte es eben noch gekocht.

Drei Uhr. Er hatte geträumt – etwas Schreckliches, etwas, das sich gnädigerweise beim Aufwachen in Luft auflöste.

Im Bad bespritzte er sich mit kaltem Wasser und stand dann eine Weile triefend im Halbdunkel, bevor er nach dem müffelnden Handtuch griff. Der trübe Umriss im Spiegel bewegte sich mitfühlend. Nicht wirklich synchron. Nur eine Näherung.

Aber als er sich zum Bett umdrehte und durch die Tür trat, war da eine andere Gestalt im Schlafzimmerfenster, eine Form, die zu klein war, um sein Spiegelbild zu sein, zu deutlich, um überhaupt eine Spiegelung zu sein.

Die Größe eines Kindes. Nackt im zuckenden Licht aus der Ferne. An das Fliegengitter gedrückt, als würde allein der Winddruck es dort halten. Die nackten Arme erhoben, in einer Segnung oder im Flug. Er war ruhig in diesen wenigen Augenblicken, die er da war; der Junge war ruhig und feierlich und schrecklich.

Dann verschwunden, wie ein ungreifbarer Gedanke.

Keely kniete sich auf dem Bett vor das plötzlich leere Fenster. Dort war nichts mehr als atemlose Nacht. Als sein Puls sich endlich beruhigt hatte, legte er sich hin und versuchte, wieder einzuschlafen. Aber er spürte ihn zurückkehren, nicht den Jungen, sondern den Traum. In Fetzen und Fragmenten und Blitzen. Er legte sich auf ihn wie ein vertrautes Grauen.

Es war der Junge. Gemma Bucks Junge. Im Traum war er draußen auf dem Balkon – auf Gemmas, nicht seinem. Und im Traum war Keely allein, in ein Handtuch gewickelt in kühler, kühler Luft, unglaublich kalter Luft, und er sah den Jungen nebenan erst, als er sich bewegte. Das Kind war drei Balkone entfernt. Mit nackter Brust kauerte er auf einer Milchsteige, beugte den Oberkörper zum Geländer und senkte immer wieder den Kopf darauf herunter. Seine blassen Haare leuchteten in der Dunkelheit, während er den Tau vom Eisen leckte wie eine durstige Taube.

Und das war alles. Alles, was ihm vom Traum ins Bewusstsein drang. Doch schon das jagte ihm Angst ein. Er spürte, dass da mehr gewesen war als nur das Kauern, aber er wollte sich nicht daran erinnern, er hatte genug Übung darin, abzuschotten, was nicht zu ertragen war. Aber die Logik von etwas Schlimmerem arbeitete minutenlang in ihm weiter, bis er das Gefühl bekam, er hätte es als das assimiliert, was es eigentlich war, eine harmlose mentale Verdauungsstörung. Er war wieder okay. Alles war gut, und die Pillen hatten noch genug Saft, genug Strom, um an ihm zu zerren, bis er in köstlichen Schlaf hineindämmerte. Und doch spürte er noch den fahlen Schein des Jungen, der dort wartete. Im Morast seines unregierten Landes. Kauernd, mit seiner Hühnerbrust. Viel zu hoch. Unbeaufsichtigt. Nur ein gestrecktes Bein vom Sturz entfernt.

Keely kämpfte sich zurück, setzte sich auf. Stand auf. Zog Shorts an. Stolperte durch das dunkle Wohnzimmer, riss die Schiebetür auf und ging hinaus.

Am gesamten Gebäude waren die Balkone leer. Ein paar Geländer wurden noch erhellt vom blauen Flackern von Fernsehern, aber niemand war draußen.

Das unsichtbare Meer zeigte sich in vibrierenden Begrenzungen – rote Lichter, grüne Lichter, der ferne Puls der Leuchttürme auf den Inseln. Der Hafen brummte, die Stadt selbst bestand nur noch aus Echos und Gemurmel, während die Straßenkehrmaschinen langsam zum Jachthafen rollten.

Er ging wieder hinein. Aber er hatte Angst einzuschlafen. Was eigentlich lustig war, wenn man sich überlegte, wie sehr er sich danach sehnte, was er alles geschluckt hatte, um Schlaf zu bekommen, wie benebelt und bereit er sich fühlte. Er würde sich einfach eine Weile hinlegen, das Zittern und Zucken in den Beinen ignorieren und abwarten.

Dämmerung. Morgen. Tag.

Fuhr nicht mit dem Fahrrad hinaus. Schwamm nicht. Augen wie heißer Schrot. Die Wohnung war brütend warm, aber er verkroch sich den ganzen Tag darin. Das Gebäude bebte vom Kommen und Gehen der anderen. Dieser ganze zielstrebige Freitagsverkehr. Er klimperte auf seinem Laptop herum, googelte ziellos, kniff die Augen zusammen und hielt sein Milchbrötchen wie eine Bombe.

Der E-Mail-Eingang war randvoll mit ungelesenen Mails, vorwiegend von verblüfften oder entrüsteten Freunden und Genossen, die jüngsten waren allerdings mehrere Wochen alt. An den fett gedruckten Betreffzeilen merkte er, dass Besorgnis sich in verletztes Schweigen und Schlimmeres wandelte. Zwei der letzten, von Leuten, denen er wichtige Informationen über die Auenstrategie versprochen hatte, trugen den schlichten Betreff: *Was soll der Scheiß?* Nach Altersschichten geordnet, ergaben diese unbeantworteten Nachrichten eine elende Archäologie, ein Register des Versagens. Es war absurd und erniedrigend, sie einfach so aufzuheben, krank, die Liste auf den Bildschirm zu holen und zu überfliegen, bei einigen kurz zu zögern, als würde man sich trauen, sie zu öffnen. Es war Zeit, das Ganze zu beenden.

Er stand auf, ging zur Schiebetür, schaute kurz aufs Meer hinaus, kehrte dann an den Tisch zurück, löschte die E-Mail-Adresse und schickte alles in den Orkus, solange er noch den Willen dazu hatte.

Danach hatte er das Gefühl, etwas erreicht zu haben. Aber in Bezug auf Befriedigung war es nicht handfester oder dauerhafter als der Nachhall eines guten Schisses.

Das Telefon klingelte zweimal an diesem Tag – am Vormittag, am Nachmittag –, aber er ging nicht dran. Er kratzte die Essensreste zusammen, aß Obst, das nicht mehr in der Blüte seiner Jugend war. Markttag, doch er wollte nicht hingehen. Touristen. Ernste, einheimische Gesichter. Das Geschrei der freundlichen Standbesitzer. Die Hitze. Der engstirnige Stallgeruch seiner Landsleute. Scheiß drauf.

Noch immer fertig von seiner traumgeplagten Nacht döste er unruhig im Sessel. Am Nachmittag drehte die Frau nebenan auf, kämpfte gegen Mächte und Fürstentümer mit Gesängen und Ermahnungen. Er musste sie bewundern, die Art, wie sie sich mit Sprache über Wasser hielt. Je länger sie sang, desto stärker klang sie. Er beneidete sie. Was dumm war. Und erschreckend.

Später am Tag zog er, eher aus Langeweile denn aus Drang, die letzte Weinflasche aus dem Karton unter dem Bett hervor – einen schlappen Grenache, den er normalerweise nur als sedativen Lückenbüßer benutzte –, und das erste Glas, das er sich eingoss, war heiß und beruhigend. Er trank die Flasche ohne Hast, genoss das späte Aufkommen der Meeresbrise, und bei Sonnenuntergang benutzte er die letzten Schlucke, um ein paar Mersyndols und zur Sicherheit eine Heuschnupfentablette hinunterzuspülen, und so schloss er den Tag mit einer gewissen Entschlossenheit ab.

Vielleicht vor dem Bett noch ein letzter Augenblick auf dem Balkon. Um sicherzugehen, um zu bestätigen, dass das alles nur in seinem erschöpften Kopf stattgefunden hatte. Er würde aufstehen und hinausgehen. Wenn er nur gegen all das laue Wasser anschwimmen könnte, das ihn in den Sessel drückte.

Aber Moment mal. War er das nicht? Wartete nicht einmal, bis Keely weggedöst war. Schon da. Vor ihm. Direkt hinter dem pulsierenden Fliegengitter vor der Schiebetür. Der Junge. Kauerte auf der obersten Geländersprosse, stemmte sich gegen den hämmernden Meerwind. Der Junge war bewegungslos. Hielt sich wie ein Drachen im Aufwind. Während das Gebäude schwankte und raschelte wie ein Tuartbaum. Der Himmel purpurn, brutal, das Kind ausdruckslos, starrend im Profil, die Haare leuchtend. Keely rief, versuchte, ihn mit Winken in die Sicherheit zu locken, aber die Bewegung schien den Jungen zu erschrecken. Er beugte den Oberkörper. Kippte nach vorn. Und war verschwunden.

Er wachte auf, und es war dunkel. Wachte auf. War wirklich hellwach. Traute aber trotzdem nichts und niemand. Er stand in seiner Unterhose draußen. Gemmas Balkon war leer, aber er war zu durcheinander, um es dabei zu belassen. Er ging wieder hinein, entriegelte die Wohnungstür, dann wieder hinaus auf die Galerie bis zur Nummer 1010, über deren Sicherheitstür das Deckenlicht brannte. Die Tür hinter dem Fliegengitter war genauso schmutzig beige wie seine, das verbogene Sicherheitsnetz pelzig vor Korrosion durch den Salzwind. Der Vorhang am Küchenfenster war zugezogen, aber drinnen brannte Licht. Er wusste nicht, was er tun sollte. Er wollte nachsehen, ob alles in Ordnung war, aber um 23:08 Uhr und in Unterhose war das kein leichtes Unterfangen. Er zögerte, zauderte, drückte sich an den heißen Klinker.

Weiter unten am Laubengang wurde eine Tür zugeschlagen. Eine Frau in einem Sari – einem dunkelgrünen Sari – steckte den Schlüsselbund in die Handtasche. Glänzende schwarze Haare. Ein Bindi, rot wie ein Kameralämpchen, mitten auf ihrer Stirn. Auf dieser dunklen Stirn, diesem erhobenen Gesicht. Das direkt in seine Richtung schaute. Ihn sah, seine fast nackte Anwesenheit registrierte. Sie erstarrte, piepste erschrocken auf und jagte ihn damit nach Hause.

Er stand spät auf, dazu auch noch ziemlich verschlafen, aber den Rest des Vormittags hielt er Ausschau nach Gemma und ließ gegen seine Gewohnheit die Tür sogar einen Spalt offen, doch sie kam nicht vorbei. Da sie Nachtschicht arbeitete, wollte er nicht an ihre Tür klopfen. Er ging auf und ab. Machte sein schmuddeliges Bett. Ging noch ein bisschen auf und ab.

Klappte den Mac auf. Nur so zum Zeitvertreib. Und dann gab er seinen Widerstand auf. Er konnte nichts dagegen tun. Er überflog die Nachrichten, las die Schlagzeilen. War sofort fassungslos. Das immer Gleiche, nur schlimmer.

Faith hatte recht. Die Welt ging wirklich den Bach hinunter. Obama plädierte für einen Rettungsschirm. Jeder wollte den Bankern den Arsch retten. Was wirklich herzerwärmend war. Aber hier in Australien kaum ein Wellchen schlug. Endlose Reserven an Rohstoffbeute. So sicher wie Häuser. Wenn es allerdings um Steine und Mörtel ging, schienen die guten Leute von Perth sehr überrascht zu erfahren, dass die Preise ihrer Immobilien sinken könnten, was für sie, das stellte er sich vor, wirklich die Bestätigung wäre, dass die Welt aus den Fugen geraten war. Dennoch hatte ein Kerl in Queensland, der sich den Verlockungen der Innenschau ganz offensichtlich entzogen hatte, einen neuen Rekord aufgestellt, indem er siebenundvierzig Wassermelonen auf seinem Kopf zerschmetterte. Weiter so, Australien.

Nach Jahren beruflicher Gewohnheit, oder vielleicht auch

nur aus einem masochistischen Impuls heraus, filterte er die Umweltgeschichte des Tages heraus. Aber es war kaum etwas Neues. In Hobart, das sich offensichtlich den Kopf zerbrach über seine Handelsbeziehungen, hatte die Bundespolizei das Schiff der Umweltorganisation Sea Shepherd gestürmt, die *Steve Martin*, oder wie immer sie dieses Jahr hieß, *Steve Jobs, Steve Buscemi* – was bedeutete das schon? Immerhin, sie waren wieder da, diese wildäugigen Lümmel, zurückgekehrt von einer Saison des Japsenärgerns. Glamourgeier und Spendenschweine mochten sie ja sein, aber er mochte sie. Ganz abgesehen von ihrem Getöse, taten sie das, wozu die Regierung nicht den Mumm hatte. Wäre es um ein Gasfeld unten im Südlichen Ozean gegangen, würde die Bundespolizei Kanonenboote schicken. Aber das überließen sie diesen Cowboys. Und spitzten dann missbilligend die Lippen. Schien noch gar nicht so lange her, dass man diese veganen Piraten hier am Ende der Straße aufknüpfte. Noch eine hübsche Verwicklung, in die er sich hatte hineinziehen lassen. Unten am Kai vor den Kameras, hinter sich die Netzwerkermädels mit ihrem Pfannkuchen-Make-up und den Darth-Vader-Frisuren. Hatte ein paar Gefallen eingefordert, um einen Deal zu vermitteln und ein hosenscheißendes Kabinettsmitglied so zu beschämen, dass er das Schiff auftanken und neue Promis an Bord nehmen ließ. Die undankbare Arbeit eines Sonntagvormittags war das gewesen.

Wie auch immer, es reichte. Er knallte den Laptop zu. Zog sich zurück, solange er noch konnte. Für einen klaren Kopf, einen reinen Geist.

Er saß da. Sinnloserweise hellwach. Und niemand kam vorbei. Noch vor achtundvierzig Stunden hätte er das als Segen betrachtet, als großen, häuslichen Erfolg. Aber jetzt war er unruhig. Zappelte in dämlicher Erwartung.

Es war verdammt nervig.

Mittags gab er auf und ging, hungrig und gereizt wie ein Känguru, hinunter auf die Straße, um zu frühstücken. Bub's war nur vier Blocks von zu Hause entfernt, in einer Seitenstraße des Strip, aber man musste sich einen Weg hacken durch ein Dickicht aus klebrigen Touristen und Wochenendwichsern. Der Laden war gesteckt voll. Samstag. Was hatte er erwartet? Kaum war er drinnen, schickte ihm Bub auf die Schnelle einen doppelten Espresso und ein Muffin. Stammgastprivilegien, das war doch was. Und er war froh darüber. Aber die Menge machte ihn so mürbe, dass er nicht lange blieb. Für ihn hieß es zurück in die Fledermaushöhle. Verabschiedet mit einem verständigen Brauenhochziehen vom guten, alten Bub, der wusste, was Sache war.

Ein Block vom Mirador entfernt traf er Gemma und den Jungen, die eben aus einem Sportgeschäft kamen. Die Straße war heiß und hektisch vor Autos auf Parkplatzsuche. Gemma sah erschöpft aus. Der Junge stolzierte in einem Paar Fußballstiefel frisch aus dem Karton daher. Der Ausdruck auf seinem Gesicht schaffte es, Triumph und feierlichen Ernst zu vereinen. Er schaute auf seine eigenen Hacken hinunter und beobachtete sich, leicht verdutzt, aber erfreut, in den Schaufenstern.

Tag, sagte Keely.

Oh, sagte Gemma. Hi.

Da hatte aber jemand Glück.

Sein Geburtstag, sagte Gemma.

Na dann, alles Gute zum Geburtstag.

Ich weiß, wer du bist, sagte der Junge.

Ich bin Tom, sagte er. Und wie heißt du?

Du hattest Ratten, sagte der Junge.

Ratten?

Gehen wir aus der Sonne, sagte Gemma und bugsierte sie in den Schatten einer Markise.

Wie alt bist du?, fragte Keely.

Sechs, sagte der Junge. Wir kaufen uns Fisch und Chips. Will die Seestürmer füttern.

Möwen, sagte Gemma. Die heißen Möwen.

Müssen die Stiefel sein, sagte Keely.

Beide schauten ihn verständnislos an.

Stürmer, sagte er. Fußballstiefel.

Ach so, sagte sie mit einer Miene stirnrunzelnder Nachsicht.

Keely schaute unglücklich zu dem Jungen, ohne recht zu wissen, was er erwartet hatte – brüderliches Verständnis? Waren müde Witzchen denn nicht wie Milch und Honig für einen Sechsjährigen? Der Junge musterte ihn. Trotz des Schattens fühlte Keely sich heißer als noch eben, als ihm die Sonne auf den Schädel brannte.

Kann Tom mitkommen? Zum Essen?

Tja, sagte er, weil er Gemmas Verärgerung spürte.

Tom hat zu tun, sagte Gemma.

Aber es ist mein Geburtstag.

Was dagegen?, fragte sie, verlegen oder einfach nur verärgert.

Nein, sagte er. Natürlich nicht.

Aber es ist dein Wochenende.

Keinerlei Problem, sagte er und wunderte sich, wie sie ihn anschaute. Als wäre sie froh, sogar dankbar.

Keinerlei Problem, sagte Gemma. Das hat dein Vater immer gesagt.

Wirklich? Kann mich gar nicht mehr erinnern.

Keinerlei Problem. Mein Gott. Das ist Nev, wie er leibt und lebt. Gott hab ihn selig.

Wie auch immer, sagte er. Fisch und Chips klingen gut.

Der Junge trat in die Luft. Er schaute sich wieder in einer Fensterscheibe an, schwang einen glänzenden Stiefel.

Na, dann kommt, ihr zwei. Aber schnell, ich röste hier vor mich hin.

Keine Fugen, sagte der Junge und deutete auf die Platten des Fußwegs.

Richtig, sagte Keely. Keine Fugen.

Auf dem Weg durch die Stadt zum Jachthafen merkte er, dass es ziemlich mühsam war, Stoßkanten und Fugen im Pflaster auszuweichen, wenn man so viel im Kopf hatte wie er im Augenblick. Er war erleichtert, als sie die grüne Schneise der Promenade erreicht hatten, auf der es von Leuten, die picknickten, und cricketspielenden, hemdlosen Jugendlichen wimmelte. Auf dem Gras unter den Norfolktannen konzentrierte sich der Junge darauf, Hundehaufen auszuweichen, ein Sport, der mehr nach Keelys Geschmack war und in dem er bereits ein in Ehren ergrauter Veteran war. Es machte Spaß. Obwohl er sich nach einer Weile fragte, ob der Junge ihn nicht zu zwanghaft betrieb. Aber wer war nicht zimperlich bei Hundescheiße?

Erzähl von den Ratten, sagte der Junge, als sie zu der Gleisstrecke kamen, die die letzte Grenze zwischen Stadt und Wasser bildete.

Fang nicht wieder damit an, sagte Gemma.

Aber Nan, du hast es gesagt.

Nan, dachte Keely. Oma?

Hör auf, ihn zu belästigen, sagte sie. Tom will nicht über Ratten reden.

Du hast ihm von meinen Ratten erzählt?

John, George, Paul und Ringo, sagte sie mit einem Grinsen, das beinahe schüchtern wirkte.

O Mann.

Ich wollte diese Ratten unbedingt, sagte sie und schüttelte sich mit einem Lachen eine Zigarette aus der Packung. Ich hab sie aus dem Käfig geholt, wenn du nicht da warst.

Was für ein Name ist überhaupt Ringo?, fragte der Junge.

Keine Ahnung, sagte Keely mit ausdrucksloser Miene. Schätze, den habe ich mir einfach ausgedacht.

Gemma prustete los.

Es waren gute Kuscheltiere, sagte er. Lauter gute Nager.

Als sie am Übergang das Gleis überquerten, nahm der Junge Gemmas Hand und bewegte sich mit besonderer Präzision, als stünden die Stränge unter Strom. Links und rechts schoben Leute Kinderwägen und Räder darüber, aber der Junge konzentrierte sich darauf, jeden Kontakt zu vermeiden. Und als sie auf dem Fußweg auf der anderen Seite standen, wandte er seine Aufmerksamkeit wieder den Fugen im Belag zu. Bald gingen sie auf dem Plankenweg, dessen grün aufblitzende Lücken zwischen den Brettern ihn zu einem Geisha-Trippeln zwangen, das lustig aussah.

Wo sind diese Ratten?, fragte der Junge. Was ist mit ihnen passiert?

Kai, mein Lieber, du bekommst keine Ratte, sagte Gemma. Also frag gar nicht erst.

Ich weiß wirklich nicht mehr, was mit ihnen passiert ist, sagte Keely.

Ein anderes Mal vielleicht, sagte Gemma düster. Jetzt reicht's von den Ratten.

Sie machen viel Arbeit, sagte Keely. Und sie stinken ein bisschen. Wie auch immer, sie sind nichts für eine Wohnung, Kumpel.

Ich könnte sie auf dem äußeren Teil halten.

Auf dem Balkon?

Kai, sagte Gemma. Ich hab's dir gesagt. Keine Ratten.

Ist schon wahr, sagte Keely. Du könntest sie nicht einfach bei Wind und Wetter draußen halten. Außerdem, sagte er, um noch etwas auszuholen und gleichzeitig Gemmas

Wunsch zu beherzigen, das ganze Thema abzuschließen, kann es sein, dass Vögel sie holen.

Genau, sagte Gemma improvisierend.

Du weißt schon, Eulen, Milane, Falken. Die fressen alle Mäuse und Ratten.

Und Seestürmer? Möwen?, fragte der Junge.

Nein, aber ein Reiher vielleicht.

Reiher.

Das ist ein Wasservogel. Die jagen vorwiegend Fische.

Aber wir sind hoch oben. Im zehnten Stock.

Für einen Vogel kein Problem.

Wie … für einen Adler zum Beispiel?

Genau, sagte Keely und fand langsam Spaß daran. Oder für einen Fischadler. Wir hier nennen ihn Osprey. Er buchstabierte das Wort für Kai.

Der Junge probierte das Wort aus, schien Gefallen dran zu finden. Sagte es noch einmal.

Das ist eine Adlerart, sagte Keely. Stößt herab, schnappt sich was Gutes zum Fressen und fliegt davon zu seinem Nest in großer Höhe. Er ist so was wie der König der Berge, der Fürst von allem, was er überblickt.

Der Junge schaute Bestätigung heischend zu Gemma hoch. Sie zuckte die Achseln und blies den Rauch seitlich aus dem Mund, während sie sich durch die bummelnden, eiscremetriefenden Horden schoben.

Schätze, Tom kennt seine Vögel, sagte sie zu dem Jungen. Er ist ein Naturfreak. Oder nicht?

Keely zuckte ebenfalls die Achseln. Hast du was für Vögel übrig, Kai?

Der Junge sagte nichts.

Auf jeden Fall hatte er viel dafür übrig, seine Nan auflaufen zu lassen.

Osprey, sagte der Junge.

Keely rechnete nach. Gemma war gerade einmal Mitte vierzig. So war es also gelaufen.

Die Fisch-und-Chips-Buden am Nordrand des Jachthafens waren rappelvoll, auf ihren Stegen und Terrassen wimmelte es von mampfenden Tagesausflüglern, sonnenroten Briten, kichernden Teenagern. Riesige Jachten landeten an und ankerten längsseits, bevölkert von korpulenten Horden in Deckschuhen und Sonnenvisieren, die auf Teufel komm raus ihren großen Erfolg zur Schau stellen wollten. Es war eine Art Ritual der westlichen Vorstädte, sie segelten los von ihren Enklaven stromaufwärts in Perth, tuckerten stromabwärts in ihren hochseetüchtigen Booten, und kaum trafen sie aufs offene Meer, schlugen sie das Steuerrad hart ein und dümpelten dann an Tauen zwei Meter von festem Boden entfernt neben dem Plebs, der gaffen und kauen durfte und mit Sicherheit ehrfürchtig über die engelsgleiche Logik einer Wirtschaft stammte, die darauf baut, dass der Wohlstand der Oberen irgendwann auch bei den Unteren ankommt.

Macht dich das nicht an?, fragte er.

Was? Was denn?

Diese schwimmenden Gin-Paläste. Geben einem das Gefühl, dass man alles schaffen kann, da packt einen doch gleich der Ehrgeiz.

Gemma ignorierte ihn, oder vielleicht hatte sie ihn nicht verstanden, weil sie damit beschäftigt war, einen Tisch am Wasserrand zu ergattern. Sie reckte und streckte sich, winkte, sah eine Gruppe aufstehen und sprintete zu dem Tisch.

Bleib hier, sagte sie ihm. Kai und ich gehen rein und bestellen.

Keely gehorchte, saß ein paar Minuten im Schatten des Sonnenschirms und atmete die Dünste von Fett, Diesel und Algen ein. Die ziemlich heimelig waren, wenn er es sich überlegte. Aber hier, inmitten des Wochenendvolks, fühlte er sich unsicher, suchte argwöhnisch nach Gesichtern, die ihm zu vertraut waren. Es kamen zwar nur noch wenige Einheimische hierher, und auf jeden Fall nicht am Wochenende, aber es gab ja immer die Politiker und Bürokraten in ihren kurzärmeligen Hemden und Country-Road-Shorts, die geschlechtslosen Schreiberlinge an einem Nachmittag ohne Schlagzeilenjagd, und er hatte keine Lust auf unvermittelte Begegnungen.

Gemma und der Junge kamen mit mächtigen Papiertüten voller frittiertem Essen zurück. Und er stopfte sich voll, zog Fritten durch strengen, weißen Essig und tunkte seinen Snapper in Ketchup der Art, die wahrscheinlich im Dunkeln leuchtete. Er beobachtete den Jungen. Wie er die Fritten verschlang und den Fisch so lange liegen ließ, dass die Panade weich wurde. Schließlich schälte er sie mit peinlicher Sorgfalt ab, als wäre sie ein Schorf auf seinem Knie. Dann aß er sie, dass ihm das Fett aus den Mundwinkeln triefte, und ließ den Fisch nackt auf dem Papier liegen. Nicht völlig verrückt. Nur ein Junge, der mehr oder weniger das tat, was Keely mit sechs auch getan hätte.

Ein paar Meter entfernt landete ein Pelikan auf einem Stegpfosten und trieb chinesische Touristen zur Videoraserei.

Was ist mit Pelikanen, fragte der Junge. Würden Pelikane eine Ratte fressen?

Ich bezweifle es, sagte er.

Sie fangen Fische, sagte Gemma. Wie dieser andere. Wie hieß dieser andere Vogel, Tom?

Reiher, sagte er und wischte sich Fett vom Kinn.

Die Finger des Jungen zuckten. Er blinzelte, Keely sah ihn stumm die Silben zählen, dann die Buchstaben. Er saugte das Wort förmlich auf.

Früher gab's hier in der Gegend einen, sagte Keely, ein Reiher, der mir meine Kois geklaut hat, meine Goldfische. Stieß herab und schnappte sie sich direkt aus dem Teich.

Du hattest einen Teich?, fragte der Junge. In deiner Wohnung?

Nein, sagte Keely kichernd. Damals, als ich noch ein Haus hatte. Da drüben, siehst du? Vorbei an den Bootshütten, hinter den Bäumen.

Gemma drehte sich mit dem Kind um, schaute über den Hafen zu der Stelle, auf die er deutete. Sie kaute, sagte nichts.

Sind Fischadler auch gekommen?, fragte der Junge.

Nein. Aber es gibt sie hier. Manchmal kann man sie hören. Sie machen ein komisches Geräusch, klingen irgendwie jammernd.

Der Junge schaute zweifelnd, warf Gemma einen Blick zu.

Was ist?, fragte Keely.

Er glaubt, du nimmst ihn auf den Arm.

Aber es stimmt.

Und es gibt wirklich Fischadler?, fragte der Junge. Hier?

Er nickte. Vielleicht zeige ich dir eines Tages einen. Und deiner Nan.

Er sagt bestimmt die Wahrheit, sagte Gemma. Das ist so eine Keely-Sache.

Was ist eine Keely-Sache?

Egal. Na kommt, ich bin voll bis zum Abwinken. Lasst uns gehen.

Sie verließen den Jachthafen, und der Junge rannte über den kleinen Strand hinter der Steinmole, die die Flussmündung und den Hafen schützte. Seewärts hinter dem Wellenbrecher tauchte, stinkend wie ein Slum, ein Schafsfrachter auf, und die Rauchtrosse aus seinem Schornstein wehte flussaufwärts in Richtung Hafen. Kai vergnügte sich allein am Wasserrand, und Keely saß mit Gemma auf der niedrigen Mauer über dem Sand und nahm dankbar an, was die Meeresbrise an Erleichterung zu bieten hatte. Die beiden schwiegen eine Weile, bis es peinlich wurde. Dann erzählte Gemma unaufgefordert von ihrer Tochter, der Mutter des Jungen. Sie hieß Carly. Sie war Gemmas einziges Kind und saß ihre Zeit wegen Drogen, Tätlichkeiten und Diebstahl in Bandyup ab. Es war beileibe nicht ihr erstes Mal hinter Gittern. Kai hatte, mit Unterbrechungen, einen Großteil seines bisherigen Lebens bei Gemma verbracht.

Du gehst sehr gut mit ihm um, sagte er, um etwas zu sagen. Die Träume fielen ihm wieder ein. Wusste nicht, warum. Versuchte, sich zu konzentrieren. Wirklich, sagte er. Du machst das klasse.

Sie zuckte die Achseln und sagte nichts.

Und wie ist das so?, fragte er, bevor er es sich verkneifen konnte.

Sie spitzte die Lippen. Es ist so, wie es ist.

Einige Augenblicke schauten sie Kai zu.

Du hattest ein Haus am Wasser?

In der Nähe, sagte er.

Nobel.

Na ja, wir hatten beide gute Jobs.

Und?

Musste es verkaufen, sagte er. Scheidung.

Und jetzt lebst du in einer Zweizimmerwohnung.

Ja.

Und wie ist *das* so?

Da er den Tadel spürte, schaute er sie an. Sie blies ihm Rauch ins Gesicht und lächelte.

Tommy Keely.

Ja.

Wie wahrscheinlich ist das, hm?

Den ganzen Nachhauseweg klackerten Kais neue Stiefel über das Pflaster. Ohne auf einen Hundehaufen, eine Fuge oder das Gleis zu treten. Der Junge war schlau. Fußgänger vor ihm machten ihm Platz, und wenn es ihm bewusst war, ließ er es sich nicht anmerken. Keely plapperte weiter über Fischadler und andere Raubvögel, weil ihm die Aufmerksamkeit des Jungen guttat. Er wusste gar nicht so viel über Raubvögel. Vögel waren nicht wirklich sein Ding. Was niedlich war, wenn man sich überlegte, dass er sich für eine gefährdete Papageienart den Arsch aufgerissen hatte.

Ich muss Pipi machen, sagte Kai, als sie den Vorplatz des Mirador erreichten.

Kein Wunder, nach einem Liter Cola, sagte Gemma.

Keely folgte ihnen zu den Lifts. Dachte an die gleiche Szene vor ein paar Tagen. Ihr Zusammentreffen in der düsteren Lobby. Und fühlte sich merkwürdig heiter. In freundschaftlichem Schweigen fuhren sie nach oben, und im obersten Stock gab Gemma dem zappelnden Jungen die Schlüssel und schickte ihn voraus.

Ist es sicher?

Ist was sicher?

Ihn so davonrennen, allein losziehen lassen.

Sie grinste ihn spöttisch an. Was bist du, auch noch ein Kinderexperte?

Ein bisschen eingeschnappt zuckte er die Achseln. In einiger Entfernung knallte die Gittertür zu.

Um Gottes willen, denk an die Nachbarn, schrie sie dem Jungen hinterher.

Einige Augenblicke schwiegen sie.

Dann erzähl mal, sagte er, was ist mit meinen Ratten passiert?

Oje, sagte sie. Um ehrlich zu sein, ich.

Was meinst du damit?

Als ihr weggezogen seid. Du hast sie mir gegeben.

O Mann, daran erinnere ich mich gar nicht mehr.

Ich war ja so aufgeregt. Hätte fast vergessen, warum ihr gehen musstet, so begeistert war ich.

Und was ist passiert?

Es dauerte nur einen Tag. Am ersten Tag fütterte ich sie mit Rum-und-Rosinen-Eiscreme. Dachte, ich tue ihnen was Gutes. Am nächsten Morgen waren sie hinüber. Alle miteinander. Füßchen in die Höhe.

Keely wieherte vor Lachen.

Fett wie Tennisbälle waren die. Habe mir die Augen aus dem Leib geheult.

Na ja. Sie sind glücklich gestorben.

Als sie Keelys Tür erreichten, rannte Kai ihnen auf der Galerie entgegen.

Wie schreibt man den?

Schreibt man was?

Diesen Adlervogel.

Osprey, sagte Keely und betonte die einzelnen Buchstaben und Silben. Ich kann dir einen im Computer zeigen. Ich weiß sogar, wo einer lebt.

Im Ernst?

Ja. Das ist wahr. Ich kann's dir zeigen.

Heute?

Kai …

Na ja, heute wird's ein bisschen schwierig.

Morgen?

Du hast Schule, sagte Gemma.

Nan, morgen ist Sonntag.

Na ja, Tom hat zu tun.

Eigentlich nicht.

Mir egal, es ist dein Begräbnis.

Es könnte ein Spaß werden. Wir können alle fahren.

Großartig, sagte sie ohne große Begeisterung.

Ich muss mich fertig machen, sagte Kai und drehte wieder um.

Es ist doch erst morgen, Liebling, sagte Gemma mit zärtlicher Verzweiflung.

Die Gittertür schepperte. Keely drückte den Bauch ans Geländer und schaute hinunter auf die Käferrücken der Mieterautos unter ihm.

Hör mal, sagte er. Wenn du jemanden brauchst, der auf ihn aufpasst. Ich meine, ich weiß ja, dass du nachts arbeitest.

Wir schaffen das, sagte sie. Er ist daran gewöhnt.

Klar. Und ich schätze, man kann nicht zu vorsichtig sein.

Gemma stellte sich neben ihn und stützte die Unterarme aufs Geländer. Ihre Haare klatschten im Wind gegen seinen Arm. Sie roch wie die Mums im alten Viertel, nach Rauch, Aluminium-Deodorant und frittiertem Essen.

Na ja, sagte sie. Ich war zwar auf keiner Uni, aber ich bin schlau genug, einem Keely zu trauen.

Ich weiß überhaupt nicht, was das bedeutet.

Wie geht's ihr?

Faith? Sie ist in Singapur.

Ich meine deine Mum.

Oh. Der geht's großartig.

Muss stolz gewesen sein.

Ja?

Ich hab dich oft im Fernsehen gesehen.
Oh, sagte er mit einer Grimasse.
In einem Anzug. Zusammen mit diesen Grünen.
Ja. Das war ich.
Bist du ihr Anwalt oder so was?
Ihr Sprecher. Ihre PR-Person.
PR-Person.
Wie auch immer. Doris geht's großartig, sagte er. Ich rufe sie jetzt gleich an. Wegen morgen.
Sie kommt mit?
Was? Nein.
Oh. Okay. Gut.
Ist zehn okay?
Für was?
Vögelbeobachten.
O Gott, sagte sie. Kann's gar nicht erwarten.

Vor Jahren hatte eine alte Freundin von der Uni zu Keely gesagt, dass aus Fremantle insgesamt nur zwei gute Dinge gekommen seien. Und beide seien Brücken. Er dachte an sie, als der Zug über die Old Traffic Bridge und auf die vergoldete Stadt zurollte. Der Fluss tief unter ihm blitzte kurz auf und dann hatte er plötzlich das gegenüberliegende Ufer unter sich. Melissa stammte aus einer behäbigen Vorstadt von Perth. Wembley, wenn er sich recht erinnerte. Sie hatte nach ihrem Abschluss Geschichte und Englisch unterrichtet. War dann an die Uni zurückgekehrt, um ihren Master zu machen. Oder vielleicht sogar ihren Doktor. Aber das Letzte, was er gehört hatte, war, dass sie wie alle anderen oben in den Minen war, ostentativ alle zwei Wochen nach Hause flog und viermal so viel für die halbe Arbeitszeit verdiente. Als Busfahrerin. Sie meinte, es sei verdammt langweilig, aber das Geld heile alle Wunden. So wie sie es sagte, klang es rechtfertigend. Und das machte ihn traurig. Als würde sie einen bösen Spruch darüber erwarten, dass sie auch nur eine der kohlestrotzenden Prolls sei. Als wäre er ein bigottes Arschloch.

Der Zug zockelte von Haltestelle zu Haltestelle, bis die winzigen, aber vielsagenden territorialen Unterschiede nicht mehr zu übersehen waren. Die Angeberautos. Die zickigen Boutiquen. Der unbändige Optimismus des Lebens im ersten Rang.

Doris fand er im Innenhof des Restaurants mit einem frisch eingegossenen Glas von irgendwas. Sie notierte sich Dinge in ein Spiralnotizbuch. Im verlöschenden Licht unter dem Weinrankenspalier sah seine Mutter so attraktiv aus wie immer; wegen der Selbstbeherrschung, die sie in letzter Zeit an den Tag legte, vielleicht ein bisschen weniger zugänglich. In der Umgebung aus groben Pflastersteinen und Terrakottatöpfen wirkte sie silbrig, schlank, etwas auffälliger, als es einem Sohn lieb sein mochte. Ihre dichten grauen Haare waren zu zwei mädchenhaften Zöpfen geflochten, die über ihre Arme strichen, und als sie sie über die Schultern warf und aufstand, um ihn zu begrüßen, klapperte und klimperte ihre ethnische Mischung aus Armreifen chaotisch – ein wahnsinnig machender und doch beruhigender Klang. Im Kino waren sie ein Alptraum, diese Reifen, sie klirrten und schepperten bei jeder Bewegung, sei's Freude oder dramatische Intensität, aber inzwischen waren sie ganz einfach ihr Geräusch. Sie war eine ruhige, stille Person, oft so beherrscht, dass man ohne den Tinnef die Intensität ihrer Aufregung oder Erregung gar nicht bemerken würde. Das war ihm aus seiner beschädigten Jugend noch am deutlichsten in Erinnerung: das Plappern und Klappern ihrer Armreifen, wenn sie eine Seite umblätterte und Notizen machte, oft bis spät in die Nacht, wenn er und seine Schwester schon längst im Bett waren.

Schön, sagte sie und goss ihm ein Glas ein. Was für eine gute Idee. Bis Montag wäre mir die Wartezeit schon sehr lang geworden.

Du musst irgendjemand kennen. Um an einem Samstagabend einen Tisch zu bekommen.

Blödsinn, sagte sie. Ich habe versprochen, dass wir früh kommen und fressen wie Spielautomaten.

Und Trinkgeld geben wie Krösus, was?

Geld, sagte sie seufzend.

Es stimmt schon. Geld spricht.

Aber es wäre doch wunderbar, wenn es ab und zu etwas Interessantes zu sagen hätte.

Keely lächelte, ertrug ihren nachsichtigen Blick – ja, er war eine Ruine – und versuchte, dem Riesling, den sie bestellt hatte, seine volle Aufmerksamkeit zu schenken. Etwas von den Porongurups. Etwas Neues.

Und?

Nicht schlecht. Er schwenkte ihn im Glas, im Mund. Unter seinem zitronigen Charme war etwas beinahe Sandiges. Er spürte, wie seine Schläfen sich leicht nach innen zogen, wie Fenster, die durch das plötzliche Öffnen einer Tür an die Rahmen gedrückt wurden. Er merkte, dass Doris etwas sagte.

Entschuldigung, sagte er. Was?

Nichts, sagte sie. Ich habe nur über den Wein schwadroniert. Um dich zu beeindrucken.

Aber ihr Gesicht war lang geworden, und er vermutete, dass sie über etwas viel Wichtigeres gesprochen hatte. Doris, meine Liebe, ich bin immer beeindruckt.

Sie lächelte ihn an, und es tat weh.

Er richtete sich auf, nahm die üppigen Abstrahlungen der Küchendämpfe und den salzigen Geruch des Flusses auf. Sah, dass sein rechtes Bein unkontrolliert zuckte. Die Musik des Hauses – irgendein generischer Weltmusik-Unsinn – war laut. Er warf den Bedienungen, die an der Küchenausgabe ihre Bizeps-Tattoos spielen ließen, einen Blick zu. Es brachte nichts, sie zu bitten, sie leiser zu stellen; heutzutage war Restaurantmusik nicht mehr für den zahlenden Kunden gedacht.

Hey, sagte er in die angespannte Gesprächspause hinein. Kann gut sein, dass ich morgen vorbeikomme und mir das Boot hole.

Gerade noch rechtzeitig.

Warum das?

Ich hatte eigentlich vor, es bei der nächsten Straßensammlung rauszuschmeißen.

Kann es dir nicht verdenken.

Steht schon eine ganze Weile rum.

Ich überlege mir eine Fahrt den Fluss hoch.

Gut. Wunderbar.

Hör mal – habe ich als Kind geschlafwandelt?

Ich frage lieber nicht nach, was dieser schnelle Themenwechsel soll.

Sorry.

Irgendwann hat mal jemand in die Mangel gepisst, wenn ich mich recht erinnere.

Daran erinnere ich mich nicht.

Na ja, sagte sie mit einem Lachen. Dann hast du ja deine Antwort.

Aber du hättest was gesagt. Wenn es einer von uns gewesen wäre, dann wäre das Teil der Familienlegende.

Wahrscheinlich. Aber ich kann mich an kleine Körper erinnern, die in der Nacht herumgeisterten. Und dass ich sie wieder ins Bett bugsieren musste.

Kinder von der Straße, sagte er. Deine kranken Küken.

Kranke Küken?, fragte sie mit hochgezogenen Augenbrauen.

Doris ließ ihn einige Augenblicke schmoren. Er sah die Ironie. Jetzt, da er der wichtigste, verwundete Vogel in ihrem Leben war, das am wenigsten funktionierende Mitglied der Familie. Er hob sein Glas, denn mehr an Eingeständnis und Kapitulation konnte er nicht aufbringen.

Ich erinnere mich an viele Laken auf der Leine, viele nasse Betten. All die Kinder, die du aufgenommen hast.

Sie hatten alle ihre Gründe, sagte sie.

Das bezweifle ich nicht.

Aber, nein. Keiner von euch hat schlafgewandelt oder ins Bett gemacht.

Aha.

Ein langer Augenblick verging. Doris klimperte.

Warum hast du mich das gefragt, Tom?

Keely nippte an seinem Wein, versuchte, nicht zu hastig zu trinken.

Ach. Eigentlich wegen nichts.

Sie warf ihm einen zaghaften Blick zu, aber er wusste, dass sie es ihm nicht abkaufte. Sie hob einen scheppernden Arm und winkte einen der auf und ab stolzierenden Narzisse an den Tisch.

Keely versuchte, sich auf die Speisekarte zu konzentrieren, doch ihre erhöhte Wachsamkeit lenkte ihn ab. Immer wieder blitzten ihre Brillengläser in seine Richtung – schnipp-schnapp. Jedes Gemüse, jeder Proteinpartikel auf der Liste hatte eine komplexere Provenienz als ein kleiner Rembrandt. Und er hatte keine Ahnung, was die Hälfte davon bedeutete. Was zum Teufel war ein *Hahnenkamm von sonnengetrocknetem Serrano?* Oder war er einfach nur begriffsstutzig? O Mann, er fing an zu schwitzen. Er hinterließ wunderbare, schmierige Fingerabdrücke.

Essen, sagte sie. Das war nicht immer so stressbehaftet.

Er lächelte. Was für ein liebenswürdiges, beeindruckendes altes Mädchen seine Mutter doch war. Aufgrund eines obskuren Naturgesetzes wurde erwartet, dass er an ihre Stelle trat, doch in ihrer Gegenwart kam er sich vor wie ein Versager. Dabei war es gar nicht, was sie sagte, weswegen er sich schlaff und schwach fühlte, es war ganz einfach, wer sie war, was sie für Faith und ihn getan und was sie für sich selbst erreicht hatte. Als junge Witwe mit zwei Kindern war sie an die High School zurückgegangen, um ihren Abschluss zu machen, hatte Sozialarbeit studiert und neben ihrem häuslichen Leben noch zwei Jobs gehabt. Danach der Jura-Abschluss und all die Windflügelkämpfe für soziale Gerechtigkeit. Tochter eines Werftarbeiters, Frau eines Automechanikers – Doris sah vielleicht aus wie Julie Christie, aber ihre Sprache war noch immer reinste Blackboy Crescent, so breit und trocken wie die Küstenebene.

Wie aus Widerstand gegen den Katalog der Fetische auf der Speisekarte bestellte sie schnell, beinahe spontan, und er tat es ihr gleich. Die Serviceperson stolzierte davon wie gekränkt von dem Mangel an Ehrerbietung, und nach einem gemeinsamen Kichern verstummten sie beide. Doris trank ihren Wein, kaute auf der Unterlippe. Keely spürte, wie sein Puls sich beschleunigte. Er witterte Probleme.

Nun ja, murmelte sie, stellte ihr Glas behutsam ab, drehte es beunruhigend ein- oder zweimal. Hier ist eine interessante Information, die ich dir schon den ganzen Tag erzählen wollte.

O Gott, sagte er und bekämpfte seine Panik. Du schaust dich tatsächlich um, ob dir jemand zuhört.

Bin nur vernünftig.

Du kandidierst fürs Parlament.

Mach dich nicht lächerlich.

Was dann?

Die Crime and Corruption Commission hat vor, einen gewissen Lobbyisten vorzuladen.

Keely lehnte sich zurück. Legte die Hände sanft auf den Tisch.

In Bezug auf gewisse Angelegenheiten, die die Neuabgrenzung eines Naturreservats und die daraus folgende Bauerschließung betreffen.

Alte Geschichte, sagte er und spürte einen schwachen Puls an seiner Kehle. Uralter Hut.

Als Folge von Aussagen eines Kreisrats und eines inzwischen verstorbenen Stadtplaners. Zusammen mit dem Lobbyisten laden sie mindestens einen Parlamentsabgeordneten und mehrere ranghohe Beamte vor.

Warum erzählst du mir das?, fragte er. Das geht mich inzwischen nichts mehr an.

Irgendein pedantischer Schwachkopf führte Buch, tagebuchartige Aufzeichnungen. Die mindestens eine Zahlung von siebzigtausend Dollar an einen Beamten dokumentieren, quasi ein Anreiz vom Bauträger.

Ein kleines Indiz. Kaum ein Fall.

Und abgehörte Telefongespräche.

Scheiße, sagte er. Man wusste das die ganze Zeit?

Oder man hatte zumindest einen Verdacht.

Ist ja verrückt, sagte er bitter. Was sagt man dazu?

Das ist erst der Anfang, Tom. Es wird alles ans Tageslicht kommen.

Wir sind in Perth, Doris. Hier kommt *nie* was raus. Die Leute halten die Köpfe gesenkt. Sie haben eine Heidenangst, und das mit vollem Recht. Diese Wichser werden das ewig in die Länge ziehen, sie haben eine ganze Phalanx von Anwälten, sie lassen die CCC am ausgestreckten Arm verhungern und marschieren davon.

Nein. Diesmal nicht.

Und warum ist das überhaupt wichtig?

Es ist wichtig, weil du die Wahrheit gesagt hast. Du hattest die ganze Zeit recht.

Natürlich hatte ich verdammt noch mal recht, dachte er und stellte sein Glas unglaublich behutsam ab. War sie auf die Schmierfinken hereingefallen wie alle anderen? War das der Grund, warum sie so aufgeregt war, weil sie ihn für den verbitterten Spinner gehalten hatte, als den ihn alle hingestellt hatten?

Tom, alles in Ordnung mit dir?

Alles okay, sagte er durch die Zähne.

Man wird dich rehabilitieren.

Reinwaschen.

Diese Worte bedeuten mir noch etwas.

Ja, gestand er ihr zu.

Ich weiß, dass es schwer war.

Wirst du mir jetzt sagen, dass es das wert war?

Es wäre mir nur lieber, wenn du dich jemand hättest anvertrauen können. Wenn wir es strategischer angegangen hätten.

Ich habe fünfzehn Jahre lang jeden Tag nichts anderes getan, Doris. Aber wir verlieren. Nicht, weil wir uns so blöd anstellen. So funktioniert das einfach. Wir müssen verlieren. Wir können uns engagieren und taktieren, wie wir wollen, die Bulldozer kommen trotzdem, die Behörden waschen ihre Hände in Unschuld, die Medien bekommen ihr kleines buntes Highlight, und dann ist alles wieder wie immer. Wir sind die Geschichte fürs Herz kurz vor den Sportergebnissen. Zweimal pro Woche in einer flauen Woche.

Hör zu, ich weiß, es ist schwer, nicht zynisch zu sein …

Kannst du dich noch an den alten Slogan erinnern. *JEVA: Jeder Vorschlag Angenommen.* Früher dachte ich, das ist eine Überspitzung, Propaganda. Aber es ist ziemlich genau die Wahrheit. Wie jeder andere Arm der Regierung ist die Kommission ein Diener der Industrie, ein »Beförderer nachhaltigen Wohlstands«. Bestechen ist da gar nicht nötig. Das ist die wahre Beleidigung. Das System funktioniert auch ohne wunderbar.

Aber in diesem Fall reden wir von einem glaubhaft dargestellten Fall von tatsächlicher Bestechung. Und ich glaube, das bleibt haften.

Du hast dich wirklich einwickeln lassen.

Doris blinzelte. Sie beugte sich über den Tisch, und er merkte am giftigen Klappern des Dritte-Welt-Blechs, dass er eine Grenze überschritten hatte.

Tut mir leid, sagte er, aber es klang hohl.

Was glaubst du, wen du damit beeindruckst, irgendeine rehäugige Assistentin in einem Sarong?

Doris …

Glaubst du, du bist der einzige Mensch, der in diesem Treibhaus leben und arbeiten muss? Ich habe mich mit diesem kleinen Club rotgesichtiger Glücksritter herumgeschlagen, seit du ein Schuljunge warst. Glaubst du, ich weiß nicht, wie es ist, verleumdet zu werden?

Wirklich, sagte er. Ich entschuldige mich.

Wie auch immer, das ist meine Neuigkeit. Was sie auch wert sein mag.

Es ist nur so, dass rehabilitiert werden …

Wir müssen nicht darüber sprechen.

Da wartet kein Job mehr auf mich, die wollen mich nicht zurück. Du hast doch gesehen, wie schnell wir uns geeinigt haben. Die Spender liefen davon wie Ratten vor dem Feuer. WildForce konnte mich nicht schnell genug loswerden. Und jetzt will keiner auch nur in meine Nähe. Alles für ein paar Bäume und fünfzig Vögel mit Gesichtern, die nur eine Mutter lieben kann.

Mütter sind so.

Es war dumm. Ich meine, wir haben so viele größere Schlachten verloren, im Zusammenhang betrachtet viel wichtigere Areale. Als ich diese Bäume fallen sah, habe ich nicht mal was gefühlt. Aber diese kleine schwarze Wolke der Vögel. Und die johlenden Hippies und die Mums und Dads, die in ihren Sonnenhüten herumstanden, und der arme Vogelexperte mit seiner kaputten Brille …

Reden wir nicht davon.

Ich bin einfach explodiert. Wie ein Feuerwerkskörper.

Ich weiß. Das haben wir alle gesehen.

Und weißt du was, es fühlte sich klasse an. Fünf oder sechs Minuten lang. Wie, ich weiß auch nicht. Wie heiße Kohlen kotzen.

Jesaja, sagte Doris.

Er schaute sie an. Diese funkelnden Augen. Das betrübte Lächeln. Sah, wie viel Angst sie um ihn hatte, wie lange sie sich schon im Zaum gehalten hatte. Er schämte sich. Doch er ärgerte sich auch. Weil es immer nur ein Thema geben konnte.

Ach ja, sagte er und versuchte, diesen Gesprächsfaden zu kappen. Zu spät für Helden, was?

Es ist nie zu spät, sagte sie. Niemals.

Auf den guten Kampf, sagte er und hob sein Glas. Und auf all unsere verlorenen Fälle.

Doris reagierte nicht darauf. Sie warf ihre Zöpfe nach hinten. Ein Klimpern der Ungeduld und Verärgerung.

Dann herrschte Schweigen zwischen ihnen. Die einschüchternde Musik. Die sich langsam herabsenkende Dunkelheit.

Sag mal, sagte sie. Bist du mit diesem Bart eigentlich verheiratet?

Warum, weil du es warst?

Und was soll das heißen?

Jemand hat gesagt, damit sehe ich aus wie Dad.

Wer? Wer hat das gesagt?

Gemma Buck.

Hm.

Fragst du mich nicht nach ihr?

Doris schwieg einen Augenblick und schob ihr Glas im Kreis herum.

Ich dachte, es gibt vielleicht wichtigere Dinge, die wir zu besprechen haben. Bevor wir ganz in Nostalgie verfallen.

Was zum Beispiel?

Faith. Sie macht sich Sorgen.

Sie hat den Bart noch nicht mal gesehen. Sie schaut Börsenmaklern zu, die von Hochhäusern springen. Ich möchte nur gern wissen, warum sie nicht mehr von denen dazu überreden kann. Gott weiß, wir brauchen eine Auslese.

Tom, mein Lieber.

Was ist?

Du hast was von einem Idioten.

Kann ich mir vorstellen.

Du kannst es auch sein lassen.

Aber hier bin ich, rehabilitiert und stur.

Tut mir leid. Ich hätte diese … diese Sache nicht erwähnen sollen.

Willst du, dass ich mir den Bart abrasiere?

Vergiss den verdammten Bart.

Tut mir leid.

Sie griff zur Flasche, aber er bedeckte sein Glas wie ein Mann, der seine Impulse bestens unter Kontrolle hat. Sie goss sich selbst nach, lehnte sich zurück.

Also erzähl mir von Gemma, sagte sie schließlich mit einem matten Lächeln.

Ist eigentlich nicht viel zu sagen. Ich habe sie nur im Vorübergehen getroffen.

Was macht sie? Wie wirkt sie?

Keine Ahnung. Es war nur eine Zufallsbegegnung.

Familie?

Da gibt es einen Enkel. Einen Jungen.

Gut für sie.

Er hob den Kopf, sah ihren taxierenden Blick, erkannte in ihrer gespielten Heiterkeit den verlorenen Augenblick.

Ich denke oft an die beiden, an Baby und sie.

Er nickte und wünschte sich, er könnte die Zeit zurückdrehen, den Abend noch einmal beginnen, aber es war hoffnungslos. Ihm fehlte der Mumm, um Sachen geradezubiegen, zu sehr war er an die Logik der Niederlage gewöhnt. Er sah es vor sich, wie der Rest des Abends ablaufen würde. Sie würden in angespannter Höflichkeit essen und aufstehen, kaum dass sie das Besteck weggelegt hatten. Sie würde darauf bestehen, ihn nach Hause zu fahren. Er würde protestieren und dann doch einsteigen. Und sie würde mit hochkommen und ein für alle Mal endlich seine Wohnung sehen wollen, ihn aber nicht darum bitten. Sie würde seinen Kuss auf die Wange wie ein zu niedriges Trinkgeld akzeptieren und mit dem alten Volvo-Kasten davonfahren, dabei so energiegeladen wirken wie immer und ihre Verletztheit und Enttäuschung verstecken. Und er würde schlapp und wütend auf dem Vorplatz stehen und ihr hinterherschauen.

Seine Aufgabe war es jetzt, so schnell wie möglich zu diesem letzten, elenden Augenblick zu kommen.

Keely ging, sich die Schläfen massierend, die Galerie entlang, als er im Sicherheitsgitter seiner Tür etwas flattern sah. Mit Sicherheit irgendeine kommunale Bekanntmachung: die Suche nach einem verlorenen Kätzchen, eine Benachrichtigung in Bezug auf die Gebäudeinstandhaltung. Aber als er den Zettel aus dem Gitter zog, sah er, dass es eine Kinderzeichnung war, der Kreideumriss eines Vogels. Plump, erdverhaftet, ein bisschen wie ein übergewichtiger Kiwi.

Drinnen klemmte er das Blatt mit einem Magneten an den Kühlschrank. In den Wohnungen anderer – Arbeitskollegen, Leute mit Kindern – hatte er immer mit insgeheimem Spott ihre mit ungeschickten Kritzeleien gepflasterten Kühlschranktüren angeschaut. Alles, was ihre Gören zu Papier brachten, war etwas Besonderes und so wichtig, dass es eine augenblickliche und anhaltende Zurschaustellung erforderte. Die Kinder vergaßen ihre Arbeit wahrscheinlich in dem Augenblick, da sie den Pinsel weglegten, und verloren kein Wort mehr darüber. Und jetzt stand *er* hier und war entzückt, es dort hängen zu haben. Diese eigenartige Explosion der Farben, diese wunderbare Aufdringlichkeit.

Er würgte ein paar Panadeine Forte mit einem unschuldigen Schluck Apfelsaft hinunter. Es war halb elf, aber von seinem Balkon aus sah er, dass in 1010 noch Licht brannte. Augenblicke später stand er vor ihrem Küchenfenster und klopfte leicht. Der Vorhang wurde beiseitegeschoben. Gemma lugte heraus, argwöhnisch, verärgert.

Sie öffnete die Tür einen Spalt, ließ aber die Kette dran. Ein Schwall gebratener Zwiebeln und Mentholrauch wehte heraus. In dem Spalt sah er, dass sie einen ausgewaschenen Morgenmantel trug. Sie war barfuß.

Tut mir leid, sagte er. Ich weiß, dass es spät ist.

Alles okay mit dir?

Ja. Bin eben nach Hause gekommen.

Aha.

Es bleibt dabei. Morgen.

Schon klar.

Treffen wir uns um zehn draußen?

Wie wir gesagt haben.

Ja. Und hey, ich habe seine Zeichnung bekommen.

Du hast was?

Kais Zeichnung. Von einem Vogel. Sie steckte in meiner Tür.

Dieser kleine Mistkerl. Ich hab's ihm tausendmal gesagt. Mein Gott. Er soll nicht allein herumwandern.

Ist er okay?

Er schläft.

Du siehst müde aus.

Weil ich es bin.

Okay. Bis morgen dann?

Sie schloss die Tür.

Keely schlurfte zu seiner Wohnung zurück. Er warf noch einen Blick auf den Kühlschrank. Dachte an seine Mutter. So wie er Doris kannte, war sie noch auf. Deshalb rief er an.

Alles okay mit dir?, fragte sie sanft.

Tut mir leid wegen heute Abend, murmelte er. So richtig zum Reden sind wir gar nicht gekommen.

Ich *habe* geredet, sagte sie.

Ich weiß. Wie du gesagt hast, ich war ein Idiot. In einer blöden Stimmung.

Doris schwieg.

Arbeitest du?, fragte er.

Ich lese, sagte sie. Charles Birch.

Bist du jetzt Pantheistin?

Nach den Wechseljahren, sagte sie, ist alles möglich.

Sehr lustig.

Wenn du morgen das Auto brauchst, die Schlüssel liegen auf der Spüle. Ich bin in der Kirche.

Gehst du noch immer?

Du weißt sehr wohl, dass ich hingehe.

Die Anglikaner. So weit ist es gekommen.

Na ja, ich bin die demographische Gruppe. Manchmal bin ich die halbe Gemeinde. Du solltest mal mitkommen.

Was, und den armen Trotteln Angst einjagen?

Geht's um den Bart?

Nein, Mum, es geht nicht um den Bart.

Du siehst damit wirklich so aus wie er. Es ist … na ja, ein bisschen verstörend.

Mir war das gar nicht bewusst. Um ganz ehrlich zu sein. Der ist einfach von selbst gewachsen.

Tommy, mein Lieber, geh ins Bett. Du lallst.

Ich lalle? Ich hatte zwei Gläser, sagte er wahrheitsgemäß. Mein Fehler.

Aber Scheiße, dachte er. Ich bin nüchtern. Und ich lalle?

Tom?

Ja?

Was machst du? Redest du mit mir oder denkst du nur laut?

Ich gehe jetzt ins Bett, sagte er und legte verunsichert auf.

Aber zum Einschlafen brauchte er Hilfe. Einen Schlaftrunk. Nur einen. Und ein paar Valium, die ihm über das gehetzte Gefühl hinweghalfen, das er in letzter Zeit immer bekam, wenn er den Kopf aufs Kissen legte.

Es war neun, als er aufwachte. Deshalb musste er sich beeilen. Verbrannte sich den Mund, weil er den heißen Tee hinunterkippte. Verschwendete Zeit mit der Suche nach einem sauberen Hemd. Dann, schon auf halbem Weg zum Bahnhof und viel zu spät dran, winkte er ein Taxi, das er sich kaum leisten konnte.

Doris wohnte in einem stattlichen edwardischen Holzhaus in einem Flussvorort von Perth. Vom Ufer direkt unter ihrem Grundstück sah man weit stromaufwärts, vorbei an den vielen Flusswindungen und -biegungen, den tausendäugigen Türmen des Geschäftsviertels mit der schimmernden Ebene der roten Dächer. Die Hügel waren eingehüllt in den Rauch von Buschfeuern, die ein schmutziggelbes Bollwerk gegen die Welt dahinter bildeten. Manchmal fühlte Perth sich wirklich an wie eine Insel, ein Land für sich. Dieser dreiste kleine Außenposten des Schürfens und Handelns ging die Zukunft unerbittlich an, aber heutzutage war es abhängig von Lebenserhaltungssystemen – entsalztes Meerwasser und uraltes, zur Neige gehendes Grundwasser. Hinter dem Schleier aus Rauch lagen der Weizengürtel und das vom Salz verwüstete Ödland, das noch vor einem Jahrhundert ein von Leben wimmelndes Waldgebiet halb so groß wie Polen gewesen war.

Oben auf Doris' Veranda gab es allerdings keine Aussicht, weder großartig noch problematisch. Ihr Haus war seinen Nachbarn sehr ähnlich, bis auf die verräterischen Windspiele und den wild wuchernden Garten. Er zerrte Boot und Anhänger die Einfahrt hinunter, wischte hastig trockenes Laub ab, steckte die Spundzapfen hinein und hängte alles an den alten Volvo. Irgendwie hatte er noch die Geistesgegenwart, den Tank des Außenborders zu kontrollieren, und als er den Zustand des Benzins sah, kippte er es schuldbewusst an die hintere Schuppenwand. Er würde unterwegs an einer Tankstelle halten und auftanken.

Als er mit dem Benzinkanister am Haus vorbeistapfte, überraschte ihn seine Mutter, die im Nachthemd auf der Veranda stand. Sie hob eine Kaffeetasse, und er nickte. Während sie wieder im Haus verschwand, überprüfte er den Motor, die Ruder und die modrigen Rettungswesten.

Ich hatte mir überlegt, das Boot als Fischteich zu verwenden, sagte Doris und gab ihm eine Tasse.

Ich dachte, du wolltest es an den Straßenrand stellen? Und wolltest du nicht um halb zehn in der Messe sein?

Wurde spät gestern Abend, sagte sie und blies in ihre Tasse. Ich gehe in die um elf. Gibt mit Sicherheit einen Aufruhr in der Heiligen Wasauchimmer.

Alles okay?

Ich hoffe, sagte sie, ohne ihn direkt anzuschauen. Ohne die Rüstung ihrer Tücher und Reifen sah sie ein wenig zerbrechlich aus. Ihre Silberhaare hingen lose herab und flatterten im launischen Wind.

Keely erwiderte nichts, nippte nur an seinem Kaffee. Er wollte etwas Freundliches, Versöhnliches sagen, doch ihm fiel partout nichts ein. Sie wirkte erleichtert, als er ihr schließlich den leeren Becher gab und die Autoschlüssel schwenkte.

Gemma wirkte überrascht, fast besorgt, als sie das Boot auf der Straße vor dem Mirador sah, aber Kai schien sich zu freuen. Keely fuhr zur Anlegestelle am Fluss und stemmte das Boot von seinen festgefressenen Gleitrollen. Weder der Junge noch seine Großmutter hatten die leiseste Ahnung von Booten, und so war schon das Einsteigen eine Mission. Er musste den Jungen in eine Rettungsweste stopfen, und als Gemma ihn darin sah, beschloss sie, dass sie auch eine brauchte. Sie rutschten, strauchelten und schrien ein- oder zweimal spitz auf, als er das Boot in die Fahrrinne bugsierte und dann, mit dem Wind vor und der Flut hinter ihnen, flussaufwärts steuerte.

Ich dachte, das ist ein Ausflug zum Vögelbeobachten!, schrie Gemma und wischte sich die Haare aus den Augen, während sie sich unbehaglich unter die sperrige Rolle des Westenkragens duckte.

Ist es auch.

Auf dem verdammten Fluss?

Genau. Ich muss was beweisen.

Ihr müsst das immer, ihr Kerle, sagte sie und stützte sich gegen die Stöße und Schläge ab.

Irgendwie war es lustig zu sehen, wie sie immer wieder zusammenzuckte und das Gesicht verzog und ängstlich den Jungen umklammerte. Doch schon bald erlöste er sie und ging vom Gas, so dass sie gemächlich dahindümpelten. Kai starrte die Ruderpinne an, das Kielwasser, das faulige Laub zu seinen Füßen. Hatte er Angst? Keely dachte, vielleicht hätte er das Boot näher an der Stelle, wohin er sie bringen wollte, zu Wasser lassen sollen. Er war überhaupt nicht auf den Gedanken gekommen, dass die Spritztour stromaufwärts für sie ein Problem werden könnte. O Gott, dachte er, während er dem Schmutzwasser einer kreuzenden Fähre auswich, lass mich jetzt bloß nicht so viel Aufhebens drum machen.

Als er sie um die Biegung und in den Schutz der Kalksteinklippen des Blackwell Reach gebracht hatte, hob der

Junge ein wenig den Kopf und Gemma schaffte ein Lächeln. Keely deutete zu den Teenagern, die johlend von der Klippe über ihnen sprangen. Das Wasser brodelte, wo sie eintauchten.

Keely fuhr zu ihnen, als ein blasser Junge mit einem Schrei die Oberfläche durchbrach und Kai den erhobenen Daumen zeigte. Der Junge schien nicht zu wissen, wie er reagieren sollte.

Willst du mal steuern?, fragte Keely.

Kai schüttelte den Kopf.

Es ist hier zwanzig Meter tief, sagte er. Nachts kann man unten Fische hören, große Adlerfische, die im Dunkeln krächzen.

Die Vorstellung schien dem Jungen nicht zu gefallen.

Gibt es da wirklich einen Vogel?, fragte Kai.

Wir sind gleich da, Kumpel.

Aber stimmt es?

Wirst schon sehen.

Versprochen?

Halt deine Kappe fest, sagte Keely und querte die Fahrrinne zur nächsten Bucht. Es war Monate her, dass er den Osprey, den er im Sinn hatte, zum letzten Mal gesehen hatte. Vielleicht hätte er zuerst nachsehen sollen, um sich selber eine Katastrophe zu ersparen.

Mann, sagte Gemma. Schaut euch die Häuser an.

Keely grinste. Er dachte an Balzacs Formulierung – *hinter jedem großen Vermögen steht ein Verbrechen.* Wo war Jehova, wenn man ihn für einen guten, altmodischen, strafenden Erdrutsch brauchte? Und ja, hinweggefegt werden die Frevler in dunkelste Tiefe.

Er wich Wasserski-Fahrern und Wichsern auf Jetskis aus, ging vom Gas, damit sie die Terrassen und Gärten, die protzigen Bootshäuser bestaunen konnten. Gemma drehte sich auf ihrem Platz, schaute mit großen Augen nach oben, schien sich allmählich zu amüsieren. Bei Freshie steuerte er sie an einer chaotischen und kichernden Regatta kleiner Segelboote vorbei und fuhr um eine Landspitze in die nächste Bucht. Hier räkelten sich Leute mit Picknickkörben auf Decken unter Pfefferminzweiden, zerrten Kajaks über den Hindernisparcours aus Feigenwurzeln am Ufer. Keely schaltete den Außenborder erst aus, als sie das alles hinter sich gelassen hatten und in einem Tümpel trieben, dessen Ufer verdeckt war von einem Gewirr aus einheimischen Zypressen, Kajeputbäumen und knorrigen Eukalyptus. Über ihnen eine stirnrunzelnde Kalksteinklippe, die alles vor sich in flackernde Schatten tauchte.

Ist alles okay?, fragte Gemma.

Wird's gleich sein, sagte er. Schauen wir auch aufmerksam? Haben wir die Augen offen?

Die Brise trieb sie an Steinplatten vorbei, hellgelben Tafeln, die frisch von der Klippe abgeplatzt waren. In einem gigantischen Durcheinander lagen sie am Wasserrand, umschwirrt von tanzenden Insekten. Überall ums Boot herum trieben Quallen, groß wie Kürbisse, und Keely atmete das Mündungsmiasma aus Algen, Zypressen und wirbellosem Schleim ein, das ihn an Ferien, Prüfungswochen und vergangene Sommer erinnerte. Er betrachtete ihre Gesichter. Gemma trug eine Miene heroischer Nachsicht zur Schau, aber der Junge blinzelte jämmerlich.

Ich kann das nicht so gut, sagte Kai, kaum lauter als ein Flüstern.

Keely wackelte ermutigend mit den Augenbrauen, aber dem Jungen schien die Spannung nicht zu gefallen. Er merkte, dass Gemma ihn böse anstarrte, mit einem Gesicht wie ein versohlter Hintern. O Gott, dachte er, wie viele Versprechen hatte dieser Junge sich schon in Luft auflösen sehen?

Daran hatte er nicht gedacht. Das hier sollte jetzt verdammt noch mal funktionieren.

Legt euch auf den Rücken, murmelte er, sowohl um den Jungen wie auch sich selbst zu beruhigen. Beide. Legt euch hin und schaut.

Wozu?, fragte Gemma. Wozu sollen wir uns in ein Boot legen?

Nur wegen der Aussicht, sagte er mit einer Heiterkeit, die sich bereits ziemlich dünn anfühlte. Vor ihnen tauchte der alte Marri-Eukalyptus, auf den er all seine Hoffnung gesetzt hatte, langsam aus den Schatten auf, inzwischen mehr Skelett als lebendiger Baum, eine rindenlose, graue Säule mit einem Dach aus krummen, weißen Ästen, die über Unterholz, Felsen, Schatten und Wasser ragten. Mit Harriet war er oft hierhergekommen, und wenn er Doris besuchte, auch manchmal allein. Damals, als ihm wirklich noch etwas daran lag. Man konnte den Geröllabhang von der Straße herunterlaufen, aber der Blick vom Wasser aus übertraf alles. Dieser Baum, dachte er. Er stand schon, bevor Weiße überhaupt von diesem Ort geträumt hatten. Er war schon da, als es im Fluss noch wimmelte, als Kochfeuer und Tänze die Ufer zu einem zusammenhängenden Lied verwebten, zu richtigem Land. Ihn nur zu sehen war eine geistige Korrektur, eine Neuorientierung.

Das Boot gierte, der Baum war jetzt direkt über ihnen. Und Keely erkannte, dass er ihn bereits sekundenlang gesehen hatte, gesehen, ohne ihn zu bemerken. Gott sei Dank. Da saß er, auf dem äußersten Ast, von der gleichen Farbe wie das gebleichte und verwitterte Holz, bewegungslos beobachtete er sie, ahnte ihren Kurs voraus, ließ sich noch nicht zu einer Reaktion herab. Der Vogel seiner verheirateten Jahre, der gestohlenen Wochenenden, auch der Stunden des langen, verwirrten Schweigens gegen Ende.

Noch immer da. Was für ein Vogel.

Aber was sah *er?* Drei Körper in einem silbernen Boot? Oder nur Hintergrund, Faunatapete, nichts von geringstem Interesse?

Der Raubvogel breitete die Schwingen aus, ließ sich fallen, stieß einen heiseren Schrei aus.

Der Junge neben Keely schnappte nach Luft. Sein Gesicht war plötzlich weit offen.

Da!

Schau dir den an, sagte Keely. Ich hab's dir gesagt.

Holt er mich?

Dich holen? Für mich siehst du nicht gerade aus wie ein Fisch.

Sieht unheimlich aus, sagte Gemma.

Nee, sagte Keely. Er ist wunderschön.

Und das war er wirklich. Ein strenger, stattlicher Vogel, wachsam, schwebend und doch in höchster Spannung.

Osprey, sagte Kai.

Der Fischadler senkte den Kopf, drehte sich leicht und sammelte sich. Dann stieg er, träge, kraftvoll, immer mehr an Höhe gewinnend.

Osprey, sagte der Junge.

Er stieg mühelos, erhob sich über die flehenden Finger der Bäume am Klippenrand, zog sich dann in den Schatten zurück und hinterließ nur einen scharfen Schrei als Signal für seine Anwesenheit.

Haben wir ihm Angst eingejagt?, fragte Gemma.

Dem jagt nichts Angst ein, sagte Keely. Ich würde sagen, er hat einfach nur etwas anderes entdeckt.

Das Boot trieb zurück ins mittägliche Licht. Der Junge schaute blinzelnd zum Himmel. Und dann zuckte ein bleicher Blitz an ihnen vorbei, tauchte ins spritzende, gleißende Wasser und schwang sich sofort wieder hoch, stieg in flacher

Kurve mit etwas Glänzendem, aber Todgeweihtem in den Klauen in die Höhe.

Keely enthielt sich jeden Kommentars. Die Darbietung allein genügte. Der Junge und seine Großmutter reckten den Hals, beobachteten den Himmel, warteten auf mehr.

Nachdem er die beiden nach Hause gebracht hatte, zu Doris zurückgekehrt war, um das Boot abzustellen und den Motor durchzuspülen, die Schlüssel des Volvo unter den Fußabstreifer gelegt hatte und mit dem Zug nach Fremantle zurückgefahren war, war es später Nachmittag. Seine gehobene Stimmung war etwas verflogen, er hatte einen Mordshunger, und die Sonne hatte ihm zugesetzt, trotzdem fühlte er sich so gut wie seit Wochen nicht. Er duschte, schluckte ein paar deftige Ibuprofen, machte sich ein Sandwich und setzte sich mit einem Glas Wasser in seinen Lehnstuhl.

Bei Einbruch der Nacht saß er noch immer so da. Das halbe Sandwich vertrocknet und aufgebogen in seinem Schoß und das Pint-Glas umgekippt auf dem Teppich. Er wischte sich ein paar Krumen ab, schaute bang zu dem neuen Wasserfleck und ging hinaus auf den Balkon, um den Kopf freizubekommen.

Träume. Fiebrige Sequenzen. Da sie hinter ihm lagen, wollte er sich nicht daran erinnern.

In der milden Abendbrise sah er aus dem Augenwinkel heraus eine Bewegung aufblitzen. Kai. Ein paar Balkone weiter. Nur in Shorts. Tatsächlich, wirklich da. Er lächelte, aber der Junge schien es nicht zu bemerken. Keely fühlte sich merkwürdig unsicher, hatte Angst, dass etwas an ihm hier draußen nicht stimmte. Er war doch angezogen, oder? Wach. Und nüchtern. Was konnte ihn sonst so beunruhigen, wenn nicht die mulmigen Erinnerungen an die Träume? Aber dieses gehetzte Gefühl, warum ließ es nicht nach?

Es ging ihn nichts an, ob der Junge hier draußen war oder nicht, aber es wäre ihm lieber, Gemma würde es nicht zulassen; es war nicht sicher. Und er zögerte, wollte sich nicht bewegen aus Angst, ihn zu erschrecken. Aber Kai schaute in seine Richtung. So ein merkwürdiger, unbeteiligter Blick. Es fühlte sich unschicklich, sogar etwas unheimlich an, einfach nur dazustehen und ihn nicht zu begrüßen. Keely hob die Hand. Kai hob einen Arm vom Geländer, erwiderte schüchtern das Winken und ging nach drinnen.

Keely hatte sich für diesen Abend ein anständiges Essen versprochen, und er verarbeitete gerade die Reste der donnerstäglichen Einkaufsorgie bei Coles, als Faith anrief. Wieder war sie in einem Raum voller Menschen. Im Hintergrund waren Geräuschfetzen zu hören – Ankündigungen, Aufrufe –, als wäre sie auf einem Flughafen oder einem Bahnhof.

Du hast nicht angerufen, sagte sie ohne Vorwurf.

Ich hatte es vor.

Ein Mann großer Absichten.

Wo bist du?

In London.

Mann, das ist aber plötzlich.

Es ist eiskalt hier. Ich warte auf den Fahrer. Hey, ich habe an das Kanu gedacht, das wir früher mal hatten. War es wirklich nur das Dach eines alten Autos? Habe ich das richtig in Erinnerung? Wir haben es durch das Schilf und über den Sumpf gezogen. Oder bilde ich mir das alles nur ein?

Faith, warum bist du in London?

Wir haben doch immer gesagt, ich sei die einzige Keely ohne Rettungsinstinkt.

Nee.

Und du hast immer davon geschwafelt, die Besiegten zu unterstützen.

Keely lachte, und kurz fiel seine Schwester mit ein. Sie klang untypisch verunsichert.

Schwesterherz, sagte er. Ist was passiert?

Nichts, worüber ich reden darf. Schätze, es ist einfach lustig, dass ich ein Rettungspaket schnüre.

Ich weiß nicht einmal, was das ist.

In meiner Welt ist das Erlösung ohne Gnade.

Bist du okay?

Ich dachte nur eben an uns als Kinder, das ist alles. Und weißt du, ich wollte einfach deine Stimme hören.

Es war das Dach eines alten Holden, sagte er. Das Kanu.

Aber das Signal wurde schwächer, und Faith schien mit jemand anderem zu sprechen, anscheinend ihrem Fahrer, und der Rest war ein überstürzter Abschied.

Nach dem Anruf kochte Keely weiter. Er dachte an Faith mit zehn in ihrem rosafarbenen Overall und den Turnschuhen von Levi's. Was für ein aufgewecktes Mädchen sie doch gewesen war: der unverstellte Blick, der gerade geschnittene Pony. Und frech wie ein Spatz, dazu aber warmherzig. In dem Winter, als die Mutter der Buck-Mädchen, zusammengehalten von Schrauben und Drähten und Gips, im Krankenhaus lag, hatte sie ihr Zimmer mit den beiden geteilt. Vielleicht hatte sie es nicht gern getan – die plötzliche Unordnung, die eingenässten Betten, der nächtliche Terror, die verschwundenen Spielzeuge. Vielleicht waren seine Erinnerungen an ihre unerschütterliche Anständigkeit nicht verlässlich. Denn wenn er sie jetzt sah, vergangenes Weihnachten zum Beispiel, wirkte sie immer so kühl und zurückgenommen. Aber ihre Welt war quasi über Nacht implodiert. Harte Zeiten. Vielleicht musste sie diesen Panzer des Professionellen anlegen, nur um zu überleben. Und ihre Befangenheit? Lag wahrscheinlich an seinem Auftreten damals, wie er, derangiert, larmoyant, das festliche Frohlocken aus Doris' großem Tag verjagte.

Wie auch immer, genug davon.

Er stampfte Kartoffeln, spielte sich ein wenig mit der Sauce und dämpfte die Spargelbohnen. Er legte Musik auf, die Bach-Fugen, die Harriet so mochte. Und es regte ihn nicht auf. Tatsächlich machte es ihn so beschwingt wie selten. Faiths Erinnerungen an ihre Abenteuer im Sumpf vielleicht. Oder dass der Tag auf dem Fluss erst jetzt seine ganze Wirkung zeigte. Der Vogel, die Art, wie er sie beobachtete und zu entscheiden versuchte, was sie waren. Einfach nur das wunderbare Erlebnis, dort zu sein, wie ein erhörtes Gebet. Was für eine Befreiung das doch gewesen war. Er hätte es nicht ertragen können, den Jungen zu enttäuschen. Das auch noch zu vermasseln. Und es war verrückt, aber jetzt fühlte er sich wie ein verdammter Champion.

Er hatte sich eben zum Essen hingesetzt, als es an der Tür klopfte. Einen Augenblick saß er kauend da, hielt sich trotzig an diesem Augenblick des Glücks fest, so lange er dauerte.

Nur ich, rief Gemma.

Es war, als würde eine Seifenblase platzen. Die Stimmung war hinüber. Aber etwas Gleichmut konnte er noch bewahren, als er langsam aufstand.

Er öffnete die Tür, während er noch kaute. Frisch geduscht und in einem ärmellosen Kleid stand Gemma barfuß da und spähte an ihm vorbei.

Alles in Ordnung?

Sorry, sagte sie. Hast du Besuch?

Er blinzelte, schüttelte den Kopf, schluckte.

Ich konnte es bis in meine Wohnung riechen. Es macht mich ganz wahnsinnig.

Was?

Was du da kochst.

Willst du was?

Hab schon gegessen.

Okay.

Aber, mein Gott, sagte sie. Es riecht verdammt gut.

Keely war verblüfft. Sie schaute so gierig, fast fiebrig, und sie stand einfach da, als würde sie erwarten, eingeladen zu werden.

Was dagegen?, fragte sie. Nur einen Augenblick?

Er öffnete das Sicherheitsgitter, und als er beiseitetrat, schlüpfte sie schnell an ihm vorbei und ging direkt zum Herd.

Huhn, sagte sie. Knoblauch. Speck, so wie's aussieht. Und die Sauce ist was, mit Weißwein?

Keely schloss das Sicherheitsgitter, ließ aber die Tür offen.

Vorwiegend.

Herrje, sagte sie und schaute sich seinen kleinen Esstisch an. Du hast ja kaum angefangen. Tommy, setz dich. O Gott, das habe ich nicht gewusst.

Willst du wirklich nichts?

Iss, sagte sie.

Er setzte sich wieder, aß weiter, aber jetzt war er verunsichert.

Der kleine Scheißer wollte nicht ins Bett, sagte sie und lehnte sich an die Theke.

Alles okay mit ihm?

Mann, er war ja so aufgeregt.

Keely nickte, und seine Stimmung hob sich wieder ein wenig.

Was du heute getan hast, war sehr nett.

Keinerlei Problem, sagte er und grinste mit vollem Mund.

Keinerlei Problem, äffte sie ihn nach. He, vielleicht probiere ich doch einen Happen.

Er bedeutete ihr, sich selbst zu bedienen, und sie suchte nach Besteck. Zögerte einen Augenblick vor der Messerschublade und musterte sein pharmazeutisches Panoptikum, was ihn kurz nervös machte. Aber sie schien es gar nicht bewusst wahrzunehmen, so hastig waren ihre Bewegungen, so aufgeregt ihre Verfassung. Er sah zu, wie sie sich etwas aus der Pfanne gabelte und prüfend im Mund hin und her bewegte, bevor sie es mit Genuss kaute. Er sah, wie sie sich mit dem Handrücken Sauce von den Lippen wischte.

Irgendwas, auf das ich nicht komme, sagte sie und wuchtete die Pfanne auf die Theke, als wollte sie den Rest verputzen.

Salbei, sagte er. Hab ihn heute bei Mama gepflückt.

Doris? Warst du heute bei ihr?

Ja. Das war ihr Auto. Habe ich dir das nicht gesagt? Ich muss das Boot auf ihrem Grundstück abstellen.

Gemma richtete sich kurz auf, und Öl glänzte auf ihrem Kinn.

Dann hast du uns nach Hause gebracht, bevor du zu ihr gefahren bist?

Ja. Schon.

Aha.

Bin mit dem Zug zurückgefahren, sagte er, verwirrt von ihrem finsteren Gesichtsausdruck. Kai sah ziemlich fertig aus. Ich dachte mir, ich fahre euch nach Hause, erspare euch die Stunde Herumzockeln.

Schon klar, sagte sie niedergeschlagen.

Hab gar nicht dran gedacht, sagte er, als es ihm klar wurde. Oder zumindest glaubte, dass es ihm klar war.

Na ja, ist ja schon eine ganze Weile her.

Nein. Echt. Ich hätte daran denken sollen.

Ist ja nur … Ich habe deine Mum wirklich geliebt. Dachte mir, vielleicht würde sie mich gern sehen.

Natürlich würde sie das. Ich war nur in Gedanken ganz woanders, habe an das Boot gedacht, das Auto, wie ich euch nach Hause bringe.

Es ist dir peinlich. Nicht?

Das mit dem *Auto?*

Das mit mir, du Trottel. Dass man dich mit mir sieht. Deine Mum dich mit mir sieht.

Ich weiß nicht, wovon du redest, sagte er irritiert.

Nee, natürlich nicht.

In Keely bäumte sich alles auf. Er dachte an die Mühen, die er sich diese letzten Monate gemacht hatte, um seine Privatsphäre zu schützen, damit niemand, ob Freund oder Feind, ihm so nahe kam, dass er ihn bemitleiden, mit Häme überschütten, ihm Vorwürfe machen, ihn korrigieren, piesacken oder aushorchen konnte. Das war das Einzige, was ihn nicht deprimierte. Und jetzt stand diese Frau in seiner Küche, diese Person, die er kaum kannte, aß sein Essen und schimpfte ihn mehr oder weniger einen Snob. Er war wütend auf sich selbst, verärgert, weil er das Spiel so umfassend aus der Hand gegeben, sie in seine Wohnung, seinen Kopf, sein gottverdammtes Leben gelassen hatte.

He, und jetzt schmollste, was?

Nein, sagte er mit einiger Mühe. Ich bin nur überrascht, das ist alles.

Na, es braucht aber nicht viel, um dich in Aufregung zu versetzen.

Er strich sich durch die Haare.

Vergiss es, murmelte sie.

Nein, sagte er, wie ein Trottel, der jeden Überlebensinstinkt vergessen hatte. Was willst du mir denn sagen?

Gemma schaute auf ihre Gabel hinunter und zuckte die Achseln.

Inzwischen bist du einfach ein bisschen …

Ein bisschen was?

Weiß auch nicht. Schnieker.

Keely lachte; anders konnte er nicht reagieren. Doch es klang nicht so fröhlich oder gelassen, wie er gehofft hatte.

Leck mich, sagte sie sanft.

Schnieke? Ich? Hast du was eingeworfen?

Komm du mir nicht mit Scheißdrogen.

Gemma, ich bin arbeitslos. Das ist alles, verkündete er und deutete auf den Lehnsessel, das Bücherregal, den Fernseher, den tragbaren CD-Player, den uralten iPod. Bis auf den abgegriffenen Laptop neben ihm auf dem laminierten Tisch gab es nichts zu sehen außer ein paar Reproduktionen von Stanley Spencer und ein paar Fotografien von Peter Dombrovski an der Wand.

Du warst auf der Uni und alles.

Stimmt.

Und du warst die ganze Zeit im Fernsehen, in den Nachrichten, in den Zeitungen. In deinem Haus am Wasser in Freo – ich wette, das hatte *Charakter*.

Er hob kapitulierend die Hände.

Nur weil du keinen Job hast und beschissen aussiehst, heißt das nicht, dass du nicht was Besseres bist.

Okay, sagte er. Ich verstehe, was du meinst. Aber ich glaube, du hast was falsch verstanden. Wenn ich gewusst hätte, wenn ich dran gedacht hätte – Gemma, es ist kein Problem. Ich habe einfach nicht nachgedacht, das ist alles.

Sie schaute zweifelnd, aber nachdem sie ihn einige Augenblicke lang angestarrt hatte, wirkte sie leicht besänftigt. Ob es daran lag, dass sie ihm die Meinung gesagt hatte oder ihn nachgeben sah, konnte er nicht sagen.

Bist du wirklich so pleite?, fragte sie.

Ziemlich pleite, ja. Ich bin mit der Abfindung nicht sehr vernünftig umgegangen.

Du hast die Bude hier nur gemietet?

Nein, sagte er. Sie gehört mir.

Sie grinste ohne Gnade.

Hast du irgendwas zum Trinken da?

Im Kühlschrank ist Wein, sagte er, obwohl er wusste, dass es unhöflich war, nicht aufzustehen und ihr ein Glas einzugießen, aber er war zu durcheinander; es wäre ihm lieber gewesen, wenn sie gegangen wäre.

Gemma riss die Kühlschranktür auf, musterte den Inhalt, als suchte sie eine weitere Bestätigung für seinen vornehmen Status, und holte dann die Flasche heraus. Kurz hielt sie sie auf Armeslänge von sich weg, suchte sich dann ein Glas und goss es voll. Sie schaute ihn fragend an, aber er lehnte ab. Mit skeptischer Miene nippte sie an dem Wein.

Hör mal, Doris würde sich bestimmt sehr freuen, dich zu sehen.

Gemma lehnte sich an den Kühlschrank. Über ihrer Schulter hing, gehalten vom Magneten, Kais Kreidevogel. Sie fuhr sich gereizt mit den Fingern durch die Haare.

Sie denkt sicher, du hast was mit mir. Dass wir herummachen.

Mach dich nicht lächerlich. Sie weiß doch bereits, dass du hier im Haus wohnst.

War sie schon mal hier?

Ich will *niemanden* hierhaben.

Wirklich? Wieso?

Mir ist es so einfach lieber.

Du bist schon ein bisschen komisch, was?

Ja. Wahrscheinlich.

Sie trank ihr Glas aus. Keely versuchte, zu Ende zu essen, aber sein Appetit war verschwunden. Er hatte sich bemüht, das war das Wichtigste.

Dann bin ich also lächerlich, sagte sie.

So habe ich das doch nicht gemeint – ich meine, also komm.

Das hättest du nicht gesagt, als ich noch jünger war.

Gemma, ich kannte dich doch nur als Kind.

Aber als wir Kinder waren, warst du da vielleicht nicht interessiert?

Nein! Mann, du warst ein kleines Mädchen.

Hat sonst auch keinen abgehalten.

O Scheiße. Das ist furchtbar. Warum reden wir darüber?

Sie stützte die Ellbogen auf die Theke, beugte sich vor und musterte ihn. Im V-Ausschnitt ihres Kleids waren die Ansätze ihrer Brüste zu sehen.

Was ist mit der Snakepit? Und White Sands? Damals waren wir keine Kinder mehr.

Nein, vermutlich nicht.

Damals war ich also nicht lächerlich.

Keely wusste nicht, was er sagen sollte. Seine Nerven waren angespannt.

Damals, als wir noch eher gleich waren.

Na ja, das ist so lange her.

Und du hast nie auch nur daran gedacht?

Keely sagte nichts.

Ich war ständig bei euch. Ich weiß noch, dass ich in deinem Zimmer war. Einmal bin ich zu dir ins Bett gekommen, in der Nacht. Hab so getan, als hätte ich Angst.

Daran kann ich mich gar nicht erinnern.

Aber du weißt noch, dass ich hübsch war.

Gemma, sagte er und versuchte, aus dieser gefährlichen Strömung herauszukommen. Ich war ein Kind; ich habe auf Mädchen gar nicht geachtet.

Ich gehörte also nicht zu der Sorte, die man beachtet?

Mann, jeder hat dich beachtet. Später.

Also, sag's mir.

Was soll ich dir sagen?, fragte er. Er ärgerte sich über ihre Hartnäckigkeit, über die Richtung, die dieses Gespräch nahm, als wäre sie fest entschlossen, auf seine Kosten einen Funken alter Herrlichkeit für sich herauszuholen. Nur weil er nicht daran gedacht hatte, sie zu Doris mitzunehmen, meine Güte. Es war dämlich, verdammt banal. Und er bekam gegen seinen Willen einen heimtückischen Steifen. Gemma war beschwipst. Sie hatte schon etwas intus gehabt, als sie klopfte, es war ihm nur nicht aufgefallen.

Na komm, forderte sie. Sag mir, wie ich ausgesehen habe.

O Mann, sagte er mit einem verärgerten Seufzen, du warst wunderschön. Okay?

Und jetzt bin ich nur noch eine alte Schachtel.

So alt auch wieder nicht.

Na, vielen Dank.

Ich wollte nicht …

Sie fiel ihm ins Wort. Hast du nie auch nur daran gedacht?, fragte sie. Kein einziges Mal?

Verdammt, was ist denn in dich gefahren?

Weiß auch nicht, sagte sie. Ich hatte ein paar Baileys, das ist alles. Es war ein schöner Tag, Tommy. Weißt du, wie viele schöne Tage ich kriege, in meiner Situation?

Ich kann dich ja verstehen, sagte er beschämt.

Weißt du es?

Ja, einfach sieht's nicht aus. Aber er ist ein wunderbarer Junge.

Redet nur noch über dich. Den ganzen Tag und die verdammte Nacht. Glaubt, dass dir die Sonne aus dem Arsch scheint. Hört nie auf, Fragen zu stellen.

Und was hast du ihm gesagt?

Die Wahrheit. Was ich weiß, woran ich mich erinnere.

Was zum Beispiel?, fragte er, weil er nicht widerstehen konnte.

Weiß auch nicht. Alten Scheiß. Über dich und Nev.

Er schaute auf seine Hände hinunter, spürte, wie sein Rückgrat sich abwehrend krümmte. Wenigstens hatte sie den Kurs geändert, dafür musste er dankbar sein.

Ihr wart die Einzigen.

Die einzigen *was?*

Die uns nicht blöd gekommen sind.

Scheiße, sagte er und schob den Teller weg. Ich hoffe, *das* hast du ihm nicht gesagt.

Natürlich nicht. Aber so habe ich gelernt, wie's läuft, wem man trauen kann und wem man besser aus dem Weg geht.

Schätze, das ist doch was.

Für mich schon.

Ich wollte nicht so klingen, als …

Du musst doch Kinder gewollt haben. Deine eigenen.

Warum sagst du das?

Die Universität der harten Schläge, Kumpel. Instinkt. Wie gesagt, wem man trauen kann und wer Scherereien macht. Er weiß es. Das kann ich sehen.

Jetzt kann ich dir nicht mehr folgen, sagte er wahrheitsgemäß.

Du hast dir heute viel Mühe gemacht, um den Jungen zu beeindrucken. Und ich muss herausfinden, ob das so ist, weil du ein dreckiger Perverser bist oder weil du dich an mich ranschleimen und mir an die Wäsche willst.

Keely schaute sie an. Sie meinte das völlig ernst. Wenn er ihr jetzt sagte, sie solle verschwinden, würde er schuldig aussehen, irgendein Vorwurf würde hängenbleiben. Es war unerträglich. Und er spürte die Sekunden des Schweigens vorbeidonnern.

Ich meine, wenn's um mich geht, würde ich das nicht so schlimm finden, fuhr sie fort. Aber ich musste es auf die harte Tour lernen, wenn du weißt, was ich meine – die Sache mit den Kerlen. Und um die Wahrheit zu sagen, ich habe nicht mehr die Zeit dafür. Sorry – ich mein ja nur.

Trotz seiner Entrüstung versuchte Keely sich das Leben vorzustellen, das sie seit ihren Kindertagen geführt hatte. Er dachte an ihre narbigen Hände, den abgebrochenen Zahn, die Tochter im Gefängnis.

Gemma, ich habe keine Absichten. So ein Mensch bin ich nicht.

Ach, das weiß ich. Ich mein ja nur. Das ist eben was, das ich mich selber fragen muss.

Okay, das verstehe ich. Aber wirklich, du brauchst dir keine Sorgen zu machen.

Gemma nickte langsam. Sie schaute an ihm vorbei. Wohin – zu den Lichtern des Ozeans, zum Hafen? Sie nagte an der Unterlippe.

Eigentlich schade, sagte sie und drehte sich zum Kühlschrank um.

Keely schaute in einer Mischung aus widersprüchlichen Impulsen und konkurrierenden Gedanken zu, wie sie sich das Glas wieder füllte. Sie schüttete den Wein in zwei Schlucken hinunter und stellte dann das Glas krachend auf die Theke. Ihr Lächeln konnte er nicht interpretieren. Und er musste an den Jungen denken. Es war schon spät. Er stand auf und hoffte, dass sie den Wink verstehen würde. Aber sie schien nichts zu merken. Er schob sich an ihr vorbei und stellte seinen Teller auf die Spüle.

Du solltest diesen blöden Bart abnehmen, sagte sie. Siehst ja aus wie ein Naturkundelehrer.

Na ja, das war ich für eine Weile. Mehr oder weniger.

Was hast du unterrichtet?

Erdkunde. Und Biologie.

Ich hätt's wissen müssen. Die ganzen Bücher hier. Bücher hast du immer schon gemocht, nicht?

Ja.

Und deine kleine orange Bibel.

Die auch, sagte er und machte zu, fast gegen seinen Willen.

Jetzt bist du stinkig.

Nein, log er.

Sei nicht stinkig, Kumpel – ich brauche einfach mal ’ne Pause. Weißt du, was ich meine?

Ich glaube schon.

Bin ja ganz auf mich allein gestellt.

Ja, das sehe ich.

Es ist einsam.

Ja.

Ich sollte inzwischen daran gewöhnt sein. Wie du. Du magst Menschen nicht, das merkt man deutlich.

Er zuckte die Achseln.

Aber ich, ich bin blöd, ich mag sie noch immer.

Da ist nichts Blödes dran, sagte er und versuchte, ernsthaft zu klingen.

Was dagegen, wenn ich die Tür zumache?

Es ist heiß, Gem.

Offene Türen machen mich nervös.

Er sagte nichts. Sie stieß die Tür mit der Hüfte zu, und als sie sich wieder umdrehte, streifte ihre Schulter die Kinderzeichnung, so dass sie schief an der Kühlschranktür hing.

Ich habe mir was überlegt, sagte sie.

Was?

Nichts wirklich Kompliziertes.

Okay, sagte er und fühlte sich in dem beengten Raum eingepfercht.

Aber es ist ein Geheimnis. Du kannst doch ein Geheimnis bewahren, oder?

Glaub schon, sagte er. Mit jeder Faser spürte er ihre Nähe. Sie war jetzt richtig betrunken. Ihre Glieder wirkten träge. In ihrem dünnen Kleidchen waren ihre Formen kaum zu übersehen.

Soll ich dich zu deiner Wohnung begleiten?, fragte er und bewegte sich sacht auf die Tür zu.

Aber zuerst verrate ich dir das Geheimnis, sagte sie und fasste ihn am Arm, als er an ihr vorbeiwollte. Komm, ich flüstere es dir ins Ohr.

Sie zerrte an seinem Kragen, zog ihn so dicht an sich, dass ihr Weinatem sein Ohr füllte und er ins Wanken geriet, noch bevor sie es geflüstert hatte. Die einfache, unverblümte Erklärung traf ihn tief. Sie stach in den weichsten, bedürftigsten Teil seines Ichs, und dennoch versuchte er noch immer, sich, so zartfühlend er konnte, von ihr zu befreien.

Gemma, also ich halte das nicht für eine gute Idee.

Mein Gott, Tommy, lass ein Mädchen nicht betteln.

Ich meine, ich bin geschmeichelt, mehr als geschmeichelt …

Aber du willst es. Das sehe ich.

Ja, aber warum ich? Warum jetzt?

Weil ich mich bei dir sicher fühle und ich hier oben langsam ausraste. Wir könnten beide ein wenig Aufmunterung vertragen. Na komm, Kumpel. Um der alten Zeiten willen.

Sie ließ ihre Hand in sein Hemd gleiten. Er spürte ihren Bauch an seinem Schritt, und ihre Zunge war noch kühl vom Wein. Er ließ seine Hand auf die Rundung ihrer Hüfte fallen, glitt dann zu ihrem Arsch. Und plötzlich war es ihm völlig egal, wie verrückt das war. Sie schmeckte nach Knoblauch und Rauch. Sie küsste ihn mit einer Art Lächeln. Ein Fick unter Freunden, das hatte sie gesagt, irgendwas Sicheres, und so fing es auch an, linkisch und kameradschaftlich in dem schmalen Gang zwischen Kühlschrank und Küchentheke, aber als sie sein ungemachtes Bett mit den grauen Laken und dem animalischen Geruch nach altem Sperma und Schweiß erreicht hatten, übermannte sie beide diese Aufwallung aus Verzweiflung und Sehnsucht, und sie waren beide wild und halb verrückt vor schmerzhaftem Drang, und nichts, was sie wollten oder taten, fühlte sich sicher an.

Danach lag er in einem Film aus Schweiß und Scham da. Es kam ihm merkwürdig, sogar falsch vor, dass er an Harriet dachte. An diese Nacht in dem stinkenden Dorf in Sarawak, als eine Woche beleidigten Schweigens aufplatzte wie ein wolkenschwerer Monsunhimmel. Der Sex war wütend, furchterregend gewesen, und danach verfolgte ihn auf dem Rest der Reise zur Küste das immer stärker werdende Gefühl, dass ihre verspätete Leidenschaft ein Ende bedeutete und keinen Neuanfang, als wäre die Gewalt dieser Nacht einem endgültig und fatal gebrochenen Siegel geschuldet. Aber er hatte den Gedanken verdrängt; er war so, das wusste er jetzt, er konnte das Verhängnis mit sich schleppen und weitermachen, als würde es in der Dunkelheit verwelken, wenn er es ignorierte.

Das war nett, sagte Gemma mit dem Kopf auf seiner Brust. Besser als ein Besuch in der Klapse.

Er versuchte zu grinsen. Über sich selbst, über ihre Direktheit. Hier lag er nun mit all seinen Schrullen und Ängsten. Er sollte das Erlebnis als das betrachten, was es tatsächlich war, ein Akt kameradschaftlicher Erleichterung. Mehr hatte sie damit nicht gemeint. Mehr konnte es auch nicht sein. Für beide nicht.

Was ist los?, fragte sie.

Nichts. Schätze, ich habe es einfach nicht erwartet.

Du wolltest es nicht?

Darum geht's nicht.

Weil es sich für mich nicht so anfühlte.

Er zog sie an sich, spürte ihre Haare auf seiner Haut.

Guter alter Tom. Du musst immer auf alles gefasst sein, was? Du bist so.

Und wenn's dann eingetroffen ist, bin ich der traurige Wichser, der einem geschenkten Gaul ins Maul schauen muss.

Was keine sehr schmeichelhafte Art ist, mit einem Mädchen zu reden.

Tut mir leid.

Ihr Lachen war kehlig und ansteckend. Ihm wäre es am liebsten, sie würden aufhören zu reden und einfach weiterficken. Sie spürte es. Sie griff zwischen seine Beine.

Ah, Tommy. Tom Keely.

Blöd, sagte er.

Wer?

Ich, sagte er.

Plötzlich wollte ich einfach.

Plötzlich?

Na ja, nach und nach. Und dann plötzlich. Wie ein Straßenköter.

Wow.

Das ist doch nicht falsch, oder?

Er zuckte die Achseln.

Was?

Nichts.

Mein Gott, sagte sie. Du willst wirklich genau wissen, warum, wie eine Liste von Gründen?

Ach, vielleicht nicht, sagte er.

Na gut, sagte sie forsch, als wollte sie das Gespräch zu Ende bringen.

Es war verwirrend und entzückend, Gemma Buck hier zu haben und sich von ihr träge streicheln zu lassen, während das Gebäude murmelte und schepperte. Es war unvorstellbar.

Dabei mag ich Vögel gar nicht, murmelte sie.

Was?

Vögel.

Ach so. Okay.

Aber ich hatte einen schönen Tag, versteh mich nicht falsch.

Aber du stehst nicht auf Vögel, sagte er, und es fiel ihm schwer, sich zu konzentrieren, während er ihren glitschigen Schenkel an seinen Fingerspitzen spürte.

Ich hasse sie.

Eine ziemlich häufige Phobie.

Darum geht's nicht, sagte sie ungeduldig.

Ach, sagte er, war wieder in ihr, wund, abgelenkt.

Scheiße, du weißt ja nicht, wie es für mich war.

Wie was war?, fragte er und hörte deutlich den Überdruss in seiner Stimme.

Blackboy Crescent.

Na ja, ich war doch auch dort, oder?

Nein, sagte sie und löste sich von ihm. Ich glaube nicht. Nicht auf dieselbe Art wie ich.

Worüber redest du?

Für dich war's anders.

Weil ich weggezogen bin? Weil ich auf die Universität gegangen bin? O Mann, Gemma, sagte er und setzte sich ernüchtert auf. Was ist nur los mit dir?

Willst du, dass ich gehe?

Nein, log Keely und rutschte von ihr weg. Sein untypisch dauerhafter Steifer war ihm jetzt peinlich. Die ganze Szene war einfach zu verdammt merkwürdig, ein furchtbarer Fehler.

Ich glaube, ich gehe, sagte sie und wandte sich ab.

Kai ist allein, sagte er, als wäre das jetzt wichtiger als noch vor fünfzehn Minuten.

Ja, sagte sie. Danke für die Erinnerung.

Sie griff nach ihren Kleidern.

Warte, sagte er. Es tut mir leid.

Denk dir nichts. Schwamm drüber.

Was wolltest du sagen? Was ist das, was ich nicht weiß?

Egal.

Bitte.

Nicht wichtig. Nicht mehr. Na ja, sollte es zumindest nicht.

Er streckte den Arm aus und fuhr ihr auf eine Art durch die Haare, die sie zu irritieren schien. Er betrachtete ihren gekrümmten Rücken, ihre Brüste, die deutlich nach unten hingen. Sie roch nach Rauch und Schweiß und Sperma, und jetzt wollte sie nicht berührt werden.

Du hättest ein Kondom benutzen sollen, sagte sie. O Gott, ich muss duschen.

Dusch hier.

Ich sollte nach Hause.

Bleib noch einen Augenblick.

Du willst mich nur noch einmal ficken.

Ich dachte, wir könnten reden, sagte er, und es war mindestens die halbe Wahrheit.

Nein, ich gehe jetzt.

Erzähl's mir einfach. Diese Sache. Mit den Vögeln.

Sie seufzte. Dann schwieg sie lange.

Mir geht's nicht gut, wenn ich sie sehe. Bin traurig und kriege ein schlechtes Gewissen.

Aber es sind doch nur Vögel.

Weißt du, als ich noch ein kleines Mädchen war, wollten mich die Männer.

Ja. Das ist … es ist …

Beschissen, das war es. Und es war nicht meine Schuld. Ich dachte, es geht nur um Baby. Sie war älter. Und es machte ihr nicht so viel aus. Aber ich wollte es nicht. Gott, ich wusste nicht mal, worum es ging, was es bedeutete. Sie begrapschten mich immer. Auch so, wie sie mich anschauten, das war, als würden sie mich berühren.

O Mann.

Letztendlich gab man irgendwann nach. Aber davor habe ich mich schon gewehrt, weißt du? Das heißt, ich habe was Fieses, Schockierendes getan.

Wer konnte dir das verdenken? Ich meine, verdammt.

Als ich acht war, habe ich was angezündet. Es war kein Unfall – ich hatte es geplant. Tagelang hatte ich darüber nachgedacht. Überlegt, wie ich es anstelle. Kaltblütig, weißt du?

Also ein Auto oder so was?

Es war ein Vogelhaus.

Keely sprang abrupt auf und hätte sie dabei beinahe aus dem Bett geschubst.

Bunkers Voliere?, fragte er. Das warst du?

Ich habe ihn gehasst, diesen dreckigen, widerlichen alten Mistkerl.

Er hatte ein schlimmes Bein. Nein, einen Klumpfuß.

Hat mich einmal auf seinem Hof erwischt. Als ich mir die Wellensittiche und Finken und Kakadus anschaute. Sagte, er würde es niemandem sagen. Er packte mich an den Haaren, den Zöpfen, drückte mich gegen den Draht, und die ganzen Vögel drehen durch, überall nur Klauen und Schnäbel und flatternde Flügel. Und er sagt Sachen, die ein kleines Mädchen nicht hören sollte. Drückt mir das Gesicht in den Draht, die Vögel stürzen auf mich zu, und er schiebt mir seine Hand rein, wie einer, der einen Weihnachtstruthahn ausnimmt.

Keely kam die Galle hoch. Er setzte sich dicht neben sie, doch ohne sie zu berühren.

Ich hätte es deiner Mum erzählen sollen, sagte sie mit ausdrucksloser, fast toter Stimme. Nev hätte ihn umgebracht. Und ich wollte, dass er es tut. Aber es war mir peinlich, ich hatte Angst – und ich schätze, ich schämte mich. Und ich wollte kämpfen, weißt du. Selber mit ihm abrechnen.

Aber. Mit acht Jahren.

Ich besorgte mir Benzin aus dem Kanister neben dem Rasenmäher. Nevs Mäher. Hab's in eine Shampoo-Flasche gegossen. Wartete, bis Bunker weggegangen war – zum Pferderennen oder sonst was, in den Pub, ich weiß auch nicht. Ging hinten rum, spritzte alles voll. Den ganzen Käfig. Die armen Vögel drehten durch. Dann hab ich nur ein Streichholz angezündet. Und paff! Hatte Glück, dass ich mich nicht selbst angezündet habe. Waren wie explodierende Feuerwerkskörper, diese Vögel. Flatternde und kreischende Flammen. Wie Feuerräder. Es war entsetzlich. Mir wär's lieber, ich hätte sein Haus angezündet. Oder dass ich es überhaupt nicht getan hätte.

Das warst wirklich du?

Ich habe mich gefragt, ob sie einen Verdacht hatten und einfach nichts sagten. Nev und Doris, meine ich. Um mich zu beschützen. Manchmal wünsche ich mir, sie hätten es nicht getan. Weil ich danach keine Kraft mehr zum Kämpfen hatte. Habe es einfach über mich ergehen lassen. Nur von Bunker nicht mehr. Er traute sich nicht mehr. Aber es gab ja andere Kerle.

Gemma, ich hatte keine Ahnung.

Na ja, ich hab ja nie was gesagt, oder?

Wir hätten es wissen müssen. Sie hätten damit aufhören müssen.

Damals hat doch kein Mensch so hingeschaut wie heute.

Deine Mum und dein Dad, sie haben es nicht bemerkt. Und ich konnte es ihnen nicht sagen.

Keely dachte an die Rauchwolke, das Eintreffen des Löschzugs, die fast festliche Stimmung auf der Straße, an Faiths Bemerkung beim Abendessen, dass derjenige, der diese armen Vögel angezündet hatte, nicht zu leben verdiente. Saßen die Buck-Mädchen damals mit am Tisch?

Er ist gestorben, weißt du. Jahre später. Der alte Bunker. Und ich denke, er wusste die ganze Zeit Bescheid. Ich war auf seiner Beerdigung, um zu lachen. Ich war rotzbesoffen, aber es fühlte sich klasse an.

Sie griff nach ihrem Kleid auf dem Boden, suchte nach ihrem ruinierten Höschen, warf es dann aber beiseite und stieg in das Kleid.

Schau dich an. Als würdest du den Kauf bereuen.

Nein.

Egal. Ich habe gekriegt, weswegen ich gekommen bin.

Huhn und Salbei in Weißwein.

Ja, sagte sie mit heiserem Lachen. Da, mach mir den Reißverschluss zu.

Du bist nur ein paar Türen entfernt, und draußen ist's dunkel.

Das Mädchen hat noch immer Prinzipien.

Trotz heute Abend.

Als sie ihm den Rücken zudrehte, spürte er einen Stich der Lust, widerstand aber dem Drang, sie an sich zu ziehen. Er sah diesen alten Mann mit ihren Haaren in seiner Faust, wie er sich von hinten an sie drückte. Keely berührte nur den Reißverschluss und trat einen Schritt zurück, als sie sich umdrehte, um ihn im schrägen Licht zu betrachten.

Alles in Ordnung, sagte er. Ich bin noch immer sicher.

Sicher genug. Wie auch immer, das war das einzige Mal. Wir müssen an den Jungen denken.

Klar.

Aber Spaß gemacht hat es schon. Ich habe mir immer vorgestellt, wie es wäre.

Na ja, schätze, jetzt weißt du's.

Sie lächelte, und er folgte ihr zur Tür und hörte das Geländer der Galerie noch klirren, nachdem sie verschwunden war.

Er war wieder da. Der Fleck. Oder eine große, schmutzige Verfärbung, die genauso aussah. Direkt vor der Schiebetür. Nur einen Schritt oder so vom Balkon entfernt, auf einem vollkommen trockenen Teppich. Aus einiger Entfernung nur ein gespenstischer Schatten, aber aus der Nähe war er nicht zu übersehen. Etwa die Größe eines schlafenden Hundes, der zusammengerollt vor dem verschmierten Glas lag. Roch nach nichts außer nach ekligem Nylonteppich, doch beim Drauftreten fühlte es sich steif, fast verkrustet an. Scheiße, so etwas brauchte er nicht am Anfang einer neuen Woche, dass er frisch wie der junge Frühling auf das verdammte Turiner Leichentuch trat. Und da er so früh und mit klarem Kopf aufgewacht war, hatte er nicht vor, den ganzen Tag hier zu kauern, sich den Kopf zu kratzen und Eingeweide zu lesen. Es war inzwischen so selten wie Rossäpfel unter einem Schaukelpferd, dass er sich halbwegs normal fühlte, mit kaum einem Zipperlein, und er wäre ein Idiot, wenn er das vergeuden würde.

Obwohl die Laken an diesem Morgen süßer rochen, zog er sie ab, packte sie mit anderer Schmutzwäsche zusammen und stopfte sie in eine der Maschinen im Waschsalon. Als er an den Suppenküchen und Absteigen vorbeiging, überlegte er sich, den Tag im Bub's zu beginnen, wo er am sichersten war, wo die geringste Chance für einen Wutanfall bestand, aber er fühlte sich kräftig genug, um auf dem Strip im Freien zu sitzen und zuzusehen, wie der wochentägliche Zirkus sich zur Untätigkeit rüstete. Er wusste nicht, ob es Selbstvertrauen oder Masochismus war, aber er schlenderte über die Avenue bunter Schirme und setzte sich an die begehrteste Ecke, wo der Blick gut und der Kaffee anständig war. Er markierte sein Territorium mit einer Sonnenbrille und einem Murdoch-Blättchen, das er von einem verlassenen Tisch geklaut hatte. Er ging nach drinnen, wie es der örtliche Brauch war, und stellte sich in die Schlange, um zu bestellen. Man musste es einfach lieben, wie eine Cafeteria noch immer als richtiges Café durchging. Sei's drum, dachte er sich. Wenn man nicht in Rom ist. Und so weiter.

Wegen der frühen Stunde standen nur fünf oder sechs vor ihm, und für Freo-Maßstäbe war das keine lange Wartezeit. Auch zu seinen besten Zeiten, als sein soziales Kapital beneidenswert und der Glanz seiner Rüstung makellos war, empfand er dieses rituelle Martyrium so, als würde man vor der Klasse zur Schau gestellt, wie die öffentliche Vorführung eines Verdächtigen, mit den hochnäsigen Baristas vor sich und den wachsamen Gaffern an den Tischen hinter sich. Keely konzentrierte sich, so gut es ging, auf die Esswaren in den hell erleuchteten Vitrinen, den köstlich öligen Geruch von gemahlenen Bohnen. Er zockelte zur Kasse, stand in der Ausgabeschlange wie alle anderen Bittsteller und kam ziemlich unbelästigt mit einem anständigen doppelten Espresso und einem Blaubeermuffin wie ein aufgeblähter Fliegenpilz wieder heraus. Seine Zehn-Dollar-Sonnenbrille lag noch auf dem Tisch, aber die Zeitung hatte sich jemand anders geschnappt. Egal, sie hatte ihren Zweck erfüllt, was ein Nicken in die Richtung des großen Rupert wert war. Wo immer das war. Jetzt, da er allgegenwärtig, multinational, allwissend, vielleicht sogar ewig war.

Die Sonne schien hell, und die Schatten unter den Markisen waren schwarz und tief. Die ersten Anzugträger auf

Skateboards sausten mit Rucksäcken und Aktentaschen vorbei. Frauen in Bleistiftröcken und Zehn-Zentimeter-Absätzen stöckelten zum Bahnhof. Keely machte es sich bequem, genoss seinen Kaffee ebenso sehr wie seine Stimmung und schaute und staunte.

Er spürte eine seltene und kameradschaftliche Großherzigkeit, als Leute aus dem Viertel eintrafen, um ihre yogischen Glieder zu strecken und ihre Berserkerstocks abzustreifen.

Nachdem seine Augen sich an die Helligkeit gewöhnt hatten, erkannte er hier und dort bekannte Gesichter: eine Sängerin, die an ihren dreckigen Dreadlocks herumnestelte, ein paar Gauner von der Labor Party, den Kronanwalt im Ruhestand mit seinem frechen, kleinen Köter. In sicherer Entfernung auf der anderen Straßenseite unterhielten sich Claqueure der Grünen hinter einer Barrikade aus Fahrrädern und folgten dann zu seiner Erleichterung ihrem verrückten Parlamentsabgeordneten zu der Saftbude in der Gasse dahinter. Um ihn herum diskutierten verbissene Wassermänner über positive Energie, Körperarbeit und die wahren Ursachen für Krebs, und es berührte ihn nicht, tropfte von ihm ab wie Wasser von den sprichwörtlichen Entenfedern. Nebenan, direkt neben seinem Ellbogen, fing eine spindeldürre Amazone mit hennaroter Mähne an, etwas über soziale Evolution und persönliche Transformation in ihr Handy zu schreien. Sie habe sich von der Revolution fortentwickelt, sagte sie, glaube aber noch immer leidenschaftlich an radikalen Wandel. Sah sogar ziemlich gut aus in ihrem safrangelben Tank-Top. Vielleicht missverstand sie sein nachsichtiges Grinsen als etwas Unschickliches, denn sie schnappte sich ihren turmhohen Soja-Latte und stolzierte, ohne Punkt und Komma weiterplappernd, zu einem anderen Tisch.

Um neun hatte fast jeder, der in dieser Stadt etwas Produktives tat, die Leinen geworfen und die Segel gesetzt oder war zum Bahnhof geeilt, um den Express ins öde Perth zu erreichen. Zurück blieb aber noch eine ansehnliche Anzahl an Faulenzern wie er selbst, die offenbar nirgendwo hinmussten und nichts zu produzieren hatten. Er fragte sich, wie viele Treuhandfonds den umtriebigen Strip im Geschäft hielten, wie viel dem Wohlleben der Mittelklasse zugeschrieben werden konnte. Kaum dachte er darüber nach, merkte er, wie seine heitere Gelassenheit einem undefinierbaren Sticheln von Schuldbewusstsein und Beklemmung wich. Die ganze Szenerie war ein Festival des Aufschubs. Und es war erstaunlich, wie gut er hineinpasste.

Er konnte nicht anders, er musste an all die Wohlfahrtsküchen nur ein paar Blocks entfernt denken, die Unterschicht, die sich dort im Freien für ein Sandwich und ein industrielles Gebräu versammelte. Gebrechliche Rentner, Stammgäste der Absteigen, Obdachlose, Alkis und Bettler, ambulante Patienten des zusammenbrechenden Psychiatrischen Systems. Bald würde auch er in ihre Reihen gehören. Er vermutete, dass Penner und Säufer ihre eigenen Vorsätze und Riten der Vertagung hatten. Straßenschreier waren mit Ausflüchten bewaffnet, er kannte ihre Litaneien der Kränkungen und des Unverstandenseins. Er würde sich da gut einfügen. Wenn er nur nicht so weich wäre. Der Augenblick kam sicherlich irgendwann. Und dann stünde er an der letzten Grenze, der störrischen Überzeugung der Mittelklasse, dass der eigene Fall ein ganz spezieller war. Obwohl er in Wirklichkeit nur ein gruseliger Hirnamputierter war, der voller Frieden und Liebe durch die Stadt tapste, weil er abgespritzt hatte. Eine beschwipste Oma, die unbedingt eine Nummer brauchte, hatte ihn ins Bett geschleift und es ihm schlampig besorgt. Sein triumphales Glühen war armselig. Und das war nichts im Vergleich zum Nachspiel. Ihr Geständnis. Dem er nur mit halbem Ohr zugehört und sie dabei weiter begrapscht hatte wie ein schmieriger Priester, der ihre Bedürfnisse nicht von seinen eigenen unterscheiden konnte. Er ekelte sich vor sich selbst. Augenblicklich spürte er, wie sich die Ohnmacht näherte, prasselnd und blitzend hinter seinen Augen, und er begrüßte sie, verdiente sie.

Sein Glas zersplitterte auf dem Pflaster. Die Untertasse rollte in taumelnden Bogen erschrockenen Müßiggängern vor die Füße. Ein Arm schlenkerte unabhängig von ihm, und als er aufstand und floh, klemmte er ihn sich unter den anderen und stolperte im Watschelgang durch eine Wildnis aus Funken und Blitzen.

Wütende Leere.

Eine Art von.

Art von Turbulenz.

Plötzlich unten im Jachthafen. Stehen. Gehen. Eigentlich Schlafwandeln. Über seinem Kopf Möwen wie leere Gedankenblasen. Wie viele Minuten hatte er verloren? Zehn? Zwanzig. Wohl eher vierzig. O Gott!

Okay.

Kämpf die Panik nieder.

Okay.

Kannst eh nichts dagegen tun. Na, zumindest nichts, wozu du bereit wärst. Weil du so bist, wie du bist.

Na gut. Wie auch immer.

So.

Hier war er.

Der Jachthafen. Der Fischereihafen. Krabbenkutter, Krebsboote. Jachten. Bohlenwege. Anlegestege.

Er musste etwas im Sinn gehabt haben. Während seiner kleinen Übertragungspause, als in ihm drin das Testbild hektisch blinkte. Irgendein Ziel, einen Plan, einen gedanklichen Zufluchtsort, der ihm im Augenblick nicht einfiel. Aber hier war er. Der Jachthafen. Wo er, ja, in besseren Tagen viel Zeit verbracht hatte. Ihre kleine Schaluppe, die Harriet nur *The Folly* nannte, die Torheit. Okay, dachte er. Hierher hast du dich also gebracht. Die alten Schaltkreise funktionieren wieder. Marschier es raus, marschier es weg.

Und während er das tat, entwirrten sich seine sichereren Gedanken langsam wieder. Er konnte sie sich jetzt nur als bunte Drähte vorstellen. Alles spröde und empfindlich. Bekam keine geraden, glänzenden Linien mehr hin, keine vernünftige Struktur, wie etwas frisch aus der Fabrik. Aber er konnte sie voneinander trennen, mehr oder weniger, auch wenn sie sich noch alle um diese grässliche, pulsierende Leere drängten, das Grauen, das er die letzten Monate mit sich herumschleppte. Es hatte weder Größe noch Form. Der Ursprung lag im Dunkeln. Es war sein eigener, dunkler Planet. In seinem Inneren. Und es hatte absolut keinen Sinn, ihm direkte Aufmerksamkeit zu schenken; es war einfach da, inzwischen akzeptierte er es, und vibrierte wie etwas, das gleich explodiert. Aber mit genügend Willenskraft, indem man jeden gefährlichen Gedanken beiseiteschob und alle Drahtenden getrennt hielt, konnte man es von etwas Planetarischem zu einem Fleck, einem Partikel schrumpfen lassen, zu einem winzigen Fragment von Schattenmaterie, das kurz vor der Sonne vorbeizog. Es war besser, sicherer, nicht hinzuschauen. Doch er brauchte eine ganze Wagenladung Energie, um es mit reiner Geisteskraft niederzuringen. Nur um etwas Platz zu schaffen und die Gedanken auf geringere Mysterien zu richten. Zum Beispiel, und vor allem, wie man sich seinen Lebensunterhalt verdiente. Denn es war wirklich vorstellbar, dass er noch vor Ostern an seiner schmuddeligen Straßenbräune arbeitete, wie diese armen Kerle, die vor St. Patrick anstanden. Wenn er sich nicht zusammenriss, wenn er diesen Rausch des Selbstmitleids, dem er sich jeden Tag hingab, nicht überwand, dann war es nicht nur möglich, sondern unvermeidlich. Er konnte sich nicht weiter von Doris unterstützen lassen. Sie hatte seine Telefonrechnung bezahlt. Er war es ihr schuldig, sein Leben wieder auf die Reihe zu kriegen.

Er schlurfte weg von der Uferpromenade und den Touristenfallen, gefolgt von einer Horde Möwen. Aufdringliche kleine Mistdinger, diese Möwen.

Er überlegte, ob er wieder als Lehrer arbeiten sollte. War doch noch immer möglich, oder? Wenn er seine äußere Erscheinung und seine Nerven in Ordnung brachte. Es würde die Leute verstören, dass er wieder da war, in Anbetracht dessen, was er getan hatte. Er war schon zu lange aus dem Spiel. Die Dinge hatten sich verändert. Und inzwischen war das öffentliche Schulsystem wie eine Bärenhatz. Er war ausgebufften Gaunern jeder Provenienz entgegengetreten, von Räuberbaronen bis zu den Gewerkschaften. Aber ihn schauderte bei dem Gedanken, allein in einem Raum mit dreißig Fünfzehnjährigen zu sein. Vielleicht etwas ohne Kontakt, in irgendeiner Hilfsfunktion? Was seine eigenen Komplikationen mit sich brachte. Hatte er doch im Lauf der Jahre einige Brücken zur Bürokratie eingerissen. Es gab einige Fachbereichsleiter, die dafür sorgen würden, dass seine Bewerbungen bedauerlicherweise erfolglos waren.

Damit blieb noch was – Gartenarbeit, Taxifahren? Bei allen seinen Fähigkeiten und Leistungen waren das seine besten Chancen, und er sollte sich verdammt noch mal daran gewöhnen, denn in der Politik war er Gift, zu gefährlich, zu sehr geneigt, etwas Unbequemes zu sagen. Eineinhalb Jahrzehnte extremer Selbstbeherrschung, und in ein paar Minuten hatte er sich auf ewig zum Schurken gemacht. In den Medien war er ein Ketzer, ein Verräter am Fortschritt.

Keine Nichtregierungsorganisation würde es riskieren, ihn einzustellen. Und in der weiteren Umweltbewegung würde er immer die große Enttäuschung sein. Die allertiefsten Dunkelgrünen betrachteten ihn als Helden, aber Bewunderung schmierte ihm keine Butter aufs Brot.

Er dachte kurz über den privaten Sektor nach. Beraterfirmen beschäftigten ein buntes Völkchen: in Unehre gefallene Premierminister, wegen massiven Betrugs verurteilte Magnaten, Sportler mit befleckter Biographie. Da gab es durchaus Möglichkeiten für ihn – und lukrativ wäre das Ganze auch noch. Aber es wäre Söldnerarbeit.

Der Ressourcensektor würde ihn natürlich sofort nehmen. Ganz im Stillen. Das war seine Patty-Hearst-Option – zur Revolution überlaufen. Sie würden ihn nicht vorführen müssen wie eine Geisel; davon hatten sie bereits genug. Sie könnten ihn nach Geheimwissen ausforschen. Pläne, politische Positionen, Datenbanken. Mit ein wenig Druck von alten Schulfreunden könnten sie einige Geldgeber aus dem Establishment des Goldenen Dreiecks wieder in den Schoß der Familie zurückholen. Ein paar diskrete Drohungen rein sozialer Natur. Er hatte es schon erlebt. Und wer kannte das Wer-Wo-Was besser als er? Doch schon bei dem Gedanken daran fühlte er sich dreckig.

Genau das passierte im Augenblick. Und zwar überall. Den Leuten war nur noch das wichtig, was sie für den Markt wertvoll machte. Soll heißen, für die Bosse. Man hatte ihn angesprochen, lange vor dem Eklat. Ein großer Bergbaukonzern, der seine grüne Tünche auffrischen wollte. Diese Mistkerle hatten mehr Geld für Propaganda zur Verfügung als viele Nationalstaaten. Für jede Öko-Werbung von einer klammen Nichtregierungsorganisation konnten sie fünfzig aufwendigste Fälschungen schalten. Immer aus dem Vollen schöpfen. Doppelseiten in Zeitungen und sechzig Sekunden in bester TV-Sendezeit. Sie stellten irgendeinen Naturfreund in Khaki vor eine rote Schlucht oder ein Waldstück. Ein paar Lügen, einige wenige Halbwahrheiten, und sie hatten es geschafft, mit Logo und brausender Musik. Die australischen Bergbaukonzerne – die größten Bewahrer unserer Natur. Und kein einziges Loch im Boden zu sehen. Zu der Zeit hatte er so getan, als würde er nicht verstehen, was sie von ihm wollten. Jetzt war er verzweifelt. Und er wusste, sie würden wiederkommen. Da hatte es ungeöffnete E-Mails mit schwungvollen Betreffzeilen gegeben, die er in den Äther geblasen hatte. Aber er würde es nie tun. Und außerdem hielte sein Wert nur wenige Wochen. Er würde es kaum schaffen, sich selbst und ein paar Genossen zu verraten, bis er sich mit einem Pappkarton und einer Verschwiegenheitsverpflichtung auf der Straße wiederfand.

Nein, er war zwar ein Versager, aber kein Wendehals. Und daran konnte man sich doch festhalten, nicht, Doris? War das nicht das Gute?

Die Möwen taten ihn als Niete ab. Er schlenderte an den Hebekränen vorbei, wo jemand einen Schiffsrumpf sandstrahlte. Das Geräusch war wie das eines Zahnarztbohrers. Es ließ seine Haare knistern. Schickte ihn zu dem Sardinensteg mit seiner Glitzerschicht aus Schuppen vom morgendlichen Fang. Es stank, aber der Geruch war tröstend, heimelig.

Das Gute.

Wer weiß, vielleicht hatte Doris ja recht. Vielleicht würde die CCC ihn rehabilitieren. Irgendwann könnte er dann einen Zivilprozess anstrengen. Jahre würde der dauern, in denen er sich als Opfer zelebrieren und für das Vergnügen auch noch die ganze Zeit blechen konnte, und das wäre schlimmer als das Leben, wie er es jetzt führte. Nein, sollten sie doch ihre prozessuale Polka tanzen – er suchte einfach nur ein bisschen Ordnung, vielleicht einen unauffälligen Job ohne Aufregung und Stress. Ein ruhiges Leben. Als er selbst. Denn er war noch immer größtenteils er selbst, oder? Vielleicht nicht mehr der Tom Keely von früher, aber immer noch in dessen Reichweite. Seine Prinzipien waren intakt. Er war noch nicht völlig fadenscheinig. Nicht was die Moral betraf. Oder?

Er starrte das stumpfe Narbengesicht eines Pollers an.

Als hätte er mit ihm gesprochen. Ihn sogar angefleht. Und vielleicht hatte er es sogar getan. Ja, so war es. Aber, meine Güte, schau dir dieses Ding an. Es war riesig, stumpfsinnig, groß wie Lang Hancocks Kopf. Wie ein unergründliches Götzenbild ohne Hörner. Auf Keelys mickrige menschliche Bitte reagierte der Eisenstempen mit mineralischer Verachtung. Er war gleichgültig. Wie es auch sein sollte. Schließlich war es nicht fair, von einem Eisentrumm zu erwarten, dass es spirituellen Rat gab.

Er wandte sich ab. Aber einige Augenblicke konnte er nicht geradeaus gehen. Es war zu schwer, seine Bewegungen zu steuern und gleichzeitig mit den eigenen Gedanken zurechtzukommen. Er setzte sich auf einen Kalksteinfelsen im Schatten einer Bootshütte. Starrte den Müll an, der an die Ufermauer vor der Mulde der ehemaligen Helling gespült wurde.

Nein, er war sich nicht mehr so sicher, wer er war. Fühlte sich gar nicht so rechtschaffen. Nicht nach letzter Nacht. Schön und gut, er war beglückt worden, wie kurz auch immer. Was ihn störte, war nicht der Sex, sondern das Reden danach. Was Gemma ihm über Bunker erzählt hatte. Es war ein Fehler gewesen, ihr Fehler, und er wusste nicht, wie der zu beheben wäre. Sie glaubte, sie wäre bei ihm sicher, als hätte er dieses Vertrauen verdient. Aber er war auch nur ein geiler Kerl, der ihre Beine anstarrte und sie unbedingt berühren wollte, und solch unangebrachtes Vertrauen machte ihm Angst. Das Ganze war ein verdammtes Schlamassel. Sie hatten nichts gemeinsam, er und Gemma, nur Erlebnisse in der Kindheit und die Einsamkeit des mittleren Alters. Und jetzt steckte er mit ihr fest. Oder ohne sie. Was auch immer. Nur drei Türen von seinem Versteck entfernt. Von jetzt an jeden Tag. Mit dem Jungen. Der in ihm etwas auslöste, sooft sie sich begegneten.

Er war also doppelt gebunden, gefangen wie ein Insekt in einem Glas – verwirrt, wütend, benebelt stieß er sich den Kopf an und rannte im Kreis. Machte sich zu einem gottverdammten Narren. Und jetzt verdorrte er im prallen Ansturm der Sonne, verlor Minuten wie ein Mann Kopfschuppen. Er sollte nach Hause gehen, sich wenigstens einen Hut besorgen, aber er war ruhelos. Und der Schmerz war nicht so furchtbar. Er konnte auch wieder gut sehen. Und überall waren die Boote, wunderschön, vertraut, ablenkend.

Er stand auf und ging durch das Gewirr der Docks, Hütten, Stege und Verkaufsvertretungen weiter zu den Abstellplätzen, wo Jachten, Kreuzer und Arbeitsboote auf Gerüsten standen und in Schlingen hingen, um gescheuert und imprägniert zu werden. Die Luft stank nach Diesel, Schmierfett, Farbe, Fiberglas, und Keely versuchte, nicht an die giftige Scheiße zu denken, die ins Meer gespült wurde. Das war jetzt der Kampf anderer. Er schlängelte sich zwischen geschmirgelten Rümpfen und schorfigen Planken, umgelegten Masten und rußschwarzen Heckspiegeln hindurch, während in den Bäuchen von Barkassen, Rennbooten, Sportfischerbooten Bohrer und Schleifmaschinen jaulten. Er kam sich wie ein kleiner Junge vor, während er so durch Teakholzsplitter, Lumpenhaufen, Kabelbinder, Drahtenden und Stahlspäne stapfte. Als er mit dem Daumen über einen polierten Messingknauf strich, dachte er wieder an sein Boot. Und wurde vor einem weiteren Traueranfall bewahrt durch den Anblick von Wally Butchers klapperigem Transporter.

Seit einem Jahr oder mehr hatte er mit dem alten Gauner nicht mehr gesprochen. Wally war häufig hier in diesen Werften, und in besseren Zeiten hatte Keely sich immer gefreut, ihn zu treffen. Wally gehörte noch zur alten Schule. Aber seit er Harriet, das Boot und dann den Job verloren hatte, war Keely ihm schuldbewusst aus dem Weg gegangen, hatte nur aus der Ferne gewunken oder so getan, als hätte er ihn nicht gesehen. Aus Scham. Vielleicht sogar aus Eitelkeit. Und das war fies. Den alten Burschen zu schneiden. Denn Wally war treu wie ein Hütehund. Vierzig Jahre der Verletzungen und Verwirrungen, und nicht *einmal* hatte er den Mann ein böses Wort über seinen Vater sagen hören.

Er war noch ein kleiner Junge gewesen, als das Verhältnis zwischen Wally und Nev wackelig wurde. In einer Zeit, da die meisten Handwerker froh waren, wenn sie für die Stadt oder eine staatliche Stelle arbeiten konnten, hatten sie sich gemeinsam selbständig gemacht und es auf eigenen Füßen geschafft. Zwei Kerle aus der Arbeiterklasse, nichts anderes waren sie, aber sie hängten sich rein, mit voller Kraft, und hatten bald auch einiges erreicht. Bevor der Prediger Billy Graham und seine Anhänger auf den Plan traten. Bevor Nev und Doris so »anders« wurden. Bevor Wal mit der Drecksarbeit alleingelassen wurde. Wie es hieß, war es kein allmähliches Auseinanderdriften gewesen. Es war auch nicht erbittert gewesen, nur verwirrend. Für die Keelys war es eine plötzliche, radikale Veränderung, eine totale Explosion der Realität. Passierte in dieser Zeit vielen Leuten, und oft war es nur eine vorübergehende Begeisterung, aber für Nev und Doris war es tief und dauerhaft. Als Folge ihrer religiösen Bekehrung orientierten sie sich fundamental um. Und sogar für Wal, der die Hauptlast zu tragen hatte und dessen Leben auf weniger freudvolle Art umgestürzt wurde, war es beeindruckend – manchmal auch furchterregend – zu beobachten.

Nev tat nie etwas halbherzig. Er war einer, der bis zum Äußersten ging, der immer Vollgas gab, und nach einem einzigen Augenblick des »Ich bin so, wie ich bin« ließ er die Toten ihre Toten begraben. Und die Partnerschaft, wenn nicht die Freundschaft, war Spreu im Wind. Er verließ den Betrieb einfach und ging mit Doris Seelen retten. Keiner konnte es Wally verdenken, dass er ein wenig verbittert war, nicht nach dem, was es ihn gekostet hatte, die Sache ganz allein zu retten und dann weiterzumachen. Meinte, es sei die doppelte Arbeit und der halbe Spaß. Finanziell hatte er überlebt, aber ohne seinen Kumpel mit im Boot war es plötzlich einfach nur Arbeit. Nev hatte er an Christus verloren. Doch wie durch ein Wunder an agnostischer Toleranz blieb die Freundschaft bestehen. Und auch wenn Wal die Zähne zusammenbeißen musste, tat er alles, um Nev seinen profanen und zärtlichen Segen zu geben.

Keely kannte ihn von vielen Sonntagnachmittagen in der Werkstatt. Seine wilden Koteletten sahen aus wie lange Schmierfettstreifen, wenn er den Kopf aus den Eingeweiden einer Norton zog. Während aus dem alten Bakelitradio Rugby plärrte. Wal drängte Tom immer, ihn am Finger zu ziehen, um ihn dann mit einem nach Fleischpastete und Bier duftenden Furz zu belohnen. An den Abenden saßen die beiden nebeneinander auf der Rückbank eines ausgeschlachteten EH Holden, oft schweigend im letzten Licht des Tages. Man spürte etwas Solides zwischen ihnen. Trotz Jesus. Und all der verlorenen Sonntage.

Ach, der Anblick von Wal in der Kirche. Das einzige Mal, dass er je gekommen war. Um Nev oben auf der Kanzel anzustarren. Wals Gesicht leer und verschlossen wie das der Ex bei der neuen Hochzeit. Genau so hatte er auch am Grab ausgesehen. Wie ein Mann, den man noch einmal verschmäht hatte.

Keely schlenderte zu dem vertrauen Transporter. Er parkte neben einem alten Flussboot aus Holz, in das irgendein Trottel seine Ersparnisse versenkte. Unter dem blätternden Heckspiegel eine Müllhalde aus Werkzeugen, Lumpen,

Ölfiltern und -wannen. Zwischen Sturzbächen von Wallys galligen Flüchen stiegen Gesprächsfetzen aus dem Radio wie die Dämpfe von etwas Giftigem aus dem Schiffsbauch. Keely stieg auf eine umgedrehte Milchkiste und sah den haarigen Arsch und die Arbeitshose aus der Luke ragen.

Was ist da drinnen, ein Cummins Motor?, rief Keely mit der männlichsten Stimme, die er zusammenbrachte.

Ein Perkins, kam die mürrische Antwort.

Genau das, was ein Perkins braucht – einen schmierigen, einäugigen Schlächter. Findet dieser Witzbold denn keinen anständigen Mechaniker?

Wally stemmte sich hoch und spähte böse über das Dollbord. Es dauerte einen Augenblick, bis der alte Zausel sein Gesicht wieder unter Kontrolle hatte.

Tommy der verdammte Keely, sagte er mit dem Anflug eines Grinsens. Wie geht's, Sohn?

Ah, alles okay.

Mann, wenn ich dich so ansehe, denke ich mir, du lügst dir selber in die Tasche.

Keely lachte. Okay, sagte er. Mir geht's beschissen. Und wie geht's dir?

Ich bin alt, Sohn. Wenn einer eine freie Wiese findet, wird er mich aus Freundlichkeit da hintreiben und mir eine Kugel in den Kopf jagen.

Du siehst doch gar nicht so schlimm aus, sagte Keely. Für einen hässlichen, alten Mistkerl.

Mein Gott, mit diesem verdammten Bart siehst du aus wie dein Alter. Wo hast du dich denn rumgetrieben?

Ach, ich bin noch immer in der Stadt.

Seh dich gar nicht mehr im Fernsehen.

Nee, die haben mich verarscht.

Na ja, du hast diesen fetten Wichser einen Betrüger genannt. Und auch noch im Fernsehen.

Hab ich.

Dann hatte dein Alter also unrecht. Die Wahrheit macht einen nicht frei.

Keely grinste gutmütig.

Und was machen diese Scheißerührer jetzt ohne dich?

Scheinen ganz gut zurechtzukommen.

Schade, sagte Wal. Hatte mich schon dran gewöhnt, dich jeden zweiten Abend zu sehen. In deinem schicken Anzug. Und immer schön Öl ins Feuer gießen.

Unsere großartige Wirtschaft behindern.

Uns ein schlechtes Gewissen machen, weil wir die Welt versauen.

Verräter am Fortschritt, Wal.

Baumküssende Schwuchteln, euer ganzer Haufen. Reißen einem Mann die Haare von der Brust.

Keely lachte; der alte Knabe meinte das nur halb im Spaß.

Brauchst du was?

Nee, sagte Keely und schnitt eine Grimasse. Das Boot ist weg. Nur die Blechbüchse ist noch übrig. Bin hier nur zufällig vorbeigekommen.

Einmal Opfer, was? Boote haben schon was, mh? Frauen machen nicht so viel Spaß, aber sie sind billiger.

Ich dachte, du wärst vielleicht schon in Rente.

Wer kann es sich leisten, nicht zu arbeiten?, fragte Wally und schaute ihn musternd von oben bis unten an.

Na ja, einigen wird Hoheit zugeworfen.

Und wie gefällt es dir?

Frag lieber nicht.

An der Flasche, so wie's aussieht. Und, wie geht's deinem Mädchen?

Keelys Leidensmiene war Antwort genug.

O Mann, Scheiße. Bei dir kommt's ja wirklich dicke.

Nee, das ist schon ein alter Hut.

Wally wischte sich die Hände an einem Lumpen ab, kletterte über das Dollbord und setzte sich breitbeinig auf den hinteren Ausleger des Boots. Er war ein kleiner, dicker Mann, kahl und fleckig mit Sonnenschrunden. Er hatte ein Glasauge. Und man sah sofort, dass er kein Freund von Unterhosen war.

Kein Witz, mit diesem Gestrüpp im Gesicht siehst du aus wie er.

Nee, sagte Keely, doch er genoss es fast gegen seinen Willen.

Weißt du, er wäre jetzt so alt wie ich. Überleg dir das mal. Er wurde nie alt.

So alt bist du auch wieder nicht, Wal.

Na ja, die Jugend ist verflogen, Sonnenschein. Nicht schön, aber so ist es.

Keely senkte den Kopf. In Gegenwart dieses Mannes fühlte er sich wie fünfzehn.

Aber denk mal drüber nach. Als ich ihn das letzte Mal sah, war er jünger als du jetzt.

Ja, ich denke viel daran. In letzter Zeit zu viel.

Das haben wir dann gemeinsam. Das und unser gutes Aussehen.

Keely stand da und stieß einen kaputten Keilriemen mit der Fußspitze an.

Es ist schwer, in seine Fußstapfen zu treten, Wal.

Aber du bist aus demselben Holz geschnitzt, Sohn.

Nein.

Das sieht doch jeder Trottel. Stehst auf und rettest die Welt vor sich selbst. Nimmst kein Blatt vor den Mund. Und kommst selbst in die Bredouille deswegen. Er wäre stolz, der verrückte Kerl.

Hey, sagte Keely und versuchte, dem Gespräch eine andere Richtung zu geben. Fährst du noch immer Motorrad?

Trotz Hämorrhoiden und allem.

Die Norton hast du nie aufgegeben, was?

65er Atlas.

Nev schwor ja auf Triumph.

Hasse die Briten, liebe ihre Motorräder, sagte Wal mit einem Grinsen. Seine Zähne hatten ihre besten Zeiten hinter sich.

Keely fühlte sich weich wie Chamoisleder, gefährlich verletzlich. Plötzlich hatte er fast Angst, was der alte Knabe als Nächstes sagen könnte.

Deiner Mum geht's gut?

Keely nickte.

Verdammt gute Frau.

Das ist sie.

Wie alt bist du jetzt genau?

Neunundvierzig.

Also wirklich, du siehst aus wie er. Kurz vor seinem Ende.

Keely spürte den Stich in seinen Eingeweiden.

Und ich sag das nicht, weil ich ein Arschloch bin.

Nicht?, fragte er verletzt.

Als Kumpel, Sohn.

Wirklich.

Er und deine Mum – die waren nie weich, haben nie nur so getan, als ob, haben nie aufgegeben. Wenn sein Herz ihn nicht im Stich gelassen hätte, dann wär er immer noch mit Feuereifer dabei. Das war es, was ich an ihm liebte. Du weißt schon: *Scheiß drauf, tun wir was dagegen.* Von diesem ganzen Kirchengerede war *das* das Einzige, was für mich wahr klang. So wie er sagte, glaube, was du willst. Denke, was du willst. Du wirst nach dem beurteilt, was du tust. Auch wenn du es verbockst. Auch wenn du bei dem Versuch stirbst. Schätze, du warst da noch ein Kind. Wirst dich nicht daran erinnern.

Ich erinnere mich, Wal.

Na, das will ich aber verdammt noch mal auch hoffen.

Was willst du damit sagen?

Weiß auch nicht. Was weiß ich denn schon. Bleib nur nicht liegen und werde weich. Zeig ein bisschen Familienstolz und gib's ihnen.

Der alte Mann schaute Keely lange an, und seine Augen leuchteten. Aber sie blinzelten auch, irgendwie reumütig. Als würde er spüren, dass er sich hatte hinreißen lassen und zu viel gesagt hatte.

Hör sich das einer an. Lebensberatung von Wally Butcher. Wenn du nicht pleite aussehen würdest, würd ich dir eine Rechnung schicken.

Weisheit lausche ich immer gern, Wal, sagte Keely knapp. Sonst noch was, da ich schon mal hier bin?

Zahl immer bar. Und versuch, nicht unter der Dusche zu pissen.

Hätte ein Notizbuch mitbringen sollen, sagte Keely.

Mehr Goldstücke habe ich nicht, Sohn.

Na, damit kommt man doch ganz schön weit.

Wally fischte kurz in seiner Hemdtasche und hielt ihm dann eine ölfleckige Visitenkarte hin.

Ruf doch mal an – dann gehen wir zum Krabbenfischen.

Keine Bange.

Und einen schönen Gruß an deine Mutter.

Werde ich ausrichten.

Bist du sicher, dass es dir gutgeht?

Ja, log er.

Komm, gib einem Mann die Hand.

Keely nahm seine große, knotige, ölige Pranke und stand dann einen Augenblick dämlich da, bis Wally sich wieder in den Bauch des Boots gewuchtet hatte.

Sein Vater.

Wieder einmal.

Für immer.

Der Vater.

Keely ging betroffen, aber einigermaßen klar nach Hause, als hätte Wallys Unverblümtheit sein Hirn kurzfristig entwirrt.

Lahm, dass es immer darauf hinauslief. Faith sagte, er sei ein Mann, den man immer daran erinnern müsse, dass er auch eine Mutter hatte, ein Elternteil, das nicht bereits seit fünfunddreißig Jahren tot war.

Und doch war es da. Das vaterförmige Loch in ihm, heiß und tief und realer als jeder Gedanke, für den er Worte hatte.

Neville Keely. Auf ewig der junge Bär. Wie wäre es ihm ergangen, wenn er überlebt hätte? Es war eine Zeit der Reptilien, nicht der Bären. Hätte er sich der gelackten Verführung der evangelikalen Superkirche, dem bösen Zuckertriefen der Wohlstandstheologie entgegengestellt? Man stelle sich vor, dass er seinen schwerblütigen, mutigen Bonhoeffer mitnimmt in diesen Morast aus Kooptation und Kollaboration. Vielleicht hatte Wal recht. Wenn der Herzinfarkt nicht gewesen wäre, hätte er womöglich heute noch ein paar Frevlern in den Arsch getreten. Oder vielleicht hätte er sich auf subtilere Arbeit verlegt wie seine Frau. Und es stimmte, Faith hatte recht, Doris war für Keely erst sichtbar geworden, als die riesenhafte Präsenz des alten Mannes nicht mehr vorhanden war. Dennoch hinterließ er eine verdammte Leerstelle. Es wurde ständig schwieriger, die Wirklichkeit vom Mythos zu unterscheiden. Und er wusste seit Jahren, dass er sich selbst nach einer Erinnerung geformt hatte. Wahrscheinlich nicht sehr klug. Aber er konnte es nicht lassen, auch jetzt nicht.

Wie sollte er diesem Bild entsprechen? Es gab kein großes Streben mehr nach Gerechtigkeit und Gleichheit. In diesem neuen ökonomischen Zeitalter war Veränderung zuwachsorientiert oder rein spekulativ. Große Gesten existierten nicht mehr. Auch auf YouTube erschienen messianische Figuren und verschwanden wieder innerhalb von Stunden. Und doch war sein Vater nicht nur ein Mann seiner Zeit. Trotz seiner eigenen Triumphe als Aktivist, trotz der verhinderten Abholzungen, der aufgedeckten Öl- und Chemieunfälle, der geretteten Arten, würde in dreißig Jahren keiner mehr über Tom Keely reden. Sein Vater hatte die Grenzen seiner Schicht überschritten und sich geweigert, den Schablonen seiner Generation zu entsprechen.

Er hatte nur neun Jahre die Schule besucht. Hatte die Tochter eines Werftarbeiters geheiratet, zehn Stunden in der Werkstatt geschuftet, vier in der Abendschule gebüffelt, hatte ein provinzielles Bibel-College besucht und im Fernstudium Theologie studiert, sich dann vorzeitig in die Gemeindearbeit gestürzt und ein bisschen Proletarier-Kampfeslust ins Spirituelle eingeführt. Der Mann hatte sich neu erfunden und dann versucht, die gesamte Welt um sich herum umzugestalten, was seine Leistung und sein Untergang war, das wusste Keely – und im Vergleich dazu kam er sich vor wie ein Mitläufer, nur der Erbe des sozialen und moralischen Kapitals eines anderen Mannes. Von seinem Babyboomer-Standpunkt der privilegierten Generation aus war es nur schwer vorstellbar, wie hart Nev gearbeitet hatte, wie weit er sich selbst geschleppt hatte, wie wild er gegen den Strom geschwommen war.

Keely musste nur daran denken, wie fehl am Platz sein Vater in der Kirche ausgesehen hatte. Er war ganz einfach kein Anzugträger, weigerte sich sogar, die Businesshemden und braunen Oxfordtreter des wahren Evangelikalen zu tragen. Doris meinte, in seiner Jeans und dem Arbeitshemd sehe er aus wie ein Catcher, der sich als Woody Guthrie ausgab. Er war für den kleinen Mann, den Außenseiter, den Hoffnungslosen. Er brüllte, dass man nicht nur Seelen, sondern auch Körper retten müsse. Keely erinnerte sich noch sehr lebhaft: die anfängliche Aufregung in dieser zugeknöpften Gemeinde, weil sie plötzlich dieses wilde Tier in ihrer Mitte hatten, und wie begeistert alle über ihre Coolness waren, ihn eingestellt zu haben. Und an die komische Mischung aus Stolz und Scham, die er als Junge empfand, wenn er Nev predigen hörte.

Es dauerte nur ein paar Wochen, bis man die ersten beunruhigenden Strömungen des Widerstands in den Kirchenbänken spürte. Und er kam sehr schnell, dieser schreckliche Sonntagabend, als die schmallippigen Ältesten ihn hinausekelten, ihn abschüttelten, ihn mitsamt seiner sozialistischen Entrüstung über alles, was wahr und heilig war, vor die Tür setzten. Danach wollte ihn, obwohl die Zeiten sich doch änderten, keine Gemeinde mehr haben. Und so folgte eine Zeit, in der Doris und Nev Hauskirchen und Versammlungsräume organisierten, die warm und anarchisch waren und besser zu ihren Talenten und Temperamenten passten, und im Rückblick wirkte das wie die schönste Zeit für alle vier Keelys. Nur ein paar gute und glückliche Jahre, bis die Biker-Kirche in die Stadt rollte und alles verdarb.

Sie waren eine glorreiche, finstere Horde, diese heiligen Rocker auf ihren Harleys, und ihr örtliches Chapter hielt sich nur ein Jahr, aber ein paar Monate lang war Neville Keely ihre Galionsfigur, ihr großherziger Trottel. Nev hoch auf dem heiligen Hobel, mit Vollgas über den Highway, um den Easy Riders einzuschärfen, es nicht zu wild zu treiben. Ohne je zu wissen, auf was er sich da eingelassen hatte, wie die Macht verteilt wurde. Und es war schmerzhaft für Keely, sich zu erinnern, wie schnell seine Bewunderung geronnen war. Während der ganzen Kindheit war sein Vater ein moralischer und physischer Riese gewesen, der an Statur nur noch gewann. Er war der Wikinger Christi, nur Liebe und Donner. Und dann, beim Einsetzen von Keelys Pubertät, als diese Biker-Sache um sich griff, sah sein Vater plötzlich aus wie irgendein x-beliebiger vertrottelter, alter Knacker auf einer Triumph, der von Frieden, Liebe und Verständnis quasselte. Es war Keelys geheime Schuld, diese schleichende Scham, die erst gemildert wurde durch Nevs absolute Demütigung, als die oktanisierten Jesus-Freaks ihn in die Wüste schickten und dann noch rechtliche Schritte gegen ihn unternahmen. Nev hatte die indolente Überzeugung der Biker, dass sie Britische Israeliten seien und deshalb nur Weiße ihrem Club beitreten dürften, entdeckt und war ihr robust entgegengetreten. Er hatte Sachen unterzeichnet, die er gar nicht gelesen hatte, obskures Geraune gehört, über das er sich keine Gedanken gemacht hatte. Und er begriff nicht, dass er es nicht nur mit einer Kirche, sondern auch mit einem Unternehmen zu tun hatte. Er kämpfte weiter wie ein Mann, der glaubte, dass die Gerechtigkeit siegen würde. Und sie rieben ihn auf, bis er sein halbes Haus verpfändet hatte, um die Gerichtsgebühren zu bezahlen. Er gab sich nie geschlagen. Aber er stürzte sich selbst in den Ruin. In Keelys Erinnerung saß er in einem Rohrsessel unter dem Mandelbaum, den Bart voller Krumen, und betete und weinte. Bald darauf raffte ihn der Herzanfall dahin. Und sie waren allein, seine Mutter, seine Schwester und er, verschuldet und verstört.

Ein guter Mann, sein Vater, aber nicht immer schlau. Erst als er nicht mehr da war, ergab Christi Ermahnung, so schlau zu sein wie Schlangen und so unschuldig wie Tauben, einen brutalen Sinn. Im Grunde genommen wurde das zum kläglichen Familienmotto. Doris und Faith hatten jahrelang versucht, Keely daran zu erinnern. Und sie hatten recht. In der Ehe wie in der Arbeit war er mehr wütend als effektiv geworden, eher ungeduldig statt aufmerksam und ehrlicher, als sinnvoll war. Wal sah in ihm einen, der aus demselben Holz geschnitzt war wie sein Vater. Und vielleicht tat auch Gemma es. Aber dieser Mann war er einfach nicht.

Stumm und mit dem Licht im Rücken stand der Junge in der Tür. Er war nicht körperlicher als ein Schemen. Kaum geisterte er in den Rahmen und verströmte seine merkwürdige statische Energie, stellten sich bei Keely die Nackenhaare auf, als hinge eine unerkennbare Gefahr in der aufgeladenen Luft um den Jungen.

Keely schnellte auf dem Küchenstuhl in die Höhe, plötzlich hellwach, aber verunsichert. Er war hier am Tisch eingedöst, von der Sonne verbrannt wie ein Brite frisch aus der Heimat. Hatte die Tür einfach offen gelassen. Eine unverblümte Einladung an das Chaos. Noch vor einer Woche wäre er nicht so nachlässig gewesen.

Aber es war nur Kai. Falls er tatsächlich wach war. Und falls der Schemen in der Tür nur ein Kind war.

Er wartete, dass Kai etwas sagte. Aber die einzigen Geräusche, die in die Wohnung drangen, waren das Tröten von Autohupen und der Gesang von Honigfressern. Ein winziger Strahl Panik. Plötzliche, irrationale Angst.

Kai?

Keely sprang auf. Die schnelle Bewegung war wie ein dumpfer Schlag in seinem Kopf. Jetzt war er wirklich wach. Er ging zur Gittertür.

Nur ein Junge. Mit rotem Gesicht und nackten Füßen. In hässlichen kleinen Shorts und elastischem Polohemd, was heutzutage als Schuluniform durchging. Sein Helm aus feinen, hellen Haaren wehte in der Brise.

Der Junge starrte teilnahmslos auf einen Punkt neben Keelys Hüfte.

Und, sagte Keely, um Gelassenheit bemüht. Wie war's in der Schule?

Gut.

Na, das ist gut.

Nan sagt, du kommst heute Abend. Zum Essen.

Oh, sagte Keely. Tatsächlich?

Der Junge drückte seine Handfläche ans Fliegengitter, und auf seinem Fleisch zeichnete sich das starre Muster ab.

Okay, sagte Keely wie hypnotisiert. Wann?

Zur Essenszeit.

Na gut, sagte er und fasste sich etwas. Okay. Willst du einen Augenblick reinkommen?

Ich war schon mal da.

Ach so. Wann?

Ich steckte fest, sagte Kai.

Hier drinnen?

Keine Wörter mehr, sagte der Junge mit merkwürdig ausdrucksloser Stimme. Sachen haben nicht funktioniert. Ich fühlte mich nicht richtig. Irgendwas musste mich mitnehmen.

Keely schaute den Jungen an. Nichts von dem, was er sagte, ergab irgendeinen Sinn. Und die Art, wie er es sagte, machte alles noch merkwürdiger. Kai schaute an ihm vorbei, und einen Augenblick später fixierte er ihn direkt, nur war es für Keely so, als würde er durch ihn hindurchsehen, und das ärgerte ihn.

Jetzt erklär mir das noch einmal, sagte Keely und ging mit Kai auf Augenhöhe.

Doch der Junge wich zurück.

Kai?

Er war verschwunden. Augenblicke später hörte Keely ein Stück weiter die Tür knallen.

Gemmas Wohnung war verraucht und vollgestellt – eine Couch, ein großer Fernseher, an den Wänden einige Poster, ein Ficus im Topf neben der Schiebetür, ein Haufen gewaschener Sachen auf dem Couchtisch. Der Grundriss war exakt wie bei ihm, aber ihre Wohnung fühlte sich heimeliger, bewohnter an.

Sie sah hübsch aus in ihrem Jeansrock mit ärmellosem Top, aber sie wirkte irgendwie gedämpft. Am winzigen Küchentisch saß Kai über einem Buch über Raubvögel, das bei einem Foto samt Beschreibung vom Brahminenmilan aufgeschlagen war.

Er rennt dauernd in diese Bücherei, sagte Gemma und legte einige Koteletts in die Pfanne.

Ich war genauso, sagte Keely und schaute zu dem dritten Stuhl, den man an den Tisch geschoben hatte.

Denk dir nichts, das weiß ich noch sehr gut. Hattest immer deine Nase in einem Buch.

Kein Wunder, dass ich nie was gemerkt habe, mh?

Willst du ein Bier?, fragte sie, als hätte sie ihn nicht gehört.

Nee. Aber du kannst gern.

Geht nicht, sagte sie. Muss heute Nacht noch arbeiten.

Der Junge schien damit zufrieden, ungestört in seinem Buch blättern zu können. Keely sah zu, wie Gemma zügig kochte, schnörkellos und ohne großes Tamtam. Er wusste nicht so recht, ob er sich setzen oder stehen bleiben sollte, worum es bei dem Abend ging, welchen Platz man ihm zugedacht hatte, aber er freute sich über die Einladung, genoss den neuen Schub, den sie ihm vermittelte, und es lag etwas Liebenswertes in dem häuslichen Mief dieser Wohnung: eine Frau, ein Kind, Essen, das gekocht wurde. Das war das Leben, das funktionstüchtige Menschen führten, und er musste aufpassen, dass es in ihm nicht etwas auslöste, was er nicht beherrschen konnte. Er war nervös. Vor allem wegen ihr.

Er lehnte sich an die Küchentheke und genoss die Wölbung ihres Hinterns im Jeansrock. Spielte einen in sich ruhenden Mann.

Als das Essen fertig war, stellte Gemma die Teller ohne Umschweife auf den abgewetzten, kleinen Tisch, und sie aßen. Keely lobte die Lammkoteletts, den Kartoffelbrei und die Erbsen zu sehr. Gemma ertrug seine Schmeicheleien, meinte aber dann, er solle lieber den Mund halten und essen, und so kauten sie schüchtern und still bis auf den leise murmelnden Fernseher, das Glucksen der Saucenflasche, das Kratzen des Bestecks. Das Essen war wie etwas aus der Blackboy Crescent: die drei Farben auf dem Teller, der matte Glanz des Laminats, der Dunst von Lammfett in der heißen Abendluft.

Keely konnte nicht anders, er musste Kai beobachten. Der Junge zerteilte sein Essen in präzise Segmente, ordnete es nach Größe und Kategorie auf dem Teller an und kaute ernst, nahm seine Nahrung auf mit der gelassenen Methodik einer alten Jungfer, und erst als er sich dem fiesen Streifen Fett an seinem Kotelett zuwandte, wurde er, in Keelys Augen, ein Kind, in dem er sich selbst sehen konnte, ein Junge – gierig, jubelnd. Er versuchte, nicht zu grinsen, um die hermetische Konzentration des Jungen nicht zu stören. Das näselnde Schniefen, die angelegten Flügel seiner Schultern. Das war mit Sicherheit ein Junge ohne Freunde, ein Kind, das eine Insel der Selbstbeherrschung war. Er war eigenartig. Unwiderstehlich auf seine Art.

Keely spürte, dass Gemma ihn beobachtete, und fragte sich, ob er dem Jungen zu viel Aufmerksamkeit schenkte. Er lächelte ihr zu. Sie erwiderte es mit einem dünnen Grinsen der Unsicherheit, vielleicht des Bedauerns. Beschlichen sie vielleicht Zweifel an dem hier, an ihm, an letzter Nacht? Denn was stellten sie dar? Eine alleinstehende Frau. Ein Junge ohne Freunde. Ein Mann ohne Plan und Ziel.

Du hattest eine Schwester, sagte Kai.

Keely sah den Jungen in seine Richtung schauen, als würde er sich jetzt trauen, ihn zu begutachten. Vielleicht war es das Abrupte der Frage oder dass der Junge die Vergangenheitsform benutzte, was ihn so überrumpelte.

Tom?, sagte Gemma auffordernd. Deine Schwester?

Oh, sagte Keely. Ich habe sie noch immer. Sie heißt Faith. Deine Oma hat manchmal bei ihr im Zimmer geschlafen.

Ich habe keine Schwester, sagte Kai.

Nein?

Und auch keinen Bruder.

Trotzdem, sagte Keely. Du hast doch deine Oma, oder?

Der Junge nickte, schien diese Tatsache aber nicht sehr beeindruckend zu finden. Jetzt reihte sich ein verunsichernder Moment an den anderen.

Der Junge kratzte sich. Gemmas Verärgerung flammte auf.

Jetzt schau dich an. Zappelst am Tisch herum.

Mich juckt's. In den Unterachseln.

Weil du ein dreckiger, verschwitzter, kleiner Soundso bist.

Soundso, sagte der Junge. Er schien den Ausdruck zu prüfen, aber Gemma verstand es als Spott.

Unter die Dusche, sagte sie mit Nachdruck.

Was ist mit Eis?

Keins mehr da.

Der Junge blinzelte. Einmal, zweimal. Es war nicht Unverständnis, es war Protest. Was hatten diese beiden da nur am Laufen? Gemma blaffte, der Junge stichelte unverblümt.

Es gibt kein verdammtes Eis, okay? Also geh.

Kai schaute Keely einen Augenblick an, als überlegte er, bei ihm zu betteln.

Du hast mich schon verstanden, sagte Gemma.

Der Junge verzog sich ins Bad. Keely wand sich ein wenig, sagte nichts.

Als das Wasser lief, zündete Gemma sich eine Zigarette an, lehnte sich zurück und stützte den Ellbogen in die freie Hand. Rauch schlängelte sich grau und stinkend auf die offene Schiebetür zu, und sie kniff die Augen ein wenig zusammen und folgte seiner Bahn auf eine Art, die bemüht wirkte, so wie ein Raucher aus nichts etwas machen kann oder aber auch aus etwas absolut gar nichts, nur mit einer Pose und ein bisschen Geschäftigkeit. Doch man konnte es ihr nicht verdenken. Hier saß er ihr gegenüber und musterte, ja, katalogisierte sie. Und wenn eine Frau das spürte, warum sollte sie sich nicht mit einer kleinen Inszenierung wappnen? Was dachte sie wohl nach letzter Nacht, als sie mit einem Gespenst aus der Vergangenheit ins Bett gegangen war, mit einem Wrack wie ihm, aus reiner Bedürftigkeit oder dem falschen Gefühl, in der Nostalgie sicher zu sein? Sie musste sich fragen, was sie getan hatte und wie sie aus dieser Verwicklung wieder herauskam, da sie ihn doch hier im Gebäude hatte. Das Abendessen war wahrscheinlich eine Geste der Freundlichkeit, ein sanfter Abschiedskuss, ein nachbarschaftliches »Danke, ich verzichte«.

Doch dann zerriss vor seinen Augen ein schiefes Grinsen Gemmas Gesicht.

Unterachseln, sagte sie nachsichtig. Meine Fresse.

Er ist ein guter Junge, Gem.

Als er klein war, hatte er auch *Augenbrauser.*

Augenbrauser. Das gefällt mir.

Keely entspannte sich einen Augenblick. Er legte Messer und Gabel nebeneinander auf den Teller und lehnte sich zurück. Sie legte amüsiert den Kopf schief.

Doris hat uns das so beigebracht.

Was?

Die ganzen Tischmanieren. Ellbogen vom Tisch, Ellbogen anlegen. Warten, bis die Köchin anfängt, mit geschlossenem Mund kauen, danach Messer und Gabel nebeneinander auf den Teller legen. *Darf ich bitte aufstehen?*

O Mann, sagte er. Klingt ziemlich verklemmt.

Sie hatte ihre Standards, Kumpel. Daran ist nichts verkehrt. Sie kannte ja die andere Scheiße. Sie hat mir das Lesen beigebracht, weißt du. Und Mädchensachen. Hat mir gezeigt, wie ich mir selber Zöpfe flechten kann, und sie hat sie mir jeden Morgen und jeden Abend ausgebürstet. Ich saß dabei auf ihrem Schoß und träumte vor mich hin. Sie roch nach Äpfeln.

Du auch, sagte er. Das war das Shampoo.

Ich dachte, du erinnerst dich an nichts mehr. Von mir.

Na ja, da siehst du mal.

Sie waren wunderschön, meine Haare. Im Inneren war ich nur Mist. Aber das Äußere, mit diesen goldenen Zöpfen war ich eine verdammte Prinzessin. Und sieh mich jetzt an.

Es waren wunderschöne Haare, sagte er.

Nee, die machten nur Probleme. Als wäre ich auf dem Präsentierteller.

Ach so, sagte er, als wüsste er nicht, was sie meinte.

Ein Kerl hat mir mal eine ganze Strähne ausgerissen. Eine ganze verdammte Handvoll. Schätze, das war seine Art, mir seine unsterbliche Liebe zu zeigen. Ein paarmal hätte ich sie mir fast selber abgeschnitten. Wäre am liebsten 'ne Nonne gewesen. Aber Gott ist ja auch nicht anders. Letztendlich hat er mir immer alles übelgenommen.

Darauf hatte Keely nichts zu sagen. Von diesem Thema hatte er absolut keine Ahnung.

Gemma drückte ihre Zigarette aus, fuhr sich mit der

Hand durch die ausgebleichten Haare und sammelte das Geschirr ein.

Ich mach das, sagte er. Du kümmerst dich um Kai.

Wie du willst.

Keely ließ das Becken volllaufen und spähte durch den Vorhang. Das Fenster hätte sein eigenes sein können. Dasselbe Waschbecken. Derselbe Plastikvorhang. Derselbe Blick auf das Kriegerdenkmal und die Dattelpalmen auf dem Hügel. Die menschlichen Spuren waren andere: der kitschige Krimskrams, die mit Tesa angeklebten Poster, der Kaktus im Töpfchen auf der Küchentheke, die fröhlichen Schnappschüsse in Rahmen von K-Mart. Aber die nackten Ziegelwände, die schäbige niedrige Decke, das Billigparkett auf dem Boden – da gab es keinen Unterschied. Aus irgendeinem Grund musste er darüber lächeln. Ein völlig anderes Leben in genau dem gleichen Raum. Das war das Mirador. Zehn Stockwerke architektonischer Gleichförmigkeit. Und darin all diese Leute, die sich nicht kopieren ließen. Bei diesem Gedanken durchströmte ihn Zuneigung, für die Menschen, für diese vor sich hin wurstelnden, gewöhnlichen Leute. Ja, einen Augenblick lang liebte er seine schrägen Nachbarn mit seinem schrägen Herzen.

Während er sich die Schaumbläschen wie Lotteriekugeln über die Finger rollen ließ, dachte er, dass sie recht hatte, wenn sie einen sauberen Schnitt ziehen wollte. Denn wie hoch war die Wahrscheinlichkeit? Dass er er und nicht Gemma war. Und dass sie beide sich Jahrzehnte später in identischen Behältern wiederfanden wie Werkzeuge eines pedantischen Technikers.

Während er abtrocknete und alles auf die Küchentheke hinter sich stellte, lauschte er Gemma und dem Jungen im Bad. Und dann, näher, im Kinderzimmer. Sie hatte eine barsche Art mit dem Jungen, die Keely aus seiner eigenen Kindheit kannte, die aber in der modernen Mittelklasse nicht mehr gutgeheißen wurde. Kais Stimme war ausdruckslos. Und Keely fragte sich, worum es ging. Er konnte sich das Leben, das der Junge hatte ertragen müssen, kaum vorstellen. Endlose Unsicherheit. Durcheinander. Wahrscheinlich Schlimmeres. Für sie musste es grausam sein, ihre eigene Kindheit so wiederholt zu sehen.

Auf der Theke stand, in einem grässlichen, gepolsterten Rahmen in der Farbe von geräuchertem Lachs, ein Foto von Kai als Baby in den Armen eines Mädchens, seiner Mutter, wie Keely annahm, eine recht hübsche Blondine, die sich hinter den übergroßen Gläsern einer Sonnenbrille versteckte. Das Baby Kai starrte in die Kamera, als überlegte es, was angebracht war. Lächeln? Stillhalten? Um den Frieden zu wahren. Auf diesem Foto, mit seinen seidigen Haaren in einem wirren Gestrubbel, hätte er auch Gemma in den Sechzigern sein können.

Sie war sechzehn, als sie ihn bekam, sagte Gemma.

Keely drehte sich um und hätte beinahe die Bratpfanne fallen lassen. Er dachte lieber nicht daran, wie lange sie hier schon stehen mochte. Und seine Gedanken las, seine sozialen Urteile, seine anthropologischen Überlegungen.

Gem, sie sieht reizend aus.

War sie auch. Früher.

Wie du, sagte er.

Gemma knurrte verärgert.

Seine Gnaden wollen dir gute Nacht sagen.

Ach so? Okay. Klar.

Den Weg ins Schlafzimmer musste man ihm nicht zeigen. Aber unterwegs schaffte er es, sich ein wenig verloren zu fühlen, denn plötzlich war es fremdes Territorium. Harriet hatte zwar Nichten und Neffen, aber Keely war schon sehr lange in keinem Kinderzimmer mehr gewesen. Er fühlte eine leichte Panik. Und spürte, dass Gemma ihn von der Tür aus beobachtete und wahrscheinlich grinste, weil sie seine Unbeholfenheit lustig fand.

Trotz der Mischung aus Jungensachen und Frauensachen – Motocross-Poster und High Heels, Gesichtscremes, Action-Figuren, BHs, Boxershorts – war das kleine Schlafzimmer ordentlich, wenn nicht sogar penibel aufgeräumt, und es roch sehr viel besser als sein eigenes, Zigarettenrauch hin oder her. Es gab ein breites Doppelbett. Zwei kastenförmige Nachttischchen. Der übliche, schäbige Einbauschrank.

Kai saß mit nacktem Oberkörper unter der Zudecke. Sein Bart-Simpson-Kissen lag neben Gemmas gerüschtem. Während Keely noch dastand und sich nervös die Hände hinten an den Shorts abwischte, kam Gemma herein, schnappte sich ein paar Sachen vom Bett und ging weiter ins Bad.

Kein Unsinn, sagte sie, bevor sie die Tür schloss. Hast du mich verstanden?

Keely hob schelmisch die Augenbrauen, aber der Junge reagierte nicht. Nachdem die Tür geschlossen war und nebenan die Dusche lief, stand er noch einen Augenblick dümmlich da, bevor er sich auf die Bettkante setzte. Auf den äußersten Rand. Der Junge roch nach Zahnpasta. Knapp unter dem Schlüsselbein hatte er eine v-förmige Narbe. Seine Haut war sahnig weiß, als wäre er noch nie ohne Hemd draußen gewesen. Vielleicht machte man das heutzutage so. Aus gesundheitlichen Gründen. Aber sie sah fremdartig aus, diese gespenstische Blässe.

Der Junge rutschte ungeduldig unter seiner Decke herum. Keely wollte ihm nicht zu nahe kommen, damit sie sich nicht unabsichtlich berührten. Kai schaute ihn prüfend an.

Kannst du eine Geschichte erzählen?

Eine Geschichte.

Über Adler.

Das Gesicht des Jungen war drall und rund und ernsthaft. Auf seinen Wangen und dem weichen Nasenrücken sah man noch die Sonne von gestern. In diesem geringen Maß war er für Keely begreifbar. Nur dieser Hauch von Farbe machte Kai zu einem australischen Kind, so wie Keely es verstand.

Äh, okay. Eine Geschichte über Adler.

Ist mir egal, ob du sie dir nur ausdenkst.

Na ja, ich kannte da mal ein Lied.

Über Adler?

Keely war sich nicht sicher. Er kam sich vor wie weit draußen auf einem überhängenden Ast. Er hatte es nicht kommen sehen. Die plötzliche Erinnerung an diesen frommen Refrain; es musste mit dem Vormittag zu tun haben, mit den Erinnerungen an Nev und Doris und die kirchlichen Liederabende am Lagerfeuer.

Aber ich weiß nicht, ob ich es singen kann, sagte er ein wenig reserviert. Es ist schon lange her.

Schon gut, sagte Kai, als wäre er an Einleitungen gewöhnt, die nirgendwohin führten.

Und es schmerzte Keely, entlockte ihm einen heiseren Gesang. Er stolperte einfach hinein. Wie ein Mann, der sich von einer Klippe stürzt.

Wir werden fliegen mit Adlerschwingen, krächzte er in einer zu hohen Tonlage, die er nicht halten konnte. *Wir werden uns erheben und davonfliegen. Wir werden laufen und nicht matt werden. Wir werden wandeln und nicht müde werden.*

Okay, sagte Kai.

Das Lied habe ich gesungen, als ich noch ein Junge war, sagte er errötend. Es ist mir gerade wieder eingefallen, das ist alles.

Aber hast du eine Geschichte?, fragte Kai, als wollte er dieses peinliche Zwischenspiel hinter sich lassen.

Ach ja, sagte Keely. Ja. Weniger eine Geschichte. Aber ich weiß eine interessante Sache über Raubvögel.

Hm?

Du weißt doch aus deinem Buch, dass ein Adler ein Raubvogel ist, oder?

Ein Vogel, der jagt.

Genau. Nun, hast du gewusst, dass bei den Raubvögeln, wenn sie jagen, wenn sie etwas packen, ihre Fänge blockieren? Die Klauen, die schalten irgendwie auf Automatik. Auch beim Fischadler. Vorwiegend taucht er nach Fisch. Stell dir mal vor, wie das ist, wenn er sich etwas schnappt, das für ihn zu schwer ist, um es aus dem Wasser zu holen. Ich hab das mal gesehen, in einer Dokumentation, einem Film im Fernsehen. Dieser enorm große Vogel unter Wasser, der sich mit einem Fisch, der für ihn viel zu groß zum Tragen ist, hochzuarbeiten versuchte. Er konnte nicht mehr aus dem Wasser heraus, kam nicht mal bis zur Oberfläche, aber er konnte auch nicht loslassen. Hat sich mit den Flügeln durchs Wasser hochgekämpft. So was hast du im Leben nicht gesehen. Dieser große weiße Vogel stemmt sich hoch, versucht, gegen den Ozean anzufliegen.

Kai zwinkerte. Keely merkte zu spät, dass das wohl kaum eine Gute-Nacht-Geschichte für ein Kind war. Er hatte sich hinreißen lassen, zu drastisch erzählt.

Eines Tages, sagte der Junge. Werden die Vögel auf der Welt sterben.

Was?, fragte er. Was hast du gesagt?

Am Ende, sagte der Junge. Die ganzen Vögel. Sie sterben.

Na ja. Schon. Ich denke, irgendwann stirbt alles.

Ich habe Fotos gesehen. Alle Vögel tot. Am Strand. In der Stadt.

Ach, sagte er. Ja. Das. O Gott, dachte er, jetzt habe ich den Salat, das geht mir viel zu nahe.

Und da habe ich es gewusst, sagte der Junge. Eines Tages werden alle Vögel auf der Welt sterben.

Kai, sagte er, um Fassung ringend. Das war eine Bleivergiftung. Es war ein Unfall. Na ja, eigentlich ein böser Fehler. Das ist einfach nur eine furchtbare Geschichte, die passiert ist, weil die Leute faul und dumm waren.

Keely wusste, dass es viel schlimmer gewesen war. Aber darüber sollte er im Augenblick nicht nachdenken. Um seiner selbst willen musste er es sein lassen. Und doch waren seine Gedanken bereits vorausgeeilt, hatten sich daraufgestürzt und ihn mit hineingezogen. Esperance. Zehntausend tote Vögel. Eine ganze Stadt verseucht. Gemüsegärten, Wassertanks, Kleidung, Nahrung. Vergiftete Kinder. Alles, weil es so einfach geworden war, in diesem Staat Geschäfte zu machen. Den Schürfern und Händlern setzte man nichts entgegen außer heißer Luft.

Schau, sagte er zu fröhlich. Das ist vorbei, Kai. Das ist geregelt.

Der Junge wirkte nicht sehr überzeugt.

So fängt es an, dachte Keely. Man belügt Kinder. Er musste aufhören, an diese Scheiße zu denken. Und zwar sofort.

Dinosauriervögel sind auch ausgestorben.

Was?, fragte er und unterdrückte das Zittern seiner Hände.

Vogeldinosaurier, die sind ausgestorben.

Ja. Ja. Das stimmt. Vor langer Zeit.

Der Junge gähnte.

Jetzt sind sie nur noch Knochen.

Ja.

Und Vögel werden auch nur Knochen sein.

Na ja.

Ausgestorben, sagte er durch noch ein Gähnen. Wie wir.

Aber unsere Vögel sind okay, Kai. Und wir sind auch okay.

Keely konnte nicht glauben, was er da sagte. In seinem ganzen Leben hatte er noch nie so gelogen. Und er hatte angefangen zu schwitzen.

Der Junge legte sich aufs Kissen, zog sich die Decke bis zum Hals hoch. Keely spürte ein kleines Knie seine Hüfte streifen, als der Junge sich zur Seite drehte und ihn aus schläfrigen Lidern anschaute.

Ausgestorben, flüsterte er, als würde er das Wort schmecken, seine Größe ausprobieren.

Alles ist gut, Kai. Und es wird auch so bleiben.

Na gut, ihr zwei, sagte Gemma in einer Dampfschwade. Licht aus.

Keely hätte dem Jungen am liebsten die Haare verstrubbelt, ihm einen beruhigenden Klaps gegeben, aber er traute sich nicht. Er spürte, Gemma wartete darauf, dass er ging.

Nacht, Kumpel, sagte er und stand auf.

Hinter ihm klickte der Lichtschalter, als er ins Wohnzimmer ging; er überlegte, sich einfach davonzumachen, solange er die Chance dazu hatte. Aber irgendwie fand er es falsch, nicht zu bleiben und Gemma für das Essen zu danken. Der Fernseher flimmerte stumm – noch ein Stück abendlicher Schund, verkleidet als Zeitgeschehen. Er sah seine Hände zittern, schob sie in die Taschen seiner Shorts.

Gemma kam in ihrem taubenblauen Kittel heraus. Sie warf ein Paar billige Sportschuhe auf die Seegrasmatten, und während er dastand und versuchte, den abgeplatzten Lack auf ihren Zehennägeln nicht anzustarren, breitete sie ein Handtuch auf einer Ecke der Küchentheke aus und fing an, eine frische Schul-Shorts zu bügeln.

Wie lange machst du das schon?, fragte er, noch immer stehend.

Ein paarmal hat sie ihn bei mir abgeladen. Und manchmal

nahm ich ihn ihr einfach ab. Jetzt habe ich ihn schon zwei Jahre.

Das Bügeleisen zischte leise. Der alte Kühlschrank sprang an.

Schwierig, sagte er.

Na ja. Was soll ich denn machen, mh?

Du arbeitest in dem Laden an der Ecke? Das ist praktisch.

Habe ich, sagte sie. Jetzt bin ich oben am Canning Highway. Sie haben mich vor einem Monat dorthin versetzt. Die verdammten Busse kommen nie, wenn man sie braucht. Gebe meinen halben Lohn für Taxis aus. Eigentlich ist das Scheiße.

Einen Augenblick lang wusste Keely nicht, was er sagen sollte. Weil er etwas suchte, um die Lücke zu füllen, deutete er zu den Postern an der nackten Ziegelwand. Kokosnusspalmen und ein Sonnenuntergang in Kuta. Ein lächelndes Kind, das die Delfine in Monkey Mia fütterte.

Welche Gegend bevorzugst du?, fragte er.

Bevorzugen?

Welcher Ort hat dir am besten gefallen?

Ich spreche deine Sprache, Tom.

Tut mir leid.

War noch an keinem von denen, sagte sie desinteressiert. Kai hat die Poster bei The Vinnies gefunden.

Da er in ein Fettnäpfchen getreten war, machte er die neutralen Geräusche, die jeder Trottel macht, um Zeit zu schinden. Hilflos starrte er das klobige, alte Telstra-Telefon und den Notizblock daneben an.

Gemma drehte die Shorts um, seufzte über einen Farbfleck und bügelte sie fertig.

Hör mal, sagte er und gab sich endgültig geschlagen. Danke fürs Essen.

Nur Koteletts.

Es war gut.

Gemma stellte das Bügeleisen weg und musterte ihn, als überlegte sie sich etwas. Keely meinte, eine Idee aus ihrem Gesicht verschwinden zu sehen. Er nahm den Bleistift neben dem Block zur Hand. Es sah aus, als wäre auf jedem Blatt ein anderer Vogel, Skizzen und Kritzeleien, an denen Kai gearbeitet hatte. Viele davon zeigten keine Ähnlichkeit mit irgendeinem Vogel, den er kannte, aber der Junge hatte allen seinen Geschöpfen Flügel gegeben.

Ich schreibe dir nur meine Nummer auf, murmelte er.

Wir wissen, wo du bist.

Schon, sagte er und musste sich konzentrieren, um sich an seine Nummer zu erinnern. Aber wenn du in der Arbeit bist, ist er hier allein. Ich meine, nur für den Fall, dass du dir Sorgen machst.

Ich mache mir keine Sorgen.

Ich weiß, es geht mich nichts an.

Aber.

Es macht mir nichts aus, mal nach ihm zu sehen.

Er ist in Ordnung, sagte sie. Er ist inzwischen daran gewöhnt.

Einen flüchtigen Augenblick glaubte Keely, einen Anflug von Bedauern bei ihr zu entdecken, als wollte sie sein Angebot gern annehmen, traute sich aber nicht. Er fragte sich, ob die letzte Nacht der Grund war, die noch spürbaren Auswirkungen einer Interaktion. Oder einfach nur Mitleid, weil sie sah, wie hilflos und verlegen er war.

Na ja, das Angebot steht.

Traurig. Dass du keine hast.

Kinder?

Die machen dich sowieso nur fertig.

Das macht doch alles, was gut ist, oder?

Sie zuckte die Achseln, und er fühlte sich sanft entlassen.

An der Tür legte sie ihm die Hand auf den Arm. Er zögerte. Gab ihr dann einen schnellen Kuss auf die Wange. Als er sich von ihr löste, sah er, dass es sie ärgerte – das Zögern oder vielleicht der Kuss selbst. Sie schloss die Tür, bevor er sich zum Gehen gewandt hatte.

Da die Wäsche fertig und auch kein Geschirr zu waschen war, wusste Keely nicht so recht, was er mit sich anfangen sollte. Vielleicht ein Spaziergang. Aber er hatte noch wunde Füße von seiner vormittäglichen Fluchtwanderung durch den Jachthafen. Und er hatte kaum das Geld, sich in der Stadt zu amüsieren. Nicht in einem Pub und schon gar nicht im Getränkemarkt. Konnte sich beides nicht leisten, in jeder Hinsicht. Also hatte er keine andere Wahl, als zu Hause zu bleiben. Und damit blieb was? Google. Solange er noch Zugang hatte. Entweder das oder den bunten Flickenteppich des Network-Fernsehens. Den norwegischen Roman hatte er aufgegeben – er konnte sich nicht konzentrieren.

Er sollte die Wohnung putzen. Das würde eine gute Stunde füllen. Und bei Gott, nötig war es. Aber schon bei dem Gedanken daran wurde er schlapp.

Er war müde. Sein Hirn fühlte sich verdorrt an. Zu viel Sonne. Zu viel passiert und zu schnell. Und er wollte nicht mehr nachdenken, nicht heute Abend. Das Zusammensein mit Gemma. Der merkwürdige Junge. Das Fiasko in Esperance, das ihn wieder zum Kochen brachte. Er musste damit Schluss machen, den verdammten Schaltkreis unterbrechen, bevor er durchbrannte. Musste endlich mal zur Ruhe kommen. Sein blödes Herz hämmerte. Also noch einmal duschen. Sauberes Handtuch. Zähne putzen. O Gott, dieses Gesicht, Augen wie zerdrückte Erdbeeren.

Nur Paracetamol. Zwei. Und sonst nichts.

Und hinlegen. Der verdammte Schädel. Als hätte er Sand drin. Einfach hier liegen. Und einschlafen wie ein ganz normaler Mensch. Schön wär's.

Er probierte ein paar der Entspannungsübungen, für die Harriet sich so begeistert hatte. Sich zurücklegen auf den rechtschaffen sauberen Kissenbezug, sich bemühen, das leicht geschrumpfte Gefühl seines sonnenverbrannten Gesichts zu ignorieren. Er war müde genug – war er nicht immer müde? Aber das Ziel war, die Grenze zum Schlaf zu überschreiten. War man erst mal weg, war man okay. Und es gab kein schöneres Gefühl als das Fallen. So atmete und säuselte er sich über eine halbe Stunde lang in ein Dämmern hinein. Und für fünf Minuten oder so war er dann tatsächlich nahe dran, übermütig nahe, streckte sich, schwebte dem purpurfarbenen New-Age-Abhang entgegen, hinter dem nur der Schlaf wartete. Kein Denken, kein Rätseln, kein Wüten. Nur Schlaf. Weg sein. Weiden des Schlafs, Wälder des Schlafs, Täler und Flüsse und tosende Schlünde des Schlafs.

Und er war schon fast dort, direkt an der Kante, als er es hörte. Die wimmernde Wand. Diese Angstschreie. Das Geräusch, bei dem sich sein Arsch vor Grauen zusammenzog. Seine Nachbarin. So klar, so nah. Sie klang, als wäre jemand bei ihr in der Wohnung, als würde er sabbernd über ihr stehen und gleich etwas Unaussprechliches tun. Aber er konnte nichts dagegen unternehmen. Sie war allein da drüben und machte es mit sich selber aus, gequält von etwas, das über sie kam wie das Wetter. Man konnte spüren, wie sie sich krümmte, sich versteckte, sich zusammenrollte und dann einen Augenblick still wurde, bevor sie sich wieder aufbäumte, aufsässig wurde, kreischte, verfluchte, was ihr auf den Schultern saß, »Hinweg mit dir« schrie und dann zurückwich, einen Rhythmus fand, in den stöhnenden Singsang verfiel, der sie rettete oder verführte, die arme Bettlerin. Es war furchtbar anzuhören: schon kam sie wieder in Fahrt, lauthals schimpfend, voll in Rage, lauter, beharrlicher, hässlicher, verzweifelter und erschütternder mit jeder Sekunde. O Gott!

Keely setzte sich auf.

Wie konnte man zulassen, dass eine so gestörte Frau zehn Stockwerke hoch in der Luft wohnte? Wie kam es, dass sie sich noch nicht vom Balkon gestürzt hatte? Und wie kam es übrigens auch, dass *er* es nicht getan hatte, nur um sie loszuwerden? Das arme Ding – warum konnte man ihr nicht helfen, warum konnte man sie nicht fortschaffen und ihn einfach schlafen lassen?

Verschwinde!, knurrte sie. Hau ab! Raus-raus-raus-raus-raus!

Er schlug mit einem Schuh gegen die Wand. Kurz verstummte sie, wie erschrocken über die Einmischung, dann murmelte sie dunkel, schrie einmal auf, deutlich und schrill, und verfiel dann wieder in ihren Singsang.

Keely stand auf, suchte fieberhaft nach seinem winzigen iPod und steckte sich die Knöpfe in die Ohren. Er versuchte, sich mit ein wenig Delius zu beruhigen, merkte aber schnell, dass der erste Kuckuck im Frühling keine Waffe gegen die Verrückte nebenan war. Durch die Wand jaulend und bellend war sie mehr Kuckuck als alles, was das London Philharmonic Orchestra aufbieten konnte. Was er brauchte, war eine Festung aus Lärm, sein eigenes tönendes Monte Cristo, doch unter diesen Umständen wirkte Black Sabbath geschmacklos. So suchte er sich etwas von Captain Beefheart aus, auch wenn es ihn perverserweise an Harriet denken ließ. Das hatte sie nicht verdient. Sie hasste Beefheart, die dunklen Melodien und obskuren Texte, die wüste, krächzende Stimme des Mannes. Keely drehte auf, hoffte, Verrücktheit mit Verrücktheit zu bekämpfen, und so blies er die arme Frau außer Hörweite, warf sie in einen See feurigen Tumults, was ihm wilde Erleichterung verschaffte, bis das schlechte Gewissen einsetzte und sein Kopf zu brodeln begann und seine Gedanken zu Harriet zurückkehrten, was ihm nun wirklich keine Hilfe war.

Sie hätte nicht gehen müssen. Irgendwann hätten sie es wahrscheinlich überwunden, hätten die Katastrophe überlebt, die sie ihnen aufgebürdet hatte. Er hätte damit leben können, mit dem, was passiert war; davon war er überzeugt. Hatte er ihr nicht verziehen? Sie dachte, er hätte zusammenbrechen müssen, nur weil er es sagte, aber konnte schlichtes Verzeihen eine solche Bedrohung sein? Offensichtlich. Sie sagte, es mache ihr Angst, wenn er so sei. So bizarr und sprunghaft, wie seine blöden Beefheart-Platten. So schwülstig und manisch. Als würde er sich für eine Figur aus einem russischen Roman halten. Es war unheimlich. Es war nicht normal.

Es brachte nichts.

Er riss sich die Knöpfe wieder aus den Ohren, sprang so schnell aus dem Bett, dass ihm fast schwindelig wurde, und ging ins Wohnzimmer, aufs neue gequält von Gedanken an Harriet und ihr Baby. Das Baby des anderen Kerls. Er musste weg von dieser Fixierung, durfte nicht mehr darüber nachdenken.

So viele halbklare Wochen an dieser Front, und jetzt quälte er sich schon wieder mit etwas, wogegen er nichts tun konnte. Es war ungesund, es half ihm nicht, es brachte ihn aus dem Gleichgewicht und machte ihn armselig, lachhaft, unbeweglich. Und so weiter.

Er stand an der offenen Schiebetür und sah die orangen Lichter der Containerkräne über den Nordkai zucken. Dahinter blinkten, als Wall gegen die Dunkelheit, die Fahrrinnenmarkierungen unaufhörlich rot und grün.

Gemma hatte recht. Sie machen einen fertig. Sogar die, die man nicht hat. Vor allem die.

Genug damit. Er musste jetzt schlafen, weg sein von alldem.

Als er die Messerschublade aufriss, rollten die Fläschchen aus mattem Plastik synchron nach hinten. Er schnappte sich das erste ernsthaft aussehende Behältnis in Reichweite, öffnete es und schüttete sich ein Häufchen auf die Hand. Das Wasser aus dem Hahn schmeckte metallisch. Und er fragte sich, ob so die Trense für ein Pferd schmeckt, ob es überhaupt etwas schmeckt.

Das Telefon.

Telefon.

Telefon.

Es war wirklich das Telefon, das klingelte. So weit weg. So nah an seinem Bett.

Das Aufwachen war, als müsste er sich aus etwas Dunklem, Schwerem reißen. Letztendlich aber wurde er wach. Er lag keuchend da. Das Telefon blökte auf dem Nachttischchen. Er drehte den Kopf, um auf die Leuchtziffern des Weckers zu schauen – 2:15. Nicht gut. Wenn er wirklich wach war, dann war das nicht gut. Außer es war Faith in London, die den Zeitunterschied vergessen hatte, das wäre nur ein Missgeschick, das wäre harmlos.

Er schnappte sich das Ding. Nur Atmen war zu hören.

Soll das ein Witz sein? Willst du mich verdammt noch mal verarschen? Wer ist dran?

Tom?

Was soll das?

Winzige, schwache, furchtsame Stimme.

Hier ist Kai.

Kai?

Ja.

Was – Kumpel, warum bist du denn wach? Es ist mitten in der Nacht.

Ja.

Alles okay mit dir?, fragte Keely und versuchte, sich zusammenzunehmen. Das Gebäude war still. Unten in den Docks knallte ein Container mit gedämpftem Krachen auf ein Deck.

Da ist ein Traum, sagte der Junge.

Du hattest einen Alptraum?

Es ist ein Traum.

Hast du deine Nan angerufen?

Sie hat zu tun. In der Arbeit.

Willst du, dass ich sie anrufe? Ich habe ihre Handynummer nicht.

Es muss wichtig sein.

Sie wird wissen wollen, ob du okay bist, Kai. Oder?

Ein Traum, sagte der Junge, ist kein Notfall.

Na gut. Okay.

Es ist der einzige Job, den sie hat.

Ich weiß, Kumpel.

Sie braucht den Job. Sonst nehmen mich die Leute mit.

Keely richtete sich auf. Er drückte den Kopf an die Ziegel.

Kai, niemand wird dich mitnehmen. Willst du, dass ich deine Nan anrufe? Ich glaube, es wäre besser.

Nein. Das darfst du nicht.

Okay, Kai. In Ordnung. Willst du ein bisschen reden, bis du wieder einschlafen kannst?

Ja.

Das ist okay. Wir können reden.

Hier?

Können wir es nicht einfach am Telefon machen?

Der Junge schwieg. Blieb stumm. Keely versuchte, sich dagegen zu wappnen. Er konnte das nicht tun. Es würde nicht gut aussehen. Aber der Junge hielt durch. Ein Schweigen wie ein Diamantbohrer. Der sich in ihn fraß.

Okay, sagte er schließlich. Ist gut, Kai. Ich bin gleich da.

Keely schaltete das Licht an, suchte nach seinen Shorts,

vielleicht einem Hemd. Die Wand waberte und wölbte sich leicht. Er war nicht klar. Nicht einmal annähernd.

In 1010 brannte das Küchenlicht. Durch den Plastikvorhang sah er die gewischte Theke, eine Tasse, eine Dose mit gemahlenem Kaffee. Der Vorhang bewegte sich, und Kais Gesicht tauchte auf. Keely zeigte linkisch vertrottelt den hochgereckten Daumen und zog sich benommen die Shorts hoch, als das Schloss klickte und die Tür aufging. Einen Augenblick war der Junge nur ein blasser Dunst in dem schmalen Spalt. Keely spürte, dass er gemustert wurde, als müsste der Junge sich versichern, dass es wirklich er war. Keely lächelte so beruhigend, wie er um diese Uhrzeit konnte. Er stützte sich an der rauen Wand ab.

Soll ich dir helfen, damit du wieder einschlafen kannst?

Der Junge schüttelte den Kopf.

Willst du reden?

Kai kratzte sich ausdruckslos am Kopf. Dann zog er die Tür auf.

Keely zögerte einen Augenblick. Es widerstrebte ihm, über diese Schwelle zu treten, aber er hatte auch keine Lust, zu dieser frühen Morgenstunde für alle sichtbar hier auf der Galerie zu stehen.

Er trat ein. Die Wohnung roch üppig nach Lammfett. Der Junge schloss die Tür.

Wie wär's mit einem Glas Milch?

Kai schüttelte den Kopf.

Auf dem Tisch lag das abgenutzte Büchereibuch über Raubvögel. Daneben lag der Block mit Keelys Nummer darauf.

Keely setzte sich an den Tisch. Kai stand gegenüber, die Hand in Brusthöhe an die laminierte Kante gedrückt. Der Baumwollstoff seines Kurzpyjamas war mit winzigen, lila Ankern bedruckt. Das Symbol der Fremantle Dockers. Und der Junge hatte brandneue Fußballstiefel. Eines Tages, dachte er, muss ich mal mit ihm kicken. Und in dieser Saison nehme ich ihn mit zu einem Spiel.

Du hattest also einen Traum?

Der Junge nickte.

Was für einen Traum?

Vom Fliegen, murmelte der Junge.

Auch ich habe Träume vom Fliegen, sagte er und kratzte sich den Bart. Mir gefallen sie.

Der Junge schaute skeptisch drein.

Was ist in deinem Traum passiert?

Ich stürze ab. Da sind Leute. Von denen man nur die Augen sieht. Und ich kann nicht reden.

Moment mal. Mit was bist du abgestürzt?

Nur ich, sagte der Junge.

Du stürzt auf den Boden?

Aber da sind Leute, mit nur Augen. Alle schwarz. Alle nur Augen. Hinter ihnen ist … Feuer.

Feuer. Wie von einem Flugzeug?

Nein.

Was für ein Feuer dann?

Schnell. Schießend.

Du meinst *Gewehrfeuer?* War das wie in einem Film, Kai?

Der Junge wiegte sich ein paar Sekunden überlegend. Er nickte, aber ohne Überzeugung.

Du fliegst. Du stürzt auf die Erde. Und auf der Erde sind Leute. Und die haben nur Augen?

Sie reden, sagte Kai mit angsterfüllten Augen. Aber, keine richtigen Wörter.

Wie Aliens, Fremde aus dem All oder so was?

Kai schüttelte den Kopf.

Was passiert dann?

Sie gehen weg.

Wo gehen sie hin?

Ich glaube, sie sind freundlich.

Moment mal, Kai – wie gehen sie? Wie gehen sie weg?

Der Junge knetete heftig seine Pyjama-Shorts.

Alles geht weg, sagte er. Sanft.

Sanft?

Wie wenn die Batterie leer wird.

Ah. Wie bei einem Spielzeug?

Der Junge biss sich auf die Unterlippe. Wie wenn ich sterbe, sagte er.

Wow, sagte Keely und ließ diesem Gedanken weder Zeit noch Raum. Und dann?

Kai zuckte die Achseln. Ich liege da und ich sterbe.

Und dann bist du aufgewacht, oder?

Er nickte.

Und du warst hier zu Hause, und alles war in Ordnung.

Kai nickte noch einmal.

Tja, es ist nur ein Traum. Über so etwas musst du dir keine Gedanken machen.

Manchmal bin's nicht ich.

Du meinst, du hattest diesen Traum schon einmal?

Der Junge nickte und gähnte.

Wie oft schon?

Kai schaute seine Handrücken an, als würde er nachrechnen. Siebenmal?, sagte er unsicher.

Der Junge schien ein wenig zu erschlaffen. Keely fragte sich, ob es klug war, ihm weiterhin Fragen zu stellen. Er hatte schon jetzt keinen Boden mehr unter den Füßen.

Aber jetzt bist du okay, sagte er. Du bist in Sicherheit. Alles ist gut, was?

Der Junge blinzelte. Er war offensichtlich erschöpft.

Vielleicht solltest du jetzt wieder ins Bett hüpfen. Willst du, dass ich mich noch ein bisschen zu dir setze?

Kai nickte. Schleppte sich dann in sein Zimmer und kletterte auf die Matratze. Auf dem Nachtkästchen drehte sich ein Ventilator und verwirbelte die heiße, stickige Luft. Keely setzte sich ans Fußende. Kai schaute ihn unverwandt an.

Ich bin hier, sagte Keely.

Der Ventilator surrte. Irgendwo in dem dünnhäutigen Gebäude rauschte eine Leitung. Eine Dose rollte im aufkommenden Ostwind unten eine Straße entlang.

Wir sind okay, flüsterte Keely und wünschte sich, dass es der Wahrheit entspräche.

Als er aufwachte, schien hell die Sonne, und Gemma stand über ihm. Bevor er sich richtig auf ihr Gesicht und das, was sie sagte, konzentrieren konnte, sah er das Bali-Poster über ihrer Schulter, die Wellen der Kokospalmen, das Unangebrachte seines Hierseins. Er stemmte sich auf der Couch hoch. Morgenlicht fiel auf die Küchentheke.

Scheiße. Wie spät ist es?

Was treibst *du* denn hier?, zischte sie.

Ich weiß es nicht, sagte er belegt und fing sich dann. Kai. Ich habe nicht …

Er hat Schule, sagte Gemma. Mein Gott, er weiß doch, dass er niemand hereinlassen darf.

Als sie sich über ihn beugte und wütend flüsterte, roch er Schweiß und Kaffee und Zigaretten. Er rappelte sich hoch. Der Rücken tat ihm weh.

Tut mir leid, krächzte er. Er hatte einen Alptraum.

Er war bei dir?

Ja. Na ja, nein. Er rief an.

O Mann, er hätte mich anrufen sollen. Was für einen Alptraum?

Beruhige dich, Gemma, es ist alles in Ordnung.

Man steht nicht in der Wohnung eines anderen, wo man gar nicht hingehört, und sagt demjenigen, er soll sich beruhigen.

Okay, ja, tut mir leid.

Mein Gott. Geh einfach, okay?

Ich glaube, es ist etwas, was er im Fernsehen gesehen hat. Vielleicht der Krieg, oder irgendwas mit Sciencefiction. Er ist okay. Er war nur vorsichtig.

Vorsicht ist mir scheißegal. Er kennt die Regeln.

Ich wollte ja gehen, sagte er improvisierend. Ich bin einfach nur noch ein paar Minuten bei ihm gesessen, um mich zu versichern, dass er wirklich schläft. Ich wollte ihn so nicht allein lassen.

Er spürte ihren Ärger aufblitzen, aber bevor sie etwas sagen konnte, stand Kai in der Tür und betrachtete beide argwöhnisch.

Tom ist gerade am Gehen, sagte Gemma.

Keely winkte ihm kurz zu, aber von dem Jungen kam keine Reaktion.

Noch immer benommen und mit einem Badetuch um den Hals, humpelte Keely zu dem Schuppen hinter dem Waschsalon. Während zwei Sozialhilfemütter ihm von der Galerie im zweiten Stock aus zusahen, sich eine Zigarette und ein paar Lacher auf seine Kosten teilten, zerrte er sein Fahrrad aus dem Knäuel schmieriger Gestelle und schob das alte Malvern Star über den Parkplatz auf der Rückseite des Gebäudes. Er eierte auf die Seitenstraße, fuhr um die Ecke herum, und als er an der Front entlangrollte, sah er seine Nachbarn blass und stumm zum Bus, zum Zug, zum Chef eilen. Schon jetzt brütete der Vorplatz, und er war froh, die ganze Anlage für eine Weile hinter sich lassen zu können.

Auf weichen Reifen strampelte er über die erwachenden morgendlichen Straßen, vorbei an Discountern, Supermärkten, Cafés, hielt sich, wo es ging, auf den Fußwegen, um nicht umgemäht zu werden, und nach wenigen Minuten war er in dem bewohnten Bogen zwischen dem Jachthafen und den Stränden, wo er sich zumindest so sicher fühlte, dass er langsamer wurde und sich im Fahren die holzvertäfelten Cottages, die Doppelhaushälften aus Kalkstein, die Pfefferminzweiden am Straßenrand und die von Reben überwucherten Veranden anschaute. Das alte Viertel war eine behagliche Mischung aus Wohlstand und Boheme, wo Kombi sich neben BMW bettete, und die kleinen Gartenflecken vor den Häusern waren entweder wehmütige Verweise auf die Provence oder ein gemütliches Chaos aus hippifiziertem

Gemüse und Bougainvilleen. Je weiter südlich man kam, umso mehr Gebetsfahnen hingen an Veranden, umso mehr Fahrräder und Dreadlocks sah man, umso dicker wurden die Patschuli-Schwaden.

Vor dem alten Haus hielt er einen Augenblick an. Die wunderbaren Schieberahmen der Fenster waren frisch lackiert. Die Verandadielen aus Jarrahholz waren geölt. Und in der Einfahrt glänzte ein silberner Prius. Aufgeschreckt vom vertrauten Quietschen der Vordertür trat er in die Pedale und sauste davon.

An der Marine Terrace saßen Handwerker in ihren Transportern, tranken Schokoladenmilch und verdrückten Fleischpasteten zum Frühstück, während Börsenmakler in Mercedes oder Range Rovern vor Bootswerften und Autohändlern parkten. Ein paar vergammelte Bootsbewohner kamen auf verrosteten Rädern vom Jachthafen her, alle in Deckschuhen und mit Ohrringen, und alle schwärmten sie aus auf der Suche nach Kaffee, Sex und billigen Arbeitskräften.

Keely fuhr vorbei an dem verbarrikadierten Gelände des Jachtclubs und weiter auf die grasbedecke Schürze hinter den Dünen. In der Freiluftdusche hielt eine Frau einen flauschigen Köter unter die Brause; als sie sich das triefende Hündchen an die Brust drückte, sah sie auf eine Art verzückt aus, die sich genauerer Betrachtung widersetzte. Er lehnte den alten Drahtesel an eine Kasuarine und stapfte durch die ewige Hundescheiße zum Wasser.

Nackt bis auf die Badehose sprang er von den Felsbuhnen hinein. Der sandige Grund war ein milchiges Wabern, und das Wasser fühlte sich köstlich an. Aber seine Glieder waren schwer und unkoordiniert, und er brauchte eine Weile, um einen Rhythmus zu finden. Doch schließlich schwamm er mit langen, raumgreifenden Zügen und dachte mehrere Minuten lang an nichts außer an das Gefühl des Meeres.

Doch als er den südlichen Wellenbrecher erreichte, überlegte er schon wieder, was es für ein Kind bedeutet, vom Fallen zu träumen – nicht vom Fliegen, sondern vom Sturz in den Tod, umgeben von gesichtslosen Aliens. Und was sagte es über Kais Seelenzustand aus, dass er diesen Traum schon öfter gehabt hatte?

Keely bekam sie nicht aus dem Kopf, die Plausibilität der Beschreibung des Jungen – oder war es eine Ahnung – von der tatsächlichen Empfindung beim Sterben. Als würde der Strom ausgehen – *wie wenn die Batterie leer wird.* Das konnte man nicht ignorieren, es war beunruhigend. Doch was konnte er tun? Er hatte seine Befugnisse bereits überschritten. Und jetzt waren die Schotten dicht. Er hatte Gemma verärgert. Ihre Wut war unmissverständlich. Er hatte sein jämmerliches Ego wieder ganz für sich allein. Und sollte froh drum sein.

Er schwamm, bis seine Schultern übersäuerten und sein Kreuz sich verkrampfte. An Strand versammelten sich Anwohner in plappernden Grüppchen – Männer mit langen Unterschenkeln, Frauen mit hohen, vom fortgeschrittenen Alter geformten Bäuchen. Sie warfen alle Stöckchen für hoppelnde Hündchen, und ihre von der Sonne versauten Gesichter leuchteten. Fremantle, das war ein Dorf der Kulte, doch von all den verqueren Sekten, die es beherbergte, waren die Hundemenschen am schwersten zu ertragen.

Er watete an Land, außer Atem, darauf bedacht, wo er hintrat, und als er sich abtrocknete, fühlte er sich erfrischt, ja sogar ein wenig heiter.

Aber natürlich war, als er zum Gras unter der Kasuarine kam, sein Rad verschwunden. Keine Spur davon im Meldengestrüpp oder auf den verschlungenen Pfaden hinter den Keulenlilien. Er ging suchend nach Süden auf den Kiosk und den Parkplatz zu, wo grasbenebelte Rucksacktouristen erst jetzt in der Hitze aus Transportern krochen, aber auch dort war es nicht.

So trottete er an der Bahnlinie nach Hause. Der niedrige Zaun war geschmückt mit eitergelben Tüten voller Hundescheiße. Diese täglichen Opfergaben gehörten zur liturgischen Praxis der Hundemenschen. Die die Würste ihrer Köter einsammelten, sie zu güldenen Christbaumkugeln verknoteten und sie entweder auf den Sand warfen oder hier an den Zaun hängten. Als Beweis ihrer guten Absichten. Damit man sie später einsammeln konnte. Was natürlich nie geschah. Und nach etwa einer Stunde begann der Inhalt in der Hitze zu schwären, bis die Beutel zu Objekten büßender Betrachtung für vorbeikommende Fußgänger wurden. Zu Hast anregendes Rauchwerk. Die Kollekte des Tages. Und es wirkte: Keely hastete vorbei und war so beeindruckt, dass es ihn fast umhaute. Wer konnte es ihnen an Hingabe gleichtun, diesen Hundemenschen? Was für einen spirituellen Dienst sie leisteten! Gute Menschen zweifellos, und wahrhaftig. Und dennoch blasierte und dämliche Flachwichser. Was konnten diese güldenen Gaben, diese fliegenschwirrenden Gebetsfahnen anderes sein als Embleme der Selbstzufriedenheit, Beweise, dass Handlungen nichts anderes waren als läppische Augenblicke der Zuneigung? Diese Wand aus Scheiße sagte alles. Es war so Freo!

Natürlich mochte es sein, dass er ein bisschen verbittert war. Ein klein wenig zynisch. Und sein Tag entwickelte sich nicht so, wie er gehofft hatte.

Er hielt sich die Nase zu. Marschierte weiter. Verspottet vom feuchten Klatschen seiner Flipflops.

Scheiße-scheiße.

Scheiße-scheiße.

Scheiße-scheiße.

Ja, sehr lustig.

Ziellos googelnd, die Panik in Übersee erschnuppernd, fragte sich Keely, wie es Faith mit ihrer Rettungsmission erging. Er hoffte, dass das, was sie rettete, den Schweiß wert war. In London hatte es zwei Grad. Also vielleicht nicht so viel Schweiß.

Wusste, er sollte nicht surfen. Sich nicht so von der Hetzjagd der Nachrichten verfolgen lassen. Angesichts dessen, was das bei ihm immer anrichtete.

Draußen ein Geräusch. Jemand, der im Vorbeigehen am Sicherheitsgitter kratzte. Die Tür war geschlossen. Er war komplett abgeriegelt. Alles wie gehabt. Was da draußen auch vorging, es interessierte ihn nicht. Er musste von den Hundemenschen lernen. Erhebe dich über die bloße Scheiße.

Aber da war es schon wieder. Dieses Geräusch. Wie jemand, der mit einem Fingernagel am Fliegengitter sägte. Irritierend. Man konnte es kaum ausblenden. Da es ihm die Härchen im sonnenverbrannten Nacken aufstellte.

Die Gittertür ging auf. Verdammt dreist. Die Mormonen waren im Haus. Oder schlimmer noch, jemand von der Hausverwaltung.

Dann Klopfen. Eins-zwei-drei. Sehr leise, zu zaghaft, um offiziell zu sein. Vielleicht die einsame Besessene von nebenan. Auf der Suche nach Knoblauch.

Keely riss die Tür auf. Und da stand Kai. In schweißfeuchter Schuluniform. Drückte sich ein Buch an die Brust. So klein. So hell. Dass sein Herz einen Satz machte. Es musste nach drei sein – o Gott, wohin war der Tag verschwunden? Er bemühte sich, dem Jungen zuliebe seinen Gesichtsausdruck wieder in Form zu bringen. Er hatte das Gesicht eines Monsters – das spürte er.

Kai, sagte er.

Der Junge blinzelte. Der Wind fuhr ihm in die Haare. Seine schräg nach oben gerichteten Augen waren dunkel, der Blick vorsichtig, fast argwöhnisch. Dann wandte er ihn völlig ab.

Wo ist deine Nan?

Kai deutete mit dem Kopf in die Richtung ihrer Wohnung.

Sie weiß, dass du hier bist?

Der Junge spitzte vielsagend die Lippen.

Kai, ich glaube nicht, dass sie sehr glücklich ist über letzte Nacht.

Kai widersprach nicht.

Es dürfte ihr nicht gefallen, dass du ohne ihr Wissen zu mir kommst.

Der Junge hielt ihm das Raubvogelbuch hin, streckte es auf Armeslänge von sich weg.

Was ist los?

Der Junge schaute an ihm vorbei ins brütendheiße Innere seiner Wohnung, wo die im Westen stehende Sonne machte, was sie wollte.

Ich glaube, du kommst besser nicht rein, Kumpel.

Ich war schon mal hier, sagte Kai.

Ja, hast du gesagt.

Der Junge nahm das Buch in eine Hand und hob die Arme waagrecht an. Keely dachte sofort an einen Vogel, dass er seine imaginären Flügel ausstreckte, aber dann dachte er, Unterachseln. Der Junge ließ sich die verschwitzten Achselhöhlen von der Brise kühlen.

Vielleicht solltest du heimgehen. Deine Nan wird nicht glücklich sein. Heute Morgen, das war mein Fehler. Ich bin eingeschlafen.

Es war kein Osprey.

Wie bitte?

Kai öffnete das abgenutzte Buch, drehte es zu Keely und deutete auf ein Foto.

Das war kein Osprey, sagte der Junge, was wir am Fluss gesehen haben.

Kai nahm das Buch kurz wieder an sich und blätterte. Dann zeigte er eine Doppelseite mit zwei ähnlichen Vögeln nebeneinander. Er drückte es Keely an die Brust, bis er das Buch nahm und ihm seine Aufmerksamkeit widmete. Am oberen Rand der Seite waren Diagramme und Silhouetten. Im Falz steckte ein alter Umschlag mit Skizzen von Kai in Filzstift. Es waren v-förmige Darstellungen eines fliegenden Vogels, die erste mit aufgestellten Flügeln, die zweite mit den Flügelspitzen nach unten.

Weißbauch-Seeadler, las Keely aus der Bildunterschrift vor. *Jagt auf dem Wasser. Taucht nicht ein.* Ist unser Vogel getaucht?

Der Junge schüttelte feierlich den Kopf. Keely dachte an den Ausflug zurück. Das Ding war von der Klippe heruntergeschossen, hatte kurz die Oberfläche des Flusses gestreift und war dann wieder gestiegen.

Tja, sagte er mit einem Grinsen. Nicht ganz eindeutig. Aber du könntest recht haben.

Hab recht.

Okay, ich lasse mich korrigieren. Trotzdem, dieser Vogel jagt auch Ratten, deshalb betrachte ich mich als entlastet. Aber der Genauigkeit halber sollten wir festhalten, dass ich mich geirrt habe, und du, mein Freund, hast recht.

Der Junge lächelte nicht. Entweder hatte er die Nager vergessen, die alles ausgelöst hatten, oder er verstand ihn nicht. Oder es war ihm ganz einfach gleichgültig.

Du hast dir das aber sehr genau angeschaut.

Kai sagte nichts.

Hmm. *Frisst Reptilien, andere Vögel, Säugetiere, Fische.*

Und Arsch.

Arsch?, fragte er grinsend. Was meinst du damit, dass er Jagd auf Mistkerle macht?

Der Junge verzog keine Miene.

Du meinst wahrscheinlich Aas.

Was ist das?

Aas? Na ja, eigentlich alles. Lebewesen, die schon tot sind. Du weißt schon, einfach herumliegen.

Aas.

Er stürzt herab und trägt es davon. Da haben wir's: *Unreife Exemplare werden oft mit dem Fischadler verwechselt* Also wirklich, Kai, sagte er und gab ihm das Buch zurück, du bist ein schlaues Kerlchen.

Der Junge kaute auf seinen Lippen.

Was ist?, fragte Keely.

Kai wandte den Blick ab.

Kai, was ist los?

Der Junge drückte das Buch behutsam wieder an die Brust.

Willst du mir etwas sagen? Du siehst besorgt aus.

Bist du sauer?

Sauer?, fragte Keely mit einem dummen Gefühl im Magen.

Auf mich.

Ach, sagte er mit einem dummen Grinsen. Natürlich nicht. Warum sollte ich sauer auf dich sein? Wie könnte ich sauer auf dich sein?

Kai umklammerte das Buch mit beiden Armen, die Schultern nach vorn gekrümmt, den Blick gesenkt. Ein Stück weiter schepperte eine Gittertür. Der Junge schaute schnell nach rechts, und obwohl er sie nicht sehen konnte, wusste Keely, dass es Gemma war. Mann und Junge standen stumm, fast ängstlich da in den Sekunden, die sie brauchte, um auf harten Absätzen über die Galerie klappernd zu ihnen zu kommen. Dann stand sie in etwas Schwarzem und Kurzem und Ärmellosem vor ihnen. Ihre Haare waren am Hinterkopf mit einer Haarspange straff zusammengefasst, und sie trug wirklich sehr hohe Absätze, Schuhe der Art, die nicht ignoriert werden konnten, nicht einmal von einem Mann wie Keely, der nichts über Kleidung wusste und für den Frauenschuhe ein ewiges Rätsel waren.

Was starrt ihr denn an?, fragte Gemma.

Nichts.

Sind doch nur Schuhe.

Es waren lächerliche Schuhe, Porno-Schuhe. Sie betonten ihre Beine. Alles, jetzt, da er sich einen genaueren Blick gestattete. Gegen seinen Willen regte sich etwas in seiner Hose.

Nur Schuhe, sagte er grinsend.

Gemma ignorierte ihn und wandte sich an den Jungen.

Hab dir doch gesagt, du sollst mich zuerst fragen.

Das ist eine gute Idee, sagte Keely, zu ihr ebenso wie zu Kai.

Sie starrte jetzt ihn an, als würde sie sich etwas überlegen.

Was ist? Was ist los?

Ich muss wo hin.

Keely sagte nichts.

Ich kann ihn nicht mitnehmen, sagte sie.

Also schließ ihn ein. Ich sperre die Ohren auf.

Na ja, er ist ja schon hier.

Und?

Kannst du für mich auf ihn aufpassen?

Du kannst ihn wirklich nicht mitnehmen?

Vergiss es, sagte sie und griff nach dem Jungen, der ihr mühelos auswich.

Sei doch nicht blöd, sagte er. Natürlich kann er bei mir warten.

Ich brauche nur zwanzig Minuten.

Lass dir Zeit.

Aber behalte ihn drinnen, okay? Damit er sicher ist.

Wir schaffen das schon, sagte er. Oder, Kai?

Der Junge zuckte nicht einmal mit den Achseln.

Sie drehte sich wortlos um, klapperte zu den Liften und wiegte reizend den Hintern, doch mit diesem Aufzug wollte sie jemand ganz anderen beeindrucken. Zwanzig Minuten lang. Eine Weile standen sie in seiner Tür, Keely und der Junge. Keely hatte Gemmas schweres Parfum noch in der Nase. Der Junge ließ sich seinen Triumph nicht anmerken. Er drückte sich einfach an Keely vorbei und ging hinein. Keely folgte ihm, erfreut und leicht nervös.

Als er nach etwas suchte, das er Kai vorsetzen konnte, merkte er, dass er nichts in der Wohnung hatte außer einer Schüssel Orangen. Der Junge schien nicht sehr erpicht darauf zu sein, bis er anbot, ihm eine zu schälen. Vielleicht war es wegen dem triefenden Saft, oder vielleicht wusste er einfach nicht, wie er die Schale abbekommen sollte. Aber sobald die Frucht auf einem Teller lag, ohne Schale und nur hier und dort noch mit ein wenig weißer Haut, legte Kai los. Penibel, fast besessen, zerteilte er die Kugel in die einzelnen Spalten. Er arrangierte sie kreisförmig auf dem Teller, achtete sehr darauf, keinen Tropfen Saft zu verlieren, und als alles zu seiner Zufriedenheit hergerichtet war, nahm er ein Stück und fing an, sehr vorsichtig an der Spitze zu saugen.

Keely lehnte sich nur zurück und beobachtete ihn. Das runde Gesicht, die seidigen Haare, seine Blässe und Selbstversunkenheit. Er wirkte leicht geschädigt, und dennoch war er so klug. Keely wusste nichts über Kinder, aber dieser Junge war viel zu schlau für sein Alter.

Ich kenne das alles, sagte der Junge und hielt einen Augenblick inne, um sich umzusehen. Ich war schon mal hier.

Keely öffnete den Mund, um etwas zu sagen, als ein Taubenpaar flatternd auf dem Balkon landete. Kai zuckte zusammen. Doch als wäre es ihm peinlich, nahm er schon Augenblicke später seine unerschütterliche Ruhe wieder an.

Tauben, sagte Keely und stand auf, um sie zu verscheuchen.

Tauben sind nicht schlau.

Angeblich sind sie sehr friedfertig, sagte Keely. Aber sie kacken alles zu.

Die Vögel sind die Ersten, sagte der Junge, den Orangenspalt jetzt schlaff in der Hand.

Die Ersten bei was?

Die Ersten beim Sterben.

Keely war sprachlos. Diese Fixierung. Wie kam er von einem Taubenpaar direkt zum Tod? Was passierte in seinem Kopf? Ein Sechsjähriger. Er war beängstigend klug, aber er konnte unmöglich Rachel Carson gelesen haben. Vielleicht hatte er im Fernsehen etwas gesehen, einen Bericht über Kanarienvögel und Kohlebergwerke. Keely hoffte inständig, dass nicht *er* das mit seinem Gerede über Seevögel ausgelöst hatte.

Kai stand auf, schaute auf seine nackten Füße hinunter, wie kurzfristig gefangen in einem Gedanken oder Gefühl, und ging dann zur Schiebetür, um hinauszuschauen. Er saugte an der Orangensichel, und mit seiner freien Hand drückte er die Spitzen seiner klebrigen Finger in rhythmischem Wechsel an den Daumen, wie jemand, der sich an Musik oder an die Zeilen eines Gedichts erinnert.

Bevor ich hierhergezogen bin, habe ich noch nie so weit oben gewohnt, sagte Keely. Schon merkwürdig, nicht, so weit sehen zu können, in die Ferne und nach unten.

Kai reagierte nicht.

Ist es nicht komisch, dass man nur hinaus*schaut* und man sich doch so fühlt, als würde man im selben Augenblick hinaus*gehen?*

Kai drehte sich um und musterte ihn, und sofort bedauerte er, dass er es gesagt hatte; so etwas sagte man nicht zu einem Kind, wenn man im zehnten Stock war, vor allem nicht zu einem Kind mit Fallträumen – und, verdammt noch mal, nicht zu einem Kind, das in den eigenen Alpträumen vom Balkon sprang. Was hatte er sich nur dabei gedacht?

Man geht hinaus, sagte Kai, zustimmend. Aber es ist okay. Es sind nur die Augen.

Genau, sagte er und klang in seiner Erleichterung wie ein Trottel.

Keely hatte noch nie Höhenangst gehabt, aber an bestimmten Tagen hier oben schaffte er es nicht, einfach nur aufrecht dazustehen, ohne dass ihm schwindelig wurde. Und eine solche Unterhaltung war nicht gerade hilfreich. Aber er war fasziniert von dem Jungen, wollte einfangen, was er sah und dachte.

Kai drückte seine Stirn ans Fliegengitter und keuchte leicht.

Und, was schauen wir uns da unten an?

Nur mich.

Du bist da unten?

Manchmal.

Wie ein Erwachsener? Der da herumgeht? Stellst du dir vor, dass du eines Tages wie die Leute da unten bist? Du weißt schon, in der großen weiten Welt sein?

Der Junge überlegte einen Augenblick. Nein, sagte er.

Wo bist du dann, was tust du, wenn du dich selber siehst?

Dort, sagte er und deutete hinunter auf den gepflasterten Vorhof.

Was tust du?

Ich lege mich hin.

Um dich auszuruhen? Zu schlafen? Oder liegst du einfach nur da?

Kai schniefte und nickte kaum merklich.

Kannst du es jetzt sehen? Kai, bist du jetzt dort unten?

Der Junge saugte ziemlich heftig an seinem Orangenstück, als wäre er ungeduldig.

Kai?

Nein, jetzt nicht.

Es geht um deinen Traum, nicht?

Manchmal.

Wow, sagte er, um etwas zu sagen. Das ist ziemlich interessant.

Darf ich rausgehen?, fragte der Junge und deutete zum Balkon.

Nein, Kumpel. Ich glaube, wir bleiben hier.

Hast du Scrabble?

Keely schüttelte den Kopf.

Ich kenne einen Baum mit einer Eule darin, sagte er lahm.

Der Junge sagte nichts. Arbeitete sich durch die Orange.

Ich muss mir die Hände waschen.

Keely führte ihn zum Spülbecken, und als Kai sich die Hände am Geschirrtuch abgetrocknet hatte, nahm er sein Buch und ging zur Tür.

Kai? Vielleicht solltest du auf deine Nan warten?

Aber der Junge ging weiter, ohne ihn zu beachten. Keely begleitete ihn über die Galerie zu 1010, wo Kai einen Schlüssel aus seinem Hemd fischte.

Kai? Sollten wir nicht auf Gemma warten?

Der Junge ging hinein und schloss die Tür hinter sich. Nur wenige Augenblicke später kam Gemma von den Liften her über die Galerie geklappert. Sie war viel länger weggeblieben als zwanzig Minuten.

Was hat er denn?

Ich glaube, er wollte Scrabble spielen.

Scrabble haben wir nicht.

Ich auch nicht.

Keely wusste nicht, wie er die merkwürdigen Phantasien des Jungen zur Sprache bringen sollte. Gemma wirkte abwesend, wollte offensichtlich nur schnell in die Wohnung.

Hör zu, sagte er. Kai hat mich gefragt, ob ich wütend auf ihn bin.

Bist du es?

Natürlich nicht. Aber warum fragt er mich das?

Vielleicht wegen dem Vogel, sagte sie.

Was ist mit dem Vogel?

Du hast den falschen Vogel genannt. Er weiß, dass sich ein Kerl nicht gerne vorführen lässt.

Soll das ein Witz sein?

Ihr irrt euch doch nie, ihr Männer. Aber wehe, wenn man euch einen Fehler nachweist.

O Mann.

Du sagst es.

Er sieht Sachen.

Tom, du weißt nicht, was er schon alles gesehen hat. Du hast keinen blassen Schimmer.

Er konnte nur zustimmend nicken.

Okay, sagte er. Jetzt kümmere ich mich wieder um das, was ich vorher getan habe.

Und was war das?

Nicht annähernd genug.

Kannst du mir einen Gefallen tun?, fragte sie. Kann ich in ein paar Minuten zu dir kommen?

Keinerlei Problem.

Mein Gott, murmelte sie und ging hinein. Du musst aufhören, das zu sagen.

Als sie kam und an seiner Gittertür rüttelte, hatte er eine Einkaufsliste halb fertig. Er hatte seinen täglichen Entschluss, die Duschwanne zu putzen, bereits gefasst und dann die Durchführung auf den nächsten Morgen verschoben. Er winkte sie herein. Sie war barfuß. Das Kleid war so gut wie rückenfrei, und er bemerkte ein Tattoo, das er zuvor noch nicht gesehen hatte. Der übliche, kontrastarme Schmetterling, mitten auf dem Kreuz. Und in ihrer linken Ellenbeuge hatte sie eine Brandnarbe von der Größe einer Münze.

Was brauchst du?, fragte er und hoffte sehr, dass es nicht Geld war.

Ich bitte dich nicht gerne, sagte sie, setzte sich ihm gegenüber und zog die Spange aus ihren Haaren. Aber ich habe sonst niemanden.

Kai ist kein Problem, sagte er hoffnungsvoll.

Darum geht's nicht. Er wird zu der Zeit in der Schule sein.

Wann?

Donnerstag, sagte sie. Ich muss was von seinem Vater holen.

Er wartete.

Und ich hatte irgendwie gehofft, du könntest mitkommen.

Okay, sagte Keely mit nervösem Flattern.

Dürfte ohne Aggressionen ablaufen, sagte sie. Sollte es zumindest. Aber eine Begleitung wäre schon gut. Und ich dachte mir, da du doch nicht arbeitest.

Na gut. Okay. Bin dabei.

Du hast nichts dagegen?

Keinerlei Problem, krächzte er.

Sie beugte sich zu ihm und küsste ihn auf die Schläfe. Lust durchzuckte ihn. Er legte ihr die Hand auf die Hüfte, und sie rutschte ab, als sie sich wieder aufrichtete.

Wird nicht lange dauern.

Was holen wir ab?

Nur ein paar Sachen, die uns gehören. Ich habe es schon zu lange aufgeschoben. Es ist nicht einfach, wenn man diese ganze Scheiße ganz allein machen muss.

Nein, wie's aussieht, ist es das nicht.

Als wir hierherkamen, als uns das Wohnungsamt hier unterbrachte, fand ich diesen Kasten unheimlich.

Eine Schule für Kai. Gleich nebenan.

Ja. Und die Arbeit auch. Am Anfang wenigstens. Und eben ein Dach über dem Kopf.

Das sage ich mir selber auch.

Schließlich gibt's andere, die gar nichts haben. Und Kai gefällt es hier.

Er ist ein netter Junge.

Er mag dich.

Keelys Herz machte einen heimtückischen Satz.

Und sein Dad – da gibt's nicht viel Kontakt?

Richterliches Kontaktverbot.

Verstehe.

Wie auch immer.

Gemma griff in den Ausschnitt ihres Kleids, und seine Eier meldeten sich wieder. Aus ihrem BH zog sie einen Schlüssel an einer dunklen Wollschlaufe.

Hier, sagte sie und stand auf. Hab es heute Morgen einfach mit der Angst bekommen, das ist alles.

Tut mir leid. Ich wusste nicht, was ich tun sollte. Und dann bin ich eingeschlafen.

Schau einfach ein bisschen nach ihm, okay? Wenn ich in der Arbeit bin.

Er nickte.

Wegen der anderen Nacht.

Ja?

Du und ich. Wir waren einfach einsam.

Ja.

Und ich hatte ein paar. Verstehst du?

Ja, natürlich.

Ich will keinen Kerl mehr, Tom. Ich schaff das nicht mehr. Aber einen Kumpel könnte ich gut gebrauchen.

Keinerlei Problem, sagte er zu fröhlich.

O Mann, hör doch endlich auf, das zu sagen, rief sie mit genervtem Lachen.

Absolut.

Donnerstag. Das heißt, du hast noch Zeit für eine Rasur und einen Haarschnitt.

Meinst du das ernst?

Hättest du was dagegen?

Sie schenkte ihm ein gewinnendes, mädchenhaftes Lächeln, das ihn überreden sollte, doch es erregte und ärgerte ihn. Aber Keely dachte daran, was für ein juckendes Nest sein Bart geworden war. Und was hieß das überhaupt, diese ganzen Haare, wenn nicht ein Suhlen in der Niederlage?

Ehrlich, so wie du jetzt aussiehst, bringst du mir nichts.

Okay, sagte er, eher aus Lust denn aus Freundschaft.

Sie küsste ihn noch einmal züchtig, und als sie gegangen war, nahm er den Schlüssel und drückte sich die Wollschlaufe ans Gesicht, um ihren Moschusduft einzuatmen.

Conan der Barbar war relativ harmlos. Zwischen Aufenthalten in der geschlossenen Abteilung war der abgerissene, belfernde Herumtreiber zu allen Jahreszeiten auf der Straße, und wenn er nicht gerade ausfällig wurde, mochten ihn die Leute aus dem Viertel recht gern. Er wütete und brüllte viel und ohne konkreten Grund, warf seinen Löwenkopf zurück vor Wut oder Vergnügen, und obwohl er ein berüchtigter und ausdauernder Straßendefäkator war, hatte es doch einen gewissen Charme zu wissen, dass er es mehr der Wirkung halber denn aus Drang tat. Conan war bekloppt, aber er war nicht so verrückt, dass er die höheren Freuden der öffentlichen Darstellung unterschätzte; er trug dick auf – und das war nicht immer nur bildlich gemeint. Witzbolde in Cafés meinten, es sei nur eine Frage der Zeit, bis er ein Kunststipendium bekomme. Im Sommer kolonisierte er gerne öffentliche Plätze – Bushaltestellen, Parkbänke, Sonnendächer am Strand –, wo er sich inmitten seines Mülls hinlagerte, döste, schrie und heroische Mengen Bier trank. Er war völlig harmlos. Außer man bot ihm Geld, einen Rat oder irgendeine Hilfe an. Keely, der im Lauf der Jahre alle drei Fehler gemacht hatte, wusste, dass man mit Conan am besten zurechtkam, wenn man ihm komplett aus dem Weg ging. Denn war man erst in seinen toxischen Orbit eingetreten, belohnte er einen großzügig mit seiner Aufmerksamkeit, stunden-, manchmal tagelang, und dazu gehörten schäumende Tiraden, Darbietungen des Hinterteils und das öffentliche Hinausposaunen des jeweiligen Namens, während er einen Haufen abdrückte. All das im Dienste der Erpressung, nur zu dem Zweck, sich Bier in rauen Mengen zu beschaffen. Und der verschlagene Mistkerl vergaß nie ein Gesicht oder einen Namen. Das war der Grund, warum Keely am nächsten Morgen am Strand, als er sich das Salzwasser abduschte und sich halbwegs anständig fühlte, so sehr bemüht war, ihn zu ignorieren.

In einem süßen Schmerzschatten war er zwischen den Dünen heraufgekommen und stand eben, vom Schwimmen sanft wiederbelebt, unter der Dusche, als er das Schimmern von Bierdosen im Umkreis des Sonnendachs bemerkte. Unter dem Dach lag eine dichtere Masse Unrat, die aussah, als wäre jemand mit einem Lastwagen zurückgestoßen und hätte eine Ladung Müll dort ausgekippt. Aber der Anblick von zwei verhornten Füßen, die unter einer bestickten Tagesdecke herausragten, genügten, um zu wissen, dass das Strandsegel zu Conans neuestem Biwak geworden war. Keely kürzte seine Waschung ab. Morgendliche Stammgäste joggten vorbei und zuckten zusammen, als ihnen das ruinöse Miasma des alten Knackers in die Nase stieg. Einige hoben verschwörerisch die Augenbraue und grinsten vorsichtig, mit der boheme-bürgerlichen Nachsicht, auf die die Einheimischen so stolz waren. Während Keely sich abtrocknete, musterte er nur aus dem Augenwinkel heraus die Matratzen, Einkaufstüten, Fetzen und Kartons, die Unmengen von leeren Dosen, die in der Sonne glänzten wie Rampenlichter am Bühnenrand. Er war erfahren genug, um nicht offen zu starren, konnte sich aber ein dokumentarisches Staunen nicht verkneifen. Man konnte sich nur wundern über das Chaos, das ein Mann in nur einem halben Tag an einem Ort anrichten konnte.

Conan schlief. Oder er versteckte sich. Vielleicht wartete

er nur die Zeit bis zum nächsten Ausbruch ab. Das dösende Inferno. Keely wollte schnellstmöglich weg. So einigermaßen gut, wie er sich heute fühlte, wollte er dennoch sein Glück nicht überstrapazieren, indem er dieser vesuvischen Naturgewalt in den Rachen starrte. Also schaute er weg, trocknete sich schnell ab und packte eben zusammen, als sein Blick verräterisch zurückwanderte. Und da entdeckte er es. Tief vergraben. Aber eindeutig da. Getarnt von durchnässten Unterhosen, Seetanggirlanden und abgebrochenen Meldenstengeln. Sein Fahrrad. Keely jubilierte innerlich. Und ärgerte sich gleichzeitig. Denn diese Entdeckung hatte seinen Tag unwiderruflich kompliziert gemacht. Conan war verrückt, nicht dumm. Er liebte es zu feilschen. Vor allem, wenn er nicht verlieren konnte. Wie ein Wüsten-Warlord bei Geiselverhandlungen würde er den längsten und indirektesten Weg zum unerfreulichsten Ausgang wählen.

Das Malvern Star war die Mühe eigentlich nicht wert. Zum Lösegeld würden eine Stunde unflätigster Beschimpfungen und ein Karton Emu Export als Minimum gehören, ganz zu schweigen davon, dass sein jämmerlicher Name eine Woche lang Dünen ab und Senken auf gerufen werden würde. Keely hatte fünf Dollar siebzig in der Tasche. Er hatte noch nicht einmal gefrühstückt. Er wollte eigentlich seine Wohnung putzen. Dann zum Friseur gehen, um Gemma glücklich zu machen. Heutzutage war der Preis von vierundzwanzig Dosen industriell gebrauten Biers keine Kleinigkeit mehr. Und er wirkte umso höher, wenn man das Zeug nicht selber trank.

Nein, dachte er. Vergiss es.

Und doch.

Er brauchte das Fahrrad. Schließlich war es sein Fahrrad. Und es wurmte ihn, von einem Verrückten bestohlen und verarscht worden zu sein.

Das Schwimmen hatte ihn belebt. So irgendwie. Fühlte sich nur noch halb schlapp. Kopfschmerzen auf dem Rückzug. Schwach. Aber Angst hatte er keine. Er könnte sofort hinsprinten. Während Conan den Schlaf der Ungeliebten schlief. Den Drahtesel aus dem schmuddeligen Haufen zerren und sich aus dem Staub machen, bevor der übelriechende Dieb auch nur einen Mucks machte. Ja, verdammt. Dann hätte er es wieder.

Trocken und angezogen schlich Keely zu Conans Lager, die Flip-Flops klatschten verräterisch. Ich renne dir davon, Kumpel, fahre dir davon, und deinen nacktärschigen, schinkenklopfenden Kriegstanz kannst du woanders aufführen. Es ist mein verdammtes Fahrrad.

Keely zog es durch. Er ließ sich nicht beirren. Er überwand die augenätzende Grenze zu Conans Lager, mit erhobenem Kopf wie ein Mann mit unbeirrbarem Willen, und hatte bereits die Hände an der Lenkstange, als ein einzelner Bass-Furz ihn auf die Suche nach einem Geldautomaten, einem früh öffnenden Laden und einer Palette von Westaustraliens Fiesestem schickte.

Die Blüte des Vormittags war deutlich verwelkt, als Keely das gerettete Malvern Star schließlich in den Fahrradladen schob. Er wollte ein Titanschloss. Sofort und für immer. Ja, es war mehr wert als das Fahrrad und doppelt so teuer wie ein Karton Pisse, aber nach dem, was er eben durchgemacht hatte, wollte er sichergehen, dass es nie eine Wiederholung geben würde.

Er verglich eben zwei Marken und murmelte in sich hinein, als er ihre Stimme hörte.

Tom?

Noch bevor er den Kopf hob, wusste er, dass es Harriet war. Sie trug ein schwarzes Kostüm und Schuhe mit stumpfer Spitze. Die auf den Kopf hochgeschobene Sonnenbrille bändigte die schwarze Flut ihrer Haare. Ihr Gesicht war gerötet, fast fleckig. Er vermutete, dass es die Hitze war.

Ich habe dich im ersten Augenblick gar nicht erkannt, sagte sie. Der Bart.

Ja. Natürlich.

Und?

Jaja.

Ähm.

Wie geht's?

Harriet lächelte schief, auf ihre ganz eigene Art. Es war hart. Liebenswert. Furchteinflößend. Sie nach so langer Zeit wiederzusehen. Ein Jahr? Vierzehn Monate. Direkt vor ihm. Nach sich selbst riechend.

Dachte, du wärst in Brüssel.

Sie zuckte die Achseln. Hab's mir anders überlegt.

Aha.

Alles okay bei dir?

Was? Warum?

Du weißt schon, dass du eben mit dir selber geredet hast?

Blödsinn.

Wie auch immer.

Ich muss ein Schloss kaufen, sagte er, und hob die verschweißten Dinger in die Höhe. Der verdammte Conan.

Der Obdachlose?

Obdachlos? Er liebt das Leben im Freien. Schafft sich ein Obdach, wo immer er ist. Nimmt sich, was immer du hast. Scheißt vor alten Damen.

Ja. Okay. Richtig. Der Kerl auf der Straße.

Keely kannte diesen Ton gekränkter Geduld. Er zuckte die Achseln und legte die Schlösser weg.

Wie auch immer, sagte er. Nicht gerade ein guter Start in den Tag.

Einige Augenblicke standen sie verlegen voreinander, und in der Zeit bemerkte Keely, dass sie zugenommen hatte. Eine Sekunde lang hatte er den dämlichen und schmerzhaften Gedanken, dass sie wieder schwanger war. Was er nur immer mit sich selber anstellte. Sie war zehn Jahre jünger als er. Aber dieses wunderbare, jugendliche Strahlen war verschwunden. Was sie noch trauriger und liebenswerter machte.

Ich bin wegen einer Besprechung in der Stadt. Diesen Laden mochte ich schon immer. Du weißt schon, sagte sie und deutete mit dem Kopf zu den Jungs, die schnittige Maschinen zusammenbauten, mit wippenden Dreadlocks hin und her liefen, abartigen Radler-Slang plapperten.

Ja, sagte er, nur um ein Geräusch zu machen.

Habe mir überlegt, ein neues Rad zu kaufen, sagte sie. Ich werde fett, wie du siehst.

Blödsinn.

Dachte mir, ich könnte vor der Arbeit am Fluss entlangfahren. Da gibt's einen hübschen Uferweg.

Keely nickte, wusste nicht so recht, was er sagen sollte. Ein solcher Wortschwall. Wie aus dem Nirgendwo. Wie aus dem Nichts. Nach einem so entschiedenen Schweigen.

Hör mal, sagte sie. Hast du Lust auf Mittagessen?

Wir beide?

Ist doch nur Essen.

Aber. Ich meine. Hältst du das für eine gute Idee?

Wir sind doch keine Wilden, oder?

Nein. Aber.

Einen schnellen Happen, Tom. Hab dich doch nicht …

Na gut.

Okay.

Also dann.

Er schaute hinunter auf seine Flipflops, seine feuchten Klamotten.

Wir sind in Freo, sagte sie. Da schert sich keiner drum.

Es war zu heiß, um lange einen anonymen Ort zu suchen, deshalb landeten sie in ihrem alten Restaurant, dem Thailänder ein paar Blocks entfernt. Ihr Eintreten sorgte für einige Aufregung bei der Besitzerfamilie, die die Auflösung ihrer Ehe mitbekommen und sie wochenlang mit trauriger Diskretion ertragen hatte. Nach einer Minute quälender Scherzerei mit diversen Angehörigen des Clans bestellte Harriet Weißwein, einen Semillon. Die Kellner bewegten sich behutsam um den Tisch. Er war froh, als das Essen kam und sie mehr tun konnten, als sich nur nachsichtig anzustarren.

Du lebst also jetzt in Perth, sagte Keely gegen seinen Willen. Im Geschäftsviertel?

Es ist komisch. Als würde man in einem Industriegebiet wohnen. Eigentlich ein ziemlicher Schock. Es ist kein Witz: Das ist wirklich Dullsville, das Kaff der Langweiler.

Aber es gibt dort doch den Fluss.

Ja schon. Das flache, seichte, braune Stück.

Und das Essen ist dort besser.

Wenn du auf Steaks für fünfzig Dollar stehst.

Sind die gut? Die Fünfzig-Dollar-Steaks?

Sie starrte ihn böse an.

Und die Arbeit ist okay?, fragte er mit leicht befriedigtem Grinsen.

Eckbüro.

Also bist du endlich Partnerin.

Ich wohne nur einen Block vom Gebäude entfernt. Kein Wunder, dass mein Arsch größer ist als mein Steuerbescheid. Ich tue nichts außer arbeiten.

Keely kippte Wein hinunter, beherrschte sich dann aber. Er stellte das Glas zurück und machte Handabdrücke auf dem nackten Holz des Tisches.

Hm.

Ja, sagte sie.

Ist es noch immer eine gute Arbeit?

Rechtschaffene Arbeit, meinst du?, fragte sie mit ironischem Grinsen. Manchmal.

Ich meine, ist sie stimulierend, interessant?

Ich weiß genau, was du meinst; du bist ein Keely.

Er hob als Zugeständnis die Hände.

Harriet lächelte schlaff. Wie auch immer, du weißt, wie es ist.

Leider ja.

Und ja, meine Knochen gehören denen.

Aber ist es interessant?

Natürlich. Ich bin einmal im Monat in China. Reverenz erweisen.

Er nickte – was sollte er da sagen?

Du siehst schockierend aus, Tom.

Danke, dass es dir auffällt.

Tut mir leid. Das war nicht ... Aber der Bart – o Gott.

Den Bart wird's nicht mehr lange geben.

Aber bist du okay?

Er zuckte die Achseln.

Hast du jemanden?

Harriet.

Ich meine, einen Psychologen oder so.

Er blockte mit einem freudlosen Grinsen ab.

Mir wär's lieber, es wäre nicht passiert, murmelte sie. Alles.

Keely stieß die Luft aus, aber sie korrigierte sich sofort.

Ich meine nicht die Ehe. Die bereue ich nicht. Nur ...

Lieber nicht, mh?

Nein, du hast recht. Tut mir leid. Hey, stimmt es, dass du im Mirador wohnst? Ganz was anderes.

Hast du mit Doris gesprochen?

Ich rede immer mit Doris.

Und sie redet mit dir.

Na ja, manchmal ist es beruflich.

Sie hat nie was gesagt.

Sie ist eine verdammte Legende, weißt du. Wie dem auch sei, alle fragen sich noch immer, was du treibst.

Da bin ich mir sicher.

Hey, ich habe Freda von der Umweltanwaltschaft gesehen. Trifft sich dauernd mit der WildForce-Truppe. Die halbe Bewegung weiß, wo du bist.

Und so wenige Besuche, was?

Also komm, Tom. Du hast keinen Zweifel daran gelassen, wie die Dinge stehen.

Warum fragst du dann?, fragte er und goss sich selbst ein neues Glas ein.

Weiß auch nicht. Vielleicht mache ich mir Sorgen.

Ah ja.

Die Leute respektieren dich. Ich weiß, dass du es nicht so empfindest.

Stopp.

Und sie sind neugierig, was du als Nächstes vorhast. Beide Seiten.

Was soll das werden, eine verdammte Sondierungsmission?

Setz dich, sagte sie. Sei kein Wichser.

Ich meine, Scheiße.

Lass es mich umformulieren …

Bemüh dich nicht.

Setz dich. Bitte. Du bringst mich in Verlegenheit. Alle.

Keely ließ sich wieder auf den Stuhl fallen. Kippte seinen Wein hinunter. Goss sich wieder ein. Kippte noch einmal. Und Harriet seufzte. Das Geräusch war so vertraut, er hätte weinen können.

Tut mir leid.

Mir auch.

Aber ich meine es ernst. Viele Leute denken an dich.

Es war umsonst. So viel Zeit vergeudet.

Das Riff? Die Karri-Wälder? Meinst du das ernst?

Ach, scheiß drauf.

Wie gesagt, sie denken an dich. Hoffen, dass es dir gutgeht.

Mir geht's gut, log er.

Soso. Das Mirador.

Es ist nur eine kleine Wohnung, murmelte er und bemerkte dabei, dass sie die Flasche schon fast ausgetrunken hatten.

Aber ist sie okay?

Komm vorbei und schau sie dir an, sagte er. Wenn du so neugierig bist.

Doris sagt, dass du nicht einmal sie zu dir hochlässt.

Nein.

Warum eigentlich?

Das weiß ich schon gar nicht mehr.

Warum lädst du mich dann ein?

Ich habe nicht vor zu springen, falls du das meinst.

Was?

Dich hochlocken und springen. Das war nie meine Absicht. Romantik ist bei mir nicht mehr.

Was für eine Scheiße redest du eigentlich?

Vergiss es. Tut mir leid.

Mein Gott, Tom.

Na ja, sitz nicht so da und schau schuldbewusst und bezahl mein Essen. Sag was Interessantes. Bring ein wenig Würze in mein trauriges, kleines Leben.

Versuche bitte, kein Arschloch zu sein, okay?

Keely zuckte hilflos die Achseln und trank den letzten

Schluck Wein. Er wollte unbedingt gehen. Und sie mitnehmen.

Wir hätten Kinder haben sollen, sagte sie. Das gebe ich zu.

Hör auf.

Ich weiß, worum's geht. Ich weiß, das ist der Grund, warum du *so* gegangen bist. Wir waren dumm, wir beide.

Nein, nur ich.

Na ja, du warst dumm, und ich war grausam.

Mein Ziel war grausam dumm. Habe aber, wie immer, zu kurz geschossen.

Ich bin ein zerstörter Mensch, sagte sie düster. Ich weiß, es klingt melodramatisch, aber so fühle ich mich, auch an guten Tagen.

Du bist noch jung. Du erholst dich schon wieder.

Nicht in dem Sinne, wie ich mal war. Nein. Ich glaube nicht.

Was meinst du damit? Wie kannst du so was sagen?

Du weißt verdammt genau, wie ich das sagen kann, sagte sie und starrte ihn an, als wäre er ein lästiger Prozessgegner. Es gibt einfach einen Teil von mir, an den ich nicht mehr glaube.

Keely blinzelte. Als Eingeständnis. Es tat weh.

Weißt du, sagte sie, ich war stolz, in gewisser Weise. Stolz darauf, ich zu sein. Ich glaube nicht, dass ich arrogant war. Ich glaube, ich hatte guten Grund, stolz zu sein, und du ebenfalls. Wir taten immer das, was wir sagten, handelten aus Prinzipien heraus. Man konnte uns nicht kaufen, wir fühlten uns authentisch.

Ach, dieser alte Mist.

Ja, dieser alte Mist.

Harriet, du bist noch immer dieselbe.

Nein. Es ist, als würde ein Betrug die Tür für andere öffnen.

Leute machen Fehler. Das ist normal.

Allerdings so banal. Die Büroromanze.

Ja, banal. Das habe ich auch gedacht. Wie banal.

Schlechter Glaube. Der verbiegt einen.

Jede Art von Glauben, hätte ich gedacht.

Mein Gott, wir sollten nicht so reden.

Ich will ja nicht auf einem heiklen Thema herumreiten, aber …

Tom, ich will von deiner Vergebung nichts hören.

Aber wie wär's, wenn du dir selber vergibst? Du bist ein guter Mensch. Gute Menschen machen dumme Sachen. Dein gesamtes Leben wird doch nicht durch einen einzigen Fehler definiert.

Und das willst gerade *du mir* sagen?

Was ich getan habe, war kein Fehler, sagte er. Es war nicht falsch.

Nur komisch falsch. Verrückt falsch. Als würdest du nichts von Verleumdung verstehen.

Die habe ich perfekt verstanden.

Na ja, großes Märtyrertum war es wohl nicht, oder?

Ich habe jede Minute davon genossen. Schau mich an. Verjüngt.

Trotzdem, sagte sie verbittert. Deinen Status als moralische Instanz hast du ja wieder.

Ja. Fühlt sich toll an.

Und ich nehme an, du hast von der CCC gehört.

Scheiß auf die CCC, sagte er und merkte, dass der Groschen fiel.

Was?, sagte sie in gespieltem Protest. Die Welt ist klein. Alle wissen bereits Bescheid. Endlich passiert was.

Keely schaute sie an. Hätte ihr sehr gern gesagt, was gerade wirklich passierte. Wusste aber, er würde es nicht tun. Er war ein Feigling.

Tut mir leid, sagte sie. Wollte es nicht zur Sprache bringen. Ich bin nur …

Es muss dir nicht leidtun. Nichts davon ist wichtig. Ich verzeihe dir.

Tom, das hatten wir schon, sagte sie forsch. In verschiedenen Foren.

Foren.

Hör auf.

Keely sah, was das alles mit ihr anrichtete. Sie hatte sich mit ihm an einen Tisch gesetzt, und er war, wie er war.

Okay, sagte er und versuchte, sich zusammenzureißen. Lass uns essen.

Wage es nur ja nicht, aus dem verdammten Fenster zu springen.

Hör zu …

Du hast nicht das Recht, mich zu bestrafen. Du hast kein Recht.

Harriet, ich versprech's dir, ich verspreche es.

Sie schaute ihn direkt an, und in ihren Augen glänzten Tränen.

Wirklich, sagte er. Ich will dich nicht bestrafen. Und ich verspreche es. Ein Keely bricht nie ein Versprechen.

Ist das denn nicht das ganze Problem?, sagte sie mit einem Lächeln, das der Schmerz hässlich machte.

Ich liebe dich, murmelte er.

Bitte!

Tut mir leid.

O Gott, du bist ein komischer Mann.

Das nehme ich an.

Und Lieben bringt gar nichts. Glaub mir.

Aber das konnte er eben nicht. Die Beweislage stützte, was sie sagte. Doch da war das eine Quäntchen Glaube, das er nicht aufgeben wollte. Liebe musste etwas bewirken, irgendwo, denn sonst würde er wirklich losziehen und sich vom nächsten Balkon stürzen.

Eine Weile aßen sie in verletztem Schweigen. Keely spürte die verstohlene Beobachtung von Theke und Küchentür her, und es munterte ihn auf zu wissen, dass irgendjemand noch Hoffnung für sie hatte, wie abstrus die auch sein mochte.

Keely war durstig wie ein Wasserbüffel, aber er traute sich nicht, noch mehr Wein zu bestellen.

Hast du dir je überlegt, wieder als Lehrer zu arbeiten?

Ich könnte es nicht tun, sagte er. Nicht einmal *ich* bin so bieder.

Was wirst du dann tun? Du musst doch pleite sein. Du siehst zumindest so aus.

Er zuckte die Achseln.

Brauchst du Geld?

Nein, log er.

Sagst du es mir, wenn doch?

Er grinste, und sie gab sich lächelnd geschlagen.

Dein Arsch ist nicht groß, sagte er.

Lüg nicht – das kannst du nicht.

Besorg dir das Fahrrad. Kauf es gleich jetzt, solange du noch mit dem Gedanken spielst. Es wird dir Spaß machen. Ich radle den Flussweg lang und bringe es dir, spart dir die Lieferung.

Nein, sagte sie. Keine Besuche. Außerdem bin ich mit dem Auto da. Vielleicht stecke ich es in den Kofferraum.

Nach so viel Wein kannst du doch nicht fahren.

Also, Jesus wollte dich wirklich als Sonnenstrahl, was?

Ich meine ja nur.

Und du hast recht, du schmuddeliger Dreckskerl. Ich nehme mir ein Taxi.

Sie aßen zu Ende. Harriet kaufte sich kein Fahrrad. Als ihr Taxi wegfuhr, ging er zu dem Friseur eine Querstraße weiter und verlangte Haarschnitt und Rasur. Er schlief im Sessel ein und wachte von der Ansage auf, dass er siebzig Dollar schulde, und das bedeutete, dass er das Schloss wieder in den Laden bringen und sich das Geld zurückgeben lassen musste.

II

Keely hing eine Weile vor der Pfandleihe herum, schob sein Fahrrad hin und her und überlegte sich, was sein Laptop bringen würde. Nach seinen Berechnungen war er, wenn er nicht schnell eine bezahlte Arbeit fand oder etwas versetzte, höchstens vierzehn Tage von der absoluten Armut entfernt. Es war nicht nur der Keely-Stolz, der ihn von der Stütze abhielt, sondern auch das sichere Wissen, dass die Perversitäten des Sozialamts ihn zerstören würden; er war weder verrückt noch fit genug, um das Wohlfahrtssystem zu ertragen. Selbst wenn er sich anmeldete, würde er verhungern, bis der erste Scheck eintraf. Außer er stellte sich zusammen mit den anderen verlorenen Seelen für Suppe und Sandwiches auf der Straße an. Seine Lebensversicherung wurde erst in zehn Jahren fällig. Er könnte die Wohnung verkaufen, aber es würde Wochen oder Monate dauern, einen Käufer zu finden und den Vertrag abzuschließen, und in der Zwischenzeit hätte er nichts. Er musste schnell zu Geld kommen oder sich mit dem Gedanken anfreunden, bei seiner Mutter zu leben wie ein verkorkster Invalide. Das Boot zu verkaufen würde helfen. Aber auch das würde ein oder zwei Wochen dauern. Handeln musste er jetzt.

Er drehte an den Griffen seines stinkenden Fahrrads. An der Ecke schickten tätowierte Gauner ihre Frauen in das Leihhaus, stolzierten dann am Bordstein auf und ab und ließen ihre aufgepumpten Muskeln spielen.

Er spähte in das Leihhaus. Es war so groß wie ein Geschäft für Haushaltsgeräte, und im Schaufenster stapelten sich Gitarren, Golftaschen, Kettensägen, die Überbleibsel anderer Geldbeschaffungen. Was für eine Zurschaustellung des Warenkults es doch war. Das gesamte Fenster ein Altar der Niederlage. Was ein bisschen bombastisch klang, aber genau das war es. Gib dem Fusel die Schuld.

Als er im Glas sein Spiegelbild sah, überraschte es ihn, wie alt und benommen er wirkte. Um ehrlich zu sein, es überraschte ihn, dass es ihn so überraschte; was erwartete er von einem Haarschnitt und einer Rasur für siebzig Dollar – dass er plötzlich erfrischt und belebt aussah, als hätte man seinen inneren George Clooney ausgegraben? Wenn man sich selbst so fremd fühlte wie er in letzter Zeit, warum dann nicht auch fremd im eigenen Gesicht? Wie hart sein Kinn sich anfühlte, wie unheimlich glatt seine Wangen. Und dort im Fenster war deutlich zu sehen, wo sein trauriger Bart gewesen war. Mit so viel frischer, weißer Haut sah er so zweifarbig aus wie Roy Rene oder Michael Jackson. Oben im Gesicht, wo die Sonne hingekommen war, war er dunkel, vor allem um die Augen herum. Ein richtiger Kuckuckskauz. Was ihm komisch vorkam. Vielleicht nicht lustig genug, um ein Lachen zu rechtfertigen, aber hier stand er eben, und die Passanten auf dem Bürgersteig machten einen großen Bogen um ihn: ein scheckiger Radfahrer, chemisch aufgepeppt, der vor dem Schaufenster eines Pfandhauses seine eigenen Backen knetete, sich seinem ganz persönlichen Knut-Hamsun-Augenblick hingab und kicherte wie ein Spinner.

Er sollte nicht wieder hier sein, inmitten der Regale mit Tütenwein und glänzenden Flaschen; er hatte Geld ausgegeben, das zu verpulvern er sich nicht leisten konnte, und er bedauerte es, bedauerte es jetzt schon, aber er wollte etwas Anständiges, hatte noch einen leichten Schwips vom Mittagessen, und das Schaufenster des Leihhauses hatte ihn ein wenig aus der Fassung gebracht, und er konnte sich nicht beruhigen.

Er kaufte sich ein paar McLaren Vales, Restposten, die irrsinnig billig waren, und redete sich ein, er hätte dabei zwanzig Dollar gespart, und sein Glück hätte sich gewendet.

Keely war erst vor ein paar Stunden hier gewesen, um das Dosenpfand zu kassieren, aber jetzt ohne Bart erkannte ihn der Kerl in dem Getränkeladen nicht mehr. Es war anfangs ein wenig beunruhigend, aber dann kam ihm der Gedanke, dass es möglicherweise von Vorteil sein könnte, auf eine Art, die er jetzt noch nicht benennen konnte.

Als er wieder auf die Straße trat, wurde er beinahe von einem Radfahrer umgemäht, dessen Gesichtsausdruck sich innerhalb einer Sekunde von Verärgerung zu Entzücken wandelte.

Tom!

Keely riss den Kopf hoch und erstarrte, als hätte man ihm etwas vorgeworfen. Stand einfach da und drückte sich seine teuren Schnäppchen an die Brust. Das Gesicht des Jungen kam ihm irgendwie bekannt vor, aber er konnte ihn nirgends unterbringen. Er hatte ein flaumiges Unterlippenbärtchen und mädchenhafte Arme, und sein schickes Mountainbike war beladen mit bekömmlichen Produkten.

Damien, sagte der Junge fröhlich.

Ah, sagte Keely. Der Helm und die Sonnenbrille, ich habe dich nicht gleich …

Die Auenkampagne, sagte der Junge. Und das Mallee-Thermometerhuhn.

Ja, natürlich, sagte Keely. Du hast gute Arbeit geleistet, Kumpel.

Jetzt erkannte er den Jungen wieder, und es stimmte. Er war wirklich gut. Diplom in Umweltwissenschaften und ein richtiger Vogelfan. Außergewöhnlich gut beim Verlust von Lebensräumen. Ein durch und durch ehrlicher Kerl.

Deine Ideen, Tom. Deine Vision.

Aber haben sie uns nicht gehasst?

Wie wahr. Aber wie du gesagt hast: Wenn die Anzugträger dich nicht hassen, hast du deine Zeit verschwendet.

Na ja, bei dem Thema ist die Jury noch in Beratung.

War es nicht Gandhi, der sagte, zuerst ignorieren sie dich, dann machen sie dich lächerlich, und dann verhandeln sie?

So was in der Richtung. Dann gewinnt man. Anscheinend.

Du hattest in den Jahren einige Siege, Tom. Das solltest du nicht vergessen.

Sie lassen dich ab und zu mal ein Gefecht gewinnen, Genosse. Damit es aussieht, als wäre es ein faires Spiel. Aber die Hunde bellen, und der Zirkus zieht weiter.

Der Junge zeigte ein unverbindliches Grinsen.

Wo bist du inzwischen?, fragte Keely.

Der Junge lachte scheu.

Bei der Regierung?

O nein, sagte der Junge.

Man musste Keely nicht sagen, was das bedeutete. Er

hatte seine wilden Jahre gehabt, dieser Junge, seine Zeit der Gandhi-Zitate. Wenn die Eisengiganten ihn nicht gekauft hatten, dann konnte es nur Öl und Gas sein. Inzwischen warben sie sie noch als Studenten an, bezahlten ihre Ausbildung. Die Bergwerkskonzerne beschäftigten mehr Ökologen, Meeresbiologen und Geologen als sechs Regierungen. Damit sie ihnen den Weg ebneten, bevor sie die Gebiete buchstäblich leer kratzten. Sie besaßen und hüteten all diese harmlosen Daten. Es war brillant.

Dennoch, sagte er. Schau dich doch an, kaufst organische Ware. Wie ein Aktivist.

Ist ja nur für eine Weile, sagte der Junge getroffen.

Keely sah, dass der junge Damien die braunen Tüten in seinem Arm beäugte. Er war sein alter Chef, der jetzt verwüstet und wackelig vor dem übelsten Schnapsladen der Stadt stand. Was für ein Bild. Aber der Jüngere, offensichtlich der bessere Mann, war so freundlich, sich einen Kommentar zu verkneifen. Keely kam sich beschissen vor.

Er lächelte lahm.

Ich weiß, ich weiß, sagte der Junge. Eine Weile ist alles, was wir haben.

Du musst aufhören, mich zu zitieren, erwiderte Keely und versuchte einzulenken, Reue zu zeigen.

Hör zu, ich war sehr betroffen, als ich hörte, was passiert ist.

Keely zuckte die Achseln, so liebenswürdig wie er konnte.

Du hattest recht, weißt du. Jetzt kommt alles raus.

Mal sehen.

Sie waren verrückt, dich gehen zu lassen.

Vermutlich war ich verrückt, als sie es taten.

Na ja, auf jeden Fall viel Glück für dich.

Vielleicht könntest du ja bei Woodside Petroleum ein gutes Wort für mich einlegen.

Kumpel, sagte der Junge, der den Witz absolut nicht verstanden hatte, die nehmen dich mit Handkuss.

Er schenkte dem Jungen das tapferste Lächeln, das er schaffte, und schaute dann zu, wie er sein rechtschaffenes Gemüse durch den Canyon aus Billigläden und Nagelstudios schob, bis er um eine Ecke verschwand. Es war Mittwoch – ein freier Tag als Bonus, garantiert. Er stellte sich das hübsche kleine Cottage vor, das Damiens Ziel war, das gepflegte Mädchen, das abends zu ihm nach Hause kam, den Couscous, der auf dem geschrubbten Holztisch wartete. Es war wunderschön. So sehr, dass er sich am liebsten ein neues Arschloch gesoffen hätte.

Er hatte die zweite Flasche noch kaum angerührt, als Kai mit seinem Schulranzen in der Hand an der Tür erschien. Kurz wippte der Junge auf den Absätzen, als hätte er in die falsche Wohnung geschaut. Der bestürzte Ausdruck auf seinem Gesicht war unmissverständlich.

Ich bin es, sagte Keely. Ich habe mir den Bart abrasieren lassen, das ist alles.

Aber der Junge war schon weg, seine Schritte hallten in den Geländerstangen der Galerie.

Was war denn da los?, fragte Gemma, die plötzlich in der Tür stand. O Mann, schau dich nur an.

Es gefällt ihm wohl nicht.

Was – die Frisur oder, dass du rotzbesoffen bist?

Warum sollte er was dagegen haben?

Du bist ein verdammter Idiot.

Warum, weil ich die Tür für Leute wie euch offen lasse? Offensichtlich eine Fehleinschätzung. Für die ich nicht um Vergebung heischen muss. Und dennoch heische ich darum.

Leck mich. Deine abgehobenen Wörter, die lassen dich auch nicht schlauer klingen.

Pflichtschuldigst vermerkt.

O Gott, was für eine Enttäuschung du bist.

Frische meine Erinnerung auf, Gem. Haben wir zu irgendeinem Zeitpunkt geheiratet?

Zeitpunkt.

Hast du irgendeinen Anspruch, habe ich irgendwas unterschrieben, was dir das Recht gibt, in meiner Tür zu stehen und mir mit dem Omafinger zu drohen? Vielleicht bin ich ja während der Zeremonie eingeschlafen.

Ach, fick dich doch selber.

Ich fürchte. Heute Abend. Es könnte dazu kommen. Aber ich bin. Könntest du sagen. Inzwischen ziemlich gut darin.

Was ist nur los mit dir?

Mir wurde mein *Fahrrad* geklaut.

Wag es ja nicht, heute Abend rüberzukommen.

Hier, sagte er und zerrte sich ihren Schlüssel so heftig vom Hals, dass er schon Angst hatte, er hätte sich die Ohren mit abgerissen. Gemma bewegte keinen Muskel, als er vom Fliegengitter abprallte.

Weichei, murmelte sie und warf ihm einen Blick zu, den er in seiner Magengrube spürte.

Korrekt, sagte er zur leeren Tür, als sie verschwunden war. Er dachte an die letzte große Gruppe Tuart-Gummmibäume, die mit Bulldozern umgemäht und fortgeschafft worden waren. Aufgerissene Erde, so weit das Auge reichte, und heimatlos kreisende, schwarze Vögel. Billige Arbeit. Ein Vertrag mit einer chinesischen Baufirma kostete Millionen an Bestechungsgeldern. Aber hier konnte man eine ganze Vorstadt für siebzigtausend Dollar kaufen. Peanuts. Der Preis eines Toyota Prado für die reiche Hausfrau aus der Vorstadt. Während sie auf den Audi wartete. Gottverdammte Peanuts. Und noch immer zu viel für seinesgleichen.

Ein paar Stunden später stand sie wieder in der Tür. Für die Arbeit angezogen, einen mit Alufolie bedeckten Teller in der Hand.

Und noch was, sagte er, weil er lustig sein wollte.

Ich bin dann weg. Um Himmels willen, iss was.

Kommt da jetzt dein Herz aus Gold durch?

Geh doch zum Teufel, spuckte sie. Ich brauche dich morgen. Was von dir noch über ist.

Na ja, wählerisch bist du nicht, das muss ich dir zugestehen. Konntest du nicht irgendeinen armen Wichser auf der Straße finden? Ihm irgendeinen Anreiz bieten?

Halt den Mund, bevor ich dir eine lange.

Hat deine Schwester mal gemacht. Mehr als einmal, um genau zu sein.

Und ich wette, das ist nicht alles.

Sonst nichts. Sie hat mir nie was anderes angeboten als heiße Ohren.

Und ich wette, sie hatte ihre Gründe dafür.

Mit Sicherheit.

Verdammte Schlampe.

Hat halt ihre Gelegenheiten ergriffen, sagte er schläfrig. Sie war nur ein Mädchen. Die ihren Weg gesucht hat.

Hat nur auf sich selbst geschaut. Hat sich nie die Mühe gemacht, mich zu beschützen.

Darauf konnte Keely nichts sagen. Weiterzumachen erschien ihm gefährlich. Er war schon zu sehr hinüber. Und von dem Essensgeruch wurde ihm schlecht.

Kai ist okay?

Es geht ihm gut.

Hat er seine Hausaufgaben gemacht?

Er ist sechs.

Ach ja. Richtig.

In ihrem hellblauen Kittel und mit den zu einem Pferdeschwanz zusammengefassten Haaren sah Gemma aus wie ein verblühtes, trauriges Schulmädchen. Vernünftige Schuhe, Stützstrumpfhose. Er war ein wenig in sie verliebt.

Ich wollte ihm keine Angst einjagen, sagte er kläglich.

Du vergisst morgen nicht?

Bin dann ganz der deine.

Zwei Uhr, okay?

In Ordnung.

Deine Zähne sind ganz schwarz.

Ich werde sie mir vor zwei putzen.

Was ist mit dir passiert, Tommy?

Meine Frau hatte eine Abtreibung.

Was?

Ich konnte nicht damit umgehen.

Na, Scheiße.

Und es war sowieso nicht mein Baby.

Du hast sie rausgeschmissen?

Nein, sagte er mit einem Lachen, das ätzte wie Sodbrennen. Sie bat mich zu gehen.

Ach du Scheiße.

Konnte einfach nicht aufhören. Wegen dem Baby. Trauerte. Trauerte einfach nur.

Na ja, das ist verdammt noch mal nicht einfach, das kann ich dir sagen.

Nicht sie, sagte er und hielt die Hände in die Luft wie ein Trottel. Ich.

Gemma schaute ihn mit einer Mischung aus Verblüffung und Spott an.

Ich hätte es akzeptiert. Es hätte mir nichts ausgemacht. Ich hätte es aufgezogen. Es war, als wäre mein eigenes Kind gestorben.

Du spinnst ja.

Stimmt wahrscheinlich.

Ich bin spät dran, sagte sie und drehte sich zur Tür um.

Am Sicherheitsgitter bückte sie sich, um den Schlüssel an seiner Wollschlaufe aufzuheben. Nach einem Augenblick des Überlegens legte sie ihn auf die Anrichte neben die kostenlosen Zeitungen und die Broschüren für Pizzaläden und schnelle Kredite.

Ich habe ein Fahrrad erlöst, flüsterte er, als die Tür zufiel. Nichts anderes habe ich gerettet. Und was Gott verbunden hat, das soll der Mensch nicht … mit Kotzen verderben.

Er zog die Folie vom Teller und grinste. Fleischbällchen!

Jesus weinte, sagte sie, als er um zwei die Tür öffnete.

Anscheinend.

Bist du okay?

Bestens, log er ins blendend helle Tageslicht.

Hast du was Besseres zum Anziehen?

Was Besseres? Keely konnte nur eine Form, einen Umriss erkennen, bis sie an ihm vorbei in den trüben Mief seines Wohnzimmers trat und die Vorhänge aufriss.

Etwas … Formelleres. So was wie einen Anzug.

Einen Anzug. Ja, irgendwo. Ist das wirklich nötig?

Würde ich dich bitten, nur um dich zu ärgern?

Er schenkte ihr ein Lächeln als Beweis seiner Zweifel – mit geputzten Zähnen und blutendem Zahnfleisch.

Er ist in einer Schachtel, sagte er.

Großartig, erwiderte sie. Hast du ein Bügeleisen?

Irgendwo.

Ich muss ihn bügeln. Verdammt, lass uns das hinter uns bringen.

Ein Anzug, dachte er. Und warum tue ich das? Weil sie hübsch ist, weil sie blond ist? Weil sie Gemma Buck ist, das verwahrloste Kind? Himmel, mein Magen, mein Kopf.

Als er tief in den Schrank griff, musste er einen galligen Schauer unterdrücken. Du warst grob zu ihr, dachte er, hast was Gemeines gesagt, an das du dich nicht mehr recht erinnerst, und sie hat dir trotzdem Abendessen gebracht. Also tu, was sie dir sagt.

Ich habe nur eine Stunde, sagte sie. Kai kommt um drei aus der Schule.

Hier, sagte er, zog den Anzug heraus und gab ihn ihr als Knäuel.

Wunderbar, sagte sie höhnisch. Ich weiß nur nicht, ob ich ihn bügeln oder den Boden damit wischen soll.

Während sie durch das hintere Ende der Stadt mit seinen sauren Gerüchen, den Lärmeruptionen und erbarmungslosen Sonnenstrahlen gingen, fiel Keely trotz seiner Übelkeit auf, dass Gemma bei all ihrem abgebrühten Geplapper immer nervöser wurde. Sie trug ein anderes kurzes, schwarzes Kleid, das ihre Figur betonte. Ihre High Heels kannte er schon vom Dienstag, oder wann immer das gewesen war. Ihre Haare waren hinten mit einem schwarzen Band zusammengefasst, das aus Samt sein musste, und die dunkle Umhängetasche aus Vinyl sah neu aus. Sie wirkte wie eine aufstrebende Immobilienmaklerin oder wie eine dieser Anwältinnen, die von einer ganzen Liste »schillernder« Mandanten lebten. Wenn er sich nicht so wackelig fühlen würde, hätte er sie aufgezogen – oder wäre zumindest hinter ihr hergezockelt wegen des schlichten Vergnügens, diese Beine so köstlich schreiten zu sehen. Im Augenblick konzentrierte er sich darauf, seine Fleischbällchen unten zu behalten. Gemma zog ihn am Ärmel und paffte hektisch an einer Zigarette. Er hoffte nur, dass sie den Rauch nicht in seine Richtung blies.

Ich komme ja schon, sagte er. Sag mal, wohin gehen wir eigentlich?

Ein paar Sachen abholen, das ist alles.

Von der Bank?

Nein. O Mann, warst du so besoffen? Ich hab's dir gesagt. Von seinem Vater.

Der Vater. Das wusste ich. Warum dann der Aufzug? Wir beide wie Staubsaugervertreter.

Jetzt zick hier nicht rum, Tom. Das geht mir auf die Nerven. Sag mir lieber gleich, ob du kneifen willst.

Ich bin hier, oder?

Na ja, zumindest eine Version von dir.

Ein blasses Faksimile.

Sehr blass.

Und es tut mir leid.

Na ja, in der Not frisst der Teufel Fliegen.

Keely ertrug den Schlag aufs rasierte Kinn, atmete tief die heiße Luft ein und hoffte, dass diese Aufgabe und der Rest des Tages bald vorüber wären.

In der Nähe des Markts, kurz vor dem großartigen, alten Pub an der Ecke, blieb Gemma vor einer vertrauten Reihe aus Doppelhäusern stehen, deren schmale Veranden abwechselnd mit Rugby-Flaggen, Transparenten für Bundaberg Rum und den billigen Bambus-Jalousien geschmückt waren, die ihn an seine Studententage erinnerten. Die Straße stank morastig nach Frangipani, Ganja, Räucherstäbchen und verfaulendem Gemüse. Auf dem Fußweg lagen Glasscherben, und Musik drang aus offenen Türen. Gemma fasste ihn am Arm und führte ihn zu einem Absperrpoller.

Du bleibst hier, Tommy.

Tja, sagte er mürrisch. Du bist die Chefin.

Sie ging schräg auf das nächste Haus zu, das schäbigste in der Reihe, drehte sich kurz zu ihm um und klackerte dann zur Tür hoch. Ihr Hintern wippte in der dunklen Hülle, ihre Haare wehten aus dem Schatten der Veranda heraus.

Wie sie an die Tür hämmerte, war mehr als nachdrücklich, er spürte die Erschütterung noch in zehn Metern Entfernung. Sie bearbeitete sie mit der Seite ihrer Faust, bis sie schließlich von einem finster dreinblickenden Mädchen von etwa siebzehn Jahren geöffnet wurde. Sie musterte Gemma, spähte an ihr vorbei zu Keely, der instinktiv die Arme verschränkte, und Gemma sagte etwas, das er nicht verstand. Einen Augenblick später schlurfte das Mädchen in ihren winzigen Shorts und dem Tank-Top davon, und nach knapp einer Minute zeigte sich eine andere Gestalt in der Tür. Gemma richtete sich voll auf und wirkte plötzlich größer, als sie wirklich war. Ihre Kampfhaltung ließ Keely unvermittelt sehr viel wacher werden.

Der Mann war groß und drahtig. Die nackte Brust und die Arme waren mit Tätowierungen der Art bedeckt, an der die cooleren Kader der Mittelklasse noch keinen Gefallen gefunden hatten. Keely schätzte den Mann auf Ende zwanzig. Er verströmte eine Aura entspannter Gewalt. Er sah so scheu und unergründlich aus wie ein misshandelter Hund. Als er sich verächtlich an den Türstock lehnte, nutzte er die Gelegenheit, um in seine Trainingshose zu greifen und sich an den Eiern zu kratzen.

Gemma redete. Der Mann schüttelte herablassend den Kopf und gab sich amüsiert. Gemma zog den Reißverschluss ihrer Dokumentenmappe auf und holte einen Ordner heraus. Sie hielt abwechselnd mehrere Blätter hoch und wedelte ihm damit vor dem Gesicht herum. Keely merkte, dass der Kerl zu ihm schaute. Das dunkle Blitzen seiner Augen ließ Keely die Kehle eng werden. Der Kerl leckte sich abschätzig die Lippen, ohne den Blick von ihm zu nehmen, während Gemma weiterredete. Er schien sich zu überlegen, welche Wahl er hatte. Er schaute die Straße hoch, strich sich mit den Fingern durch die Haare. Gemmas Stimme wurde hörbar, aber das einzige Wort, das Keely verstand, war ein Schrei: *Jetzt sofort*. Auch aus dieser Entfernung war die Wut des jungen Mannes deutlich zu erkennen. Keely wusste, jetzt war der Moment, um vorzutreten, um dem Nachdruck zu verleihen, was Gemma zu sagen hatte, aber als er endlich den erforderlichen Mut aufbrachte, hatte der Kerl sich bereits umgedreht und war im Haus verschwunden.

Gemma wirbelte herum und hob die Hand, um Keelys traurige Aktion zu stoppen, so dass er jetzt einfach nur trottelig dastand, in der Sonne gestrandet, verlegen und beschämt, ungefähr so bedrohlich wie ein ausgebleichter Absperrkegel.

Schweigend warteten sie ein paar lange Minuten. Ein Stückchen weiter unten an der Straße stellte sich ein Straßenmusikant mit Dreadlocks direkt vor dem Markt auf. Möwen kreisten über der Straße, als ein Bierlaster vor dem Pub an der Ecke hielt. Eine früher mal großartige Kneipe. Jetzt das Stammlokal von Facebook-Hipsters und Metrosexuellen. Noch ein verlorener Fall.

Als der junge Mann zurückkehrte, warf er Emma einen Pappkarton vor die Füße. Sie hielt die Stellung und streckte die Hand nach etwas aus, das lange auf sich warten ließ. Schließlich gab der Kerl ihr irgendwas Kleines, vielleicht einen Schlüssel. Dann sagte er etwas, bei dem Gemma der Kopf zurückschnellte. Es war, als hätte er ihr eine Ohrfeige gegeben. Mit einem höhnischen Grinsen schloss er die Tür, und nach einigen Sekunden bückte sie sich auf ihren High Heels, hob die Schachtel auf und kam den Gartenweg heruntergestolpert.

Was zum Teufel war denn das?, fragte er und kämpfte mit der Schachtel, die sie ihm im Vorübergehen in die Arme gedrückt hatte.

Es kostete ihn einige Mühe, mit ihr mitzuhalten, und sie wurde auch nicht langsamer, bis sie beim Kreisverkehr neben dem Rugbyplatz waren. Sie war weiß im Gesicht und erregt und blinzelte die Tränen so wütend weg, dass er schon befürchtete, sie würde ihn schlagen.

Alles okay mit dir?

Halt die Schnauze.

Sie stolperte in den Verkehr, und er folgte ihr, die Schachtel auf den Armen balancierend. Sie fingen sich Gehupe und Verwünschungen ein. Als sie sicher auf der anderen Straßenseite waren und auf den Parkplatz im Schatten des alten Gefängnisses zugingen, betupfte sie ihre Augen mit einem Papiertaschentuch. Die Mascara war ihr auf die Wangen gelaufen.

Gemma, was ist denn das für eine Geschichte?

Egal.

Was ist in dem Karton?

Ein Nintendo, sagte sie und schnäuzte sich in das fleckige Papiertuch.

Ein Computerspiel? Diese ganze Aufregung eben für ein Nintendo? Du verarschst mich.

Sie löste sich von ihm, und er trottete hinter ihr her, bis sie inmitten abgestellter Autos in der sengenden Sonne standen.

Also komm, Gemma, das meinst du doch nicht ernst.

Er folgte ihr die Fahrzeugreihen entlang. Die Sonne war tückisch. Er sah, dass ihr das Kleid schweißnass am Rücken klebte.

Schließlich blieb sie vor einem ramponierten, kleinen Hyundai stehen. Unter den Wischern klemmte ein dicker Stapel Strafzettel. Gemma seufzte, zog sie heraus und schloss das Auto auf.

Das gehört Carly, murmelte sie und löste die Haare aus dem Band. Steig ein.

Der überhitzte Hyundai stank nach Zigaretten und Moder. Keely saß knöcheltief in Burger-Papieren und Chips-Eimern und atmete Ofenluft.

Natürlich kein Benzin, schimpfte Gemma. Wir müssen uns eine Tankstelle suchen.

Keely beherrschte sich noch eine Weile, aber dann konnte er sich nicht mehr zurückhalten.

Der Charmeur da hinten, das ist Kais Vater?

Sie drehte ein paarmal den Schlüssel in der Zündung, und schließlich sprang der Motor träge an.

Stewie. Er ist ein Scheißhaufen. Mann, mach dein Fenster auf!

Er kurbelte es ganz herunter, und sie drückte, durch die Zähne fauchend, auf den Knopf für die Klimaanlage.

Ich versteh das nicht, gestand er. Dieser ganze Aufzug, diese Dramatik.

Es sind Carlys Sachen, Kais Sachen. Bilder, Spielzeuge, Klamotten. Was ist da so schwer zu verstehen?

Und warum musste ich dabei sein?, fragte er, doch er ahnte die Antwort schon.

Es gibt verdammte Gerichtsbefehle und Briefe, aber er wollte das Zeug nicht rausrücken. Zwei Jahre lang! Ich hatte kein Auto, nichts für Kai, aber kein Mensch setzte das alles durch. Nicht die Polizei, nicht das Sozialamt, keiner. Ich bezahle Taxis, nur um in die Arbeit zu kommen.

Hast du nicht gesagt, dass es ein Kontaktverbot gibt?

Es gibt eine ganze Latte von Gerichtsbefehlen, such dir einen aus. Die sind das Papier nicht wert, auf dem sie stehen.

Und du bist einfach da hingegangen?

Du hast es doch gesehen, warum fragst du dann?

Weil ich nicht wusste, auf was ich mich verdammt noch mal da eingelassen hatte, Gemma. Ich wusste nicht, was ich tun sollte.

Ich brauchte ein bisschen Unterstützung, okay? Tut mir leid, dass ich deinen übervollen Tagesablauf ein bisschen durcheinandergebracht habe.

Es war so heiß im Auto, dass es Keely überraschte, wie er vor Scham errötete.

Wie auch immer, sagte sie etwas versöhnlicher. Du hast deine Rolle gespielt. Das ist die Hauptsache.

Vielen Dank. Offensichtlich. Aber sag's mir noch einmal, welche Rolle habe ich eigentlich gespielt?

Ich wollte ihn nur ein bisschen durcheinanderbringen. Das kleine Arschloch konnte sich nicht entscheiden, ob du der Gerichtsvollzieher oder mein Kerl bist. Er war verdammt fahrig, zugedröhnt, so wie's aussah. Ich denke, am Ende hat er sich gefragt, ob du vielleicht mein Anwalt oder sogar ein Polizist bist. Ich hab dazu keinen Ton gesagt, und er hat auch nicht gefragt. Ich wollte dich einfach da draußen stehen haben – so als Verunsicherung, sagte sie, und allmählich schien sie sich zu amüsieren. Mit Kater siehst du echt ziemlich missmutig aus. Der Bart hätte nicht funktioniert, damit hättest du ausgesehen wie ein Hippie-Prediger mit blutendem Herzen.

Tja, das ist natürlich alles sehr gut zu wissen, sagte er und war froh, dass das Auto endlich fuhr; auch eine röstende Brise war besser als gar keine.

Er hat Bewährungsauflagen, sagte sie und fuhr auf die Ausfahrt zu. Das Haus muss voller Speed oder sonst was gewesen sein, weil er so schnell nachgegeben hat.

Was, wenn nicht? Was, wenn er dir etwas angetan hätte? Also wirklich, Gemma, was hätte ich tun sollen?

Weiß ich auch nicht, sagte sie und reihte sich in den Verkehr ein. Ihm sagen, dass Liebe alles überwindet, und ihm die Faust in den Kehlkopf rammen. Ich habe mal gesehen, wie Nev einen Kerl durch einen Eternitzaun geprügelt hat.

Das war vermutlich bei einem Gebetstreffen.

Sie lachte, und er fiel mit ein.

Während sie fuhr, wühlte er in dem Karton. Bis auf die Papiere und die Spielzeuge war der Laptop das Einzige von

Nutzen. Als Kriegstrophäe war die volle Schachtel nicht viel wert.

Alles andere hat er verscherbelt, sagte sie, als könnte sie seine Gedanken lesen. Und den Computer und das Nintendo behielt er nur, um sie selber zu nutzen. Vielleicht könntest du ihn mal für mich anschauen, den Laptop. Kai wird ihn für die Schule brauchen. Heutzutage machen sie doch alles mit Computer, und er darf da nicht außen vor bleiben. Ich habe von den blöden Dingern keine Ahnung. Würdest du das machen?

Er nickte.

Das Ding da gehört ihr, sagte sie und schlug aufs Lenkrad, aber es ist auf meinen Namen zugelassen, also rate mal, wer die Steuer und die Strafzettel zahlt. Ich konnte es nicht ertragen, jeden Tag dran vorbeizugehen und zu wissen, dass Kai und ich mit dem Bus fahren müssen, das hat mich aufgefressen.

Also, du traust dich was, das muss ich dir zugestehen.

Ab und zu braucht man einen Sieg, sagte sie. Lebt sich besser.

Sie bogen in eine BP-Tankstelle ein. Er dachte, ganz unwillkürlich, an Prudhoe Bay. British Petroleum, dachte er – was für einen Freund *die* doch in Jesus hatten.

Während sie tankte, saß Keely mit der Schachtel auf dem Schoß im Auto. Nach einer Weile kam er sich so lächerlich vor, dass er ausstieg und sich auf den öligen Beton stellte. Auf der anderen Seite des Fahrzeugs stand Gemma, in einem wabernden Tableau aus Hitzeflimmern und Abgasschatten, mit einer Hand an der Hüfte und der anderen um die Zapfpistole. Mit ihrem so zur Seite geneigten Körper und den von der Schulter fallenden Haaren, in ihrem kleinen, schwarzen Kleid, war sie wahrlich ein Anblick. Keely spürte Bewunderung in sich aufsteigen. Sie hatte mehr

Mumm, als er sich je erhoffen konnte. Sie nur anzusehen machte ihn plötzlich glücklich, nur einen Augenblick lang, und als sie seinen Blick und sein dusseliges Grinsen bemerkte, schaute sie ihn erst fragend und dann sofort skeptisch an, als befürchtete sie, dass er sich über sie lustig machte.

Du siehst klasse aus, sagte er,

Ach, komm mir nicht so, sagte sie grinsend.

Obwohl Kais Schule sich im selben Block befand wie das Mirador, bestand Gemma darauf, ihn mit dem Auto abzuholen. Keelys Kopfschmerzen schrillten; er wäre lieber ausgestiegen, über die Straße gegangen und mit dem Lift hochgefahren, aber er hatte nicht den Mut – oder vielleicht die Nerven –, sie in diesem Augenblick des Triumphs allein zu lassen, und so standen sie in den Minuten bis zur Schulglocke in der brütenden Autoschlange um den Block hinter all den anderen motorisierten Eltern und Hütern und Begleitpersonen.

Er mag keine Überraschungen, sagte sie. Aber diese wird ihm gefallen.

Warum die Konventsschule? Nur weil sie so nahe ist?

Warum denn sonst?

Ich dachte mir, dass du vielleicht katholisch geworden bist.

Nee, bin nur wie du und Faith zur Sonntagsschule gegangen. Was immer das war.

Wie du gesagt hast. Ein Hippie-Prediger mit blutendem Herzen – Billy Graham trifft Billy Black. Mit *Morning Has Broken* auf den Lippen, wenn ich mich recht erinnere.

Sie haben uns erzählt, es gibt Engel, die auf uns aufpassen.

Tja.

Als ich in eurem Haus mit Nev und Doris lebte, fühlte es sich irgendwie wahr an.

Und jetzt?

Engel ziehen weg, Kumpel. Sie sterben. Sie werden alt. Sie lassen dich allein.

Trotzdem, sagte er. Du bist eine ganz Zähe. Keine Illusionen. Nur du selbst.

Dein *Selbst,* sagte sie mit beunruhigendem Nachdruck. Dein Selbst ist nicht genug.

Keely hatte nichts Aufrichtiges zu entgegnen. Was konnte man einem solchen Gefühl der Verlassenheit entgegensetzen? Sie schleppte wirklich eine gewisse Trostlosigkeit mit sich herum. Es waren nicht nur seine Eltern aus ihrem Leben verschwunden, sondern auch deren grimmiger Retter; mit ihnen hatte sich ihr großer Beschützer in Luft aufgelöst. So viel verstand er. Auch er hatte ein Loch dieser Größe in sich; manchmal füllte es ihn ganz aus.

Er schaute hinaus zu den Retro-Minis, den 4x4s, den aufgemotzten Straßenkreuzern vor ihnen in der Schlange. Seht, das Wunder des Leasingkaufs und des einfachen Kredits. Ganz offensichtlich war er nicht der Einzige, der sich leer fühlte. Was für ein Festzug der Tröstungen diese Fahrzeugschlange doch war, was für ein spirituelles Mysterium waren Beförderungsmittel geworden.

Er drehte den Lüftungsgrill der Pseudoklimaanlage in seine Richtung. Der Kater machte ihn nicht nur weinerlich, er bescherte ihm auch Sterblichkeitsgedanken – nicht gerade hilfreich. Ein Stoß eisiger Luft wäre jetzt willkommen. Aber von diesem Triumph koreanischer Ingenieurskunst? Keine Chance.

Hör zu, sagte sie vorsichtig nach einem langen Schweigen. Jetzt, da ich das Auto habe, will ich Carly besuchen.

Das wäre doch schön, sagte er und spürte etwas kommen.

Ja, sagte sie. Ich fahre Sonntag in einer Woche.

Bitte nicht, dachte er – frag mich nicht.

Was ich sagen wollte. Wenn du vielleicht nichts dagegen hättest.

Keely wandte den Blick ab. Seine Schläfen fühlten sich versengt an. Er wollte das alles nicht.

Es ist weit drin in den Hügeln, ich weiß, sagte sie.

Keely strich sich mit der trockenen Zunge über die Zähne. Es war zum Verrücktwerden, dieses obskure, erbarmungslose Pflichtgefühl. Es war nicht seine Schuld, dass sie das Haus verloren hatten und von der Blackboy Crescent weggezogen waren. Nev konnte man schließlich nicht für seinen Herzinfarkt verantwortlich machen. Doris hatte ihre eigenen Kinder, um die sie sich kümmern musste; hatte sie denn nicht schon alles getan, was sie konnte? Das hier wurde allmählich lächerlich.

Er sagte nichts, schenkte ihr keine Erleichterung.

Ich weiß, du hast sie nie kennengelernt und nichts. Aber Kai ist dabei immer so komisch. Wenn du mitkommst, würde ihm das helfen. Es ist seine Mum, Tom.

Er rutschte ein wenig verärgert in seinem Sitz hin und her.

Wie gesagt, sagte sie. Fühl dich nicht verpflichtet.

Keely wusste, dass er nicht den Mumm hatte, nein zu sagen. Er fragte sich, ob sie es seinem Gesicht ansah, falls sie es nicht schon die ganze Zeit gewusst hatte. Er atmete besiegt ein und legte ihr aus reinem Opportunismus eine Hand auf den Schenkel, und sie zuckte nicht zurück.

Keinerlei Problem, sagte er mit all der Ironie, die er aufbrachte.

Gott liebt dich, Tom.

Auf gar keinen Fall, dachte er und zog reumütig die Hand weg.

Die Glocke schellte. Augenblicklich füllte sich der Schulhof mit rennenden, springenden Körpern.

Da ist er, sagte er zu fröhlich.

Kai tauchte mit seinem charakteristischen, steifen Gang und der Aura der Selbstversunkenheit allein aus der Menge auf. Er wirkte einzelgängerisch, abgeschottet, gedankenverloren. Als er seine Großmutter aus dem Auto winken sah, blieb er stehen und starrte.

O Gott, sagte sie. Ich könnte ihn fressen. Schau ihn dir nur an.

Hyundai, sagte Kai, als er schließlich die hintere Tür öffnete. Kleiner als ein Volvo.

Und auch ein ganzes Eck billiger, sagte Keely.

Der Junge schaute ihn argwöhnisch an.

Ich habe dir das mit dem Bart doch erklärt, sagte Gemma.

Vorher war's besser.

Ganz meine Meinung, sagte Keely. Aber sie hat mich gezwungen.

Na komm, du Heide. Steig ein.

Der Junge spitzte die Lippen und rutschte neben dem Unrat auf den Rücksitz. Hyundai, sagte er noch einmal. Hy. Un. Dai.

Das ist Koreanisch für Oma, sagte Keely.

Die Nachricht auf dem Anrufbeantworter war kurz. Doris klang erregt, gereizt. Er kippte schnell schales Leitungswasser hinunter und rief sie an.

Was ist los?, fragte er und schaute auf den Sund hinaus, auf dem der aufkommende Südwind das Wasser kräuselte.

Die Inseln sahen so substanzlos aus wie Soufflés. Der Schaufelbagger der Betonwerke wühlte sich am Ufer entlang, plünderte Muschelschalen wegen ihres Kalks, riss Seegras tonnenweise aus und zog dreckige Rauchschwaden hinter sich her. Erst vor kurzem hatte sich die Firma die Pacht für weitere zehn Jahre gesichert. Was für eine Überraschung. Und ein paar hundert Meter landeinwärts blies ihr Kamin Mikropartikel auf die Dächer von fünftausend Wohnhäusern. Mit einer Lizenz von nichts Geringerem als der Umweltbehörde. Alles wie gehabt. Demokratie bei der Arbeit.

Mom, was ist los?

Das wollte ich eigentlich *dich* fragen, Tom.

Ich weiß nicht, was du meinst.

Faith hat angerufen.

Wie geht's ihr?

Das solltest du doch wissen. Du hast gestern Abend mit ihr gesprochen.

Ich? Gestern Abend?

Sie ist aufgebracht. Und ich ebenfalls.

Keely befürchtete das Schlimmste, sagte aber nichts. Er hatte seine Schwester gestern Abend nicht angerufen. Nach der Begegnung mit Gemma am frühen Abend hatte er mit niemandem mehr gesprochen. Oder?

Sie meinte, du wärst gemein gewesen, hättest schreckliche Dinge gesagt.

Keely war den ganzen Tag schlecht gewesen. Aber nicht so schlecht wie jetzt.

Tom?

Bin noch dran.

Was ist los?

Ich rufe sie sofort an.

Sie ist in einem Flugzeug. Lass sie in Ruhe.

Scheiße.

Was ist nur in dich gefahren?

Ich weiß es nicht, Mom. Ich bringe es wieder in Ordnung.

Sie ist deine Schwester. Sie hat das nicht verdient. Glaubst du, weil sie mit Geld arbeitet, hat sie kein Gewissen? Sie ist ein guter Mensch – du hast ja keine Ahnung.

Ich kann mich nicht erinnern, gestand er.

Dass sie deine Schwester ist, dass ich stolz auf sie bin?

Dass ich sie angerufen habe, Mum. Ich kann mich nicht erinnern, dass ich sie angerufen habe.

Was für sich selber spricht.

Keely lehnte sich an die Wand und akzeptierte die Schelte. Er hatte sie verdient.

Hast du dir Abendessen gekocht?

Es ist halb vier, Doris.

Sprich nicht in diesem Ton mit mir.

Tut mir leid.

Ich habe Muscheln. Mehr als ich essen kann. Ich sollte es zwar besser wissen, aber wenn man sie sich im Laden anschaut und die Handvoll sieht, die für eine Person reicht, dann wirkt das so armselig, als würde nicht einmal ein Spatz davon satt werden.

Ich weiß, sagte er. Nur für einen kochen, das heißt, Wissenschaft vor Instinkt.

Langweilig, das ist es. Kein Wunder, dass die Damen aus Claremont immer auswärts essen. Scheidungen sind das Einzige, was das Gastgewerbe am Laufen hält.

Meine Güte, dachte er verwundert. Sie ist schon ganz woanders. Wie eine Art moralischer Amazone hat sie das Gift aus der Wunde gesaugt, sich den Mund abgewischt und den Kampf wiederaufgenommen; das ist gottverdammte Heiligkeit.

Es tut mir leid, sagte er. Ich tue, was immer nötig ist.

Ich bin um fünf bei dir, sagte sie. Ich rufe dich an, wenn ich vor der Tür bin.

Mum, ich kann doch den Zug nehmen.

Nein, ich komme jetzt gleich zu dir.

Er legte auf und stellte die Dusche an. Sein Gesicht im Spiegel wirkte kränklich. Seine Wangen waren pustelig von eingewachsenen Haaren, fleckig von Hautreizungen durchs Rasieren. Er dachte, dass ihm der Prediger mit dem blutenden Herzen lieber wäre als der schwache Streber, der ihn da anstarrte. Doris hatte die Muscheln wahrscheinlich noch gar nicht gekauft; wahrscheinlich war sie jetzt unterwegs zum Boatshed Market, um sie zu besorgen. Was für ein Trampel er war; und sie war brillant.

Nachdem er sich das Kinn geschabt und sich angezogen hatte und dann auf Doris wartete, rief er Faiths Festnetzanschluss an und hinterließ eine Nachricht. Seine Entschuldigung kam von Herzen, aber nach ein paar Augenblicken merkte er, dass er schwadronierte. Er klang wie ein Besoffener, wie ein Spinner. Er versuchte, zu einem glimpflichen Ende zu kommen. Aber dann verlor er die Nerven und legte mitten im Satz auf.

Im selben Augenblick wünschte er sich, er hätte gar nicht

angerufen. Sie würde denken, er wollte sie anblaffen. Er hatte alles nur noch schlimmer gemacht. Er starrte den Teppich an, spürte Panik wie Sodbrennen in sich aufsteigen. Als das Telefon klingelte, ächzte er und war dann erleichtert, als es nur Doris war.

Ihr Garten roch nach Frangipani und Zitronengras, und im Abendlicht flatterten weiße Kakadus in lärmenden Horden über den Bäumen der Nachbarschaft. Die Brise vom Meer brachte den Geruch frisch gemähten Grases, von Grillrauch und Laubbläsern mit sich. Die Nähe zum Fluss war wie etwas auf der Haut, eine angenehme Klebrigkeit, die einen an Baumwurzeln, unterspülte Ufer, gestrandete Quallen denken ließ. Die Terrasse des Hauses war tief und breit. Der kleine Tisch nahm kaum eine Ecke davon ein.

Keely tunkte den Rest der Tomatensauce mit knusprigem Brot auf und lehnte sich zurück. Er war sich bewusst, dass er unter Beobachtung stand. Auf dem Tisch war kein Wein.

Es ist ein hübsches Haus, sagte er und meinte es ernst.

Aber du hattest immer was dagegen.

Das stimmt nicht.

In zehn Jahren hattest du kein gutes Wort dafür übrig.

Proletarier-Vorurteil.

Ach, Blödsinn. Das ist die Ängstlichkeit der Mittelklasse.

Wahrscheinlich.

Du hattest ja selber ein genauso hübsches Haus.

Stimmt.

In einer Straße mit Hafenarbeiterhütten – komm, sag es, triff die Unterscheidung.

Was ungefähr dasselbe gekostet hat, ich weiß.

Tom, mein Lieber, du hast eine viel zu romantische Vorstellung von der Arbeiterklasse.

Ach komm, Mum.

Wirklich, es amüsiert mich.

Ärgert dich, meinst du.

Nun ja. Ich bin nicht so sentimental.

Von der Blackboy Crescent konntest du nicht schnell genug wegkommen. Oder etwa nicht?

Ich hatte keine andere Wahl, wie du vielleicht noch weißt.

Tut mir leid, ich wollte nicht so wertend klingen.

Wirklich? Je weiter du von der Blackboy Crescent wegkamst, umso mehr hast du dir den Blaumann an den weißen Kragen geheftet. Ich weiß, das klingt jetzt ein wenig schräg, aber du weißt, was ich meine.

Keely schwieg. Weil er es wusste. Und weil es zutraf.

Und komm mir nicht mit vermischten Metaphern – ich *bin* eine.

Hätte nur nie gedacht, dass es falsch ist, auf die eigenen Wurzeln stolz zu sein, sagte er. Staatlich geförderter Hausbau, staatliche Schulen.

Aber warum trägst du es wie einen Orden? Als wäre es *deine* Errungenschaft und nicht das Ergebnis einer Regierungspolitik. So wie all diese Leute hier zu denken scheinen, der Staat schwimmt in Geld, weil er das Eisenerz erfunden, gepflanzt und gegossen hat. Es ist reines Glück. Und es war Glück, dass du auf die Uni gehen konntest, ohne Gebühren bezahlen zu müssen. Du bist das Produkt eines bestimmten Augenblicks in der Geschichte, eines kurzen Erwachens. *Tom Keely: Mein Kampf* – das trägt nicht, mein Lieber. Deine Generation war privilegiert. Du bist auch nur ein schmollender Erbe Whitlams.

Muscheln waren noch nie so teuer, sagte er und meinte es als Eingeständnis.

Ich will damit nicht sagen, dass du nicht hart gearbeitet hast.

Mom, wenn du dich erinnerst, ich habe nichts anderes gesagt, als dass du ein hübsches Haus hast.

Na ja, es ist zu groß, und wie du siehst, komme ich mit dem Garten nicht mehr nach.

Oje. Die Leute könnten ja denken, du hättest es nur gemietet.

Danach herrschte gutmütiges Schweigen zwischen den beiden.

Manchmal frage ich mich, ob ich noch immer dort wäre, murmelte sie. In der Blackboy Crescent. Wenn die Dinge anders gelaufen wären.

Wirklich?

Ich weiß auch nicht. Es war dein Vater, der immer ruhelos war, nicht ich. Wir wären gereist, denke ich.

Wohin?

Zentralamerika, die Philippinen. Die Sache mit der Befreiungstheologie – dahinter standen wir beide. Könntest du ihn nicht einfach als Arbeiterpriester sehen?

Ein Evangelikaler mit einer Frau und zwei Kindern – warum nicht?

Na ja, damals roch alles irgendwie anders. Ein Gefühl neuer Möglichkeiten. Das Zweite Vatikanische Konzil und das alles.

Stell's dir mal vor, sagte er. Nev als Katholik, Billy Jack lässt sich vom Vatikan anwerben.

Sie lachten beide. Es war gut. Besser.

Wie auch immer.

Es ist wirklich ein hübsches Haus, Mum. Du hast es dir mit harter Arbeit, rechtschaffener Arbeit erkauft. Da muss man sich kein schlechtes Gewissen machen.

Das weiß ich. Ich kann gut damit umgehen.

Okay. Gut.

Ich mache mir nur Sorgen um dich.

Ich weiß.

Und ich fürchte, du bist inzwischen so weit, dass du die Früchte der Niederlage genießt. Einkaufen in den Boutiquen der Verzweiflung.

Den Juraabschluss finde ich gut, Doris. Die Psychokiste nervt allmählich.

Das habe ich schon öfter gehört.

Er schob seinen Stuhl zurück. Die Beine ratterten über die Bohlen.

Ich habe sie gestern gesehen. Harriet, meine ich.

Weich mir nicht aus, Tom. Gestern Abend hast du, neben den diversen anderen abscheulichen Sachen, die du unbedingt loswerden musstest, deiner Schwester gesagt, dass du bereits tot bist und dass man dich wochenlang aus dem Teppich wird kratzen müssen.

Scheiße, sagte er gegen seinen Willen. Das kann nicht sein.

Vielleicht hat sie es sich nur eingebildet. Vielleicht lügt sie.

Er saß einfach nur da.

Und du erinnerst dich nicht, sagte sie. Oder willst du dich lieber nicht erinnern?

Die Sonne war verschwunden. Ohne dass er es bemerkt hatte, war die Nacht angebrochen. Keely umklammerte seine Knie und ließ die Moskitos an seinen Knöcheln saugen.

Tom, ich denke, wir sollten darüber reden.

Gemma hat einen Enkel.

Hast du schon gesagt.

Er lebt bei ihr. In meinem Gebäude. Er hat irgendwas an sich.

Tom, ich rede von dir. Im Augenblick hast *du* irgendwas an dir, sagte sie und schob eine Visitenkarte über den soßenfleckigen Tisch. Ich will, dass du jemanden aufsuchst. Ich habe schon einen Termin vereinbart. Du kannst am Vormittag meinen Hausarzt anrufen, er wird dir eine Überweisung geben.

Du warst fleißig.

Wenn du was erledigt haben willst, frag eine fleißige Person. Der Typ ist gut. Keine Duftkerzen, kein Händchenhalten, kein Unsinn.

Ach, hör mal, danke, dass du die Telefonrechnung bezahlt hast. Ich wollte es schon früher sagen. Du hättest es nicht tun sollen.

Mir ist es lieber, wenn ich dich erreichen kann. Und du schweifst ab. Wirst du hingehen?

Schau mal, ich weiß alle diese Empfehlungen ja zu schätzen, Mum, aber wirklich.

Ich habe alles geregelt. Falls du das Geld als Ausrede nehmen willst.

Gemmas Junge, der ist sehr sparsam mit seinem Gesichtsausdruck. Fast gefühllos.

Sag mir, dass du hingehst.

Ich dachte mir, du hättest mich darum gebeten.

Ich bitte dich darum.

Wenn ein Engel dich um etwas bittet, ist das dann nicht fast wie ein Befehl?

Wovon redest du? Engel haben keine Arthritis – und schwärmen auch nicht für Leonard Cohen.

So. Geführte Demokratie – ist es in der Volksrepublik der Keelys jetzt so weit?

Sag mir einfach, dass du hingehst.

Er nickte. Er fragte sich, ob ein Nicken strenggenommen eine echte Zustimmung war, ob es ein Versprechen darstellte.

In einem vorsichtigen Waffenstillstand wuschen sie miteinander das Geschirr und räumten die Überreste weg. Er spürte, dass seine Mutter ihn mit Samthandschuhen anfasste, ihn besänftigte, wie sie nur konnte, versuchte, ihn für ihre kleine Intervention zu entschädigen. Keely versuchte, die Intervalle zwischen den Phasen neutralen Smalltalks zu nutzen, um seine Gedanken zu ordnen, ihre Knäuel zu entwirren und sich auf eine Erinnerung, eine Idee, eine einzelne Entscheidung zu konzentrieren, aber in ihm war ein vielstimmiger, anschwellender Gedankenlärm wie der Aufruhr in einem Regenwald beim Eindringen eines Fremdlings.

Dieser Junge, sagte Doris eben. Gemmas Enkel. Wie alt ist er?

Kai.

Kai?

Ich weiß, sagte er schuldbewusst.

Schätze, es könnte auch Jet sein.

Oder Koby.

Wenn wir uns selber hören könnten. Wie ist er denn so?

Eigentlich merkwürdig. Sehr intelligent. Sehr selbstbeherrscht, ein bisschen verschlossen.

Wie alt?

Sechs.

Vielleicht irgendwas im Autismus-Spektrum? Oder einfach nur gescheit und einsam.

Hab ich mir auch schon überlegt. Du weißt schon, Asperger oder so was in der Richtung.

Oder fötales Alkoholsyndrom, sagte sie. Aber dann wäre er nicht so klug. Seine Mutter?

Im Knast.

Drogen, kann ich mir vorstellen.

Er nickte.

Der Junge hat sicher einen Sozialarbeiter, sagte Doris. Er ist sicher im System, der arme Kleine.

Er ist so ernst.

Warst du auch.

Ja, und aus mir ist auch was geworden.

Ist er auf dich fixiert? Der Junge?

Stell dir vor, wie es für ihn war.

Sie nickte. Bitte sei vorsichtig, Tom. Ihm zuliebe. Und dir zuliebe.

Bin ich, sagte er. Ich werde aufpassen.

Schaumbläschen quollen und gurgelten den Abfluss hinunter. Doris schaute ihn tapfer an, ihre Skepsis hatte sie gut versteckt.

Aus der Nähe, wenn die Altersflecken und die schlaffe Haut deutlich zu erkennen waren, sah man, dass sie eine alte Frau war. Für ihn war es noch immer und immer wieder ein Schock. Diese mädchenhaften Haare, diese Geschmeidigkeit und Ernsthaftigkeit. Man vergaß einfach, dass sie nicht mehr jung war. Sie war älter als, na ja … Julie Christie. Und wäre sie in der Blackboy Crescent geblieben, könnte sie jetzt sogar Urgroßmutter sein.

Ist sie schön?

Was?

Gemma. Ist sie schön?

Tja, seufzte er. Man sieht auf jeden Fall, dass sie es mal war.

Doris hatte alle Oberflächen abgewischt und strich den Lappen für seinen Geschmack zu sorgfältig glatt.

Attraktiv, nicht, verlorene Schönheit?

Mum. Also ehrlich.

Die Männer mögen das. Gibt ihnen Selbstvertrauen. Und dann ist da noch der zusätzliche Reiz der Beschädigung. Da können sie nicht widerstehen.

Plündern wir hier alte Seminarmitschriften oder sprechen wir aus eigener Erfahrung?

Sie schaute ihn an, als hätte er sie geschlagen.

Ich fahre dich zum Zug.

Keely stieg aus dem Lift, ging um die Ecke herum, und dort auf dem Laubengang in dem Lichttümpel vor seiner Tür stand Gemma. Er zögerte eine Sekunde, aber es war zu spät. Sie hatte ihn gesehen. Und seine Unentschlossenheit. In Cargo-Shorts und einem Unterhemd lehnte sie am Geländer und zog unter einer Wolke aus Motten an einer Zigarette. Als er auf sie zukam, hob sie den Kopf und vertrieb sie mit einer wüsten Rauchdusche.

Abend, murmelte er.

Sie sagte nichts. Stützte sich auf die Ellbogen und schaute zu den Brücken hinüber. Ihre Hände zitterten.

Alles okay?

Auf seinem Fußabtreter lag der Laptop, den sie an diesem Nachmittag geholt hatten. Es kam ihm vor, als wäre das schon Jahre her. Er hob ihn auf und schloss die Tür auf.

Gemma?

Über ihr wimmelten und kreisten Motten. Wieder blies sie sie auseinander.

Keely ging hinein, legte den kleinen Acer auf die Küchentheke und öffnete die Schiebetür, um ein wenig von dem schmuddeligen Aufwind hereinzulassen. Als er sich umdrehte, sah er, dass sie die Zigarette am Geländer ausdrückte und den Stummel in die Dunkelheit schnippte.

Kommst du rein oder nicht?

Sie drehte sich unter ihrer Krone aus Motten um, strich sich mit der Hand durch die Haare und spähte zu ihm herein. Dann kam sie herein, aber auf unsicheren Füßen. Sie war betrunken. Oder bekifft. Oder sonst was.

Schläft Kai?, fragte er.

Ich bring ihn nicht von diesem verdammten Nintendo weg.

Was soll ich mit dem Ding da machen?, fragte er und deutete auf den Laptop.

Weiß auch nicht. Irgendwie für Kai herrichten. Ich hab von den Dingern keine Ahnung.

Willst du eine Tasse Tee oder irgendwas anderes?

Sie schüttelte den Kopf.

Arbeitest du heute Nacht nicht?

Was wird das – ein Quizabend? Ich habe mich krankgemeldet, okay?

Als sie sich an ihm vorbeidrückte, um sich in den Lehnsessel fallen zu lassen, sah er, wie verquollen ihre Augen waren, als hätte sie geweint.

Es ist was passiert, sagte er.

Lass uns eine Spritztour machen.

Vielleicht solltest du es mir sagen.

Ich habe Lust auf einen Ausflug, sagte sie.

Es ist schon spät, Gem. Ich bin fix und fertig. Und was ist mit Kai?

Er kann auch mitkommen.

Er hat morgen Schule. Ich halte das nicht für eine gute Idee.

Er kommt mit, sagte sie hitzig. Schau mich nicht an, als wäre ich eine grässliche Schlampe. Ich will nur einen verdammten Ausflug mit meinem Auto machen – ist das ein Verbrechen? Komm mit oder lass es bleiben, ist mir egal.

Sie stolperte wieder auf die Galerie und weiter zu ihrer Wohnung. Er sah, wie sie an ihrer Tür herumfummelte.

Lass uns in Frieden!, schrie sie ihn an, bevor sie hineinging.

Keely wich in seine Wohnung zurück. Da er eine stürmische Rückkehr beinahe erwartete, ließ er die Tür einen Spalt offen und räumte die Küche auf, aber sie kam nicht.

Er putzte sich eben die Zähne, um ins Bett zu gehen, als er aus der Ferne Gemmas wütenden Schrei hörte. Eine Tür wurde zugeknallt. Er trat auf den Balkon hinaus, wo die warme Nachtluft das Weinen eines Kindes zu ihm trug. Keely redete sich ein, dass es irgendjemandes Kind sein konnte. Jedes Fenster im Gebäude war offen, da die Bewohner wenigstens die schale Brise genießen wollten; das Gebäude war so porös wie ein Vogelkäfig – Geräusche, die man von nebenan zu hören meinte, drangen tatsächlich von mehreren Etagen weiter unten herauf.

Er ging hinein, zwar mit einem unbehaglichen Gefühl, aber auch dem festen Entschluss, einmal früh schlafen zu gehen. Aber noch eine Tür knallte, und dann hallten Schritte über die Galerie.

Tu verdammt noch mal, was ich dir sage!, schrie Gemma.

Als Keely vor die Tür trat, sah er, dass sie den widerstrebenden Jungen am Arm zerrte, und der Anblick, wie die beiden da draußen zwischen Wand und Geländer kämpften, jagte ihm Angst ein. Als er bei ihnen war, schlugen beide nacheinander und waren den Tränen nahe. Hinter einer Tür weiter hinten, aus der Sicherheit der Dunkelheit, drohte jemand, die Polizei zu rufen. Gemma schrie demjenigen zu, er könne sie mal. Aber sie gab Keely die Autoschlüssel, kaum dass er sie verlangte.

Erst als sie die Old Traffic Bridge und das Containerterminal hinter sich gelassen hatten, ging das herzergreifende Schluchzen des Jungen in Schweigen über. Keely kurbelte das Fenster herunter, um die wohltuend strömende Nachtluft hereinzulassen. Er fuhr an der Küste entlang und genoss die Stille, ohne zu wissen, wohin er fuhr, und er wollte es auch gar nicht wissen, denn seine Verwunderung und sein Abscheu wurden allmählich gelindert vom Geruch nach kalkigem Sand, Meeresluft und salziger Melde. Die Straße wurde schmaler und schlängelte sich durch unbeleuchtete Buschreservate. Das kleine Auto stotterte und klapperte. Er hatte Sternchen vor den Augen und diesen stechenden Schmerz im Hinterkopf, aber er versuchte, sich auf das süße Gefühl des Windes, der in sein Hemd fuhr, zu konzentrieren. Im Spiegel sah er das blasse Flattern von Gemmas Haaren, die Bewegung einer Hand, die Tränen wegtupfte. Sie saß in einer Ecke des Rücksitzes und hielt Kai in den Armen. Der Junge schien eingeschlummert zu sein.

Swanbourne, Floreat, City Beach. Möwen umkreisten die orangen Lichter der Natriumdampflampen der nördlichen Strände, und der Himmel über ihnen war sternlos und tintig. Bei den Parkplätzen am Strand wimmelte es von Rucksacktouristen und feiernden Jugendlichen, die Schatten jagten. Jede Felsbuhne starrte vor Angelruten, und die Schatten auf den Grübchen im Sand sahen aus wie Mondkrater.

In Scarborough fuhr er um den Kreisverkehr unter der hässlichen Uhr und rollte langsam durch die alten Reihenhausstraßen.

O Mann, sagte sie.

Ich weiß.

Warum hierher?

Es war nicht beabsichtigt, sagte er.

Ich meine ja nur.

Ich fahre ja nur, sagte er. Ich könnte auch im Bett sein, weißt du.

Sie sagte nichts, und er sah kurz im Spiegel, wie sie hinausschaute in die alte Gegend und sich dabei durch die Haare strich. Keely steuerte durch die schäbige Geschäftsstraße, vorbei an den Norfolk-Tannen und den Jugendlichen, die auf den Motorhauben ihrer Autos saßen.

Eines Abends habe ich da mal einen Jungen gesehen, der auf einem Holden Torana surfte. Die Schmutzfänger brannten.

Ich war dabei, sagte er.

Die Polizei kam und alles.

Glückliche Zeiten!

Die Show hat mir gefallen.

Die auch, sagte er und parkte neben dem nördlichsten Duschenblock, wo die coolsten Surfer herumhingen und der Haschgeruch oft stärker war als der Pissegestank. Ein paar Jungs jagten auf ihren Skateboards auf und ab. Es war inzwischen trostlos hier. Aber so spät in der Nacht hatte es vielleicht schon immer so öde ausgesehen.

Na los, sagte sie. Jetzt sind wir so weit gekommen. Wir sollten es uns anschauen.

Was anschauen?

Du weißt doch, was.

Was ist heute Abend passiert?

Fünf Minuten, Tom. Wird dich schon nicht umbringen.

Warum?

Um der alten Zeiten willen.

Warum jetzt?

Weil wir es können. Und ich habe das Auto, Tommy. Ist mir egal, was der kleine Scheißer Stewie sagt. Ich habe das Auto. Ich kann fahren, wohin ich will. Na los.

Die Skaterjungs schnippten ihre Boards hoch und warteten argwöhnisch darauf, dass die Alten entweder ausstiegen oder wegfuhren. Mit einem vorne und zwei hinten sahen sie wahrscheinlich komisch aus, das wusste Keely. Er wendete, und eine Minute später waren sie auf der Vierspurigen nach Osten.

Ich erinnere mich an die Straße, sagte Gemma. Ich weiß noch, dass sie früher nur eine Kalksteinpiste war.

Keely sagte nichts. Er erinnerte sich noch sehr gut daran. Wünschte sich, sie würde den Mund halten.

Als er auf die alte Straße einbog, wurde ihm unbehaglich zumute. Warum war er nicht am Fluss entlanggefahren, auf neutralem Gebiet? Er war seit fünfunddreißig Jahren nicht mehr hier gewesen; er war sich nicht sicher, ob er es heute Abend tun sollte. Vielleicht an einem anderen Tag – allein, zu Fuß, bei Tageslicht. Aber er war jetzt hier. Und er konnte den wilden Hafer und die Lupinen auf dem leeren Grundstück an der Ecke riechen. Er erinnerte sich daran, an den Geruch dieses Fleckchens Erde, von den langen Fußmärschen zur Schule. Er dachte an Fahrräder mit Bananensattel, Jungs in Wüstenstiefeln, heißen Teer.

Auf dem Rücksitz drehte Gemma den Kopf und stöhnte auf.

Mann, murmelte sie. Sie haben den Namen geändert, Grasstree Crescent.

Grasstree?, sagte er so neutral, wie er konnte.

Ich wette, den Abos zuliebe.

Keely erwiderte nichts. Aber fast gegen seinen Willen hatte er ein Gefühl des Verlusts. Im ersten Gang rollte er den Hügel hinunter und versuchte, sich zu orientieren. Die Straße war noch dieselbe, aber er wusste, dass auch sie früher eine Kalksteinpiste gewesen war. Die Sichel der Straße schwang sich auf den Sumpf zu, so fremd und vertraut. Aber nur wenige der alten Häuser standen noch. Die bescheidene Gleichförmigkeit des alten Viertels war verschwunden und mit ihr das Gefühl egalitärer Schlichtheit, die merkwürdige Verständlichkeit, die es einmal hatte. Die Blocks von gut tausend Quadratmetern waren unterteilt, die kleinen, verklinkerten Bungalows ersetzt worden durch zweistöckige

Dreifachhäuser, die man ohne Dachtraufen oder Veranden aneinandergepresst hatte. Auf beinahe jedem Dach saßen eine Klimaanlage und eine Satellitenschüssel. Anstelle der Lattenzäune hohe Ziegelmauern. Keine Familien, die auf Veranden saßen und fernsahen, keine Autos auf Vorhöfen, keine klumpigen Büffelgrasbüschel.

Weder er noch Gemma sagten etwas, bis sie den Sumpf erreichten, jetzt ein Erholungsgebiet mit Radwegen, Pavillons aus Fichtenholz und gemähten Rasenflächen unter Flutlicht.

Scheiße, sagte sie.

Ja.

Kehr um, sagte sie. Und zwar schnell.

Ein wenig verstört wendete Keely und kroch den Hügel wieder hoch. Nummer 14 war verschwunden. Er hielt vor der Front einer geschrumpften toskanischen Villa, hinter deren schmiedeeisernem Tor ein chinesischer 4x4 stand.

Unseres ist mir egal, sagte sie. Aber ich hätte mir gewünscht, dass eures noch steht.

Tja. Tut's aber nicht.

Ein Sensorlicht sprang an. Er fuhr weiter, hörte sie Häuser zählen. Aber sie brauchten nicht zu zählen. Denn da war es, unverkennbar.

Das gibt einem doch einen Stich, oder?, sagte sie leise.

Im alten Buck-Haus brannten alle Lichter, die Vorhänge hingen verrutscht, aus den offenen Fenstern dröhnte Musik. Im verdorrten Vorgarten stand eine kleine Armada von Fahrzeugen, einige auf Blöcken. Ein Hund rannte heran und fletschte die Zähne. Von der Veranda aus rief ihn eine Frau mit einem Schwall wüster Flüche zurück.

Das dürfte der Grund sein, warum man den Namen geändert hat, sagte Gemma. Damit mehr Nigger herziehen konnten.

Hör auf damit, sagte er und fuhr los.

Wären wir bloß nicht hergekommen.

Tja, wir haben es aber getan.

Es ist alles ganz anders.

Nein, sagte er mit Vergnügen. Euer Haus ist noch das alte.

Leck mich, sagte sie und zündete sich eine Zigarette an. Leck mich doch am Arsch.

In stürmischem Schweigen fuhr er nach Hause, und als die Lichter des Containerterminals vor ihnen auftauchten, hörte er sie im Fond weinen.

Anstatt sich mit seinem Billig-Müsli zufriedenzugeben, saß Keely im Bub's und bestellte sein gewohntes Frühstück. Während er darauf wartete, fuhr er den frisch aufgeladenen Laptop hoch, um nachzusehen, was getan werden musste. Ein einziger Blick genügte. Er knallte das Ding mit so viel Schwung wieder zu, dass am Nachbartisch eine Frau aufschrie und er nur entschuldigend grinsen konnte.

Keely dachte, er kenne Porno, aber etwas dergleichen hatte er noch nie gesehen. Während er sein Frühstück aß, starrte er immer wieder sprachlos den abgenutzten Acer an, der unvermittelt eine radioaktive Aura angenommen hatte. Mit dem Ding vor sich und der nervös zu ihm herüberschauenden Frau neben sich hatte er keine Lust, länger zu bleiben, und so wurde aus dem Cafébesuch ein teurer Flop.

Als er mit dem Rechner wieder zu Hause war, fand er heraus, dass die Software auf eine Carly M. Fairlight registriert war, aber er bezweifelte, dass sie der Extremporno-Fan war. Den Rest des Tages brachte er damit zu, Dateien zu löschen und Säuberungsprogramme laufen zu lassen. Er fragte sich, was der Grund für Gemmas Laune letzte Nacht gewesen war, ob sie über diese Daten gestolpert war – oder schlimmer noch, Kai damit erwischt hatte. Das war ein hässlicher Gedanke. Aber nein. Wenn sie die Scheiße gesehen hätte, dann hätte sie das Ding garantiert sofort aus dem zehnten Stock geworfen, oder? Vielleicht war er ja ein verbitterter Puritaner – stellten ihn die Medienschreihälse denn nicht so dar? Aber dieses Zeug war übel. Es wäre ihm lieber, er hätte es nicht gesehen.

Schließlich hatte er den Computer wieder so weit, dass er sauber lief, und als Zugabe fand er heraus, dass er sich in die WLAN-Anschlüsse anderer Leute gleich hier im Gebäude einklinken konnte. Als Exorzismus oder welches Ritual man auf befleckte Maschinen auch immer anwendete, wischte er es innen und außen mit antibakterieller Waschlotion ab.

Am Nachmittag ließ er die Wohnungstür offen, aber niemand klopfte. Er kochte sich ein feuriges und extrem billiges vegetarisches Curry und aß es in der Abenddämmerung im rechtschaffenen Schweiße seines Angesichts.

Um acht klingelte das Telefon. Er erwartete seine Schwester oder seine Mutter, aber es war Gemma. Sie war kleinlaut, und sie klang heiser. Kai machte Schwierigkeiten. Sie musste zur Schicht. Ob er etwas dagegen habe, für eine Stunde herüberzukommen?

Er traf sie auf der Galerie. Sie war zur Arbeit angezogen, ein bisschen zu stark geschminkt. Sie sah elend und erschöpft aus.

Du hättest doch vorbeikommen können, sagte er.

Ich dachte mir, lieber nicht, murmelte sie mit zitternder Stimme.

Ist okay, Gem.

Ich bin einfach nur eine blöde Kuh.

Was hat er getan, dieser Kerl. Was hat er gesagt?

Was Gemeines. Etwas, das nur ein Kerl sagen würde.

Du willst es mir nicht sagen?

Sie schüttelte den Kopf.

Letzte Nacht.

Unwichtig.

Ich brauchte einfach was Nettes, sagte sie. Irgendwo, wo ich mal glücklich gewesen war.

Das musste er erst einmal verdauen. Nach allem, was sie ihm erzählt hatte, nach allem, was er selbst erlebt hatte, sollte ausgerechnet die Blackboy Crescent der Ort gewesen sein, wo sie am glücklichsten gewesen war? Er sagte nichts. Sie sah so müde aus.

Bleib einfach bei ihm, okay, Tom? Überrede ihn zu nichts. Sei einfach da.

Er nickte. Sie fasste sich, küsste ihn auf die Wange und ging.

Der Fernseher in 1010 war aus. Aber in der Wohnung herrschte Chaos. Kai war im Bett und blätterte in seinem Raubvogelbuch. Es war, als wäre sein Schwierigsein nur gegen Gemma gerichtet. Keely begrüßte ihn, aber der Junge reagierte nicht. Unter den Augen hatte er blaue Ringe, fast so, als wäre er geschlagen worden. Keely verkniff es sich, einfach fröhlich mit dem Jungen zu plappern. Er tat nur, worum Gemma ihn gebeten hatte, schob ihr Kissen an die Wand und setzte sich neben ihn.

Der Junge klappte das Buch zu und rutschte tiefer. Er stellte sich das Ding schräg auf die Brust und betrachtete das Titelbild. Es war die Nahaufnahme eines Adlerauges – schwarz umrahmt, starr, die Iris ein Netz aus Gelb und Bronze –, und Kai schaute es nicht nur an, sondern betrachtete es eingehend und kaute vor Konzentration auf der Unterlippe. Keely versuchte, ihn nicht anzustarren, aber es war schwierig. Der Junge schien sich selber zu hypnotisieren, in den überlappenden Schichten dieser Vogeliris zu versinken.

Schließlich flatterten die Lider des Jungen, die Augen wollten ihm zufallen. Er schien gegen den Schlaf anzukämpfen, und dieses Scharmützel dauerte etwa eine Minute, doch dann kippte das Buch. Im letzten Augenblick, wie um sich abzustützen, um nicht zu fallen, griff der Junge nach Keelys Arm. Und war weg. Keely fing das Buch mit der freien Hand auf. Deckte ihn zu. Versuchte, nicht den Atem anzuhalten. Sah ihm beim Schlafen zu.

Keely wachte auf dem Boden seiner eigenen Wohnung auf. Die Schiebetür war offen, sengender Wind wehte herein, und seine Beine waren gesprenkelt mit Moskitostichen. Das Gesicht tat ihm auf neue Art weh, sein Mund war wattig, aber er konnte sich nicht erinnern, getrunken zu haben.

Im Badezimmerspiegel entdeckte er etwas, das aussah wie ein blaues Auge. Er sah genauer hin. Ja, tatsächlich. Er konnte sich nicht erinnern, woher er es hatte. Aber in seinen Augen war noch immer ein unheimliches Funkeln. Wie Pailletten-Geklimper. Er brauchte eine ganze Minute, um das Aluplättchen auf der neuen Zahnpastatube herunterzuziehen.

Im Café hob Bub die Augenbrauen, sagte aber nichts. Keely trank nur einen Espresso und bezahlte mit Kleingeld. Er wollte eben gehen, als Bub ihm einen Doppelten aufs Haus schickte. Er winkte in dümmlicher Dankbarkeit und versuchte, ihn zu genießen. Aber er dachte an den Jungen, an seine trockene, kleine Hand auf seinem Arm. Und an das gelbe Auge des Vogels. Und an die beunruhigende Tatsache der weit offenen Tür.

Nach ein paar Augenblicken kam Bub aus der Küche und stellte ein großes Glas Apfelsaft auf den Tisch.

Hier, sagte der kurze, stämmige Kahlkopf. Du siehst vertrocknet aus wie Kamelscheiße.

Das bin ich auch. Danke.

Tom, sagte Bub und schaute grinsend auf sein blaues Auge, du bist doch kein Schlägertyp.

Findest du?

Die Küchenglocke schellte. Bub klopfte ihm auf die Schulter und ging nach hinten.

Er bekam dreißig Dollar für den iPod und neunzig für seinen Laptop. Er vermutete, dass er ohne das blaue Auge mehr bekommen hätte, aber danach war er einigermaßen zufrieden und stöberte in Secondhandläden nach etwas, mit dem er dem Jungen eine Freude machen konnte. Er fing bei Save the Children an, ging weiter zu Oxfam, dann zu Vinnies. Erst im letzten Laden, schon fast zu Hause, fand er etwas. Er verließ den Good Sammies mit einem noch perfekt tauglichen Scrabble-Spiel und bekam von einem Fünfer noch etwas heraus.

Zu Hause steckte im Gitter seiner Sicherheitstür die gut gemachte Bleistiftzeichnung einer Drosselstelze. Er zog sie heraus und ging zu Gemma. Nach dem Klopfen sah er den winzigen Mond des Gucklochs kurz aufblitzen. Sie zog die Tür mit vorgelegter Kette auf und spähte argwöhnisch heraus.

Bin nur ich, sagte er.

Himmel, was ist denn passiert?

Bin gegen ein Klischee gerannt, sagte er.

Ich meine es ernst.

Es ist nichts. Wirklich. Und schau, sagte er und hielt die abgenutzte Schachtel in die Höhe.

Diese ganze Scrabble-Geschichte war für Keely ein Rätsel. Schließlich hatte Kai ein Nintendo, und nach ein oder zwei Tagen fiebrigen Daddelns wurden Kinder doch angeblich zu süchtigen Zombies, aber obwohl es dem Jungen Spaß zu machen schien, Ganoven und Aliens zu erledigen, und er gewisse höhnisch grinsende Bösewichter oft befremdlich anschrie, verflachte die Begeisterung nach der ersten wüsten Orgie. Super Mario hatte er noch nicht ganz aufgegeben, aber nach ungefähr einer halben Stunde verlor er die Energie und wandte sich dem Laptop zu, dessen Reiz sowohl in der Tastatur wie auch im Bildschirm lag. Soweit Keely das sagen konnte, hatte Gemma mit ihm noch nie Scrabble gespielt. Vielleicht hatte er im Fernsehen etwas gesehen – er sagte es nicht, und Gemma konnte sich nicht erinnern, fand die Frage auch bei weitem nicht so interessant wie Keely. Der Junge war im ersten Schuljahr, und doch konnte er bereits sehr gut lesen und auch einigermaßen schreiben. Keely fragte sich, wer ihm das beigebracht hatte. Es schien unmöglich, dass er alles selber in sich aufgesogen hatte. Einfache Wörter verstand er manchmal komplett falsch, auch verwechselte er Buchstaben. Es war merkwürdig, ihn mit krummem Rücken vor dem Computer sitzen zu sehen, wo er leicht keuchend herumprobierte – Wörter mit zaghaftem Antippen der Tasten zusammenbaute, bewusst oder versehentlich Listen erzeugte, die wie Webleinen über den Bildschirm fielen.

Keely freute sich darauf, dem Jungen das Spiel beizubringen, aber er fragte sich, wie es Kai gefallen würde. Es war nicht das spritzigste Brettspiel, das je erfunden wurde. Aber von Anfang an schien Kai weniger an den Punkten interessiert zu sein als an den Wörtern selbst. Begann das Spiel oft als Wettstreit zweier Jungs, schien Kai bald in eine Trance zu verfallen, aus der er sich nur hin und wieder zu einem kurzen Anerkennen des Spielpartners löste. Keely stellte sich vor, dass die Silben aus dem Chaos auftauchten. Er dachte an seine eigene Kindheit, wie die Wörter sich versteckten, als wollten sie unbedingt gefunden werden; verwandelt durch seinen Blick, boten sie sich ihm dar. Er war fasziniert von der Art, wie der Junge mit den Spielsteinen umging, wie er sie in den Händen drehte, mit den Daumenspitzen über die Buchstabenseite strich, als wäre er versucht, sie in den Mund zu schieben wie Schokoladenplättchen. Seine Finger zuckten rastlos über dem Brett, während er auf seine Buchstabenreihe auf ihrem kleinen Kiefernsockel atmete.

Kai war ein anstrengender Spielpartner. Er mochte es nicht, wenn Spielsteine auf dem Brett aus der Reihe rutschten. Und es brachte absolut nichts, zwischen Zügen Bemerkungen zu machen oder lahme Witze zu reißen, weil er einen dann nur böse anstarrte. Lärm ertrug er nur beim anfänglichen Schütteln und Verschieben der Spielsteine im Schachteldeckel vor Spielbeginn. Dann wirkte er wie jedes andere Kind. Er wühlte gern in den Steinen wie ein Geizkragen in seiner Knete – Dagobert Duck in seinem Geldspeicher –, aber sobald er dann angefangen hatte, war er ganz nüchterne Konzentration. Den Buchstaben Q mochte er nicht. Und Joker, Spielsteine, die beliebig einsetzbar waren, schienen ihm Angst zu machen; sie mussten umständlich mit einem Bleistift markiert werden, bevor er sie als real akzeptierte, und auch dann hatte er noch Schwierigkeiten mit ihnen, als hätten sie etwas Unglaubwürdiges an sich.

Aber eine Niederlage störte ihn nicht. Und zum Glück langweilte ihn das Spiel, sobald es dem Ende zuging. Wie Keely hatte er kein Interesse daran, Löcher mit Wörtern aus zwei Buchstaben oder Vor- oder Nachsilben zu stopfen und mit Wortklitterungen Punkte zu machen. Sobald die Rosinen herausgepickt waren, wurde er unruhig, und Keely gestand ihm nur zu gerne ein kameradschaftliches Unentschieden zu, um ein neues Spiel anzufangen.

Die ganze Woche lang spielten sie nachmittags und abends; es wurde zur Routine. Und abgesehen vom morgendlichen Schwimmen war das bald die Sache, auf die Keely sich am meisten freute. So etwas musste man erst einmal verdauen, das Wissen, dass ein Scrabble-Spiel mit einem Sechsjährigen zum Höhepunkt seines Tages geworden war. Aber er fand ein merkwürdiges Vergnügen daran, etwas, das er schon länger vermisste, als er sich eingestehen wollte.

Oft kam Kai mit einer neuen Zeichnung in der Hand nach der Schule direkt zu ihm – einem Honigfresser, einem Eisvogel, einem Reiher –, und Keely schickte ihn zu Obst, Keksen und Limettensirup nach Hause, bevor er dann mit der Scrabble-Schachtel vor der Brust wieder zu ihm kam. Gegen fünf kam Gemma vorbei und bugsierte den Jungen zum Duschen, und Keely folgte ihnen über die Galerie zu 1010, wo sie bereits die Zutaten für das Abendessen hergerichtet hatte. Die Abende bestanden aus an die Kühlschranktür gepinnten Schulnotizen und Lesen vor dem Zubettgehen. Ihre Gespräche wurden oberflächlich, als wären die Erwachsenen Partner in einer schal gewordenen Ehe. Die Routine amüsierte ihn, und er war dankbar dafür, aber oft sehnte er sich nach mehr. Keine hochgestochenen Unterhaltungen, nichts Anstrengendes. Aber er hätte gern Dinge gewusst, sie nach Details ausgefragt, nach Ereignissen in ihrem und in Kais Leben. Er fragte sich, wie es Baby, ihrer Schwester, ging. Es gab so viele Lücken, Jahre und Beziehungen, Katastrophen und Verletzungen, die er nur erraten konnte. Und es gab auch Augenblicke, in denen Gemmas körperliche Nähe ihm einen Stich versetzte.

Dennoch hatte er das Gefühl, dass sein Leben sich verändert hatte, dass es sich endlich etwas Kohärentem zuwandte. Die Kopfschmerzen wirkten erträglicher. Wegen Kai hielt er sogar Gemmas Zurückhaltung aus. Nach dem Essen spielten er und der Junge Scrabble und Super Mario, redeten über Vögel und Lebensräume, blätterten im Lexikon und googelten hin und wieder etwas, das Ganze ein langes und angenehmes Hinauszögern des Zubettgehens. Die nächtliche Herausforderung war es dann, dem Jungen eine Geschichte zu präsentieren. Während Keely an der Bettkante saß und auf eine Inspiration wartete, betrachtete der Junge die Entwicklung seines blauen Auges, wie die Verfärbung sich ausbreitete, den Umriss veränderte und dann zum Glück langsam verblasste. Es war irgendwie charmant – fast schmeichelhaft –, wie er jede Farbveränderung registrierte.

Dir gefällt dieses blaue Auge, sagte er zu Kai.

Nein, sagte der Junge. Ich mache nur, dass es weggeht.

Der Junge hatte Bilder und Sprüche, Sachen, die Keely im Gedächtnis blieben.

Zu Beginn eines Spiels: Sieben Steine, sagte er, fast beschwörend. Sieben Buchstaben. Wie sieben Tage. 7-Eleven. 24/7. Immer sieben. Müssen sieben sein.

Beim Zubettgehen: Honigfresser. Sie fressen aber Spinnen. Wenn es zu viele Spinnen gibt, gibt es zu viel Gift. Auf der Welt.

Wenn Keelys Witze lahm wurden: Nein, Tom. Kein Fallen.

Bei der Abenddämmerung: Schau. Der Leuchtturm. Zählt die Nacht.

Bei einer Episode von Friends: Adler. Sie sind Mörder. Kommen sie in den Himmel?

In Keelys Wohnung: Also wirklich. Wo kommen Wörter her?

Wenn er danach zu Hause war, saß er noch lange da und widerstand allen Versuchungen, erschöpft zwar, aber auch unfähig, im Kopf zur Ruhe zu kommen. Er versuchte, *Catch-22* noch einmal zu lesen und wunderte sich, dass er es in seiner Jugend so umwerfend komisch gefunden hatte. Jetzt war es zu erschütternd. Er wollte dem Autor zurufen: Nicht noch mehr, kein Flachsen, kein Fallen.

Meistens fühlte er sich jedoch okay, mehr oder weniger funktionierend. Nur die Gedanken schäumten über und hielten ihn vom Schlafen ab, so dass er zusah, wie der Leuchtturm am Parker Point die Nacht durchmaß.

Er dachte viel an Kai. Vor allem an die Art, wie er sich dem Schlaf widersetzte. Als wäre es etwas, das er fürchten müsste, keine Erlösung. Bis auf die letzten Augenblicke, wenn er bereits wegdämmerte, vermied der Junge Berührungen. Keely musste sich im Zaum halten, musste es sich verkneifen, dem Jungen die Haare zu verstrubbeln oder ihn im Vorbeigehen spielerisch zu stupsen. Als Kind hatte er es geliebt, von Nev gepiesackt, im Schwitzkasten auf den Boden gedrückt oder gekitzelt zu werden, bis er blau anlief. Es gefiel ihm, von ihm überwältigt zu werden, und es ihm dann mit Schenkelzwickern oder Tritten gegen das Knie heimzuzahlen – nur um zu spüren und vom anderen gespürt zu werden. Aber Kai fand Raum, wo es keinen zu geben schien; er konnte jedem gutgemeinten Klaps, jedem Drücken ausweichen, als ahnte sein Körper den anderen voraus, als beobachtete er jede Bewegung seines Gegenübers ganz genau.

Der Junge flüchtete sich in Schweigen, Träumereien, Dämmerzustände. In diesen Zeiten war er teilnahmslos, unerreichbar. Er konnte einen wegblinzeln, aus seiner Gegenwart löschen, und diese stummen Aussperrungen trieben Gemma in den Wahnsinn. Es gab so viel, was Keely nicht verstand. Es war, als wäre er erst zur Hälfte der Aufführung in ein Theaterstück gestolpert. Und er fragte sich, ob er je würde aufholen können.

Aber an einige Dinge gewöhnte er sich sehr schnell, auch wenn er nicht wusste, was sie bedeuteten. Wie das Ritual beim Zubettgehen, das er inzwischen genauso brauchte wie der Junge. Diese kurze Zeitspanne der mächtigen, träumerischen Ruhe zwischen ihnen hatte etwas, diese Intimität der geflüsterten Geschichte und das lange Schweigen, das folgte. Die Art, wie Kai im gestreiften Dämmerlicht wegdöste, sich vom Tag und seinem verteidigten Ich löste. Jeden Abend gab es diesen Augenblick der Panik vor der Kapitulation, in dem der Junge einen soliden Körperkontakt herstellte, ihn packte, die Hand ausstreckte wie ein Baby beim Schreckreflex, nach seinem Hemd fasste, als müsste er sich abfangen, bevor er endgültig losließ.

Ich kenne dich, sagte Kai eines Abends. Ich kannte dich, noch bevor du ein Gesicht hattest.

Ich verstehe nicht, murmelte er. Was meinst du damit?

Aber der Junge blieb stumm, vielleicht war er bereits eingeschlafen, und Keely ließ es sich durch den Kopf gehen, den Gedanken, dass Kai auf ihn gewartet hatte, Nacht für Nacht, wenn er allein in der Wohnung lag, während Gemma in der Arbeit war, auf jemanden wartete, der ihm Sicherheit brachte. Der Gedanke war berauschend. Es vermittelte einem Mann das Gefühl, riesig und wesentlich zu sein. Dass er vielleicht gebraucht wurde.

Gegen Ende der Woche bemerkte er, dass Gemma immer mürrischer wurde. Als sie ihn einmal zum Einkaufen schickte, brachte er die falsche Marke Küchenrolle. Er kochte mit zu viel Knoblauch und ließ wie Kai immer den Klodeckel oben. Sie hatte genug von ihrem streberhaften Jungengequatsche, ihrem Blödsinn über Vögel – und warum war er eigentlich immer in der Wohnung und nahm Platz weg? Sie brauchte keine Ehefrau, und außerdem trug er nichts zum Lebensunterhalt bei, also warum hörte er nicht auf, von ihr zu schnorren und ließ sie in Ruhe?

Am Donnerstag spielte er mit Kai nach der Schule ein schnelles Spiel, schickte ihn dann aber allein zum Abendessen nach Hause. Keely wollte sich für eine Weile rar machen. Aber am Freitag kam sie mit einem gegrillten Hähnchen vorbei, das sie unterwegs mitgenommen hatte, und erinnerte ihn an den Gefängnisbesuch am nächsten Morgen. Sie habe die Nacht frei, sagte sie mädchenhaft. Und für jemanden, der eben aus der Arbeit im Supermarkt kam, war sie ein bisschen zu sorgfältig hergerichtet. Sie machte ihn ganz verrückt.

Gemma ließ ihm das Hähnchen da, aber er blieb zu Hause und holte sich zu einem Film mürrisch einen runter. Später dachte er daran, Harriet anzurufen – sie war vermutlich noch in der Arbeit, und die Nummer hätte er schnell herausgefunden. Plötzlich wollte er ihre Stimme hören, ihr von dem Jungen erzählen, der sich an seinem Arm festhielt, aber dazu war er noch nicht verrückt genug. Sie würde ihn für rachsüchtig oder erbärmlich halten. Er würde sie zum Weinen bringen und sich dafür hassen.

Und während unten Betrunkene in festlicher Stimmung durch die Straßen torkelten, schleppte er sich ins Bett. An morgen konnte er nicht denken. Versuchte, sich selbst zu hypnotisieren. Sich Schritt für Schritt, Biegung für Biegung nach unten zu schleichen, ins Vergessen, jedem Gedanken aus dem Weg zu gehen. Meistens versagte er.

Er träumte, er würde schwimmen, allein aufs offene Meer hinaus, würde vor Schatten fliehen und sich selbst winzig machen vor Angst.

Es war eine lange, heiße Fahrt hinaus ins Tal. Sie mussten die gesamte Trostlosigkeit Perths durchqueren – jede graue und khakifarbene Vorstadt, jedes brütende Industriegebiet, jeden Parkplatz und jede Junk-Food-Filiale auf der verwüsteten Ebene. Die samstagmorgendlichen Fahrer waren apathisch und trieben einen zum Wahnsinn. Die Hitze rollte in Wellen von den Hügelketten herab. Anfangs fuhr Gemma, doch sie war vor nervöser Aufregung so unkonzentriert, dass sie am Straßenrand halten und Keely das Steuer übergeben musste. Er, der fast so zittrig war wie sie, folgte ihren Richtungsanweisungen und ertrug ihre galligen Kommentare, bis sie ins Hinterland kamen, wo ausgetrocknete Pferdeweiden sich abwechselten mit Wohnsiedlungen von herzzerreißender Hässlichkeit.

Hinten saß Kai mit Skizzenblock und Bleistift und wirkte so gedämpft, als hätte er sich komplett in sich zurückgezogen. Der Junge war schon öfter in Bandyup gewesen, aber er wollte nicht darüber reden. Wenn Gemma zu Hause über seine Mutter sprach, beteiligte er sich kaum. Die ganze Sache machte Keely nervös.

Seine Augen brannten. In seinem Kopf pochte und schwirrte es. Auf allem lagen Lichtflecken, die die Sicht verschmierten, wie in einem alten Video. Es war beschissen, sich nach einem alkoholfreien Abend so schlecht zu fühlen. Nicht einmal eine Pille hatte er in den letzten zwölf Stunden eingeworfen, und jetzt fühlte er sich schlimmer als nach einer Sauftour. Zur Abhilfe dachte er an würdige Analgetika: Panadeine Forte, Nurofen Osteo, Mersyndol.

Als die Abzweigung schließlich kam, verpasste er sie. Gemma schlug angewidert aufs Armaturenbrett. Er bremste heftig und hielt am Straßenrand.

Um Himmels willen, sagte er, so erschrocken wie wütend. Jetzt beruhig dich wieder, okay?

Bei der Wende auf dem Highway ließ er seine Entrüstung am Auto aus, obwohl ihm bewusst war, wie wenig seine Theatralik brachte.

Das Frauengefängnis war ein gedrungener Backsteinkomplex, der weit von der Straße zurückgesetzt lag. Bis auf die Stacheldrahtrollen sah es nicht hässlicher aus als die Schulen, auf die er in den Sechzigern und Siebzigern gegangen war. Und doch bekam er einen trockenen Mund, als sie nur über die Auffahrt rollten.

Sie waren ein paar Minuten zu früh dran. Er fand eine Stelle, wo man parken durfte. Ließ den Motor laufen, um wenigstens die dürftige Erleichterung zu haben, die die Klimaanlage bot. Gemma öffnete und schloss wiederholt ihre Handtasche. Sie kontrollierte im Spiegel ihr Gesicht, versuchte, Kai die Haare hinter die Ohren zu streichen. Mit der Zeit trudelten andere Fahrzeuge ein.

Ich komm dann um elf wieder, sagte Keely. Oder wenn es dir lieber ist, warte ich hier – falls du früher rauskommst.

Du kommst nicht mit rein?, fragte sie pikiert.

Ach, rief er unaufrichtig. War mir nicht klar.

Mein Gott. Du *musst* ja nicht.

Nein, es ist nur so, dass ich nicht …

Ich habe dich wegen Kai gebeten.

Keinerlei Problem, sagte er. Natürlich.

O Mann.

Wirklich, sagte er und schaltete den Motor aus.

Siehst du, sagte sie zu Kai und drehte sich auf dem Sitz um. Tom kommt auch mit. Bist du bereit, deine Mom zu sehen?

Kai zuckte die Achseln.

Ach, Schätzchen, sagte sie zu fröhlich. Sie wird sich ja *so* freuen!

Der Junge packte seine Sachen mit ausdrucksloser Miene zusammen.

Die Hitze war mörderisch, als sie die Autotüren öffneten. Keely merkte, wie sie ihm die Kehle eng machte und die Ränder seines Sichtfelds auflodern ließ. Gemma nahm Kai am Arm, und Keely folgte. Auf dem Weg zum Empfang plapperte sie über Schatten und Klimaanlagen, aber nachdem sie die industrielle Kühle des Innenbereichs betreten hatten, spürten sie erstaunlich wenig Erleichterung. Mit seinem Schildergewirr, dem antiseptischen Geruch und der Atmosphäre unterdrückter Verzweiflung hätte das Gebäude ein Anbau irgendeiner Sozialbehörde sein können – ob Arbeitsamt, Wohnungsamt oder Sozialamt. Auf dieser Seite des Glases hatte man versucht, ein gewisses Gefühl von Normalität zu erzeugen, aber das Bemühen war beinahe mit Händen zu greifen. Die falsche Fröhlichkeit unter den Besuchern. Die verstohlenen Seitenblicke. Keely spürte eine sengende Röte in seinen Wangen.

Er folgte Gemma, tat, was sie tat, versuchte, entspannt zu wirken. Sie stellte sich in eine Schlange, wechselte mit anderen ein dünnes Lächeln. Aber der Registrierungsprozess hatte noch kaum begonnen, da drehte Gemma sich um und zerrte an seinem Ärmel.

O Gott, sagte sie. Sie haben die Hunde dabei.

Was bedeutet das?, fragte er.

Am Anfang der Schlange gingen ein Uniformierter und sein ungeduldiger Köter hin und her.

Kein Körperkontakt, sagte Gemma durch die Zähne. Wir müssen uns ganz ausziehen – mein Gott! Tom, bring ihn weg.

Was?

Kai, sagte sie. Geh mit ihm nach draußen.

Aber warum?

Steck ihn einfach ins Auto und fahr ein bisschen mit ihm herum.

Gemma …

Ich lasse nicht zu, dass die den Jungen anlangen.

Bist du sicher?

Natürlich bin ich verdammt noch mal sicher, und jetzt geh – sofort!

Verwirrt, aber auch wie elektrisiert führte er das Kind zum Eingang zurück.

Alles okay?, fragte der Beamte an der Tür.

Wir haben es uns anders überlegt, sagte Keely.

Kann ich mir vorstellen, murmelte er ein bisschen zu wissend.

Aus der tiefgekühlten Anlage traten sie in die weiße Sonne. Keely spürte, wie sie ihm in die Augen stach, und der Schmerz wanderte durch die Schultern und die Ellbogen bis in die Hände.

Er wusste nicht, was er Kai sagen sollte. Dann fragte er sich, ob der Junge überhaupt eine Erklärung brauchte. Einfach nur um weg zu sein, fuhr Keely mit ihm auf den Highway, aber kaum war er frei und erlöst (und hatte ein schlechtes Gewissen wegen der Erleichterung, die er empfand), stellte sich sofort das Problem, wohin sie fahren und was sie tun sollten in dieser Tristesse aus Überführungen und Dornengestrüpp. Es gab rein gar nichts: keinen Schatten, keine Häuser, keine Läden. Riesige Schilder erhoben sich vor ihnen, die für Naturparks und als Winzereien getarnte Touristenfallen warben.

Nach ein paar Minuten fuhr Keely auf den Parkplatz eines halb rustikalen Rasthauses, wo Sattelzüge in Schlangen vor Express-Dieselpumpen standen. Wassermelonen waren in Kisten aufgestapelt. Am Rand der Kiesfläche konnte man Wohnwagen mieten und Pferdedung kaufen.

Du hast doch sicher Durst, sagte er zu Kai.

Ja, gab der Junge zu.

Drinnen stank es nach gebratenem Speck und brandigem Kaffee. Nach dem Gefängnis anheimelnde Gerüche. Und es war kühl hier drin, aber nicht kalt. Keely kaufte eine Cola und eine Packung Chips für den Jungen. Vergiss die Skrupel – der Junge brauchte irgendeine Belohnung. Für sich selbst einen Apfelsaft. Er kippte ihn hinunter, noch bevor er sich einen Stuhl herangezogen hatte. Kai machte sein Getränk und die Chipstüte auf und legte dann seinen Skizzenblock auf den Tisch. Keely hatte gar nicht gemerkt, dass er ihn mitgebracht hatte. Er sah zu, wie der Junge seine Stifte ordnete.

Na, sagte er. Das war ein bisschen peinlich, was?

Der Junge schaute an ihm vorbei.

Tut mir leid, dass du deine Mum nicht sehen kannst.

Kai suchte sich einen Stift aus.

Deine Nan wird dir alles erklären.

Es geht um Drogen, sagte Kai.

Verstehe, sagte er unglückselig.

Eine Kellnerin kam auf zarten Füßen herbeigetrippelt und informierte sie, dass sie nur drinnen sitzen durften, wenn sie eine Mahlzeit bestellten. Keely hielt die Hitze im Augenblick einfach nicht aus, und er wollte unbedingt alles Unangenehme vermeiden, deshalb bestellte er ein Schinkensandwich mit Salat und Tomate. Vielleicht würde der Junge ja daran knabbern.

Du hast Glück, dass du deine Nan hast, sagte er.

Der Junge nagte an der Unterlippe.

Was zeichnest du?

Kai zuckte die Achseln.

Kann ich's sehen?

Kai rollte einen Stift auf der Tischplatte hin und her, als würde er sich die Frage überlegen. Dann schob er ihm den Block zu. Keely nahm ihn zur Hand und blätterte durch Zeichnungen von Elstern, einer Dickschnabelmöwe und mehreren verunglückten Versuchen eines Pelikans. Danach kam eine Reihe einfacher, fast stilisierter Bilder, die nichts mit Vögeln zu tun hatten. Keely brauchte eine Weile, bis er begriff, was sie darstellten.

Kai, was ist das?

Nur ich, sagte der Junge und betrachtete einen salzigen, geriffelten Chip.

Ein Umriss?

Kai leckte das Salz vom Chip. Keely schaute sich die eindringliche Linienführung, die ausgestreckten Glieder noch einmal an. Es war die klassische Darstellung einer Leiche, wie man sie jeden Abend im Fernsehen sah.

Was ist damit? Wozu ist es gut?

Ich zeichne es, wenn ich es träume.

Wenn du es *träumst?* Du meinst den Traum, von dem du mir schon erzählt hast?

Wo ich lande. Ich bin dort eine Weile. Dann bin ich weg, und das ist alles, was noch übrig ist.

Diese Linie?

Der Junge aß den Chip, trank einen Schluck Cola und rülpste leise.

Bist du sicher, dass es ein Traum ist?

Kai zeigte eine Miene eingeübter Geduld, schaute ihm aber nicht direkt in die Augen.

Na, das ist aber ziemlich interessant, sagte er und versuchte, seine Besorgnis zu verstecken.

Der Junge nahm sich den Block wieder und blätterte ihn durch.

Macht dir das keine Angst?

Kai griff zum Stift und rollte ihn wieder.

Kai? Kannst du mir das sagen?

Der Junge spitzte auf eine Art die Lippen, die Zustimmung andeutete.

Keely drückte sich die Daumen an die Schläfen, versuchte nachzudenken.

Die Kellnerin kam mit einem kolossalen Sandwich. Sie schauten es an, der Mann und der Junge, und Keely sah, dass Kai es wollte, aber erst dazu überredet werden musste. Er schob ihm Messer und Gabel hin.

Ich wette, das schaffst du nicht, sagte er.

Kai legte Block und Stifte beiseite, zog den Teller zu sich und machte sich mit seiner gewohnten pedantischen Präzision ans Werk. Keely hätte ihm den ganzen Tag dabei zuschauen können. Beim Essen fielen dem Jungen die feinen, blonden Haare ins Gesicht. Er schob sie mit dem Unterarm beiseite und kaute methodisch, die Augen vor Konzentration halb geschlossen.

Keely stand auf, um sich noch einen Saft zu holen, und an der Theke drehte er sich um und sah zu, wie der Junge sich einen weiteren Bissen in den Mund schob.

Er ist ganz reizend, sagte die Kellnerin, die ihn offensichtlich für einen geschiedenen Vater hielt, der seinen Sohn nur am Samstag sehen durfte.

Ja, sagte Keely. Das ist er.

Als Gemma ins Auto stieg, brachte sie einen leicht ätzenden Geruch mit sich, der an einen Schwelbrand nach einem Kurzschluss erinnerte, und er sah an ihrer wie gebrühten Gesichtsfarbe, dass er sie schon eine ganze Weile in der Sonne hatte warten lassen. Einige Minuten lang sagte niemand etwas. Die Klimaanlage des Hyundai summte kraftlos. An der Auffahrt zum Highway fing Gemma dann an, ihre Augen mit einem Papiertuch zu betupfen.

Tut mir leid, dass du sie nicht sehen konntest, Kai, sagte sie.

Keely war nicht sicher, ob der Junge sie gehört hatte. Im Rückspiegel sah er, dass er zum Verkehr hinausschaute und sich ausdruckslos über die Lippen leckte.

Du kannst ja nichts dafür, sagte Keely.

Nein, kann ich nicht.

Plötzlich beugte sie sich vor. In einem gespenstischen, stummen Schluchzen schlug sie sich mit der Faust an die Stirn. Keely gab sich Mühe, sich auf die Straße und den Verkehr zu konzentrieren, doch aus den Augenwinkeln sah er das weiße Aufblitzen des Taschentuchs in ihren zusammengepressten Fingern, die geschwollenen Adern an ihrem Hals, ein dunkelrotes Ohr. Sie stieß ein kleines, ersticktes Seufzen aus. Und nach ein paar Augenblicken hatte sie sich wieder in der Gewalt.

Der Hund, sagte sie schließlich. Den haben sie dabei, wenn sie ihre Privilegien verloren hat.

Ich kann dir nicht folgen, sagte er und machte sich Sorgen um den Jungen.

Sie hat natürlich nichts gesagt. Aber ich habe es gleich gewusst.

Schätze, du hast Übung drin.

Man weiß es einfach. Wenn plötzlich jeder Körperkontakt verboten ist, wenn man sich ausziehen und von den Hunden beschnuppern lassen muss, heißt das, dass sie nicht clean ist. Mann, sie hätte was sagen sollen, als sie anrief, um es dem Jungen zu ersparen. Sie weiß, was das bedeutet. Aber das interessiert sie nicht die Bohne. Wie kann sie zulassen, dass wir kommen und er dann so abgegrabscht wird? Mein Gott, du hattest Glück, dass sie dir nicht nach draußen gefolgt sind und das Auto durchsucht haben.

Was hätte das ausgemacht?, fragte er. Hier drinnen ist doch nichts.

Kumpel, die Hunde hätten bei der Karre sofort angeschlagen. Glaubst du, das Ding stinkt nicht nach dem, was sie suchen?

Aber wir haben nichts dabei, Gem.

Als würde das einen Unterschied machen. Der Hund schlägt an, und die denken, du dealst. Und plötzlich heißt's, Hände aufs Autodach. Leibesvisitation, noch mehr Blödsinn.

Aber sie würden sehen, dass wir sauber sind.

Mein Gott, du hast ja keine Ahnung.

Keely steuerte das Auto. Angewidert. Wütend. Er schmeckte Phosphor in der Kehle.

Nach einem Augenblick des Schweigens zündete sie sich eine Zigarette an und kurbelte das Fenster herunter.

Diese blöde Kuh, sagte sie.

Auf dem Freeway schlängelten sie sich durch den in die Stadt strömenden Verkehr.

Ich war nur zehn Minuten drin, sagte sie. Weißt du, worüber sie reden wollte? Das Auto. Sie will, dass ich es verkaufe, will das Geld auf einem Konto. Sie will, dass auch das Computerzeug verkauft wird. Kannst du dir das vorstellen? Sie will Geld. Ich habe das schon mal mitgemacht, ich brauche das nicht mehr.

Das sind nur die Drogen, sagte Kai.

Ja, Schätzchen. Genau darum geht's. Aber sie wird sich fangen. Wir fahren irgendwann wieder hin. Wenn sie wieder okay ist.

Der Junge sagte nichts. Sie fuhren schweigend nach Hause.

Noch träge vom Mersyndol kraulte er zum Ponton hinaus. Der weiße Sandboden unter ihm hatte Rippen und Dellen, und das Licht von der Oberfläche glitzerte über den Sand in pulsierenden Ausschlägen wie Hirnströme. Als er sich an der Leiter hochzog, sprangen Kinder über ihn hinweg, tauchten hinter ihm ein und schickten mit ihren Körpern Schockwellen durchs Wasser. Er kletterte auf den Ponton und saß eine Weile nur da, musste sich abstützen gegen das Schwanken und Rucken, da die Plattform an ihren Ketten riss und die Kinder hinunterhüpften und sich gegenseitig jagten und neckten. Er fühlte sich unsicher unter den Jugendlichen, aber das Wasser hatte ihm den Kopf durchgepustet, und er war ruhig genug, um ihre närrische Vitalität amüsant zu finden. Weder Gemma noch Kai hatten mitkommen wollen, und er war froh darum. Der Strand war eine Erleichterung, ein glücklich wimmelndes Farbmosaik. Sonnenschirme, Bälle, Lycra, Körper, Haare. Der Wüstenwind trug Gelächter, Rufe und Musik übers Wasser. Er blieb noch eine Weile, genoss es, solange er konnte. Oben auf dem Gras war von Conan nichts zu sehen. Keely war in Sicherheit.

Danach radelte er ins Westend und schaute sich eine Kunstausstellung in einem alten viktorianischen Lagerhaus an. Nur um sich wieder normal zu fühlen. Aber es war heiß in der Galerie, die weiße Tünche der Wände zu hell für ihn. Er ging weiter zu einem Buchladen, verlor dort aber die Orientierung. Fand sich vor einer Reihe mit Modebänden unter dem Ventilator der Klimaanlage wieder.

Kann ich Ihnen bei irgendetwas helfen?, fragte die tätowierte junge Frau, die von der Kasse zu ihm kam.

Er grinste doof und schüttelte den Kopf. Hier gab es nichts, was er sich leisten konnte. Und wie er jetzt merkte, war er bereits seit fünfzehn Minuten da. Hatte nicht einmal gestöbert. War einfach nur dagestanden. Wie eine Säule, eine unbetreute Installation.

Spät am Nachmittag kam Kai zur Tür.

Nan hat was zum Essen mitgebracht, sagte der Junge.

Keely hatte keine Lust mitzukommen, er hätte ganz gern eine Weile Ruhe vor ihnen gehabt, aber er brachte es nicht übers Herz, dem Jungen einen Korb zu geben.

Ich bin gleich da, sagte er.

Keely wusch sich das Salz aus dem Gesicht und suchte nach einem sauberen Hemd. Als er zur Tür kam, stand der Junge immer noch da. Er wusste nicht recht, ob Kai ihm etwas zu sagen hatte oder ob er ihn einfach nur begleiten wollte. Er wollte ihn nicht ausfragen. So wurde nichts gesagt.

Gemma tischte chinesisches Essen auf. Kai schob eine DVD in den Player. Zum x-ten Mal schauten sie Shrek bei seinen Abenteuern zu. Niemand redete viel. Gemma wirkte abwesend. Als bedauerte sie etwas, als läge eine unausgesprochene Entschuldigung in der Luft. Kai hatte nur Augen für den grünen Oger und seine verrückten Scherze; er liebte alles an diesem Film bis auf die Hintergrundmusik, die langweilte ihn. Keely dachte wieder an die jüngsten Zeichnungen des Jungen. Vielleicht hatte er diese Leichenumrisse in einer TV-Krimiserie gesehen. Sie beunruhigten ihn. Er sollte Gemma davon erzählen. Aber vielleicht nicht heute Abend.

Er ist nicht glücklich, sagte sie später am Spülbecken leise.

Es war ein anstrengender Tag, murmelte er.

Magst du bei ihm bleiben? Nur bis er eingeschlafen ist?

Er nickte. Natürlich.

Als du noch nicht da warst, war es egal. Aber jetzt bist du – na ja, schau uns an.

Er zuckte die Achseln. Es war schwer zu verstehen, was sie meinte.

Manchmal wäre es mir lieber, sie wäre nie geboren.

Keely legte kommentarlos einen schaumigen Teller aufs Abtropfbrett.

Ihr Vater war ein Scheißkerl. Wenn bloß nichts von alldem passiert wäre.

Dann hättest du Kai nicht, sagte er sanft.

Sie nickte abwesend und wischte den Teller mit einem Geschirrtuch trocken.

Gemma?

Ich will nicht mehr darüber reden.

Er wachte auf.

Bei Gemma. Auf der Couch. Der Junge stand über ihm.

Oh, krächzte er. Was ist los? Wie spät ist es?

Vier und zwölf, sagte Kai. Im gelben Licht, das von den Werften heraufleuchtete, wirkte sein Gesicht blass.

Alles okay mit dir?

Ich habe eine Frage.

Aha, sagte er und stützte sich langsam auf den Ellbogen. Gut. Okay. Nur einen Augenblick, ich muss erst wach werden.

Wie ist das, wenn man alt wird?

Keely setzte sich auf der Couch mehr oder weniger aufrecht hin, legte einen Augenblick den Kopf in den Nacken, um sich der Umgebung bewusst zu werden. Das Schlafzimmerlicht brannte. Gemma war noch in der Arbeit.

Hattest du einen Traum?

Der Junge sagte nichts. Sein Oberkörper war nackt, er trug nur eine Pyjama-Shorts. Sein Atem roch bitter, die Augen waren im Dämmerlicht weit aufgerissen.

Tom?

Kai, es ist mitten in der Nacht.

Bist du wach?

Tja, ich schätze, jetzt schon. Hat dir was Angst gemacht?

Kannst du es mir sagen?

Das Altwerden? Ist das die Frage? Keely hatte einen steifen Rücken. Er fragte sich, wie lange der Junge schon wach war.

Es ist nur, ich weiß nicht, wie es ist, sagte der Junge.

Kumpel, ich weiß nicht, was ich dir sagen soll.

Aber du bist doch alt.

Na ja. Älter als du. Und ja, jetzt im Augenblick fühle ich mich ziemlich alt, und das ist die Wahrheit.

Kannst du es sagen?

Wie es ist, meinst du? Wie es sich anfühlt? Keely kratzte sich die Bartstoppeln, knetete kurz die Wangen. Die Sache ist die, sagte er. Die Sache ist die, man merkt es kaum. Es passiert so langsam. Im Spiegel sieht man anders aus, aber innendrin fühlt man sich noch genauso wie früher. Man ist nichts als ein Junge im Körper eines alten Mannes, so fühlt es sich an. Schätze, das geht allen so.

Der Junge schüttelte den Kopf.

Ich versuche, es zu sehen. Aber ich kann es nicht.

Na ja, schätze, man braucht viel Phantasie, um sich so was vorzustellen.

Ich habe viel Phantasie. Mrs. Crumb sagt das. Und Father Crean sagt es.

Das ist gut. Es ist ein großes Kompliment. Willst du dich einen Augenblick hierhersetzen?, fragte er und klopfte aufs Kissen.

Aber es ist nicht *da*, sagte der Junge, ohne auf ihn einzugehen. Er stand noch immer. Und schaute an ihm vorbei.

Wie? Was ist nicht da?

Das Altsein.

Keely schaute dem Jungen forschend ins Gesicht.

Kai?

Mir wird es nicht passieren.

Dass du alt wirst? Das passiert uns allen, Kumpel.

Nein, sagte er traurig. Mir nicht.

Keely griff nach dem Arm des Jungen, doch Kai wich ihm aus.

Kai, hör zu. Du musst dir über solche Dinge keine Gedanken machen.

Bist du wie dein Dad?

Kumpel, was beschäftigt dich?

Keely stemmte sich hoch, und der Junge machte ihm Platz. An der Spüle nahm er sich ein Glas und füllte es mit Wasser. Er trank es auf einen Zug aus und füllte es noch einmal.

Ich bin nicht wie mein Dad, sagte Kai und stützte das Kinn auf die Theke zwischen ihnen.

Mein Dad ist tot, sagte Keely.

Ich weiß. Aber vielleicht bist du ja so wie er. Als er noch lebte.

Und wie kommst du drauf, das zu sagen?

Nan hat es gesagt.

Na ja, sagte Keely. Ich wäre gern so. Aber ich glaube nicht, dass ich es bin. Leider. Inzwischen bin ich schon älter, als er jemals wurde. Ist das nicht merkwürdig? Hör mal, was hat sie dir erzählt?

Wirst du jetzt mein Dad?

Hat sie das gesagt?

Kai schüttelte den Kopf.

Oh. Ähm, nein. Du hast doch schon einen Dad.

Ja.

Aber ich bin dein Kumpel, okay?

Okay.

Wirklich. Ich bin dein Freund. Du kannst mir alles sagen.

Kai dachte darüber nach.

Ich weiß Sachen, sagte der Junge und breitete die Hände auf der laminierten Oberfläche aus.

Ich glaube dir.

Er hat Leute gerettet.

Wer?

Nan hat das gesagt.

Wer hat Leute gerettet?

Dein Dad.

Darauf spürte Keely einen vertrauten Stich des Kummers. So heiß, so frisch, so hart wie seit Jahren nicht.

Stimmt das?

Na ja, wenn deine Nan es sagt.

Aber manchmal sagt sie Zeugs. Nur um nett zu sein. Er ist nicht nur eine Geschichte?

Keely stellte das Glas ab und schaute Kais Hände an. Er fühlte sich gefangen.

Hör mal, warum gehen wir nicht rein und legen uns hin, mh?

Stimmt es? Also, dass er Leute gerettet hat? Dass sie ihn in der Nacht riefen, und er kam?

Glaub schon, ja.

Da ist dieser böse Dad, sagte Kai. Es ist dunkel auf der Straße. Er ist wirklich gemein, er macht die allerschlimmsten Sachen. Und die Kinder weinen. Sie verstecken sich in der Toilette. Laufen in den Schuppen. Sie gehen in den Garten und rufen um Hilfe. Aber niemand kommt, weil alle Angst vor ihm haben. Niemand außer deinem Dad.

Ja. Ich glaube, das stimmt.

Und er rettet sie.

Er versucht es.

Er kämpft mit ihm, sagte der Junge, der sich inzwischen in Begeisterung geredet hatte. Er rettet die Kinder. Er ist groß und stark und hat ein Motorrad. Und große Hände.

Lass uns drin weiterreden, sagte Keely und deutete zum Schlafzimmer.

Er ist richtig groß, sagte der Junge und ließ sich führen. Wie ein Oger. Wie Shrek.

Vielleicht, sagte Keely und dachte darüber nach. Vielleicht ein bisschen.

Er schaffte den Jungen ins Bett. Der Ostwind ächzte bereits in den Balustraden und Schieberahmen der Fenster. Die Laken waren kühl. Sie rochen nach Frau und Kind. Kais Haare breiteten sich auf dem Kissen aus. Auf seiner blassen Brust legte er die Fingerspitzen aneinander.

Ich wünsche mir, er wäre nicht tot.

Ja, sagte Keely und legte sich auf Gemmas Kissen. Ich auch.

Er würde kommen. Er würde mich retten.

Keely betrachtete das Gesicht des Jungen.

Dieser Alptraum. Ich glaube, der beunruhigt dich wirklich.

Die Leute sind nicht schlecht, sagte Kai leise. Es sind nur Augen und keine Gesichter. Aber sie sind nicht schlecht.

Also ist da keiner, der dir wehtut?

Nein. Das Wehtun wird kleiner. Es ist irgendwie traurig. Wie … Wie wenn alles weggeht, sich ausschaltet. Aber ich will es nicht. Alles geht aus wie am Ende des Tages.

Wie beim Einschlafen?

Er zuckte die Achseln.

Und du kannst dich selber sehen?

Manchmal bin ich kleiner. Ich kann es von hier aus sehen

Und das zeichnest du?

Der Junge gähnte.

Kai, hast du deiner Nan von diesem Traum erzählt?

Der Junge keuchte ein wenig.

Kai?

Er ist auch nicht sehr alt geworden. Dein Dad.

Du wirst alt werden, Kumpel.

Und einen Bart, sagte der Junge schläfrig. Und große Hände.

Ein langes Schweigen folgte, als würde Kai sich diesen legendären, großen Mann vorstellen und in irgendeinem Detail schwelgen, bevor er es wieder losließ. Keely spürte die kleine Hand auf seinem Arm, den Augenblick der Panik, und dann war der Junge, von Müdigkeit überwältigt, eingeschlafen.

Sie lagen noch da, nebeneinander, der Junge schlafend, der Mann wach, als bei Tagesanbruch Gemmas Schlüssel im Schloss kratzte.

Mittags waren die heißen Straßen proppenvoll, und der Strip war ein Tollhaus. Er bog in die Nebenstraße ab, aber sogar das Bub's war voll. Der Laden roch nach Speck, Kaffee, Knoblauch, doch mit diesem gemütlichen Mief wetteiferten die Deos, Cremes und Parfums des Sonntags.

O Gott, murmelte er an der Tür. Verschone mich.

So wie du aussiehst, sagte Bub, der an seinen Tischen eben das Geschirr abräumte, ist es eher Frühstück als Mittagessen.

Keely nickte düster und suchte nach einem freien Platz, fand aber keinen.

Ich hatte vor einer Stunde den Minister hier, sagte Bub.

Welchen?

Du weißt, welchen.

Hättest ihn vergiften sollen.

Bei den Clowns, die für mich arbeiten, hab ich's wahrscheinlich getan. Speck und Eier für dich?

Perfekt.

Der kahlköpfige Wirt dirigierte Keely zu einem Hocker am Ende der Bar, und kurz darauf kamen sein großer Apfelsaft und der doppelte Espresso.

Du humpelst, Tommy.

Rückenschmerzen.

Vom vielen Vögeln.

Unwahrscheinlich.

Fast gegen seinen Willen nahm Keely eine bereits zerfledderte Zeitung zur Hand. Klatschte die hässliche Titelseite auf die Theke, um hinten nachzusehen, in welche Einkaufskatastrophen sich die Dockers in dieser Vorsaison gestürzt hatten. Aber es ging nur um Cricket. Er legte sie weg, als sein Frühstück in den Händen eines wunderbaren Gothic-Mädchens in Kilt und Netzoberteil ankam.

Cricket, sagte er. Worum geht's da?

Geld, schätze ich. Und Blondinen. Wer könnte da widerstehen, was?

Keely lächelte, und sie stellte ihm seinen Teller mit einer ironisch schwungvollen Geste hin. Als sie davontänzelte, erhaschte er einen kurzen Blick auf die Spülstation in der Küche, wo ein Junge mit Bürstenschnitt Schalen und Pfannen mit der Teleskopbrause bearbeitete. Sein Aknegesicht war gerötet, er sah elend aus, und bevor die Tür wieder zuschwang, trafen sich kurz ihre Blicke.

Bub's war immer ihr Frühstückscafé gewesen. Seins und das der WildForce-Mannschaft. Es war ein bescheidener Laden, anständig und ohne Chichi. Unter der Woche war es das Stammlokal von zwielichtigen Viertelbewohnern, Politikfuzzis, Polizisten und Fischern. In alten Zeiten fing die Hälfte der Nichtregierungsorganisationen der Stadt hier ihren Tag an, als Kaffee und eine gute Lästerrunde noch als Briefing galten. Seit seinem schmutzigen Abgang schienen alte Genossen und Rivalen in andere Lokale abgewandert zu sein. Übrig waren noch ein paar deprimierte Menschenfreunde, die ihn entweder aus Mitleid oder aus Angst vor Ansteckung ignorierten.

Bub hatte nie etwas zu seinem öffentlichen Wutausbruch gesagt. Er besaß die Verschwiegenheit oder vielleicht auch die Gleichgültigkeit eines Kerls, der selber ein paar Brücken abgefackelt hatte. Heute schien er besonders gestresst zu sein. Die Sonntagskundschaft erforderte einen anderen Energieeinsatz – zum Beispiel musste viel Milch aufgeschäumt werden –, und es schien, als hätte er zu wenig Personal.

Ich weiß, was du denkst, sagte Bub, der mit Tellern voller Pasta an ihm vorbeiging. Du bist durchschaubar.

Keely konzentrierte sich auf seine Eier mit Speck, und als Bub zurückkam, hob er den Kopf.

Wenn du's wissen willst, ich habe gerade über dich nachgedacht, du armer Kerl. Brauchst du Hilfe?

Leck mich, sagte Bub gutmütig.

Ich meine es ernst.

Du hast doch zwei linke Hände.

Ich würde das schon schaffen.

Iss dein Frühstück, sagte Bub und ging in die Küche.

Keely sah zu, wie Bub und das Mädchen im Kilt herumwirbelten, schweißgebadet und gehetzt.

Wirklich, meinte er, als Bub wieder an ihm vorbeikam. Ich könnte aushelfen. Brauchst du noch einen Spüler?

Bub nahm seinen Teller und wischte die Theke.

Meinst du das wirklich ernst?

Ich bin pleite, Kumpel. Heute würde ich noch umsonst arbeiten. Alle anderen Tage für Geld.

Leck mich.

Ist das zwingend vorgeschrieben?

Bub schaute über die Schulter zur Küche. Jetzt wird's sowieso ruhiger. Aber danke. Brauchst du ein paar Mäuse?

Ja. Aber nur, wenn ich dafür arbeiten kann. Ohne dass ich, du weißt schon, mit der Öffentlichkeit in Berührung komme.

Na ja, komisch wäre das schon. Aber ich könnte Hilfe gebrauchen. Jeder andere Arsch ist in den Minen, und die Rucksacktouristen düsen nach Hause, um zu retten, was von Europa noch übrig ist.

Ich meine es ernst.
Donnerstag. Sei um sieben da.
Hey, danke.
Ich meine in der Früh. Und komm ja nicht zu spät.

Als Keely nach der weißen Hitze der Straßen die Lobby betrat, war er kurzfristig blind. Die Türen glitten hinter ihm zu, und er brauchte ein paar Augenblicke, um sich in dem viel schwächeren Licht zurechtzufinden. Und als er um die Ecke zu den Liften bog, stieß er mit jemandem zusammen, den er nicht hatte kommen sehen.

Pass auf, du blöder Wichser, sagte der Kerl heiser und schob sich an ihm vorbei, ohne stehen zu bleiben.

Mann, Kumpel, sagte Keely, der sich flach an die Wand drückte. Was ist dein Problem?

Du, sagte der Kerl über die Schulter. Arschlöcher wie du.

Na hör mal …

Aber die Türen gingen auf, und der Blödmann war verschwunden, wie aufgelöst in der gleißenden Glut des Nachmittags. Niemand, den er kannte. Wobei er ihn kaum gesehen hatte. Nur der Eindruck von jemand Kleinem und Dunkelhaarigem mit einer leichten Schweißfahne. Keely hoffte, dass es kein Bewohner war; die Aussicht auf regelmäßige Begegnungen deprimierte ihn. Was für ein uncharmanter Scheißhaufen. Das Mirador war nicht gerade eine vornehme Adresse – Etage um Etage waren hier alle möglichen Charaktere zusammengepfercht, einige weniger als liebenswürdig –, aber die meisten konnten sich zumindest zu so etwas wie angestrengter Höflichkeit aufraffen. Diese aggressive Grundeinstellung war nicht gerade verheißungsvoll.

Ein Lift ging auf. Keely stieg ein und rieb sich die Schulter. Auf der Fahrt nach oben gestattete er sich ein wenig Zufriedenheit wegen des Jobs. Viel war es ja nicht. Eigentlich war es eine Arbeit für Teenager und Minderbemittelte. Aber er war von Bub in einer gewissen Hochstimmung weggegangen, mit einem schwachen Glühen von Selbstrespekt, weil er einen Anfang gemacht hatte. Dass es Bub peinlich war, machte ihm nichts aus. Keely musste arbeiten. Und er hatte etwas in die Wege geleitet. Das war etwas Gutes.

Oben auf dem Laubengang zog er seinen Schlüssel heraus, zögerte aber an der Tür. Es war lächerlich – eigentlich beschämend –, dass er die Neuigkeit so unbedingt und so plötzlich jemandem mitteilen wollte. Vielleicht würde Gemma die lustige Seite gar nicht sehen und auch das Aufflackern der Hoffnung nicht, das der Job ihm verschaffte, aber er musste es einfach jemandem sagen. Er klopfte an ihr Küchenfenster, und etwas krachte ins Waschbecken.

Ich habe ein Messer!, bellte sie. Der Vorhang verdeckte sie, durch das Glas klang sie gedämpft. Verdammt noch mal, verschwinde!

Keely wich zurück.

Hast du mich verstanden? Ich sagte eine Woche.

Gemma?

Wenn du mir zu nahe kommst, benutze ich es, das schwöre ich dir.

Gem, ich bin's, Tom.

Der Vorhang wurde angehoben. Ein Gesicht blitzte auf, Haare. Sie wirkte aufgelöst, fast durchgedreht. Und das mit dem Messer war kein Bluff, es war ein scharfes, spitz zulaufendes Ausbeinmesser.

Nur ich, sagte er.

Der Vorhang senkte sich wieder, und er hörte die Sicherheitskette klappern. Sein Körper war angespannt. Als die

Tür aufging, wich er instinktiv zurück und spürte die Geländerstange im Rücken.

Gemmas Gesicht war gerötet, die Haut fleckig. Sie hatte Rotz auf der Oberlippe, am Kinn hingen Tränen. Das Messer hielt sie seitlich nach unten.

Gem, was ist denn los? Ist alles okay? Wo ist Kai?

Im Bad.

Keely drehte sich der Magen um. Er trat an die Gittertür und schaute hindurch. Sie zitterte.

Ist er okay?

Versteckt sich.

Das Messer, sagte er vorsichtig. Wie wär's, wenn wir das weglegen? Du jagst mir schon hier draußen eine Heidenangst ein.

Oh, sagte sie und schaute es an.

Ist das okay für dich?

Sie drehte sich weg und legte es auf den Kühlschrank.

Kann ich reinkommen?

Sie nickte.

Als er sich an ihr vorbeischob, spürte er die Hitze, die sie verströmte. Sie schloss die Tür hinter ihm, und er schnappte sich das Messer, während sie ihm noch den Rücken zudrehte. Er ging zum Bad und rief unterwegs den Jungen.

Bin nur ich, sagte er zu der geschlossenen Tür. Es ist nur Tom, Kai. Bist du okay da drin, Kumpel?

Der Griff knarzte, und die Tür ging einen Spalt auf. Das Gesicht des Jungen war bleich, aber er sah unverletzt aus.

Kai?

Hast du ihn dir vorgenommen?, fragte der Junge. Damit?

Was? Keely sah, dass er das Messer in seiner Hand meinte. Nein, ich habe mir niemand vorgenommen. Von wem redest du? Was ist los?

Keely starrte den Jungen einen Augenblick an. Der Junge wirkte verwirrt. Keely brachte das Messer wieder in die Küche und warf es auf die Anrichte. Gemma, die auf einer Couchlehne hockte, zuckte zusammen, als sie das Klappern hörte.

Erzähl mir einfach, was los ist.

Die Wohnung roch nach gegrilltem Käse und verbranntem Toast. Der Fernseher lag auf dem Rücken und flackerte vor sich hin. Wohin er schaute, herrschte Unordnung. Gemma versuchte, eine Zigarette anzuzünden, aber ihre Hände zitterten zu sehr. Er ging zu ihr und steckte sie für sie an.

Was ist passiert?

Er stellte den Fernseher wieder auf seinen niedrigen Sockel. Judge Judy sprach tonlos barsches Recht.

Gemma?

Ich kann nicht reden, wenn er dabei ist, sagte sie fast flüsternd.

Ich habe dir gesagt, dass er kommen wird, sagte Kai.

Ja, aber er ist zu spät gekommen, nicht?

Hey, Kai, sagte Keely so fröhlich, wie es ging. Wie wär's, wenn du für uns ein Spiel vorbereitest?

Das Scrabble ist bei dir.

Na, hier ist der Schlüssel.

Er geht nirgendwohin, sagte Gemma. Er verlässt diese Wohnung nicht.

Na, sollen wir dann vielleicht nach draußen gehen?

Sie schüttelte den Kopf.

Auf den Balkon?

Sie nahm einen tiefen Zug, fuhr sich verärgert durch die Haare und stand auf. Keely schnappte sich die TV-Fernbedienung, stellte den Ton lauter und zappte kurz. Es gab Cricket, Fußball, eine Show mit fetten Menschen. Judge Judy musste genügen. Er wandte sich Kai zu.

Kumpel, ich glaube, im Kühlschrank ist noch Eis. Nimm dir eine große Schüssel, so viel, wie du magst. Komm, ich mach es für dich.

Er zog den Behälter heraus und türmte Eiscreme zu einem einladenden Haufen. Gab dem Jungen die Schüssel in zitternde Hände. Kai schaute ihn an, dann zu seiner Großmutter. Sie nickte und versuchte ein schwaches Lächeln, um ihn zu beruhigen, aber es funktionierte nicht.

Wir unterhalten uns nur da draußen ein bisschen, deine Nan und ich. Wir sind gleich wieder da.

Der Junge blinzelte und kaute auf der Unterlippe. Keely folgte Gemma auf den sonnengrellen Balkon und schob die Tür zu. Im Lärm des Verkehrs und der Kühltürme stellten sie sich ans Geländer. Der kochende Aufwind zerrte an seinen Haaren, seinem Hemd.

Erzähl, sagte er.

Sie zog heftig an der Kippe und kniff die Augen gegen den sandigen Wind zusammen. Ihr Tank-Top war schweißnass. Sie wischte sich mit dem Saum das Gesicht und seufzte.

Zuerst einmal, was sollte das Messer?

Er will fünf Riesen, sagte sie.

Wer will fünf Riesen? Fünf Riesen wofür?

Für das Auto.

Meinst du den Vater? Hat er angerufen?

Hatte nicht einmal den Mumm, selber herzukommen. Schickte irgendeinen dreckigen Wichser dafür her.

Gerade eben?

O Gott, ich hätte die Tür überhaupt nicht öffnen dürfen – ich dachte, du bist es. Wie verdammt blöd ist das denn? Bevor *du* aufgetaucht bist, hatte ich meine fünf Sinne beieinander. Ich hätte die Tür nie und nimmer aufgemacht wie irgend so ein Schwachkopf, oder?

Ist es also meine Schuld?

Was? Habe ich deine Gefühle verletzt?, fragte sie gereizt.

Gemma, erzähl einfach. Jemand war hier. Wer war hier?

Mann, ich weiß es doch auch nicht. Stewies beklopptes kleines Frettchen. Ich weiß seinen Namen nicht mehr. Sie haben herausgefunden, wo wir wohnen. Scheiße, ich hab's dem Sozialamt gesagt, dass das zu nahe ist, ich hab's vor Gericht gesagt, ich habe sie angefleht. Der Richter, die Bullen, die Anwälte – keiner hörte mir zu. Ich bin doch nur eine blöde Kuh mit einer Junkie-Tochter, was weiß ich denn schon?

Aber angeblich ist es hier doch sicher, sagte er. Man muss eine Sicherheitskarte durchziehen.

Jeden Tag folgen einem irgendwelche Leute in die Lobby, Tom – wach auf.

Und er ist zur Tür gekommen? Hierher?

Und wie ein Idiot habe ich die Kette unten gelassen, und sein Fuß ist in der Tür, und der kleine Scheißer baut sich vor mir auf und schubst mich hinein.

Hat er dich angerührt?

Natürlich hat er mich verdammt noch mal angerührt – was bist du, bekloppt oder was?

Und wo war Kai?

Gleich hier. Am Tisch.

Er hat alles gesehen?

Hat genug gesehen.

Scheiße.

Er steht einfach nur da, dieser kleine Scheißer, knirscht mit den Zähnen und stinkt die Küche voll. Sie wollen Geld. Sonst machen sie uns fertig.

Was soll das, ist ja wie im Fernsehen. Was hat das überhaupt zu bedeuten?

Gemma warf die Kippe weg und schaute ihn nicht an. Wenn du eine Frau wärst, sagte sie, würdest du wissen, was das heißt.

Okay, sagte er kleinlaut.

Hast du schon mal einen zugedröhnten Meth-Junkie erlebt?

Er zuckte die Achseln.

Er sagt, was er zu sagen hat, und dann hängt er einfach hier rum, tut so, als wäre man gar nicht da, sagt keinen Ton und denkt, er steht ganz still. Aber er zappelt herum, tänzelt – ich weiß auch nicht, wie ein Boxer. Die Augen, so als wäre er gar kein Mensch mehr. Und dann schaut er zum Fenster hinaus, da raus. Und ich sehe es sofort. Ich denke mir, schau hierher, du kleiner Scheißer, schau dir das an, denk an mich, nicht an ihn, nicht Kai.

O Gemma, das ist ja Wahnsinn.

Weil man es dem kleinen Scheißer ansehen konnte – wie sich in seinem Kopf der Gedanke entwickelt. Du weißt schon – Kai, der Balkon. Er grinst. Als wäre es brillant. Seine große Idee, mich zum Bezahlen zu bringen. Und er sieht, dass ich es weiß. Du weißt schon, schaut zu, wie es bei mir so richtig ankommt. Und es ist, als hätte er gerade im Lotto gewonnen. Er musste nichts anderes tun, als zu dem verdammten Fenster hinauszuschauen, und wir wussten es beide.

Und Kai?

Mein Gott, ich weiß nicht. Aber er weiß, wie Probleme riechen.

Gem, das ist nur Angeberei, er will dich einfach einschüchtern. Kais Vater wird nicht zulassen, dass jemand sein eigenes Kind umbringt.

Weißt du, wie Stewie ihn nennt? Gump. Den Zurückgebliebenen. Den Mädchen-Jungen.

Aber er wird ihn nicht umbringen.

Willst du immer noch wissen, was er vorgestern zu mir gesagt hat?

Da bin ich mir nicht so sicher.

Er meinte, er braucht nur fünf Minuten, meinte, er denkt seit Jahren daran, auch wenn er mit Carly zusammen war.

Fünf Minuten, sagte Keely.

Mich so hart in den Arsch zu ficken, dass ich vierzehn Tage lang Scheiße kotze.

O Gott, steh uns bei, sagte er laut und klammerte sich am Geländer fest. Lieber Gott, bitte.

Du glaubst, er bringt seinen Jungen nicht um? Vielleicht hast du recht. Vielleicht findet sein kleiner Kumpel es einfach lustig, einen Jungen an den Knöcheln baumeln zu lassen, im zehnten Stock. Als wäre das ein Lacher. Wäre doch echt ein Knaller, was?, sagte sie und trat die verdorrte Geranie quer über den Balkon. Wäre das nicht zum Totlachen?

Der Topf streifte sein Schienbein. Keely taumelte nach hinten, sackte auf den Milchflaschenkasten neben der Tür, spürte etwas unter seinem Gewicht brechen – eine geschwärzte Untertasse, deren Leben als Aschenbecher beendet war.

Gem, das ist ernst, sagte er, zog Splitter unter sich heraus und rieb sich das Bein. Wir sollten zur Polizei gehen. Jetzt gleich, noch in diesem Augenblick.

Ich kann nicht.

Du musst das melden.

Tommy, ich kann. Es geht einfach nicht.

Das ist übel. Das ist angsteinflößend.

Glaubst du, ich habe keine Angst? Glaubst du, ich bin bloß blöd?

Wie sah der aus, dieser Kerl?

Warum ist das wichtig, wie er ausgesehen hat?

Bitte. Sag's mir einfach.

Klein, okay? Schwarze Haare. Irgendwas Goldenes in den Zähnen. Wie auch immer, ich habe ihn schon mal gesehen.

Dann kannst du es der Polizei sagen.

Nein.

Sag einfach, was passiert ist.
O Gott!
Na komm. Ruf sie einfach an.
Tommy, verdammt!
Keely dachte an den Rüpel, der aus dem Lift gekommen war. Er hatte ihn nur um eine Minute verpasst. Und wenn er rechtzeitig hier gewesen wäre, was hätte er getan? Mal ehrlich, wie würde er mit so jemandem umgehen?
Scheißkerle, sagte sie bitter. Er versuchte, sie in den Arm zu nehmen, aber sie stieß ihn weg.
Und es geht nur um das Auto?
Ich nehm's an. Irgendwie schon.
Gemma, das Ding ist noch fünfhundert Mäuse wert, wenn du Glück hast.
Das weiß ich. Das weißt du. Wahrscheinlich wissen sogar sie es, diese blöden, drogenumnebelten Idioten. Aber jetzt habe ich es für sie zu etwas Wertvollem gemacht, wie eine Idiotin. Ich habe ihn angerufen, ihn an das Kontaktverbot und alles erinnert, und dann bin ich hingegangen und habe mich für so wahnsinnig schlau gehalten, als würden sie dich für einen Bullen oder Anwalt oder sonst was halten, und sie sehen nur, dass ich einen neuen Kerl habe und ein hübsches Kleid anhabe, und er denkt, okay, sie hat Geld. Er braucht Geld, er hat üble Schulden. Und jetzt haben sie herausgefunden, wo wir wohnen.
Wie konnte das passieren?
Wovon redest du?
Die Behörden, die Leute vom Sozialamt, die Gerichte – sorgen die denn nicht dafür, dass der Junge irgendwo sicher und behütet untergebracht wird?
Träum weiter.
Könnten diese Kerle dir nach Hause gefolgt sein?
Oder dir.

Mir?

Stewie weiß, wie du aussiehst.

Richtig, dachte er, klasse.

Und ich habe das Auto dort unten geparkt, offensichtlicher geht's nicht mehr. Was für eine Idiotin. Wegen einem blöden, kleinen Auto. Was für eine brillante Idee das war.

Na ja, du hattest das Recht dazu, sagte er lahm.

Ich darf das Auto behalten – das hat er gesagt. Aber ich muss dafür blechen. Fünftausend Dollar, sagte sie mit einem verzweifelten Lachen.

Bis wann?

Ich habe ihnen gesagt, ich brauche eine Woche.

Hast du es?

Was denkst du?

Wenn du es hättest, wäre die Geschichte damit nicht zu Ende.

Das weiß ich.

Keely schaute in die Wohnung und sah Kai noch immer mit der Schüssel in der Hand auf der anderen Seite des Glases stehen. Er aß nicht; es sah nicht so aus, als hätte er den Löffel überhaupt zur Hand genommen.

Tja, sagte er. Eine Woche also. Wenigstens das.

Gemma lehnte sich ans Geländer, und ein neuer Gedanke verdüsterte ihre Züge. Sie blinzelte wiederholt und richtete sich auf.

Als wir in Bandyup waren?, fragte sie. Gestern?

Ja, sagte er. Was war da?

O Gott.

Keely sah, dass ihr eine fürchterliche Erkenntnis gekommen war.

Das darf nicht wahr sein. Sie hatte da schon nach dem Auto gefragt. Die stecken da gemeinsam dahinter. Carly und er. So sind die beiden. Und das ist Kai für sie.

Sie hielt sich den Kopf, als wollte sie ihn fixieren, als traute sie sich nicht zu, die giftige Reaktion zu kontrollieren, die dieser Gedanke ausgelöst hatte. Der heiße Wind peitschte ihre Haare in alle Richtungen. Es sah aus, als würde sie kippen, nach hinten fallen.

Er griff nach ihr. Doch sie schlug ihn weg. Der Wind jagte ihr die Tränen in verrückten Linien übers Gesicht. Er bekam ihren Arm zu fassen, ertrug ihre Schläge und zog sie an sich, und als sie nachgab, drückte er sie an seine Schulter, um sie zu trösten, ein verzweifeltes Versprechen von Sicherheit. Und dort stand Kai am Fenster, wachsam und ängstlich.

Keely ließ sie weinen. Er tat, was er konnte, um dem Jungen zu zeigen, dass er ihr nichts Böses wollte. Ihr Gesicht brannte durch sein Hemd, und ihr Schluchzen war schrecklich. Er versuchte, seine Panik zu beherrschen, aber seine Gedanken schlugen gefährliche Kapriolen. Diese Forderung, diese Drohungen – wahrscheinlich war das alles nur ein Junkie-Bluff. Kein Mensch in dieser Stadt würde für fünftausend Dollar einen Sechsjährigen im obersten Stock vom Balkon baumeln lassen. Aber er hatte nicht den Mumm, abzuwarten und es darauf ankommen zu lassen. Ihr Zustand, die Angst im Gesicht des Jungen.

Er konnte sie jetzt nicht allein lassen. Auch wenn Gemma zur Polizei ging, konnten sie und Kai nicht in dem Gebäude bleiben.

Der Wind riss an ihm. Die Eiscreme des Jungen schmolz.

Keely wusste nicht, was er tun sollte. Aber er wusste, irgendetwas musste er tun. Heute noch. Sofort. Ohne Zögern.

III

Keely stand am Waschbecken und wusch sich Mehl von den Händen, während Doris neben ihm einen Salat schleuderte. Durchs Küchenfenster sah er Kai im abgefallenen Platanenlaub waten. Gemma lehnte am Geländer der Veranda, rauchend, nachdenklich, allein. Seit zwei Stunden war sie dort draußen, sie hatte den ganzen Nachmittag kaum etwas gesagt. Nach dem verwirrenden Drama ihrer Ankunft – das ganze Klammern und Weinen in den Armen seiner Mutter – hatte sie sich zurückgezogen. Als bedauerte sie diesen chaotischen Ausbruch, die Offenbarung der Not, der Worte, des Wimmerns. Und jetzt war sie unsicher, distanziert, irgendwie trotzig.

Hast du einen Plan?, fragte seine Mutter.

Nein, sagte er. Nicht wirklich. Es tut mir leid. Es ist nur …

Ist schon okay. Zuerst musst du sie in Sicherheit bringen. Überlegen kannst du dir später was.

Ja, sagte er kleinlaut. Das klingt nach einem Plan.

Also doch aus demselben Holz geschnitzt.

Er sah ihr gütiges Lächeln, tat, was er konnte, um entsprechend zu reagieren, wusste aber, dass sie nur versuchte, seine Nerven zu beruhigen.

Du warst also bei diesem Wortwechsel nicht dabei, hast die Drohungen nicht selber gehört?

Er schüttelte den Kopf, erzählte ihr dann aber von seiner Begegnung mit dem kleinen Gauner in der Lobby.

Doris wirkte zurückhaltend, sogar skeptisch.

Sie war völlig am Boden, sagte er. Beide.

Wegen eines fünfzehn Jahre alten Hyundai.

Du glaubst ihr nicht?

Mein Instinkt ist immer, ihr zu glauben.

Aber?

Doris kippte den zerpflückten Salat in eine große Majolika-Schüssel und wischte sich die Hände an ihrer Schürze ab.

Aber meine Instinkte waren nicht immer unfehlbar. Ich war nicht dabei, Tom. Ich kenne diese Leute nicht. Ich habe nicht genug Informationen, um ein Urteil abzugeben. Einige Dinge musste ich auf die harte Tour lernen.

Vor vierzig Jahren hättest du sie ohne jede Frage aufgenommen.

Tom, mein Lieber, ich *habe* sie ohne jede Frage aufgenommen.

Ja, tut mir leid. Ich bin nur …

Befangen. Das ist normal.

In meinem Kopf dreht sich immer noch alles.

Doris holte eine Gurke und ein Glas Oliven aus dem Kühlschrank.

Du weißt, dass sie eigentlich auf einem Polizeirevier sein sollte. Anzeige erstatten, eine Aussage machen.

Sie will nicht. Ich habe es versucht.

Bleib dran.

Ich kann es nicht. Sie macht dann einfach zu.

Stehst du in irgendeiner Beziehung mit ihr?

Warum fragst du?

Damit ich mir ein Bild der Lage machen kann. Und wegen der Art, wie der Junge dich anschaut.

Kai? Wie?

Als würde er auf etwas warten. Ich weiß auch nicht. Darauf warten, dass du sie ihm wegnimmst? Darauf warten, dass du tust, was Männer schon früher gemacht haben? Wer weiß? Er ist einfach sehr wachsam.

Er hatte einen ziemlich beschissenen Tag.

Ohne Zweifel. Scheint ein reizender Junge zu sein.

Ist er.

Und sie ist eine sehr attraktive Frau.

Doris.

Du hast meine Frage nicht beantwortet.

Ich weiß nicht, wie ich sie beantworten soll, sagte er. Und ich weiß nicht, warum ich es sollte.

Na gut, sagte sie. Solange du noch fähig bist, dir die Frage selber zu stellen.

Mum, ich konnte doch nicht einfach nur dastehen und nichts tun.

Natürlich nicht.

Und ich helfe ihnen nicht aus irgendwelchen Hintergedanken.

Sie nickte zustimmend und klapperte weiter am Schneidebrett, schaute hin und wieder zu Gemma und Kai im verlöschenden Abendlicht hinaus.

Schon komisch, nicht?, sagte sie. Sie wiederzusehen – als Frau, als Großmutter.

Komisch ist gar kein Ausdruck.

Ich glaube, mir dreht sich auch ein bisschen der Kopf.

Mal wieder ein volles Haus.

Doris grinste breit, endlich zeigte sie offen ihre Freude, und in diesem Augenblick drehte Gemma sich um und sah sie. Sie wirkte verhalten, fast missmutig, als argwöhnte sie, dass sie auf ihre Kosten lachten.

Danke für alles, sagte er.

Bring dem Mädchen einen Drink. Und lass für Kai das Bad ein.

Das Abendessen verlief so still und reserviert wie der vorangegangene Nachmittag. Kai war schweigsam. Keely und seine Mutter gaben sich größte Mühe, um die Stimmung etwas aufzuhellen, aber Gemma war schüchtern und verhielt sich Doris gegenüber fast wie ein Kind. Sie war erst in der Dämmerung ins Haus gekommen, nachdem Doris hinausgegangen war und sie überredet hatte. Sie hantierte nervös mit dem Besteck, sichtlich beeindruckt von Haus und Mobiliar. Auf Keely wirkte sie mürrisch. Doris schien mit der Situation recht gut klarzukommen. Aber er erkannte, dass Gemma bereits Zweifel beschlichen.

Sie aßen den Fisch, den er gebraten hatte, und reichten den Salat herum. Nach etwa fünf Minuten zog Kai, der nur sehr wenig gegessen hatte, sich zurück, um das Wohnzimmer zu erkunden. Gemma aß eine Weile schweigend und schob dann den Teller weg, als hätte sie weder die Kraft noch den Appetit, weiterzuessen. Doris legte ihre Hand auf Gemmas.

Du hast bei Kai gute Arbeit geleistet, sagte sie. Du bist ein tapferes Mädchen.

Gemmas Gesicht hellte sich auf, sie richtete sich aus ihrer gebeugten Haltung auf und streckte sich auf eine Art, die Keely katzenhaft vorkam. Sie drehte sich Doris zu, suchte aktiv den Kontakt, und das vermittelte ihm ein merkwürdiges Gefühl. Sie sagte nicht viel. Sie lächelte scheu und erfreut, als Doris ihr über die Haare strich und ihr die Wange streichelte.

Im Wohnzimmer ging Kai in seinem Pyjama von Regal zu Regal, schaute sich den Inhalt jedes Bücherschranks und jeder Vitrine an, spähte hoch zu den Ölgemälden und Aborigines-Zeichnungen an der Wand. Vor einem Wandjina blieb er stehen. Starrte dieses große, mundlose Gesicht an. Die Eulenaugen. Die Sturmmacht, die sein Kopf in dicken, braunen Strahlen verströmte. Er drehte sich um und einen Augenblick lang trafen sich ihre Blicke – Keelys und der des Jungen –, und er fragte sich, was Kai davon hielt, von dieser uralten Darstellung der Mächtigen Kraft. Aber da die Frauen eben ihren speziellen Augenblick hatten, schien es ihm nicht angebracht, danach zu fragen. Auch sie beobachteten den Jungen.

Er ist ein wunderbares Kind, sagte Doris. Er macht dir alle Ehre.

Erinnert er dich an mich?, fragte Gemma mit einer Mädchenstimme, die er noch nie zuvor gehört hatte. Als ich klein war?

Die Haare, sagte Doris traurig.

Keely fragte sich, ob Gemma die Melancholie in der Stimme seiner Mutter entdeckte. Sie beunruhigte ihn. Er wusste nicht, was sie bedeutete. Fragte sich, ob er eifersüchtig war. Was absurd wäre.

Aber Gemma wirkte froh. Sie strich sich immer wieder ihr Kleid glatt, schaute auf ihre Hände hinunter.

Der Junge schlug den Atlas auf dem schrägen Pult auf. Keely aß seinen Fisch auf. Es war ein roter Kaiserfisch, der Doris sicher eine Stange Geld gekostet hatte, und letztendlich hatte nur er ihn gegessen.

Sieht Kai wie seine Mum aus?, fragte Doris.

Nein, sagte Gemma. Sie ist anders.

Sie verlangen uns alles ab. Unsere Kinder.

Und das ist erst der Anfang, sagte Gemma mit einem verschwörerischen Grinsen und mit einer Stimme, die wieder mehr wie ihre klang.

Doris lachte wissend, und Gemmas Lächeln war plötzlich herzlich und fraulich, als hätte sie sich etwas von der Seele geredet. Vielleicht funktionierte es ja doch.

Ich könnte einen Spaziergang machen, sagte Keely. Damit ihr Mädchen gynäkologische Aufzeichnungen vergleichen könnt.

Schau nur, sagte Doris. Er ist schon auf dem Sprung.

Kerle, sagte Gemma.

Ich könnte Kai zeigen, wie nahe der Fluss ist. Ihr Damen habt sicher was nachzuholen.

Hör dir das an, sagte Doris. Jetzt spielt er uns gegenüber den Gönner.

Er muss ins Bett gebracht werden, sagte Gemma.

Der Junge blätterte im Atlas eine Seite um.

Ich helfe dir, sagte Keely.

Gemma schafft das schon, sagte Doris.

Klar, murmelte er. Natürlich.

Unsere ganzen Sachen sind in Mülltüten, sagte Gemma. Ich muss meine Arbeitsklamotten suchen.

Glaubst du, dass du heute Nacht da hingehen solltest?, fragte er.

Ja, sagte Doris. Wir sollten zur Polizei fahren und Anzeige erstatten.

Das dauert doch Stunden. Dann komme ich zu spät.

Ich komme mit, sagte Doris. Vielleicht beschleunigt das die Sache etwas.

Ich habe mich schon mal krankgemeldet. Die feuern mich, wenn ich heute nicht auftauche.

Wir schreiben dir einen Brief, sagte Doris.

Ich weiß, wie die Chefs denken. Wenn du ihnen erzählst, was passiert ist, dann klingst du in ihren Ohren wie eine Asoziale, eine Kriminelle. Und das ist für sie ein Vorwand, dich rauszuschmeißen und billige Chinesen anzuheuern.

Gemma …

Ich brauche den Job. Ich darf den Job nicht verlieren.

Dann vielleicht morgen.

Muss nachdenken. Kai in die Schule bringen.

Hältst du das für vernünftig?

Es ist alles, was er hat. Ich muss ihn in der Schule behalten. Schule ist doch das Wichtigste, nicht?

Keely sah Doris' zweifelnden Blick. Er kam sich so nützlich vor wie eine Hüfttasche an einem Unterhemd.

Okay, meine Liebe, sagte seine Mutter. Tu, was du für das Beste hältst. Aber jetzt: Ich habe das Bett im Gästezimmer hergerichtet. Und auf dem Boden liegt eine Matratze für Kai. Ich dachte, er wird für ein paar Nächte lieber bei dir im Zimmer sein wollen.

Gemma nickte abwesend.

Ist das okay?

Gemma drehte den Messergriff auf ihrem Teller hin und her. Lustig, nicht?, sagte sie dann.

Lustig?

Komisch.

Doris tätschelte ihr den Arm.

Vierundvierzig und noch immer bei den Keelys übernachten.

Ja, sagte Doris. Das Leben ist voller Überraschungen.

Es ist beschissen, eigentlich. Man verzeihe mir den Ausdruck.

Nein, sagte Doris. Du hast recht. Das ist es wirklich. Du musst arbeiten, dich um einen Jungen kümmern und hast das Anrecht auf ein Zuhause, in dem du nicht das Gefühl haben musst, dass du unter Belagerung stehst.

Wir kriegen das schon auf die Reihe, sagte Keely und merkte deutlich, wie lahm das klang.

Vielleicht reden wir morgen früh über unsere Pläne, sagte Doris und stand auf, um das Gespräch abzuschließen.

Wir haben nur eine Woche, sagte Gemma.

Eine Woche ist doch in Stewies Welt eine lange Zeit, sagte Keely.

Und das weißt gerade du so genau, sagte Gemma mit einer gewissen Geringschätzung.

Ich meine ja nur.

Wenn ich fünf Riesen hätte, Tom, dann wäre er tot. Mehr kostet das nicht.

Ich glaube, wir sollten es jetzt dabei belassen, sagte Doris frostig.

Keely drehte sich auf seinem Stuhl und sah in der Tür Kai, der alles mitbekam.

Während Gemma duschte, wuschen Keely und seine Mutter das Geschirr. Doris war schweigsam. Ihr Mund wirkte grimmig, fast angewidert.

Doris, sagte er schließlich. Was ist los?

Sie zuckte die Achseln und ließ ihre Armreifen klappern. Ich weiß auch nicht, sagte sie. Der arme, kleine Junge.

Er sieht fern. Ich bringe ihn gleich ins Bett.

Lass sie es tun, Tom.

Okay.

Er machte sich mit einer Bürste an die Pfanne, schrubbte den gespenstischen Fischumriss heraus.

Er hat schon zu viel gesehen, sagte sie.

Keine Frage.

Es lastet auf ihm. Man kann es richtig sehen.

Keely wusste nicht, was er sagen sollte.

Du weißt, warum ich ihr kein Geld geben kann.

Sie bittet dich nicht darum. Und ich auch nicht.

Keely schrubbte die Pfanne, bis sie glänzte. Er war Doris gegenüber nicht völlig offen gewesen. Er hatte nur vage umrissen, welche Gefahr Kai drohte. Und sie hatte recht, er hatte es nicht miterlebt. Wobei er Gemma durchaus glaubte. Sie hatte Angst. Es war nur natürlich, dass sie sich um das Kind Sorgen machte. In ihrer Lage würde man jeden heimtückischen Seitenblick als Drohung verstehen, oder etwa nicht? Aber er hatte Doris nicht gleich von Anfang an in helle Aufregung versetzen wollen. Außerdem musste auch er erst verarbeiten, was passiert war, seine Gedanken ordnen. Es war nur so, dass sein Kopf so benebelt und langsam war. Als wäre seine Software alt oder beschädigt.

Tom?

Die Pfanne glänzte, wo er gar nicht gebürstet hatte. Der Rand hatte eine Aura. Die Pfanne vervielfältigte sich in den Fliesen, dem Fenster; sie vergoldete seine Hände und machte seinen Kopf schwummerig.

Was tust du denn, Tom?

Er hatte sich am Fensterbrett abgestützt. Ich bin okay, sagte er zu sich wie zu ihr.

Du siehst aber nicht so aus.

Vielen Dank.

Du bist erschöpft. Komm, lass mich das fertig machen.

Nein, sagte er. Es geht mir gut.

Du *bist* vielleicht gut, aber es *geht* dir nicht gut, erwiderte sie.

Es ist zu spät am Abend für semantische Spitzfindigkeiten, Doris.

Na gut, sagte sie mit all ihrer mütterlichen Nachsicht. Aber ertrink bitte nicht in meinem Spülbecken. Ich hab's in meinem Haus gern ordentlich.

Er grinste. Aber sie rührte sich nicht von der Stelle. Beobachtete ihn. Wie dieses Wandjina-Bild. Mit Eulenaugen. Saugte ihn auf. Ihn. In den rasenden Standbildblitzen seines Bewusstseins. Spülend. Kleben bleibend. Sich wieder lösend. Grinsend. Sich am Spülbecken festhaltend wie ein Greis.

Gemma fuhr in dem verfluchten Hyundai selbst zur Arbeit. Zuvor brachte sie Kai ins Bett und ließ die Tür für ihn offen und eine Lampe brennen.

Keely beobachtete das alles, als wäre er draußen vor dem Haus und würde hereinschauen. Er musste sich konzentrieren, um präsent zu bleiben, und er spürte dauernd, wie Energiestöße durch seine Beine zuckten, als wäre er gestrauchelt und als müsste sein Körper sich aufrichten, immer wieder.

Er saß in der Küche und versuchte, entspannt auszusehen. Doris zog sich mit verdächtig unbesorgter Miene auf ihr Zimmer zurück. Keely wusste, dass der Junge noch wach war.

Im Gang herrschte Stille, nur das Licht fiel aus dem Spalt der Tür, doch er kannte Kai gut genug, um zu wissen, dass er unruhig war. Er stemmte sich in die Höhe. Trieb wie ein Luftschiff den Gang entlang. Sah den Jungen unter der Decke liegen und seine Hände untersuchen. Er kniete sich neben die Matratze.

Kai schaute ohne Überraschung hoch.

Es ist nur für ein paar Tage, sagte Keely vorsichtig.

Kai sagte nichts.

Hast du es bequem?

Der Junge betrachtete seine Handflächen.

Ich weiß, es ist ein fremdes Haus. Ich meine, plötzlich ganz woanders. Aber hier seid ihr sicher. Doris ist im Nebenzimmer. Ich schlafe heute Nacht im Wohnzimmer. Ich bin gleich da, nur den Gang runter. Du kannst mich jederzeit sehen.

Kai kaute an der Unterlippe.

Willst du mir was sagen?

Der Junge atmete leicht keuchend.

Willst du mich was fragen, Kai?

Da ist ein Buchstabe, flüsterte er.

Ein Buchstabe? Wo, Kumpel? Wieso?

Hier, sagte der Junge ungeduldig. Schau.

Er streckte ihm die Handflächen entgegen.

Em.

Wie bitte?

Es ist ein Em. Schau.

Er brauchte einen Augenblick, bis er verstand, was der Junge meinte: den zerfurchten Buchstaben M, den die Falten seiner Hand bildeten.

Da auch, sagte Kai. M.

Hm, ja. Schon irre, was?

Ich habe eine Frage.

Schieß los.

Ist es bei allen so? Bei dir?

Keely schaute kurz den Jungen an, dann seine Hände. Er streckte sie aus. Am Ende seiner Arme sahen seine Hände fremd aus, unwahrscheinlich. Der Junge blinzelte, und das Geräusch war wie Besteckklappern.

Nicht wirklich, sagte Keely. Meine sind ein bisschen. Anders.

Kai brauchte eine Weile, um das zu verdauen.

Aber für was steht es?, fragte er. M für was?

Na ja, für was immer du willst, nehme ich mal an. Es sind deine Hände, Kai.

Aber was bedeutet es?

Ich glaube nicht, dass es irgendwas bedeutet, Kumpel. Es ist nur eine … nur … nur Falten.

Aber nur ich?

Ist vielleicht wie ein Fingerabdruck. Ja. Nur du.

Der Junge legte den Kopf aufs Kissen und griff nach Keelys Arm. Er war überhaupt noch nicht müde. Und Keely spürte die Fingerspitzen des Jungen nicht. Er war ziemlich durcheinander.

Du bist hier sicher, flüsterte er andächtig, weil es wahr sein musste, weil er es unbedingt glauben wollte.

Als Keely die Augen aufschlug, war Doris da, und ihre silbernen Haare hingen auf seine Brust herunter.

Bist du bei mir?, fragte sie.

Keely sah die Deckenrose hinter ihrem Kopf. Die Hängelampe war wie ein Heiligenschein.

Tom, mein Lieber, bist du bei mir?

Im Gegensatz zu was?, erwiderte er. Gegen dich?

Ihre Hände auf seinem Hals und seinem Gesicht waren fettig. Er kannte den Geruch noch aus der Kindheit. Oil of Olaz. Offensichtlich hatte Doris noch nichts von den Tierversuchen gehört. Und jetzt war vielleicht nicht der richtige Augenblick. Er lag im Wohnzimmer auf dem Boden, und seine Glieder waren verräterisch langsam, aber er fühlte sich hellwach. Seine Mutter klapperte und klirrte über ihm, und er spürte die Bodenbretter unter seinen Armen, den afghanischen Teppich, der ihn am Rücken kitzelte. Es war nicht zu leugnen. Er war kurzfristig weggetreten. Er wusste, er sollte entsetzt sein, aber im Augenblick war er zu verlegen, um Angst zu haben.

Ich nehme an, es ist nicht morgens.

Nein, sagte sie. Es ist kurz nach zehn.

Ich frage mich, ob der Fisch in Ordnung war.

Er war gut, sagte sie.

Anscheinend bin ich auf dem Teppich ausgerutscht.

Vielleicht, sagte sie skeptisch. Ich wollte schon einen Krankenwagen rufen.

Warum denn?

Du schielst.

Wirklich?

Tom, nimmst du was?

Dir würde ich nichts klauen, sagte er mit einem Grinsen. Durchsuch meine Taschen.

Denk dir nichts, das habe ich schon.

Durch den Jarrahboden spürte er, dass der Kühlschrank sich mit einem Zittern abschaltete. Eine Uhr tropfte. Er spürte das Geräusch auf der Zunge.

Schatz, hast du mir was zu sagen?

Ich glaube nicht, sagte er und stemmte sich in sieben Etappen in eine sitzende Position hoch.

Doris kauerte sich auf die Hacken. Er schaute sich das große, schlabberige T-Shirt, ihre nackten Beine an. Seine Mutter ging in einem Tour-Shirt von Midnight Oil ins Bett. Das hatte er nicht gewusst.

Ich würde mich jetzt gern duschen, sagte er lahm.

Schaffst du das?

Ist ja nur Wasser, sagte er.

Ich denke, ich sollte jemanden anrufen.

Nein, sagte er. Nicht heute Abend. Du kannst das jetzt nicht tun.

Doris spitzte die Lippen.

Ich bin gleich wieder okay.

Tom, wir müssen darüber reden.

Hör zu, sagte er benommen. Ich bin wach. Mir geht's gut. Es sind diese verdammten Afghanen. Die wollen uns alle umbringen. Das war ein Witz.

Wenn du es sagst.

Er schwankte über den Gang zum Bad. Da lagen ein Handtuch und eine zusätzliche Zahnbürste. Liebe, liebe Doris, dachte er. Immer zwei Schritte voraus.

Danach stand er klarer und sauberer in ihrer Tür. Sie saß mit überkreuzten Beinen auf dem Bett und hatte ein Buch auf dem Schoß. Sie schaute kurz hoch und blätterte um. Auf der Kommode drehte ein kleiner Ventilator seinen Kopf hin und her. Er lehnte sich mit einer Nonchalance an den Türstock, die Doris ihm nicht abnahm.

Was liest du da?

Eine Biographie, sagte sie. Dorothy Day.

Auf dem Nachtkästchen lagen noch andere Hardcover. Von der Tür aus sah er etwas über Paul Robeson, einen Roman von Brian Moore und den Bill McKibben, den er ihr zu Weihnachten geschenkt hatte.

Fühlst du dich besser?

Ja. Gut.

Was war da los? Tom?

Er zuckte die Achseln. Ich weiß es nicht.

Du bist einfach umgefallen.

Müde, schätze ich. Ein bisschen schwindelig.

Nichts, was du mir sagen willst?

Er lachte gezwungen. Ich habe noch nicht mal eine Nacht hier geschlafen, Doris. Du fängst früh an.

Ist das schon mal passiert?

Er zuckte noch einmal die Achseln, und sie schob sich ihre Brille ungeduldig in die Haare hoch.

Es ist nichts, sagte er.

Das Schlafwandeln. Du hast mich danach gefragt.

Lassen wir's einfach gut sein. Wir haben uns um Wichtigeres zu kümmern.

Hast du oft Kopfweh?

Nur eine Ohrentzündung.

Du hast nie was gesagt von …

Jahre her. Und, schau, ich habe in letzter Zeit nicht allzu gut geschlafen. Es ist nichts.

Ich mache mir Sorgen, dass du im Bad oder sonst wo umfällst.

Ich falle schon nicht.

Aber du bist groß und kräftig, mein Lieber, sagte sie, den Tränen nahe. Ich kann dich nicht aufheben.

Mum, das musst du auch nicht.

Er ging zu ihr und drückte sie. Sie war kalt, und sie zitterte. Er konnte sie spüren. Und seine Arme brannten ein wenig.

Wirklich. Du machst da eine zu große Sache daraus. Und nein, ich bin nicht auf Heroin. Vorwiegend aus finanziellen Gründen.

Sie schniefte, ließ die Umarmung einen Augenblick über sich ergehen und drückte ihn dann weg. Er setzte sich auf die Bettkante, schuldbewusst, gekränkt. Sie griff nach einem Papiertuch und betupfte sich mit grimmiger Distanziertheit das Gesicht. Das Buch lag mit den aufgeschlagenen Seiten nach unten zwischen ihnen, wie ein gefallener Vogel mit ausgestreckten Flügeln.

Es ist alles okay, sagte er.

Wenn du das sagst. Aber Gemma und Kai. Sie sind jetzt hier.

Ja, sagte er mit dem Gefühl, die Kurve gerade noch gekriegt zu haben.

Doris richtete sich auf.

Und jetzt sind sie in gewisser Weise auch meine Angelegenheit.

Er nickte und wartete auf ihre Tirade.

Also solltest du besser auf mich hören.

Bin ganz Ohr, Mum, sagte er und versuchte, sich ihrem Tonfall anzupassen.

Ich weiß, dass du keinen Plan hast.

Nein, ich bin nur …

Das ist okay. Ich verstehe das.

Aber.

In Abwesenheit eines Plans solltest du wenigstens eine Haltung haben.

Haltung.

Eine wohlüberlegte Position. Einen Act, wie meine jüngeren Mandanten sagen. Du brauchst einen Act. Sogar dein Vater hat das irgendwann kapiert – aber zu spät, wie ich zugeben muss.

Worüber reden wir hier?

Zum einen über dein eigenes Überleben.

Ach, Mum, ich glaube nicht, dass die Situation *so* angespannt ist.

Nimm's nicht so wörtlich. Gönne dir nur selber ein bisschen Distanz. Mehr will ich damit nicht sagen.

Du meinst von ihnen? Gemma und Kai?

Doris nickte.

O Mann, sagte er. Was bist du nur für eine Überraschung.

Du versuchst, das Richtige zu tun, ich weiß. So haben wir euch erzogen, euch beide. Aber du musst dich zuerst selbst retten, Tom. Das ist etwas, was ich sicher weiß, was ich gelernt habe. Erst rettest du dich selbst, dann kümmerst du dich um andere.

Keely war verwirrt. Er holte Atem, aber sie unterbrach ihn.

Pervers, nicht, wie wir dir das im Wasser beibringen konnten, aber nicht an Land, im Leben. Wir haben es nicht gesehen. Wir waren ja so naiv.

Ich kann dir nicht mehr folgen.

Schwimmunterricht, Tom. Lebensrettung. Wie man sich einem Schwimmer in Not nähert.

Willst du mich auf den Arm nehmen?

Füße voraus, bereit, ihn abzuwehren.

Okay, sagte er und schüttelte den Kopf. Weise wie Schlangen, unschuldig wie Tauben. Abgehakt.

Tom, ich meine es ernst. Um einen Ertrinkenden zu retten, musst du ein Schwimmer sein. Ein Schwimmer bleiben.

Du hast dir darüber wirklich Gedanken gemacht.

Fünfunddreißig Jahre lang, sagte sie mit einer Schwere, die ihm seinen Spott austrieb.

Keely strich mit der Hand über die dunklen Grübchen ihres Buchs. Er steckte das Lesezeichen in den Falz, klappte es zu und erspürte sein Gewicht.

Du denkst, du hättest ihn noch, wenn er ein Schwimmer gewesen wäre, einen Act gehabt hätte?

Sie seufzte und nahm ihm das Buch aus der Hand.

Wer weiß, sagte sie. Wenn jemand so heiß brennt, erwartet man keine lange Dauer.

Aber er hatte nie ein Gefühl für professionelle Distanz.

Nicht, wenn er sie am dringendsten gebraucht hätte. Nev war so verdammt impulsiv.

Aber ständig vorsichtig sein. Nach einer Weile macht dich das fertig.

Ich rede nicht von deinem Job.

Fühlt sich an wie Unterwerfung, Doris. Vorsichtig sein.

Ich glaube nicht, dass du so viel über Unterwerfung weißt, wie du dir einbildest.

Aber war ich nicht immer zu vorsichtig? Ist das denn nicht immer mein Problem gewesen?

Im Augenblick würde ich das nicht als dein Hauptproblem betrachten.

Ich wollte nicht den gleichen Fehler machen. Nev war wie ein Elefant im Porzellanladen.

Er war ein Riese, umgeben von moralischen Pygmäen.

Ich will dir ja gar nicht widersprechen. Ich wollte nur schlauer sein.

Schlauer?

Effektiver.

Es hat keinen Wert zu sagen, dass du nicht wie Neville Keely bist, also sitz nicht auf meiner Bettkante herum und rede Unsinn, das ist beleidigend.

Tut mir leid, sagte er wütend, gedemütigt, verwirrt.

Und lüg dir nicht selber in die Tasche, Tom. Dein Vater war durchschaubar. Ich konnte ihn lesen wie einen Reiseführer. Du bist nicht viel anders.

Keely stand auf, wollte jetzt unbedingt aus diesem Gespräch herauskommen.

Wie bringst du Kai morgen zur Schule?

Gemma hat um fünf Schichtende. Das Auto ist also da.

Richtig, sagte Doris und nahm das Buch wieder zur Hand. Das Auto.

Gescholten und bestürzt schleppte er sich ins Wohnzimmer und zur Couch und zu der langen Nacht, die ihm bevorstand.

Von der windgepeitschten Galerie im zehnten Stock hörte Keely die Schulglocke bimmeln. Er stellte sich ans Geländer, um zuzusehen, wie die Nachzügler mit ihren Rucksäcken und Laptops und Fußbällen nach drinnen rannten.

Er stellte sich vor, wie Kai sich an seinen Tisch setzte und das Mysterium seiner Handflächen erforschte, während der Lehrer versuchte, den Schultag zu beginnen. Der Junge war den ganzen Morgen bedrückt gewesen und auf der Fahrt zum Hafen still. Keely hatte sich nicht getraut, das nasse Bett zu erwähnen. Oder die Art, wie er sich kurz vor Sonnenaufgang auf der Couch an ihn gekuschelt hatte. Beim Frühstück sah Keely die Laken auf der Leine. Der Junge war bereits geduscht und angezogen. Doris gab ihm Toast zu essen und ließ ihn das Sudoku auf ihrem Handy anstarren. Der Hyundai stand in der Einfahrt. Gemma schlief. Seine Mutter war still, aber ihre Heiterkeit war so verschwörerisch, dass er wusste, sie hatte sich bereits elegant um alles gekümmert, als wäre nichts passiert. Doris hatte einen Act. Sie wusste, wer sie war und was sie tat. Und er liebte sie dafür.

Beim Frühstück sagte Kai kaum etwas, aber er beobachtete Doris beharrlich, wie er es schon beim Abendessen gemacht hatte. Vielleicht verglich er dieses fitte, alte Mädchen und ihre lauten Armreifen mit der jungen Heldin aus Gemmas Geschichten. Keely fürchtete, dass die Legende außer Kontrolle geraten war. Blackboy Crescent. Als moralische Riesen die Erde bevölkerten. Aber Kai schien nicht enttäuscht zu sein. Kinder liebten Doris. Als Junge trieb es Keely die Tränen in die Augen, aber heute Morgen belebte ihn dieses Schauspiel. Wenn nur auch er eine solche ruhige Autorität ausstrahlen könnte.

Als er den Jungen im Halbdunkel neben sich auf der Couch gespürt hatte, war er kurz hochgeschreckt. Dann genoss er das Gefühl, bevor er wieder einschlief. Doch erst als er die Wäscheleine sah, wusste er, dass er es nicht geträumt hatte. Und jetzt, da er am Geländer der Galerie stand und auf den Schulhof hinunterschaute, schämte er sich seiner Selbstversunkenheit, dieses salbungsvollen Augenblicks väterlicher Phantasie. Was war mit dem Jungen? Wie ist es, nass und verängstigt in einem fremden Haus aufzuwachen, die Großmutter zu verschonen und sich an irgendeinen alten Kerl zu kuscheln, den man kaum kennt? Plötzlich stieg Wut in ihm auf. Auf alles, was gegen diesen Jungen gerichtet war. Er musste etwas tun.

Er schloss die Wohnung auf und zog sich um.

Er fragte sich, ob er Gemma dazu überreden konnte, zur Polizei zu gehen. Kurz nach Mittag würde sie wach sein; bis dahin musste er sich eine zwingende Argumentation zurechtlegen. Und wenn das nicht funktionierte? Da war noch Stewie. Vielleicht würde er verhandeln. Aber Keely hatte heute Morgen keine überzeugenderen Argumente als gestern Abend. Und was Verhandlungen mit Stewie anging, so hatte er nicht die geringste Ahnung, wie man mit einem glupschäugigen Speed-Junkie redete. Er hatte rein gar nichts.

Er rasierte sich. Putzte sich die Zähne. Mit seiner eigenen Bürste. Er machte das Bett, räumte die Wohnung auf und schaute in den Kühlschrank. Irgendein schwächlicher Teil von ihm wünschte sich, er könnte einfach hierbleiben. Aber er durfte Gemma und Kai nicht allein Doris überlassen. Sie musste arbeiten. Kais Schulweg war zu organisieren, Gemmas Schichtarbeit zu berücksichtigen. Er musste einfach die Zähne zusammenbeißen und eine Weile die Couch ertragen. Bis ihm etwas anderes einfiel. Oder sich alles in Luft auflöste.

Er packte ein paar Klamotten, ein paar Bücher zusammen und schnappte sich sein Kissen. Er beschloss, in Gemmas Wohnung vorbeizuschauen. Sie würde sicher auch einige Dinge holen wollen, aber er wusste nicht, was sie brauchte, und er würde sich komisch vorkommen, wenn er in ihren Sachen wühlte. Er konnte sie ja am Nachmittag herbringen, wenn sie Kai von der Schule abholten. Er musste es nicht jetzt tun. Aber kurz nachschauen würde er trotzdem. Nur zur Sicherheit.

An Gemmas Tür flatterte ein Stück Papier im Sicherheitsgrill. Nur ein gelbes Quadrat, zerzaust vom Wüstenwind, ein Post-it-Zettel, der vom Stahlnetz gehalten wurde. Darauf war nichts außer einem mit schwarzem Filzstift gekritzelten Dollarzeichen.

Keely schaute sich ängstlich um und stopfte sich den Zettel in die Tasche. Er wollte schon weggehen, als ihm noch etwas anderes ins Auge fiel. Hinter dem Gitter, auf der inneren Tür, klebte ein zweiter gelber Zettel. Er zog sich Gemmas Schlüssel vom Hals und öffnete die Gittertür. Er zog das Ding ab. Derselbe Klebezettel, dasselbe Symbol.

Er bemühte sich, ruhig zu bleiben, während er die Gittertür untersuchte, aber sie war unbeschädigt. Es gab jedoch keine Möglichkeit, den zweiten Zettel anzubringen, ohne das Gitter aufzuschließen. Er klopfte an die Tür, kam sich dabei blöd vor, hatte aber auch Angst, blindlings in irgendetwas hineinzustolpern. Was zum Beispiel, einen Hinterhalt? Keely drehte den Schlüssel im Schloss und schob die Tür langsam auf.

Die Wohnung roch noch immer nach Käse und Toast und Rauch. Er konnte auch Gemma und Kai riechen. Aber es war schwer, den Zustand der Zimmer zu deuten. Alles war durcheinander gewesen, als sie weggegangen waren, ein Chaos, nachdem dieser Scheißkerl Sachen durch die Gegend geworfen hatte, und anschließend hatten sie nur Sachen in Mülltüten gestopft und waren in Panik geflohen. Essen auf einem Teller. Kleidungsstücke auf dem Boden. Der Fernseher wieder aufrecht dort, wo Keely ihn hingestellt hatte. Es gab keinen Hinweis, dass seit gestern irgendjemand hier drinnen gewesen war. Keinen, den er sehen konnte. Aber irgendjemand war eindeutig zumindest draußen an der Tür gewesen. Und vielleicht auch hier drinnen. Dieser Zettel innerhalb der verschlossenen Gittertür. Keely dachte an den Aufseher des Mirador, der ihn nicht leiden konnte, weil er sich diese ganzen Monate barsch geweigert hatte, sich mit ihm abzugeben. Es hatte keinen Sinn, ihn zu fragen, ob er jemanden hereingelassen hatte. Außerdem war es nicht einmal Keelys Wohnung. Wie sollte er da sein Interesse erklären? Gemmas und seine Angelegenheiten wären binnen einer Stunde Gesprächsthema im ganzen Haus.

Er fragte sich, ob Gemma gestern Nacht vor der Arbeit hier gewesen war. Oder heute Morgen nach der Schicht. Um etwas zu holen. Aber warum sollte sie das Risiko auf sich nehmen? War ihr jemand ins Gebäude gefolgt, hatte gewartet, bis sie in der Wohnung war, und dann die beiden Zettel angebracht, während sie im Schlafzimmer das zusammenraffte, weswegen sie gekommen war? Warum ihr dann nicht gegenübertreten? Die kleinen Drohungen persönlich aussprechen? Das schien doch mehr der Stil dieser Typen zu sein. Außer sie hatten Grund zu der Annahme, dass jemand anders mit ihr in der Wohnung war. Ein Kerl. Er.

Er sperrte zu. Fahrig. Ärgerte sich über seine Paranoia. Fragte sich, ob er ihr überhaupt etwas sagen sollte.

Unten auf dem abgesperrten Parkplatz fand er den Hyundai dort, wo er ihn abgestellt hatte, eingezwängt zwischen einem Kombi und einem heruntergekommenen Commodore. Er saß schon im Auto, als er den Zettel auf der Windschutzscheibe sah.

$

Er konnte niemanden entdecken – nicht in den Fahrzeugen, nicht daneben. Der Fahrradschuppen wirkte verlassen. Aus der Tür zum Waschsalon quoll Schaum.

Er ließ den Motor an und wartete dann mit wild pochendem Herzen eine volle Minute. Aber niemand. Er öffnete das Tor mit der Fernbedienung und rollte auf die schmale Straße hinaus. Unter dem Palisanderbaum rauchte ein chinesischer Küchenhelfer in seinem fleckigen Kochkittel. Ein Hippie-Mädchen mit glatten Wangen radelte vorbei.

Mistkerle, sagte er laut. Ihr kleinen Scheißer.

Jeder Gedanke an Schwimmen und Kaffee verflog. Er musste dieses Fahrzeug aus der Stadt schaffen. Gemma warnen. Vielleicht gab der Supermarkt ihr Arbeit in einer Filiale, die ein bisschen weiter draußen in den Vorstädten lag. Auch wenn hinter der ganzen Geschichte nicht mehr steckte als ein Bluff, konnte Gemma hier nicht bleiben. Er würde Doris nach einer Zuflucht, nach Betreuungsmöglichkeiten fragen.

Er bog auf eine Seitenstraße ein. Rollte am Kai entlang, schaute dauernd in den Rückspiegel. Langsam fuhr er den Fluss hoch, sah nichts als normalen Vormittagsverkehr. Doch als er auf die Einfahrt seiner Mutter einbog, zitterten seine Hände.

Doris' Volvo war nicht da. Da er wusste, dass Gemma noch schlief, schloss er die Hintertür auf und betrat leise das Haus, doch als er durch die Küche schlich, hörte er die Dusche rauschen. Für sie war es viel zu früh, um wach zu sein. Sie konnte nicht mehr als fünf Stunden Schlaf gehabt haben. Er füllte den Kessel, stellte ihn auf den Herd und versuchte, sich zu beruhigen.

Die Couch war aufgeräumt. Sein Kissen und die zusammengelegten Decken hingen über einer Lehne. Auf der Leine draußen waren von Kais Laken und dem Pyjama nichts mehr zu sehen. In dieser Hitze waren sie schon vor Stunden getrocknet. Doris hatte ihre Spuren verwischt, bevor sie zur Arbeit ging. Auf dem Esstisch hatte sie eine Zeitung und ein Töpfchen mit Basilikum hinterlassen. Das Spülbecken war leer.

Einen Augenblick saß er nur da, lauschte dem Kessel und dachte nach. Während im Bad das Wasser lief und lief, kam ihm nichts Vernünftiges in den Sinn.

Er stand auf. Goss eine Kanne Tee auf. Als er die Dose auf das Regal zurückstellte, wollte er mit einer Hand zwei Tassen herunterholen und griff daneben. Die eine fing er noch. Aber die andere fiel zu Boden und zerbrach.

Die Dusche hörte auf zu rauschen. Er verfluchte sich selbst und griff nach dem Besen. Der Griff sah irgendwie flauschig aus. Fühlte sich in seinen Fingern glatt an.

Wer ist da?, rief Gemma.

Nur ich, sagte er und fegte die Scherben auf die Kehrichtschaufel.

Scheiße, sagte Gemma in der Tür. Ich dachte, ich bin allein.

Tut mir leid, murmelte er.

O Mann. Hätte mir fast in die Hose gemacht.

Hab eine Tasse zerbrochen.

Das wird sie aber freuen.

Doris ist das egal.

Sie stützte den Kopf an den Türrahmen, um ihre Nerven zu beruhigen. In ein flauschiges Badetuch gewickelt, hatte sie eine Wolke seifigen Dampfs in die Küche gebracht. Wie konnte er ihr sagen, dass alles noch schlimmer geworden war, nicht besser? War dies der Augenblick, um ihr zu sagen, sie sollte ihren Job kündigen und wegziehen?

Konntest du nicht schlafen?

In deinem kleinen Kinderbett. Fühlt sich irgendwie falsch an.

Du solltest erst mal die Couch probieren, sagte er.

Ist er gut weggekommen?

Er nickte.

Mittagessen?

Hab's kaum in seinen Rucksack gebracht. Mum hat ihm ordentlich was eingepackt.

Bist du sicher, es ist okay, dass wir hier sind? Ich krieg da so ein Gefühl.

Es ist okay. Doris ist so.

Ich sollte mir was anderes überlegen. Aber mir fällt nichts ein.

Trink erst mal 'ne Tasse, sagte er. Wir überlegen uns gemeinsam was.

Vielleicht sollt ich einfach die Küste hoch verduften – Carnarvon, Exmouth, Broome.

Ich glaube, das wäre vernünftig, unter den Umständen.

Aber was ist mit Kai? Die streichen mir die Unterstützung. Oder? Ich gebe ja nicht mal die Hälfte meines Lohns an. Und dort habe ich dann keinen Job.

Zumindest nicht sofort.

Vielleicht in die Minen gehen? Aber da kann ich kein Kind mitbringen.

Ich weiß es nicht.

Sie würden ihn mir wegnehmen. Das weiß ich.

Gemma.

Und ihn in irgendeine blöde Pflege geben.

Hier, setz dich. So schlimm ist es auch wieder nicht.

Keely dirigierte sie auf einen Stuhl, goss ihr Tee ein und wischte die restlichen Scherben zusammen. Sie wirkte nervös.

Da muss es doch was geben, sagte sie.

Ja. Wir müssen es uns nur gut überlegen. Und du bist mit dieser Geschichte nicht allein.

Er fand Butterkekse, holte für sich eine andere Tasse und setzte sich zu ihr. Sie beruhigte sich ein wenig, aß die Kekse schnell, mit kindlicher Gier.

Nicht gerade so wie das alte Haus, was?, sagte sie.

Nein, wirklich nicht.

Gefällt es dir hier?

Ich habe nie hier gelebt. Sie hat es vor ungefähr zehn Jahren gekauft.

Alt. Aber schick.

Es ist ein hübsches Haus.

Sie hat sich verändert.

Na ja, sie ist jetzt eine alte Dame.

Nicht das, sagte sie. Das ganze Zeugs. Wie sie redet. Kai, er ist ja *so ein reizender Junge*.

Er zuckte die Achseln. Doris' Akzent war so breit wie eh und je, aber es stimmte, ihr Vokabular hatte sich verändert.

Als ich klein war, wünschte ich mir, sie wäre *meine* Mum. Hab manchmal sogar so getan, als ob. Als wären sie und Nev meine Eltern. Sie hat sich so verhalten, dass wir das glaubten.

Was?

Dass sie uns liebte. Als wären wir eine Familie.

Keely wusste nicht, was er sagen sollte. Denn genau so erinnerte auch er sich daran. Und als Junge hatte es ihn gewurmt. Wobei sich nicht viel verändert hatte. Gestern Abend hatte Doris sich um sie gekümmert wie um ein verängstigtes Kind. Hatte er denn nicht gesehen, wie Gemma in dieser Aufmerksamkeit schwelgte? Und was war sonst noch passiert, das er nicht bemerkt hatte? Wahrscheinlich nichts. Gemma hatte eine lange, langweilige Schicht ertragen, eine ganze Nacht, in der sie über jedes Detail nachgrübeln und jede winzige Veränderung zu einer Enttäuschung werden lassen konnte.

Sie ist noch immer Doris, Gem.

Na ja, Kai hält sie für das Gelbe vom Ei.

Ja, murmelte er. Aber du hast ihm auch diese ganzen Geschichten in den Kopf gesetzt.

Sie sind wahr.

Nur bis zu einem gewissen Punkt. Keiner der beiden war ein Superheld. Es sind nur Menschen.

Vielleicht findet sie sich ja nur mit uns ab.

Ach, Gem.

So als würden wir etwas zerbrechen, das Haus in Unordnung bringen. Sie um Geld bitten.

Das glaube ich nicht.

Und jetzt glaubst du, dass ich undankbar bin.

Nein, sagte er. Es ist eine Belastung. Der plötzliche Umzug, im Haus eines anderen zu sein.

Es war einfach nicht, was ich erwartet habe.

Keely fragte sich, was sie denn erwartet hatte. Seiner Ansicht nach hatte es Doris – bei nur dreißig Minuten Vorwarnung – sehr gut gemacht. Okay, sie war vielleicht nicht mehr ganz so übereifrig wie früher. Aber Gemma war jetzt eine Erwachsene, kein kleines Mädchen mehr. Und es gab den Jungen, der alle Aufmerksamkeit auf sich zog. Natürlich war Doris inzwischen ein wenig zurückhaltender. Immerhin war sie eine alte Frau. Und es kam aus heiterem Himmel. Auf ihre Schwelle. In Mosman Park.

Es ist komisch, hörte er sich selber sagen. Du weißt schon, jemanden nach so langer Zeit wiederzusehen.

Gemma zuckte die Achseln. Schmollte beinahe. Er spürte eine leichte Verärgerung. Dann redete er sie sich wieder aus. Das Trauma. Etwas so Nebensächliches wie gute Manieren konnte man da nicht erwarten.

Was, wenn sie uns nicht hierhaben will?

Wenn sie euch nicht hierhaben wollte, wärt ihr nicht da. Sie hätte dir gleich nach deiner Ankunft einen Scheck ausgeschrieben. Um euch loszuwerden.

Gemma blinzelte, dachte darüber nach, schien aber nicht sehr überzeugt.

Sie hatte nichts gegen mich, als ich noch klein war. Als ich süß war. Und ich hatte damals noch keine Tochter in Bandyup, oder?

Gemma.

Sie hält mich für Abschaum.

Ach, das ist doch einfach nur Blödsinn.

Du hast keine Ahnung, Tom. Du bist wie ein Kind.

Ich bin wie ein Kind?, fragte er aufbrausend.

Ich bin nicht dumm, sagte sie.

Kein Mensch sagt, dass du dumm bist.

Sie weiß, dass du mich gefickt hast, Tom. Sie kann es riechen.

Er lachte freudlos auf. Nicht buchstäblich, hoffe ich.

Schau dich an, jetzt bist du ganz rot geworden. Im Haus deiner Mum kannst du nicht einmal daran denken, was?

Sei nicht blöd.

Schau dich an.

Warum reden wir überhaupt darüber? Wir haben andere Sachen, mit denen wir uns herumschlagen müssen.

Na komm. Warum treiben wir's nicht jetzt? Gleich hier auf der Anrichte.

Warum tust du das?

Er hat Angst vor seiner Mum.

Ich dachte, es ist Respekt, sagte er.

Immer noch derselbe Gutmensch, murmelte sie und ließ sich auf dem Stuhl zurücksinken. Sie zog das Badetuch um ihre Brust fester zusammen, während ihre Erregung sich langsam legte.

Er stand auf und kippte seinen Tee ins Spülbecken.

Ich brauche eine Zigarette.

Nicht im Haus, sagte er träge.

Keine Angst, Tommy. Ich nehme meine dreckigen Gewohnheiten mit hinaus.

Er ließ sie gehen, sah ihr zu, wie sie auf der Veranda eine Zigarette anzündete und im heißen, gesprenkelten Licht gierig daran zog. Er wünschte sich, er könnte sie beruhigen. Wünschte sich ebenso inbrünstig, sie hätte einen anderen Ort, wo sie hingehen konnte.

Er sah ihre Tasse auf dem Tisch, und weil er sie für leer hielt, nahm er sie hastig weg. Tee spritzte überallhin. Bevor er das Spültuch gefunden hatte, war der Fleck schon tief ins Holz eingesickert.

Es war einer dieser Spätsommertage, an denen der Fluss, der vom Ostwind ans Leeufer gedrückt wurde, eklig roch. Wie etwas, das man zu lange in einem Topf gelassen hatte. Die dünnen Eintöpfe seiner frühen Lehrertage, die, über Nacht halb fermentiert, auf dem Herd dahinsiechten. Die Sonne bohrte sich durch seinen Schädel, und er war froh, als sie den Schatten der Zypressen unter dem Steilufer erreichten.

Gemma hatte nichts gesagt, seit sie das Haus verlassen hatten. Auf sein Drängen hin war sie mitgekommen, hatte aber so getrödelt und geschmollt, dass er es bereits bedauerte. Wenn er nur seine Badehose dabeihätte. Das schlammige Flussbett war nicht sehr einladend, vor allem jetzt, da der Wind die Quallen ans Ufer trieb. Das Wasser war braun und klumpig wie ein Teller voll eingeweichter Pilze. Er stellte sich vor, wie er hindurchpflügte und diese glitschigen Kuppeln seine Brust und seine Schenkel streiften. Nicht sehr schön. Aber sogar das hätte sich angefühlt wie eine Atempause.

Er setzte sich unter den Kalksteinvorsprung, von dem aus der ehrwürdige alte Marri-Eukalyptus übers Wasser ragte. Und da war er. Die Flügelschläge des Vogels waren mühelos. Er kreiste und stieg in einem Aufwind, drehte ab und flog klagend davon. Er wirkte gewichtslos, als wäre das Schwerste an ihm dieser flehende, quengelnde Ruf.

Was du dir so unter einer guten Zeit vorstellst, sagte sie und zündete sich eine Zigarette an.

Er betrachtete den struppigen Busch, die tanzenden Insekten. Ein kleiner Überrest Wildnis. Es erinnerte ihn an den Sumpf. Faith und er. Die zerzauste Bande der Kinder aus der Blackboy Crescent, die im Gänsemarsch durch die Myrtenheide stapften.

Früher hast du das genauso gesehen, murmelte er.

Sie sagte nichts. Blies eine Rauchfahne aus, die im Wind davonwehte wie eine Strömung mit ihrer eigenen, wütenden Energie. Sie schnippte die Asche weg.

Hör zu, sagte er. Ich hole ihn heute Nachmittag sehr gern ab.

Du siehst nicht gut aus, sagte sie.

Mir geht's gut.

Sie nagte an ihrem Daumen, hielt dabei die Zigarette schräg vom Gesicht weg. Und schaute ihn an.

Irgendwas stimmt nicht mit dir. Doris kann es sehen. Ich kann es sehen. Alle außer dir können es sehen.

Ich halte es für besser, wenn ich ihn heute hole.

Und warum das?

Er zog die kleinen gelben Post-its aus der Tasche seiner Shorts und strich sie auf dem Felsen neben sich glatt. Hier draußen im gesprenkelten Schatten wirkten sie bei weitem nicht mehr so beunruhigend.

Arschlöcher, sagte sie matt.

Hat Stewie einen Schlüssel?, fragte er.

Natürlich nicht.

Und Carly?

Sie schüttelte den Kopf.

Ich glaube, sie kennen jemanden, sagte er.

Im Gebäude?

Sieht so aus.

Sie schaute skeptisch.

Also dachte ich mir, es ist schlauer, wenn ich ihn abhole.

Weil du schlauer bist als ich? Meinst du das?

Natürlich nicht.

Weil du der große Kerl bist?

Keely riss an einem Knäuel Riedgras.

Die können mich mal, sagte sie. Es ist mein Auto. Und ich bin verantwortlich für ihn.

Okay, aber hör zu …

Wie auch immer, die denken wirklich, ich habe das Geld.

Und was für einen Unterschied macht das?

Ich fahre mein eigenes Auto. Ich hole mein Kind selber ab. Nicht sie entscheiden, was ich tue.

Ich verstehe deine Haltung, aber …

Du kapierst es nicht, Tom. Wenn ich mich verstecke, sieht es aus, als hätte ich das Geld nicht.

Wäre es denn nicht besser, wenn sie wüssten, dass du es nicht hast?

Jetzt? Machst du Witze? Sie würden durchdrehen. Sie denken, ich kann es aufbringen.

Scheiße, warum?

Wegen dir, du Trottel. Ist nicht schwer, dich zu googeln, oder was immer die Leute tun. Du warst dauernd im Fernsehen, in der Zeitung, du musst doch einfach Geld haben.

So denken diese Idioten?

So denkt jeder.

Bin ja so froh, dass ich mich habe rasieren lassen, sagte er verbittert.

Ach Gott, tut mir leid.

Inzwischen tut uns allen vieles leid.

In dem Augenblick, da er es sagte, hätte er sich am liebsten die Zunge herausgerissen. Jetzt saß er da, spürte den heißen Wind im Gesicht und zupfte an seinem Ärmel.

Ich habe eine Woche, sagte sie. Noch sechs Tage. Weil sie glauben, dass ich es habe. Ich habe eine kleine Chance, die

Woche zu überstehen, solange sie denken, ich kann die fünf Riesen aufbringen.

Ich verstehe die Logik nicht.

Hier geht's nicht um Logik.

Sie schnipste ihre Kippe ins Wasser. Stand auf und stapfte zum Weg zurück.

Keely nahm die kleinen gelben Zettel wieder an sich. Die Haftstreifen klebten nicht mehr. Sie waren bestäubt mit Kalksteingrus, ein paar verwirrten Ameisen. Er hielt sie in die Höhe, ließ sie im Ostwind flattern. Was eine Überwachung oder Bedrohung anging, wirkten sie ziemlich billig. Aber vielleicht hatte sie recht. Was wusste er denn schon? Die ganze Sache wirkte noch immer sehr melodramatisch. Und doch war es da, dieses kranke Gefühl des Fallens. Hier auf einem Felsen, geschützt im Schatten. Mit etwas Dunklem und Heißem, das auf ihn einstürmte wie der Wind.

Doris kam um drei nach Hause und warf ihren Beutel auf die Anrichte. Keely sah vom Tisch hoch, dessen Oberfläche er mit Öl einrieb.

Wo ist Gemma?

Unterwegs zur Schule.

Spüre ich da eine gewisse Atmosphäre?

Ich habe auf deinem Tisch Tee verschüttet.

Ich werd's überleben, sagte Doris und zog die Kühlschranktür auf. Aber ich sehe, dass keins von euch Kindern daran gedacht hat, etwas fürs Abendessen einzukaufen.

Ich mache mich gleich auf den Weg.

Vielleicht hätte ich dir einen Zettel an dein Hemd heften sollen, sagte sie grinsend. Sie ging in ihr Zimmer und kam in einem ausgewaschenen, ärmellosen Sommerkleid zurück, das zeigte, wie dünn ihre Arme geworden waren. Kurz stand sie an der Anrichte. Es wirkte, als wollte sie die Situation erspüren. Dann nahm sie aus der Schale neben sich eine Orange.

Guter Tag?, fragte er, um das Gespräch zu eröffnen.

Nicht schlecht. Das ist der Luxus, wenn man nur Teilzeit arbeitet.

Irgendwas Interessantes?

Nichts Fröhliches.

Versuch's einfach.

Nur Dokumente für die Ward-Untersuchung.

O. Gott.

In der Tat.

Und?

Wenn man allein nur die medizinischen Berichte sieht – es ist unglaublich. Im Grunde genommen haben sie den Mann bei lebendigem Leib gekocht. In einem Gefängnistransporter. Siebenundfünfzig Grad, so heiß war das Metall. Wie viel ist das, gut hundertdreißig in Fahrenheit? Er war einen halben Tag da drinnen, fast tausend Kilometer, und keiner der Wachen hielt es für eine große Sache, dass es keine Klimaanlage gab.

Ich weiß schon gar nicht mehr, warum er überhaupt verhaftet wurde.

Wegen eines Verkehrsdelikts, sagte sie und fing an, die Orange zu schälen. Wenn dieser Mann ein Schaf gewesen wäre, würden die Leute auf die Straße gehen. Aber er war ja nur ein Aborigine.

Was ist mit Anklagen?

Ich vermute stark, sagte sie, während sie sich mit ihren arthritischen Fingern abmühte, dass keine der Wachen verurteilt wird.

Und das Privatunternehmen?

Sie schaute ihn über ihre Brille hinweg an, und er sah die Antwort in ihren hochgezogenen Augenbrauen.

Zuerst kommt das Geschäft, murmelte er.

Also, nicht gerade ein prickelnder Tag. Ich dachte, dass mich inzwischen nichts mehr schockieren könnte.

Soll ich dir dabei helfen?

Eine Orange kann ich schon noch schälen.

Entschuldigung.

Wie auch immer, sagte sie, wie geht's Gemma?

Er zuckte die Achseln.

Kann sie kochen?

Ja, schon. Natürlich.

Dann lassen wir sie heute Abend kochen, sagte sie, bevor sie in eine Orangenspalte biss.

Wie meinst du das? Warum?

Doris riss ein Blatt von der Küchenrolle, um sich den Saft vom Kinn zu wischen. Schau mich nicht so an, sagte sie. Es soll kein Test sein. Ich dachte, vielleicht hilft es ihr, sich einzugewöhnen, ihr ein Gefühl der Kontrolle, ein bisschen Normalität zu vermitteln.

Okay. Ich verstehe, was du meinst.

Sie ist nicht hilflos. Sie will sich nicht hilflos fühlen.

Bitte sag das Wort nicht, Doris.

Empowerment? Das Wort? Wenn ich dich jeden Abend in den Nachrichten sehen und zuhören musste, wie du unser Ökosystem einen wertvollen Aktivposten oder eine Tourismusikone nennst, dann kannst du jetzt mal halblang machen und mich das E-Wort ruhig sagen lassen.

Keely hob kapitulierend die Hände und war froh, dass sie lächelte.

Ich bin dann um sieben wieder weg, sagte sie. Karten für Vaughan Williams.

Oh, sagte er. Mit wem gehst du?

Na ja, murmelte sie und hielt kurz inne, um einen Bissen herunterzuschlucken, ich hatte gehofft, dass du mitkommst. Aber seit der Buchung hat sich ein bisschen was verändert.

Ach verdammt. Tut mir leid, aber ich kann Kai nicht allein lassen.

Nein. Natürlich nicht, sagte sie. Ich würde es auch gar nicht zulassen.

Schade, sagte er. Ich liebe Onkel Ralph.

Das weiß ich.

Welches Stück ist es?

Das Oboenkonzert.

Autsch.

Ja, es ist schade, sagte sie, klapperte mit ihren Armreifen und richtete sich dann plötzlich auf. Hör mal, warum gehst du nicht trotzdem? Ich könnte bei Kai bleiben.

Aber du liebst Vaughan Williams.

Doris zuckte die Achseln.

Mum, das könnte ich nie und nimmer tun.

Mal sehen, ob Kai damit zurechtkommt. Wenn er Zicken macht, überlasse ich ihn dir.

Danke, sagte er und schaute verzweifelt auf den Wasserfleck im Jarrahholz. Wirklich. Aber geh du.

Na, dann komm, sagte sie. Ich esse die Orange auf dem Weg zum Einkaufen zu Ende.

Eine friedliche Trägheit herrschte in Doris' Viertel am Fluss, wo die schattigen Straßen nach gemähtem Rasen und Lavendel rochen. Sie gingen in gelassenem Schweigen und teilten sich die Orange, Spalte um Spalte. Ein Audi glitt elegant vorbei, und als sie das personalisierte Nummernschild sahen, brachen sie beide in Lachen aus. MINE, stand dort in Taubenblau. Und in diesem Augenblick wunderbaren, wortlosen Verstehens dachte er an alles, was er verloren hatte, und alles, woran er sich noch festhalten konnte.

Es ging geschäftig zu in der kleinen Einzelhandelsenklave. Er folgte ihr wie ein Junge, der mit seiner Mum einkaufen geht, und es beschämte ihn, wie schnell er sich mit dieser Rolle abfand. Aber es war noch schlimmer, merkwürdiger als seine bereitwillige Unterwerfung, denn nach ein paar Minuten erkannte er, dass es Doris weniger um die Einkäufe fürs Abendessen ging, sondern vielmehr darum, ihn in der Ansammlung lokaler Geschäfte vorzuzeigen. Sie zwirbelte ihre Zöpfe beim Metzger und klapperte mit ihrer Ethno-Bereifung beim Obst- und Gemüsehändler, plauderte mit allen, die sie traf oder die sie bedienten, und je offensichtlicher die

Blicke der Kassiererinnen und floralen Freundinnen wurden, desto verärgerter wurde er. Ganz offensichtlich kannten und mochten die Leute Doris. Ihre Neugier in Bezug auf Keely war beinahe greifbar.

O Mann, sagte sie, als sie wieder auf der Straße waren. Du hast ja für einen ganz schönen Wirbel gesorgt.

Ach so?, sagte er. Ist mir gar nicht aufgefallen.

Ich denke, die glauben alle nicht so recht, dass du mein Sohn bist.

Tja, sagte er, manchmal fällt es mir selber schwer, es zu glauben.

Ich habe immer gesagt, dass ich einen Sohn habe, sagte sie leichthin. Aber vielleicht klang ich wie eine einsame alte Schachtel, die Geschichten erfindet.

Okay, Doris, sagte er. Ich habe verstanden. Du hast deinen Spaß gehabt.

Auf dem Weg den Hügel hinunter suchten sie den gesprenkelten Nachmittagsschatten der Platanen am Straßenrand.

Was denkst du?, fragte sie.

Nichts, log er. Er wünschte sich, er wäre in Bezug auf die Situation mit Gemma mitteilsamer gewesen.

Kai ist ein seltsamer kleiner Junge, sagte sie und lotste ihn in eine Seitenstraße mit stark gestutzten Pfefferminzweiden.

Eigentlich erinnert er dich überhaupt nicht an Gemma, oder?

Nein, sagte sie. Abgesehen von der Situation und der Schädigung. Gemma war nur gerissen. Kai ist intelligent.

Gerissen?

Sie musste tun, was sie konnte, um zu überleben. Man hatte das Gefühl, dass sie es durchstand. Zwar litt, sagte Doris bitter, aber es durchstand. Kai wirkt zerbrechlicher.

Er glaubt nicht, dass er je alt wird, sagte er, hasste sich, weil er es verraten hatte, und war gleichzeitig erleichtert darüber. Er glaubt, dass er jung stirbt.

Hm, sagte sie emotionslos. Das ist bestürzend.

Es bringt mich um. Wenn ich es ihn sagen höre.

Vielleicht ist er Realist.

Wie meinst du das?, fragte er entsetzt. Wovon redest du?

Ich nehme an, du hast seinen Vater kennengelernt?

Ich habe ihn gesehen.

Kannst du dir vorstellen, dass *der* alt wird?

Keely dachte darüber nach. Ich schätze, die Wahrscheinlichkeit ist nicht sehr hoch, sagte er.

Und wo sind all die anderen Männer in seinem Leben?, fragte sie. Vielleicht hat er einfach nicht genügend Beispiele für ein würdiges Altern. Wie kann er begreifen, was er, außer im Fernsehen, nie gesehen hat? Gemmas Vater ist tot. Den Vater ihrer Tochter hat sie mit keinem Wort erwähnt.

Sie redet nicht darüber, sagte er, noch immer besorgt. Du denkst, sie ist gerissen?

War, habe ich gesagt.

Trotzdem, du klingst …

Hast du je Hinweise gesehen, dass er sich selber was antut?

Kai?

Redet er darüber, vermittelt er dir diesen Eindruck?

Nein, sagte er und konnte sich nicht überwinden, von dem Grauen zu erzählen, von diesem heimtückischen Bild, wie der Junge am Balkongeländer stand und sprang. Inzwischen war es immer da, wie ein dunkler Gedanke, etwas Beschämendes, das er unterdrücken, aber nicht vertreiben konnte.

Nein, wiederholte er. Eigentlich nicht.

Na, das ist doch schon was.

Ja, sagte er ungetröstet.

Wie sollte er seine Angst in Worte fassen, dass der Junge verzaubert war von etwas Düsterem und Schrecklichem, irgendeiner fürchterlichen Gewissheit? Es war, als würde der Junge sich dieser Bedrohung entgegenstrecken, als hätte er sich damit abgefunden, ihr zu begegnen, als würde er nur suchen, was ihn erwartete. Wie konnte er ihr das sagen? Was würde Doris hören, wenn nicht die Bestätigung seiner eigenen mentalen Entgleisung?

Keely wusste, er sollte ihr wenigstens von den Träumen des Jungen erzählen. Von den Zeichnungen, dem Umriss, den er anscheinend bereits mit seinem eigenen Körper ausgefüllt hatte. Aber Doris war so wachsam. Er spürte, wie er unter ihrem Blick allmählich in Stücke brach. Und jetzt sah er auch, wie seine Mutter intervenierte, ihn auffing, ihm die Verantwortung abnahm. Eine Hälfte von ihm wollte es, dass man ihn durchschaute, nach Hause schickte, befreite.

Aber dieses armselige kleine Scharmützel war alles, was er jetzt hatte. Er steckte mit ihnen da drin. Oder etwa nicht? Es musste so sein. Auch wenn er sich fast in die Hose machte vor Angst. Nicht ganz präsent und selbstverantwortlich. Zum Dienst gepresst. Aber das war seine Chance, wieder etwas zu bedeuten. Er würde alles tun, was nötig war, um ihre Sicherheit zu gewährleisten. Fragte sich, ob Doris die Wildheit unter seiner Haut toben sah.

Eine Weile gingen sie schweigend. Um das Gefühl professioneller Beobachtung zu durchbrechen, nahm Keely seiner Mutter die Einkäufe ab. Es bestürzte ihn, bis jetzt überhaupt nicht bemerkt zu haben, dass sie alles trug. Machte einen lahmen Witz auf seine Kosten, wurde aber in den Schatten gestellt von Krähen, die flatternd auf dem grasbewachsenen Bankett vor ihnen landeten, auf und ab stolzierten und ihm mit schrillen, prahlerischen Stimmen ins Wort fielen.

Hör sie dir an, sagte Doris. Wie Jockeys vor der Sauna.

Du hast mir zuvor nicht wirklich geantwortet, sagte er, jetzt etwas mutiger. Wegen Gemma. Du hast gesagt, sie war gerissen.

Das ist kein Vorwurf, Tom. Kinder benutzen, was sie haben, um zu überleben.

Aber wie denkst du jetzt über sie? Ehrlich.

Sie ist eine Kämpferin.

Eine Kämpferin.

Ich weiß. Klingt gönnerhaft. Aber sie hat mehr Mumm als ihre Mutter. Sie kann mit Kerlen umgehen. Und alles in allem macht sie das mit Kai recht gut. Aber natürlich wird es bei ihnen nie ganz glattgehen. Sie ist ein beschädigtes Mädchen, und er ist ein gestörter Junge. Sie ist kein Mensch mit endlosen Reserven. Sie tut, was sie kann, was sie für das Beste hält.

Liegt es an mir, oder bist du ein wenig argwöhnisch?

Doris knetete die Hände. Die Reifen klapperten und klirrten an ihren Ellbogen.

Wir haben von Bunny nie viel erwartet.

Ich rede eigentlich nicht von ihrer Mutter.

Bunny hatte es schwer, daran besteht kein Zweifel. Aber im Rückblick frage ich mich, ob sie nicht auch ein bisschen beschränkt und träge war. Sie gewöhnte sich daran, dass man ihr half, dass man ihr die Verantwortung abnahm. Ich glaube, dass wir uns gegen unseren Willen einwickeln ließen, Nev und ich, indem wir sie zum Opfer stempelten, sie immer nur, ich weiß auch nicht, als Beute sahen. Zum einen war sie viel zu passiv. Wir erwarteten nicht genug. Richtig geholfen haben wir ihr damit nicht.

Na ja, es ging dir darum, die Kinder zu retten, nehme ich mal an.

Ja, sagte sie. Vor ihr genauso wie vor ihm, um ehrlich zu

sein. Dieser ganze Optimismus der Sechziger, Liebe und so Wir haben die arme Frau bevormundet und uns darin gesuhlt. Auf ihre Kosten, glaube ich, und auch auf unsere.

Und was willst du damit sagen?

Gemma will, dass ich wieder ihre Mutter bin. Dass ich so tue, als wäre ich es. Aber ich werde das nicht tun. Kann es nicht. Ich stehe so schon genug unter Druck – als deine und Faiths Mutter.

Darum geht's also – professionelle Distanz?

Das ist nicht meine Profession.

Ich hätte nie gedacht, dass du Güte mit so viel Berechnung verteilst.

Ich befürchte, Gemma ist ein wenig verwirrt von Güte.

Himmelherrgott!

Rede nicht so.

Das musst gerade du sagen.

Tom, manchmal verwechseln die Leute einfache Anständigkeit mit einer Investition. Du hilfst ihnen, deshalb musst du sie lieben, etwas von ihnen fordern, sie begehren, sie brauchen. Und dann erwartet man von dir, dass du jeden anderen für sie aufgibst.

Was ist das, Sozialarbeit 101? Ayn Rand bei den Antipoden?

Nein, Tom, das ist mein halbes Leben.

Tja, sagte er, du klingst wie eine verschmähte Geliebte.

Doris bot ein heiligmäßiges, leidendes Lächeln dar, und die Vögel flatterten gereizt hoch.

Tut mir leid, sagte er. Das war gemein.

Es stimmt allerdings. In gewisser Weise.

Ich kann nicht – Mum, ich verstehe nicht.

Hör mal, ich war jung. Eitel. Idealistisch. Natürlich vergötterte ich Gemma. Sie war einfach bezaubernd. Ich bevorzugte sie auch, versuchte zu sehr, ihr das zu geben, was ihr fehlte. Und eine Menge davon ging auf Kosten von Faith.

Sie hat es nie erwähnt.

Sie ist keine, die jammert, sagte Doris. Faith ist gescheit. Sie musste nie bezaubernd sein. Aber sie war immer großzügig Gemma gegenüber. Nahm sich uns als Vorbild, das arme Ding. Diese anderen Kinder hatten größere Bedürfnisse als sie oder du. Von Faith haben wir zu viel erwartet.

Und von mir?

Tom, du musstest nie dein Zimmer, deine Kleidung, deine Puppen teilen. Du wurdest im Namen der Wohltätigkeit nie so gründlich kannibalisiert.

Alles klar, sagte er, umso irritierter, weil er wusste, dass es stimmte.

Und, was ist?

Nichts, log er.

Stimmt nicht.

Einige Augenblicke ging er neben ihr und dann sagte er es einfach. Du klingst so kaltblütig, das ist alles.

Und du scheinst nicht bereit, dich dem zu stellen, was real ist. Gemma hat sich liebenswert gemacht auf eine Art, wie bedürftige Kinder es tun. Um zu überleben, kultivieren sie einen. Sie brauchen so unbedingt und sie nehmen zwanghaft. Sie lernen, einen zu manipulieren. Kein Mensch kann einem kleinen Mädchen vorwerfen, dass es Trost sucht. Aber ich glaube, ich habe irgendwo eine Grenze überschritten, mir was eingebildet, gedacht, ich könnte wirklich ihre Mutter und sie eins von meinen Kindern sein. Es ist ein Wunder, dass Faith mir das je verziehen hat.

Du meinst, ihr beide habt darüber gesprochen?

Tommy, das ist unser großes Thema, die Erbse unter unserer Matratze!

Sie hat nie was gesagt.

Vielleicht hast du nur nie zugehört.

Sie kamen zu ihrer Straße, und Keely schaute durch die Baumwipfel zu der weiten Fläche des Flusses, der in der Nachmittagssonne funkelte. Er sehnte sich nach einem Intervall der Ruhe und des Friedens, nur eine Stunde, in der er sich einreden könnte, er wüsste, was Sache ist. Nichts war mehr solide, nichts war mehr sicher oder gewöhnlich.

Also bereust du das alles?, fragte er. Alles, was du und Nev getan habt?

Nein, sagte sie. Es wäre mir nur lieber, ich hätte das nicht so romantisch verklärt, wäre deswegen nicht so eitel gewesen. Es wäre mir lieber, wir hätten mehr gewusst und einen besseren Job gemacht.

Hinter ihnen plärrte eine Hupe. Gemmas Auto klapperte vorbei und bog in die Einfahrt ein.

Vergiss nicht, auch sie hat sich verändert, Tom. Wie gesagt, sie ist nicht ihre Mutter. Und ich auch nicht.

Auf dem Weg ins Zentrum von Perth, während er den Volvo unter dem Hochufer und dem Park am Fluss entlangsteuerte, fragte er sich, ob Doris ihm die Karte einfach geschenkt hatte, um ihn aus dem Haus zu haben. Um eine Zeitlang mit Gemma allein zu sein. Bestandsaufnahme zu machen. Vielleicht sogar die Verantwortung zu übernehmen. Er fühlte sich unbehaglich dabei, Kai in seiner erst zweiten Nacht im fremden Haus mit ihr allein zu lassen. Aber Gemma hatte nichts einzuwenden, und Kai schien es egal zu sein. Vielleicht lag es daran, dass Doris ihren Charme versprühte und mit der Scrabble-Schachtel klapperte. Auf dem ganzen Weg auf dem Stirling Highway und dann auf der Mounts Bay Road hatte er sich mit Mutmaßungen gequält, bis sein Kopf sich anfühlte wie ein Bienenstock. Warum konnte er das Angebot seiner Mutter nicht einfach als Geschenk annehmen? Warum machte er sich selbst so viele Probleme? Einige Dinge waren tatsächlich so, wie sie schienen.

Im Konzertsaal schlich er mit dem Gefühl, viel zu schlecht gekleidet und erbarmungswürdig unbegleitet zu sein, die Reihen entlang. Nahm seinen Platz neben einem eleganten, älteren Paar ein. Schaute ins Programm. Alles, was er über klassische Musik wusste, hatte er in Doris' Windschatten aus zweiter Hand aufgeschnappt. Delius, Elgar, Britten. Die Briten, ausgerechnet. Gottes kleiner Witz über ihren kratzbürstigen Republikanismus.

Er merkte, dass die ältere Frau neben ihm immer wieder

heimlich zu ihm herschaute. Fühlte sich, als würde er verwelken. Wurde gerettet vom verlöschenden Licht und der Solistin, die zu herzlichem Applaus auf die Bühne kam.

Keelys Puls wurde schneller. Plötzliche Bangigkeit. Ihm ging es bei Live-Darbietungen immer so, auf einmal war er besorgt um die Spieler. So blöd; diese Leute waren professionelle Musiker. Aber so wie ihm die Kehle eng wurde, hätten sie alle Kinder bei einer Schulaufführung sein können. Seine Kinder.

Und bevor er es realisierte, bevor er seine Gedanken unter Kontrolle bringen konnte, hatte das Konzert schon angefangen. Vom ersten frechen Stoß der Solistin an war er verzaubert von ihrer schelmischen Selbstsicherheit. So ein lächerliches Instrument eigentlich, die Oboe, aber sie bearbeitete es wie eine Jazzerin. Man spürte, wie sich im Saal Entrüstung ausbreitete. Vielleicht war es die Bebop-Haltung der Frau, die Art, wie sie den Rest des Orchesters anstachelte. Keely schwitzte bei dem Gefühl des Widerstands im Saal, dem Glucken und Rutschen auf den Stühlen. Diese wilde Fingerraserei, er hatte das Gefühl, sie könnte jeden Augenblick zerfasern, und doch wurde er davon mitgerissen, höchst angespannt und erstaunt über den waghalsigen Elan der Solistin, während sie, Eskapade um rasende Eskapade, zuerst die Bühne, dann das Publikum und schließlich das Stück selbst eroberte und dabei so aussah, als würde sie die Gefahr, in die sie sich begeben hatte, voll auskosten, das Unwahrscheinliche schaffen mit einem Lächeln in den Augen und einer trotzig gegen alles Kommende herausgestreckten Hüfte. Sie schaffte es. Sie surfte das Stück. Sie ritt auf dem Sturm durch die Reihen ihrer Zuhörer, vorbei an ihren graumelierten Köpfen und durch die Streben und Klammern ihrer Rippen, fegte dahin im Ruhm, es gewagt und geschafft zu haben. Bravo, dachte er, ach verdammt, *brava,* was auch immer. Er war randvoll, überwältigt. Und wie ein Idiot fing er an zu weinen, zuerst still, dann in winzigen, beschämenden Schluchzern, die zum Glück im donnernden Applaus untergingen. Es war, als wäre ihm die Luft zu dünn. Keely konnte nicht klatschen, es war einfach zu viel. Er umklammerte seine Knie, als könnten seine Beine davonfliegen, flennte wie ein Dorftrottel, bis die silberhaarige Frau neben ihm, eine Dame nicht unbeträchtlicher Herkunft, wenn Körperhaltung etwas bedeutete, ihm ein ordentlich gefaltetes Taschentuch in den Schoß legte, als wäre er ein alter Bridgepartner, dessen kleine Schwächen längst nichts Neues mehr waren.

Der Elgar kommt erst noch, sagte sie.

Das schaffe ich nie und nimmer, sagte Keely.

Na, kommen Sie, sagte sie. Kein Mumm, kein Ruhm.

Doris war noch wach. Ihre Haare waren offen, und ihre Bifokalbrille glänzte, als sie die Biographie zuklappte und aufstand. Er warf die Schlüssel in die Schale auf der Anrichte. Es war zu warm in der Küche. Etwas an der Art, wie seine Mutter aufgestanden war, stimmte nicht.

Und?, fragte sie mit einem nur dünnen Lächeln.

Unglaublich, murmelte er. Bin völlig überdreht. Ich kann nie und nimmer schlafen. Mit Kai alles in Ordnung? Was ist los?

Gemma hatte einen Anruf, sagte Doris. Vor der Arbeit.

Er hatte wieder dieses Gefühl des Fallens.

Irgendwas Unangenehmes. Eine Art Drohung, glaube ich. Sie wollte nichts sagen.

Scheiße.

Sie nahm den Anruf draußen entgegen, sagte Doris. Wir hatten einen netten Abend. Bis dahin.

War Kai schon im Bett?

Nein.

Sie hat nicht gesagt, wer es war und was er wollte?

Nein, aber was es auch war, nett war es nicht. Sie war ganz aus dem Häuschen. Und dann wurde auch Kai erregt.

Und sie fuhr trotzdem zur Arbeit?

Das hat sie zumindest gesagt.

Ich rufe sie an.

Ihre Nummer liegt dort neben der Obstschale, falls du sie nicht schon hast.

Keely nahm das schnurlose Telefon von der Anrichte und tippte die Ziffern ein. Eine Ansage vom Band.

Sie schaltet es über Nacht nie ab, sagte er. Falls Kai sie braucht.

Aber er ist hier bei uns. Und noch mehr Anrufe wie der, den sie hatte, braucht sie wirklich nicht.

Kann sie sie nicht filtern?

Du hattest noch nie solche Anrufe.

Ich wurde auch schon bedroht, glaub mir.

Mach dich nicht lächerlich.

Okay, ich meine ja nur. Ich weiß nicht mehr, was ich sage. Aber verdammt. Ich glaube, ich fahre hin und schaue nach ihr, sagte er und schnappte sich die Schlüssel des Volvos wieder. Was dagegen?

Würde es was ändern?

Wie?, fragte er abwesend.

Tom, sie ist in der Arbeit. Wie willst du nach ihr schauen? Die lassen dich nicht in den Supermarkt.

Ich weiß es noch nicht so genau. Ich muss einfach sichergehen.

Was du jetzt wirklich musst, ist klar denken. Und sie muss unbedingt zur Polizei.

Sie wird nicht gehen, sagte er. Keine Polizei, kein Zufluchtsort.

Setz dich erst mal einen Augenblick hin.

Ich kann nicht, sagte er.

Bleib da, sagte sie. Geh ins Bett. Bitte.

Mum, ich kann nicht, sagte er und öffnete die Tür. Ich kann es einfach nicht.

Der Verkehr nach Fremantle war schwach. In der Ferne ragten die urzeitlichen Containerkräne in die Höhe wie ein grelles Arena-Spektakel. Keely hatte keine Ahnung, was er tun sollte. Dieses ziellose Herumfahren. Aber alles war besser als die halbe Nacht in Doris' Haus wach zu liegen.

Er überquerte die Stirling Bridge. Bog von der Hafenstraße ab und fuhr auf der Canning ein Stück landeinwärts. Kümmerliche Inseln des Einzelhandels. Ampeln. Autohöfe. Das Cleopatra Hotel.

Vor dem Einkaufskomplex auf dem Hügel fuhr er auf den leeren Parkplatz. Kurz stand er im Leerlauf neben dem Betonbunker, in dem Gemma arbeitete. Von ihrem Auto keine Spur. Nirgendwo irgendwelche Fahrzeuge bis auf die, die draußen auf der Vierspurigen vorbeirauschten. Und dann fiel es ihm ein. Kellerzufahrt. Er rollte zum Ende des Gebäudes, bog auf die Zufahrtsrampe ein und kroch den steilen Abhang hinunter. Aber auf halber Strecke nach unten kam er zu einer Absperrschranke und musste rückwärts wieder hochfahren. Stellte den Volvo an der Straße ab und ging zu Fuß hinunter.

Die Tiefgarage war hell erleuchtet und sehr viel wärmer als die Nacht oben. Und es stank. Drüben bei den Liften stand, hinter einem Subaru und zwei ungeliebten Corollas, der blaue Hyundai.

Er drückte auf den Liftknopf und wartete, aber die Tür öffnete sich nicht. Er versuchte es noch einmal, und aus dem Rohrgeflecht über ihm kam eine krächzende Stimme.

Sir, wenn Sie kein Angestellter sind, müssen Sie wieder gehen.

Keely hob den Kopf, sah die unheimliche Kuppel der Überwachungskamera.

Sir?, sagte die Stimme. Wir können Sie hinausbegleiten, falls Sie sich verlaufen haben.

Keely grinste wie ein Schwachsinniger, zeigte der Kamera seine Handflächen und ging weg.

Er fuhr den Volvo um den Block und bog in die Gasse hinter dem Supermarkt ein. Kühllaster röhrten vor den Ladebuchten, aber die großen Rolltore waren geschlossen. Er kramte sein Handy hervor und rief sie an, bekam aber dieselbe Nachricht. Vielleicht reichte es zu wissen, dass das Gebäude abgesperrt war, dass es Überwachung gab. Denn wenn sie in der Arbeit war, schien sie in Sicherheit zu sein.

Warum war er dann nicht beruhigt?

Er fuhr auf der Canning zurück zu den Brücken. Die Werften mit ihrem gelben Widerschein vor dem dunklen Himmel. Die Straßen in die Stadt waren leer. Sogar die Säufer waren vom Parkplatz neben Clancy's verschwunden. Das East End war verlassen. Ein paar Möwen stritten sich um Futter auf dem Bürgersteig vor dem Woolstores-Einkaufszentrum. Pappbecher, wirbelnde Zeitungen vor Graffiti-Mauern.

Fuhr am alten Mirador vorbei. Zählte die Lichter im obersten Stock. Keins bei ihm, keins bei ihr. Alles okay.

Mit heruntergelassenem Fenster rollte er den Strip entlang. Im Radio kamen die Mitternachtsnachrichten. Er schaltete ab. Die Straßenkehrer waren noch nicht unterwegs, aber die Pubs waren geschlossen, und die letzten vertriebenen Trinker plünderten Kebab-Buden und winkten Taxis herbei. An der Bordsteinkante gab es gemäßigte Auseinandersetzungen, aber das Ganze war weit entfernt vom üblichen Chaos aus Kotze und Glasscherben, das dieses Viertel am Wochenende zierte. Ein paar Cafés hatten noch geöffnet, um die Bohemiens der Spätschicht und ein paar verwirrte alte Männer zu versorgen. An der Ecke der Market Street klimperten und säuselten zwei Euro-Hippies Fußgänger an, deren Gleichgültigkeit sie nicht abschreckte.

South Mole. Victoria Quay. Das alte Abfertigungsgebäude. Fuhr wieder über die Gleise. Die Lagerhäuser, Nebenstraßen. Das Round House, das Roma.

Alles vertraut. Seine Stadt. Die tat, was sie unter der Woche nachts immer tat. Kein Grund zur Beunruhigung. Er kurvte herum wie ein gelangweilter Rowdy.

Gegen eins öffnete er das Tor zum Parkplatz des Mirador.

Fuhr mit dem Lift in den obersten Stock. Auf der Galerie die üblichen nächtlichen Klänge: dröhnende Bässe, Fetzen von Fernsehgeräuschen, das Gurgeln von Rohrleitungen und Gesprächen.

Die Wohnung war heiß und stickig. Auf dem Balkon war die Luft kühler. Die Kräne des Hafens blitzten und quietschten. In der Nähe, auf den Straßen unter ihm, bewegte sich nichts außer verwehter Müll und Tauben, die aussahen wie verwehter Müll. Dämmerlicht, Tranchen tiefster Dunkelheit, Lichtflecken. Er spürte die drängende, schmerzende Nähe von etwas, das unmittelbar bevorstand. Die Straßen, so vertraut, jetzt mehr Labyrinth als Nachbarschaft. Ihre Leere bereitete ihm Unbehagen. Kitzelte ihn am Gaumen.

Eine Hupe ertönte. Ein Güterzug, der sich ums Wasser herum zur alten Brücke wand. Rumpelnd, in den Kurven kreischend. Die weißen Stacheln der Masten im Jachthafen. Das Meer dahinter blinzelte Entfernungs- und Tiefenangaben, warnendes Blitzen.

Gemmas Balkon war dunkel. Alles gut. Aber er spürte es nicht.

Bevor er abschloss, zog er die Messerschublade heraus und schnappte sich ein paar Blisterkärtchen mit Medizin. Nur um ihn durch die nächsten paar Tage zu bringen, solange er eben weg war. Fand eine Einkaufstüte und steckte sie hinein. Schluckte ein paar Valium, um ruhiger zu werden.

Auf der Galerie ließ der Wind die Plastiktüte an seinem Bein rascheln. Und als er sich von seiner Tür abwandte, sah er etwas an der Gittertür vor Gemmas Wohnung hängen. Bei seiner Ankunft war es noch nicht da gewesen. Zumindest hatte er nichts bemerkt.

Aus der Entfernung sah es aus wie eine unzeitgemäße Weihnachtsdekoration. Als er davorstand, sah er, dass es ein lepröser Teddybär war, der an einem Bein hing. Keely fluchte und riss daran. Der Bär löste sich, doch das Bein in der Schlinge blieb hängen und drehte sich im Ostwind, verstreute Sägespäne und Flusen, die ihm ins Gesicht wehten und in die Augen stachen. Wütend zerrte er daran, zerriss die Paketschnur und bekam es so ab, aber inzwischen war es nicht mehr als ein hohler Gewebeschlauch. Er stopfte es samt dem verstümmelten Bären in die Einkaufstüte und trabte zu den Liften. Etwa auf der Hälfte der Galerie sah er unten auf der Straße kurz etwas aufblitzen, als hätte sich jemand eine Zigarette angezündet.

Der Lift nach unten war behäbig und langsam. Niemand in der Lobby. Niemand vor dem Waschsalon. Er steckte den Bären in die Mülltonne. Auf dem Parkplatz war niemand zu sehen, aber die Beleuchtung dort war unregelmäßig.

Schaffte es bis zum Volvo, ohne direkt zu rennen. Saß dann einige Augenblicke drinnen und spähte hinaus. In der Seitenstraße ein Aufflackern von Bewegung. Da war jemand. Eindeutig. Also ließ er das Auto an, öffnete mit der Fernbedienung das Tor und rollte ohne Licht die Rampe hinunter. Als er auf die Straße einbog, schaltete er das Fernlicht an und sah sie. Neben dem gestrandeten Einkaufswagen, dem abgestellten Fahrrad, der Recycling-Tonne mit dem gelben Deckel. Ein großer, weißhaariger Kerl in Nadelstreifen. Und eine kleinere Gestalt im Trainingsanzug. Einer rauchte. Der andere war auf den Knien beschäftigt.

Keely nahm die Kurve zu schnell. Schlitterte wild auf die Hauptstraße hinaus. Wie ein Narr. Wie ein Mann, der nicht wusste, ob er erleichtert war oder beschämt. Ampel. Seitenstraße. Promenade. Schienen. Das Schimmern und die weite Fläche des Jachthafens.

Das Sardinendock war verlassen. Er hielt an und stieg mit weichen Knien aus. Auf dem Asphalt glitzerten Schuppen. Er ging auf den Bohlensteg hinaus, spürte Funken in den Fingerspitzen und marschierte unter den zynischen Lampen auf und ab, bis er wieder bei Atem war und sich zu denken traute. Die stinkenden Planken unter seinen Füßen trugen die Kennzeichen nächtlicher Angler – Ködertaschen, Bierdosen, zertrampelte Kugelfische. Ein paar Möwen beschäftigten sich mit der Schlutze aus Kleie und Köderfetzen. Draußen in den Pferchen dümpelten vertäute Boote, und Licht sprenkelte das Wasser.

Er lehnte sich an einen Holzpfahl. Er hatte noch die Wärme der Sonne in sich.

Fragte sich, ob er den Teddybären hätte behalten sollen. Als Beweis oder Indiz – er wusste nicht, wozu.

Er musste diese Sache zum Abschluss bringen. Ein anderer Mann hätte das Problem inzwischen längst gelöst. Es brachte nichts, sich zu verstecken und zu hoffen, dass diese fiesen Arschlöcher einfach verschwinden würden. Es hatte auch keinen Sinn, ihnen gut zuzureden. Was diese Situation verlangte, war schnelle und unvermittelte Gewalt. Sie sofort stoppen. Sie ausschalten. Aber das hatte er einfach nicht in sich. Er konnte es sich gut vorstellen, darüber phantasieren. Aber er würde es nie tun.

Was war also passiert mit *Alles, was nötig ist?* Diese stählerne Entschlossenheit hatte gerade einmal einen Abend überdauert.

O Gott, warum konnte Gemma nicht einfach zur Polizei

gehen? Oder das Auto vollpacken, den Jungen nehmen und nach Norden fahren? Was zum Teufel erwartete man von ihm? Und warum überhaupt von *ihm?* Wie lange konnte er so leben, mit einem Damoklesschwert im Nacken? Wäre es nicht besser, etwas zu riskieren, sich und den anderen das Elend des Abwartens zu ersparen und selber aktiv zu werden? Das hätte sein Vater getan. Okay, oft hatte er eine Blutspur hinter sich hergezogen. Aber das war nicht nur Unachtsamkeit. Scheiße passierte eben. Keely wusste, wie gnädig das sein konnte, ein entschlossenes Wesen.

Er brauchte ein bisschen was von dieser riesigen, überstürzten, liebenden Kraft. Güte mit Rückgrat – war das nicht Nevs Mantra? Warum war die so schwer aufzubringen? Warum war sie nicht einfach da, kochte sofort hoch wie die Angst, wie dieses Festival der schlimmsten Befürchtungen? Schuld daran war nicht zu viel Schule, nicht der Erfolg der weichen Hand in seiner Generation. Es war etwas, das ihm fehlte. Etwas in seiner Gestalthülle. Diesem leeren Ding, zu dem er geworden war.

Er strich mit der Hand über die weiche Maserung des Jarrahpfahls. Stützte einen Augenblick seine Stirn auf die Kante. Pfiff sich zurück. Davor, sich mit Nev zu quälen, den alten Knaben wieder zu einem mythischen Vorbild zu machen. Wie der Superheld, den Gemma Kai zuliebe aus ihm gemacht hatte. Diese Sache war nicht mit einer kleinen Prügelei und einem betrübten Kumbayah zu bereinigen. Dazu war mehr nötig. Schlimmeres. Besseres. Clevereres. Es hatte keinen Sinn, sie zu verletzen, sie würden wiederkommen. Wenn man sie nicht verhaften lassen konnte, musste man sie töten. Und sie waren nicht irgendjemand.

Was nötig war, waren ein paar Minuten Selbstvertrauen. Nicht die Art, die man bekam, weil man gebaut war wie ein Schrank, sondern die man bekam, weil man überzeugt war. Entschlossen. War es nicht heiße, schmerzende Entschlossenheit, die ihn die ganzen Jahre angetrieben hatte? Hatte er damals nicht einen Krieger in sich gehabt, als alles nur so hoffnungslos war wie eh und je, und er sich dennoch dagegen aufbäumte wie ein guter und treuer Diener? Mit nichts als dem eigenen Rückgrat als Stütze. Und dem Stolz, sich trotz allem für etwas Gutes einzusetzen. Damals hätte er sich vor Nev hinstellen können, vor ihn und seine Mächtige Kraft. Mit erhobenem Kopf.

Darum geht's. Aus der Talsohle rauskommen.

Er will davonlaufen. Aber er läuft nicht davon.

Weil er genau hier steht. Leuchtend in der Dunkelheit. Der vergiftete Kopf verströmt Macht. Nur zwei Blocks vom Problem entfernt. Schlauer. Berstend. Und er hat nichts zu verlieren.

Gegenüber der verfallenden Häuserzeile eine freie Parkbucht. Er fuhr rückwärts hinein und stellte den Motor ab. Im Obergeschoss brannte Licht, und sogar aus dieser Entfernung war Musik zu hören. Obwohl es schon fast zwei war, kannten Stewies Nachbarn seinen Charakter offensichtlich so gut, dass sie von einer Beschwerde absahen.

Zuerst dachte Keely an einen Molotowcocktail. Ein ganz einfaches Verfahren. Aber man durfte kein Haus anzünden, das in einer Reihe mit so vielen anderen stand. Man durfte kein Haus anzünden, und Punkt. Das war nicht schlau. Nur fies. Und gemein.

Aber er war jetzt hier.

Und jetzt war der richtige Augenblick. Was er auch tun würde, es würde jetzt passieren.

Er ließ den Volvo wieder an, stieß aus der Parklücke und kreiste um den Block. Es gab keinen anderen Zugang zum Haus, keine Gasse hinter dem Grundstück. Außer er kletterte auf eine Wand und lief über die Blechdächer der Märkte und sprang in Stewies Hinterhof. Und dann? Gefangen sein wie eine Hafenratte in einem Kerosinfass?

Er parkte vor dem Rugby-Oval, im Schatten der hölzernen Tribüne, stellte den Motor ab und schaltete die Innenbeleuchtung an. Nein. Er würde nicht auf Mauern klettern, keine Fenster einschlagen. Kein Feuer, kein energisch aggressives Eindringen. Er hatte es nicht mit dem Säufer des Viertels zu tun. Das war ein gerissener Soziopath unter Drogeneinfluss. Der ein bisschen was Außergewöhnliches, etwas Asymmetrisches erforderte. Etwas, das ihn außer Gefecht setzte. Lähmte. Keely würde nie einem Mann den Schädel einschlagen, aber sein Hirn konnte er manipulieren. Darüber wusste er das eine oder andere, nicht?

Griff inspiriert zum Handschuhfach.

Da waren natürlich ein Kugelschreiber und eine Taschenlampe, ein Päckchen Feuchttücher und ein Notizblock. Liebe, liebe Doris – immer auf alles vorbereitet. In dem Block steckte eine leere und von der Sonne ausgebleichte Postkarte. Rio de Janeiro. Die monumentale Statue auf dem Berg war fleckig, aber noch deutlich zu erkennen – Cristo Redentor. Von oben fotografiert, über die Schulter der Figur hinweg. Und jenseits des großen Kopfes und der ausgestreckten Arme des Erlösers die wimmelnde Stadt unter ihm. Brodelndes Chaos zu seinen Füßen. Der wachsame Retter. Es war perfekt, Christus der Erlöser, warum nicht? Genug Nev, um dich zum Lächeln zu bringen.

Anfangs war die Minenkugel trocken und die Tinte ein wenig fleckig, aber mit dem Block als Unterlage hatte er seine Botschaft ziemlich schnell geschrieben.

Jesus liebt dich, Stewie.
Und das ist auch gut so.
Weil wir dich beobachten.
Den ganzen Tag. Die ganze Nacht.
Mit allen unseren Augen.

Dann nahm er den Block und fing an zu zeichnen. Worte waren nicht nötig. Aber es war schwere Arbeit, denn seine Hand zitterte, weil er die Lachanfälle unterdrücken musste, die ihm die Kehle hochstiegen. Er konnte kaum glauben, dass er das tat. Er kam sich verdammt fabelhaft vor.

Er riss die Zeichnungen heraus und legte sie neben sich auf die Mittelkonsole. Ja. Wenn sie Blödsinn machen wollten, dann war das ein Anfang.

In der Fußgängerzone war niemand zu sehen. Als er unter den Frangipanis hindurchging, die das Kalksteinmäuerchen der Häuserzeile überragten, spürte er das Adrenalin in seinen Lippen und Zähnen und Fingerspitzen kribbeln. Der Stein fühlte sich rau an, so alarmierend wie eine Katzenzunge. Die Musik, die etwas weiter vorn aus dem Haus drang, versprach Kopfweh. Der Drang zu lachen verflog. Er zwang sich zum Weitergehen.

Das hölzerne Gartentor zu Stewies Haus stand nur einen Spalt offen, und ohne den stampfenden Bass von oben wäre das Quietschen der Angeln katastrophal gewesen. Keely schlich den Gartenpfad zu der mit Unrat übersäten Veranda hoch und steckte die Postkarte unter die Fliegengittertür. Da. Jesus auf der Schwelle.

Dann nahm er das erste Blatt Papier. Und schob es in das zerrissene Netz.

Als er sich umdrehte, wurde ihm kurz schwindelig, und er sah Sternchen. Das plötzliche Aufwallen der Gerüche um ihn herum bestürmte ihn. Holzfäule, die Innensohlen von Schuhen. Trockener Mörtel. Meeresluft. Räucherstäbchen. Nelkenzigaretten. Hasch. Schweiß. Sardinen. Garam Masala.

Und.

Und.

Ein paar Sekunden dachte er, er müsse kotzen. Fand im Dunkeln den Verandapfosten. Hängte sich kurz daran.

Starrte das rote Glas des Oberlichts über der Tür an. Das im Takt mit seinem Blut pulsierte. Diese Farbe. Die wütende Musik.

Er spürte einen Nagel im Pfosten seine Handfläche zerkratzen, und der Schmerz zog ihn hoch. Er steckte das zweite Blatt darauf.

Dann sprang er von der Veranda, stürzte den Pfad hinunter, prallte vom offenen Gartentor ab und taumelte auf die Straße, um sich die Hüfte zu reiben und wieder zu Atem zu kommen. Er war schon zwei Häuser weiter, als er das letzte Blatt in seiner Hand spürte. Er zögerte. Und kehrte um. Steckte es blutfleckig in den Briefkasten neben dem Gartentor.

Und rannte wie ein Verrückter.

Schreckte von der Couch hoch. Scheiße. Es war zehn Uhr. Vormittags. Der Mund schmeckte nach rostigen Nägeln. Doris' Haus. Heiß. Hell. Still. Und seine Hand tat weh. Seine Handfläche hatte einen kleinen Riss. Es fühlte sich schlimmer an, als es war.

Auf dem Tisch eine kurze Nachricht. Von Doris. Sie habe Kai sein Frühstück gegeben und ihn selber zur Schule gefahren. Dass die Laken des Jungen auf der Leine hingen. Und er solle sie doch bitte hereinholen, bevor Gemma aufwachte.

Er lehnte sich stöhnend gegen die Anrichte.

Schlich ins Bad. Stand unter dem kalten Wasserstrahl. Beim Abtrocknen stieg ihm Tabakgeruch in die Nase.

Gemma saß mit einem Kaffee und einer Kippe am Küchentisch.

Ich habe dich aufgeweckt, sagte er. Und starrte die Notiz in ihrer Hand an.

Verdammt heiß, sagte sie. Ich verstehe nicht, wie du da schlafen kannst.

Pfizer, sagte er.

Was?

Merck. Aventis.

Wovon redest du?

Nichts.

Nur mit dem Badetuch um die Hüfte ging er ins Wohnzimmer. Ungeschickt wühlte er in seiner Reisetasche nach frischen Sachen und zog sich vor Gemmas Augen an: Unterhose, Shorts, T-Shirt.

Gemma trug nichts außer einem ausgeleierten, formlosen Unterhemd. Ihre Haare waren zerdrückt und schweißfeucht. Er sah die Spitzen ihrer Brustwarzen, den zurückgebogenen Daumen, als sie, den Ellbogen in der Hand, die Zigarette hochhielt.

Er macht ins Bett, murmelte sie. Und keiner sagt mir was.

Schätze, wir wollten nicht, dass du dich noch schlechter fühlst, sagte er und goss sich Kaffee ein.

Sie kniff die Augen gegen den Rauch zu. Wir?

Ich weiß, sagte er. Das alles.

Kein Scheiß.

Warum gehst du nicht wieder ins Bett?, fragte er. Sonst bist du heute Nacht hundemüde.

Ich hab's dir doch gesagt. Es ist zu heiß.

Ich habe gehört, du hattest einen Anruf.

Doris. Kümmert sich um alles, nicht?

Er ging nicht darauf ein. Er fühlte sich nicht gut. Der Kaffee war dünn.

Wo warst du?, fragte sie. Gestern Nacht. Als ich in der Arbeit war?

Das Konzert. Das weißt du doch.

Danach.

Warum?

Warum sagst du es mir nicht, Tom? Ich will wissen, was du getan hast.

Getan?, fragte er argwöhnisch.

Sie nickte langsam und betrachtete ihn durch den Schleier, den sie zwischen sie blies.

Bin nur herumgefahren, sagte er.

Im Auto deiner Mutter.

Es war, als wäre ich wieder jung.

Er stand auf, kippte den Kaffee ins Spülbecken.

Ich denke, wir gehen nach Hause, sagte sie. Ich und Kai.

Er drehte sich zu ihr um, aber ihr Blick war abgewandt. Sie schnippte mit dem Daumen an ihrer Kippe und schniefte.

Ist was passiert?

Mir reicht's, sagte sie. Ich will meine eigenen Sachen, mein eigenes Bett.

Aber es ist nicht sicher, sagte er.

Es muss gehen.

Was ist mit Kai?

Es gefällt ihm hier nicht.

Aber du hast es doch selber gesagt: Er liebt Doris.

Zu Hause bei mir macht er nicht ins Bett.

Keely atmete einmal tief ein, sagte aber nichts.

Hast du eine Waffe?

Eine was?

Du hast mich schon verstanden.

Nein, sagte er.

Sie zog an ihrer Zigarette. Blies den Rauch zur Decke. Hab ich mir schon gedacht, sagte sie. Könntest dir ja gar keine leisten.

Ich will keine, sagte er.

Du bist pleite.

Das hab ich dir doch gesagt.

Dachte, du würdest übertreiben. Aber sie sagt, du hast rein gar nichts mehr.

Na, dann weißt du es jetzt ja sicher.

Schau dich nur an, sagte sie mit spöttischem Grinsen.

Was?

Du bist noch nie pleite gewesen, oder?

Er breitete seine Hände auf dem Tisch aus.

Du bist weich, Tom. Darum geht's.

Woher willst denn du das wissen?

Glaub mir, sagte sie mit einem Lachen. Ich weiß es.

Sag mir, was er gesagt hat.

Wer?

Du weißt, wer. Am Telefon.

Es ist verdammt heiß, sagte sie. Lass uns schwimmen gehen.

Er simst dir.

Verdammt, es ist so heiß. Lass uns schwimmen.

Ich dachte, du willst zurück ins Mirador.

Ich denke darüber nach.

Woher hat er überhaupt deine Nummer?

Wo ist der nächste gute Platz zum Schwimmen?

Gemma, woher hat Stewie deine Nummer?

Sie hat sie ihm gegeben, okay? Carly. Diese blöde, kleine Kuh hat sie ihm gegeben. Sie wird mich oder den Jungen nie mehr wiedersehen.

Das meinst du nicht ernst.

Ich will verdammt noch mal zum Schwimmen.

Der Fluss ist in der Nähe.

Der stinkt, sagte sie. Verdammtes Drecksloch.

Okay, sagte er, blies die Wangen auf und sah Sternchen.

Verdammte Quallen und braunes Wasser.

Ich sagte *okay*, verstanden?

Schrei *mich* nicht an, Kumpel! Sonst fahre ich alleine, und du kannst zu Fuß gehen.

Gut, sagte er, ging zurück ins Wohnzimmer und zu der knisternden Pillentüte.

Kein guter Gedanke, aber das Wasser war wie Novocain. Anfangs so kühl, so köstlich und seidig, pirschte es sich Pore um zitternde Pore an ihn heran, bevor die betäubende Wärme einsank und er schwerfällig wurde. Er fühlte sich schwer neben ihr, ihre plötzliche Verspieltheit ärgerte ihn, und er schämte sich über den Steifen, den er bekam, kaum dass sie sich an ihn klammerte. Er musste sich wieder unter Kontrolle bekommen.

Gemma war keine Schwimmerin. Aber so wie Keely sich heute fühlte, war es ihm nur recht. Er schaute sich um. Nach dem schäbigen Volksstrand von South Beach war Cottesloe schon ein Anblick, ein Festzug des Fleisches.

Die beiden hüpften auf Zehenspitzen auf der Sandbank, wichen bescheidenen Wellen aus. Lachten ein bisschen. Na ja, *sie* lachte. Keely kniff die Augen zusammen und hielt sie und spürte das Gewicht des Wassers vorbeirollen. Heute ging richtiges Schwimmen über seine Kräfte. Die Sonne war zu grell. Er hatte Sand in den Venen.

Deine Frau, sagte Gemma. Doris liebt sie. Findet sie sehr schön. Sagt, sie ist klug.

Exfrau, murmelte er. Aber ja, ja.

Hat mit einem anderen Anwalt gevögelt.

Will nicht darüber reden.

Und du bist durchgedreht.

Das hab ich dir doch schon erzählt. Keely stellte sich auf die Zehenspitzen, als eine Welle durchzog.

War das, bevor oder nachdem man dich gefeuert hatte?

Ich habe gesagt, ich will nicht darüber reden.

Aber du hast nichts dagegen, über meine Scheiße zu reden, oder?

Davor. Das ist alles davor passiert.

Doch Gemma schien das Interesse verloren zu haben. Sie drehte sich um, betrachtete das Amphitheater aus Sand und Gras, die albernen Tearooms, die herausgeputzten Speichellecker und flanierenden Hipsters auf den Terrassen.

Macht einen traurig, nicht? All diese jungen, wunderschönen Dinger.

Warum?

Denkst du dann nicht daran, wie's wäre, auch wieder jung zu sein?, sagte sie, nahm seinen Arm und hängte sich an ihn.

Ist mir gar nicht aufgefallen, sagte er.

Lügner.

Wovon redest du?

Wo kommt dann *der* her?

Sie strich mit der Hand über seine Shorts und lachte. Er wusste nicht, wie viel davon Spott war und wie viel schlichte Ausgelassenheit.

Ich schwimme jetzt mal, hörte er sich selbst sagen.

Er löste sich von ihr und kraulte durch die Brandung in tieferes Wasser, aber jede Drehung des Kopfes ließ sein Hirn überschwappen wie ungesicherte Ladung, und es krachte gegen das Schanzkleid seines Schädels, bis er es nicht mehr aushielt. Er ruhte sich einen Augenblick aus, trieb auf einem plötzlichen Puls der Übelkeit. Seine Hand brannte. Er sah Sternchen. Zaghaft schwamm er zurück. Ganze Ozeane wogten unter ihm hinweg. Mit hartem, entsetzlichem Glanz.

Taumelte an den Strand.

Wie durch ein langes Rohr. Gemma. Auf einem Handtuch. Golden. Die Brüste flach auf den Rippen. Erschrocken. Ihr Handy zuklappend. Als er heranschwankte, triefend, am anderen Ende des Teleskops.

O Gott, sagte sie. Was ist los?

Nichts. Nur. N-n-nur.

Er versuchte, gerade zu stehen. Hände an den Hüften Gemma setzte sich auf. Beschirmte das Gesicht gegen die gleißende Sonne. Ihre Glieder glänzten. Vom Wasser geglättet, leicht. Der Bauch weich. Über jeder ihrer Bewegungen hing ein Schein, auflodernd und weiß verglühend, als hätte sie eine Art Phosphoreszenz. Hatte das Gefühl, er stehe schon zu lange. Rage drohend vor ihr auf. Sah, dass er sie nicht kannte, nicht wirklich. Fragte sich, ob er sie überhaupt mochte. Wünschte sich, sie würde einfach den Mund halten, ihn allein lassen. Wollte es sagen, aber die Wörter prallten in seinem Kopf hin und her. Verklumpten seinen Kiefer. Verschlossen ihn.

Warum konnte er sich nicht hinsetzen?

Tom, du starrst mich an.

Kopf, sagte er. K-k-o.

Was? Was willst du sagen?

Auto, sagte er.

Was ist mit dem Auto?

To, sagte er.

Taumelte zwischen Sonnenschirmen hindurch. Volleyballspielen. Über Badetücher und glänzende, schnellende Glieder. Badetücher. Und böse Blicke. Entrüstetes Geheul. Das Licht drang durch ihn hindurch, durch seine Augen, seine Kehle, in seinen Bauch und die Eier. An der Treppe stolperte er. Hing fest. Jemand packte ihn am Arm. Er richtete sich schwankend auf.

O Mann, sagte sie. Ich wollte doch nur mal eine Verschnaufpause.

Stufen kräuselten sich. Bäume neigten sich. Heißer Teer. Der Horizont schwankte wie der Ozean. Das Auto. Der Boden kippte, als er in den glühend heißen Innenraum fiel. Alles im Kreis, in engeren Schleifen und Wirbeln. Gemma fuhr so schnell, dass es ihn gegen das Dach, seinen Kopf in den Schoß schleuderte, der grüne Ginster des Golfplatzes, er schrie, sein Bauch platzte durch die Abdeckhaube seines Kopfes.

Stunden, nachdem das Zimmer aufgehört hatte, sich zu drehen, lag Keely auf der Couch, die Augen zusammengekniffen, mit brennender Kehle, die Finger wund vom Festklammern, und konnte nicht glauben, dass es vorbei war. Das Haus stank nach Desinfektionsmitteln. In der Nähe oszillierte ein Ventilator, aber an Oszillation oder Rotation konnte er jetzt nicht denken, da das Schwindelgefühl endlich fortgezogen war wie ein Sturm, der woanders Verwüstungen anrichten wollte. Der Boden pulsierte leicht, als gäbe es noch eine Brandung. Aber der Aufruhr war verschwunden.

Eine Autotür knallte. Dann noch eine.

Weck ihn nicht auf, sagte Gemma in der Nähe der Hintertür.

Der Kühlschrank ging auf, schloss sich mit einem Klirren von Flaschen und Gläsern wieder. Keely döste noch einen Augenblick, wachte auf, als das Kissen neben ihm leicht nachgab. Hörte den Jungen keuchen. Als er die Augen öffnete, war Kai da und betrachtete ihn. Ohne Hemd, mit seiner Hühnerbrust, die Arme erbärmlich dünn.

Das Auto stinkt echt, sagte Kai.

Tut mir leid.

Ist dir noch immer schlecht?

Geht schon ein bisschen besser, krächzte Keely. Wo ist deine Nan?

Küche. Schau, sagte Kai und hielt ihm irgendein Buch zu dicht vor die Augen. Das bist du.

Keely schob den Arm des Jungen sanft zurück und versuchte, die Augen scharf zu stellen. Es war ein in ein Sammelalbum eingeklebter, alter Zeitungsausschnitt. Und da war sein grinsendes Gesicht neben einem Weißohr-Rabenkakadu.

Woher hast du das?

Die Dame. Doris. Es ist ein ganzes Buch über dich.

Das ist ein besonderer Vogel, murmelte er. Gibt nicht mehr viele davon.

Hier steht, sie sind gefährlich.

Nein, sagte Keely. Gefährdet. Das heißt, sie könnten alle aussterben.

Ausgerottet.

Genau.

Der Junge drehte das Album wieder zu sich, damit er es sich noch einmal anschauen konnte.

Ein Paar bleibt ein Leben lang zusammen, sagte Keely. Und sie sind alle Linkshänder.

Habitat, las der Junge aus der Überschrift vor.

Das ist das große Problem.

Für Vögel.

Für uns alle.

Der Junge hob den Blick langsam von dem Ausschnitt. Er musterte Keelys Gesicht, blinzelte.

Habitat, sagte er. Sieben Buchstaben.

Sterben, sagte Keely. Auch sieben Buchstaben.

Kai schaute ihn an und zählte.

Meinst du, du kannst mich schlagen?, fragte Keely. Nur weil ich ein bisschen was von einem normalen Tag gehabt habe? Nur, weil ich nicht ganz richtig bin in mir drin?

Der Junge verlor einen Augenblick lang die Beherrschung über sein Gesicht. Sein schüchternes Grinsen verriet ihn.

Obwohl Doris sich größte Mühe gab, war das Abendessen eine etwas bedrückte Angelegenheit. Keely wusste nicht, ob Gemma keine Lust hatte zu kochen oder ob sie einfach nervös war. Das Essen war gut, aber Keely hatte keinen Appetit. Er musste noch immer sein völliges Versagen beim Scrabble verdauen, und Kai wirkte niedergeschlagen, vielleicht sogar gekränkt. Dabei hatte es ganz normal angefangen, doch schon nach wenigen Minuten machte Keely einen grundlegenden Fehler nach dem anderen. Er konnte ein E nicht von einem F unterscheiden. Ds und Bs verwirrten ihn. Kai schien ihn zu verdächtigen, den Doofen zu spielen, und er wirkte immer beleidigter, aber für Minuten am Stück wurden für Keely die Buchstaben des Spiels völlig unverständlich, und es fiel ihm schwer, die aufkommende Panik zu bekämpfen. Der Ruf zum Abendessen war für ihn eine Erlösung gewesen.

Nach dem Essen entschuldigte sich Gemma und ging ins Bad, und Kai setzte sich auf die Couch vor den Fernseher. Keely stand auf, um beim Geschirrwaschen zu helfen, und sah Doris' Blick, als sie eine Untertasse nahm und diskret in seine Richtung neigte, bevor sie Kippen und Asche in den Mülleimer kippte. Er zuckte die Achseln.

Es geht ihr nicht gut, murmelte er.

Ach, dann war sie es, der schlecht wurde?

Ja, log er.

Faith hat angerufen. Sie ist wieder gut zu Hause angekommen.

Hat die Bank vor dem Absturz gerettet, mh?
Irgendeine Stiftung in Genf fragt nach dir.
Sie haben sie angerufen?
Sie hat zufällig jemanden getroffen. In London.
Sie macht Werbung für mich?
Sie wurde angesprochen.
Das bezweifle ich.
Es geht irgendwie um Klimawandel.
Na, das ist eine Niederlage, die ich noch nicht erlitten habe.
Ich habe mich über sie schlaugemacht, sagte sie. Sie wirken seriös.
Wer war diese Person?
Das kann sie nicht sagen.
Es ist Harriet, oder?
Nein, sie ist es nicht. Ich habe mir die Nummer aufgeschrieben.
Und den Namen?
Anscheinend sollst du nur die Nummer anrufen.
Was soll das, spielen wir lustige Geheimagenten?
Ich gebe nur die Nachricht weiter.
Warum konnte sie mich nicht selber anrufen?, fragte er und stellte einen Teller mit mehr Schwung ab, als er beabsichtigt hatte.
Muss ich dir das erklären? Allein die Tatsache, dass sie sich überhaupt die Mühe gemacht hat, das für dich zu tun, kommt mir schon fast engelhaft vor.
Keely antwortete nicht. Er war verwirrt. Was könnte Faith ärgern?
Tom?
Ja.
Hast du mich verstanden?
Ja, sagte er. Das war nett von ihr.

Du wirst sowieso nicht anrufen.

Wahrscheinlich nicht.

Na ja, sagte sie, wischte sich die Hände und zog die Tür des Gefrierschranks einen Spalt auf. Dann brauche ich dich ja nicht mit den Details zu belästigen, oder?

Die Dusche donnerte durch die Wände. Das Geräusch schien lauter zu werden, je länger das Wasser lief. Doris stand am Waschbecken und schien über dem Heißwassergriff zu zögern.

Vielleicht machen wir den Rest des Geschirrs später.

Okay, murmelte er. Ich glaube, ich mache einen Spaziergang.

Du kannst dich nicht erinnern, oder?

Woran?

An Faith. Und dein Verhalten.

Er ging zur Tür.

Draußen war es noch hell, und die Luft war heiß und bewegungslos. Gemmas Auto stand in der Einfahrt, alle Fenster und Türen waren geöffnet. Der Innenraum roch nach Erbrochenem und Desinfektionsmittel. Entlang der Straße zischten Rasensprenger. Der Himmel war sternenlos blau, und der Boden unter ihm wirkte fest.

Alle örtlichen Läden waren geschlossen. Er ging bis zum Highway und fand eine große Tankstelle, wo warmes Essen, Autoteile, Haushaltswaren und Schreibwaren verkauft wurden. Auf einem Drehständer entdeckte er eine vielversprechende Auswahl an Postkarten. Er kaufte eine von jeder Art. Den surfenden Koala, das Farbpanorama, die künstlerische Schwarzweißdarstellung, eine Wildblume, einen Hai, den Luxuskörper und die anrüchige Zweideutigkeit. Er setzte sich mit einer Cola und einem Filzstift an einen Tisch, und während Kunden von den Kassen kamen und wieder zu ihren Autos gingen, machte er sich an die Arbeit. Das Auge.

Das Gedenkkreuz. Die Luger-Pistole. Auf die letzte Karte, die einen Weißen Hai mit aufgerissenem Rachen zeigte, schrieb er eine Nachricht: *Bald schnappt er zu …*

Er steckte die Karten wieder in die Tüte und ging in der hereinbrechenden Nacht zu Doris' Haus zurück.

Gemma war in der Einfahrt und wischte das Auto noch einmal aus. Sie schnappte nach Luft, als er sich hinter sie stellte.

Mein Gott, sagte sie. Als hätte ich heute nicht schon genug.

Tut mir leid, sagte er und bekam ein paar Schaumspritzer aus dem Eimer ab, als sie wütend den Lumpen hineinwarf.

Bringt eh nichts.

Stewie, sagte er. Wie heißt er mit Nachnamen?

Dieses Arschloch. Wen interessiert das?

Ich will einfach nur wissen, mit wem ich es zu tun habe.

Seinen Namen zu kennen bringt dich auch nicht weiter.

Sag ihn mir einfach. Bitte.

O Mann. Sein Name ist Russell. Wär mir lieber, ich hätte ihn nie gehört.

Und weißt du die Adresse noch?

Was bist du, blöd? Du warst doch dort.

Das Haus kenne ich, sagte er. Aber die Nummer?

Weiß ich auch nicht mehr. Vier, sechs. So was in der Richtung.

Okay, sagte er. Der Name dürfte reichen.

Du steckst doch schon tief genug in der Scheiße, sagte sie und schloss die Beifahrertür.

Meinst du?

Doris hat deinen Vorrat gefunden.

Vorrat an was?

Deine Pillen.

Ach, sagte er. Die. Ich kriege immer diese Kopfschmerzen, das ist alles.

Hat sie die Toilette runtergespült. Ich hätte es wissen müssen. Ich dachte mir, du säufst nur.

So ist es nicht.

Natürlich nicht.

Es ist kompliziert.

Ja, Kumpel. Das sagen sie alle.

Wahrscheinlich.

Ich meine, mein Gott, Tommy. Ich dachte, ich könnte dir vertrauen.

Kannst du auch.

Ja, ja. Habe ich denn eine andere Wahl?

Er setzte Gemma vor der Glastür des Supermarkts ab und wartete, bis der uniformierte Wachmann sie einließ. Sie ging hinein, ohne sich noch einmal umzudrehen oder zu winken. Keely blieb ein paar Minuten im Auto sitzen. Versuchte, den Plan in seinem Kopf noch einmal zusammenzusetzen. Musste sich konzentrieren. Ihn einfach und klar halten. Es war anstrengend. Aber er war noch da. Er hatte ihn.

Also fuhr er weiter nach Freo. Zum Mirador. In die Wohnung für ein paar dieser fetten Codeine. Und sich schnell mal umschauen. Rüber zu Stewie. Rollte vorbei bis zum nächsten Block. Stieg aus und ging zurück. Lässig. Schaute sich die Hausnummer an. Sechs. Steckte eine Karte in den Briefkasten. Sagte sich auf dem Rückweg zum Auto die Nummer immer wieder vor. Um sich zu beruhigen. Um sie nicht zu vergessen.

Parkte unter der großen, alten Geistermauer des leeren Gefängnisses. Schrieb überall die Adresse drauf. So ruhig er konnte. Fuhr dann nach Osten. Canning. Great Eastern. Der aufblitzende Fluss. Türme am anderen Ufer. Funkeln in den fernen Hügeln.

Auf halbem Weg zum Flughafen dachte er an sein Versprechen. Fuhr zu einer Tankstelle. Machte mit dem Dampfreiniger, was er konnte. Aber er hatte noch nie einen benutzt. Ihn beschlich der Gedanke, dass er damit alles nur noch schlimmer machte. Musste sich von einem Taxifahrer zuschauen lassen, der nur den Kopf schüttelte. Aber er machte einfach weiter, bis Gemmas Münzen weg waren. Da er ja knapp bei Kasse war. Und Doris sich an diesem Abend nicht so großherzig fühlte.

Stieg wieder in das morastige Schwein von einem Ding und fuhr landeinwärts. Die Behandlung hatte den Gestank wieder stärker werden lassen, und die Feuchtigkeit sickerte in seine Kleidung. Aber das machte ihn nur klarer. Der Geruch von Erbrochenem. Half ihm bei der Konzentration.

So fuhr er, alle Fenster offen, in die heiße, trockene westliche Nacht.

Er schaffte es. Fuhr die Route, die er sich ausgedacht hatte. Na ja, nicht ganz dem Plan entsprechend. Verfuhr sich ein paarmal. Weil er abgelenkt war. Aber er schaffte es. Der Schmerz verging langsam, während er sie alle ausfuhr, diese Karten in ihren bunten Umschlägen, adressiert in allen Variationen, die er von seiner Handschrift schaffte. Die in dieser Nacht nicht allzu regelmäßig war, sogar für ihn schwer zu identifizieren, um ehrlich zu sein.

Warf den ersten frankierten Umschlag in einen Straßenbriefkasten in Midland ein, den zweiten am Postamt von Inglewood, einen anderen vor einem 7-Eleven in Cannington. Als er schließlich die nördlichen Vorstädte erreichte, war der Innenraum des Hyundai fast trocken, aber der Teppich hatte noch immer ein gewisses Aroma. Er kurvte um einen riesigen, leeren Einkaufskomplex herum, bis er einen Briefkasten fand. In der Nähe des Aquariums in Hillarys war einer, und als er nach Süden fuhr, entdeckte er noch einen bei einer mit Scherben übersäten Bushaltestelle in der Wildnis der Marmion Avenue.

Es war schon spät, als er den Hügel bei der Blackboy Crescent hinunterfuhr. Aus irgendeinem Grund hatte er in dieser Nacht Schwierigkeiten, die Straße zu finden. Er fuhr um den trockengelegten Morast herum und rollte langsam am Rand des Parks entlang, wo er jeden Abend bis zum Dunkelwerden mit den Nachbarskindern Ball gespielt hatte. Die hüpfenden Silhouetten, rufende Mütter, der Ball, der in Spiralen in den Himmel stieg. Die Erinnerung war hautnah. Und merkwürdig tröstend. Ich war hier glücklich, dachte er. Die Welt ergab damals einen Sinn. Wir alle zusammen.

In heiterer Stimmung fuhr er die Küste entlang. Noch eine Salve abgefeuert. Jede Karte eine Hirn-Bombe. Aus allen Himmelsrichtungen. Einkesselung.

Und er schrie durch die offenen Fenster hinaus. Während er den West Coast Highway entlangbrauste, von Spur zu Spur, von Ampel zu Ampel, Licht vom wahren Licht.

Unser Name ist Legion, Stewie! Denn wir sind viele!

Allein der Gedanke. Dieser kleine Wichser. Bekam jetzt all diese Karten. Tag für Tag. Und mit verschiedenen Stempeln, Stilen, Nachrichten, Piktogrammen. Es gab ihm Auftrieb. Du bist umzingelt, Stewie. In der Unterzahl. Er stellte sich vor, wie der kleine Trottel die Karten umdrehte, sich die Lippen leckte. Das Mädchen dort ebenfalls, wahrscheinlich noch andere, die sie am Tisch weiterreichten, spöttisch, aber ängstlich, die Augen wie Schwarmfische, auf der Suche nach Anzeichen von Beunruhigung bei den anderen, während die Paranoia zu schwelen begann. Arschlöcher.

Keely brauchte keine Gewalt. Er war schlau. Verdeckte Operationen. Diese Scheiße hatte er schon immer gut beherrscht.

Hatte von der Dampfreinigung noch einen Zehner übrig. Was ihn irgendwie verwirrte. Aber er fuhr dennoch in eine Tankstelle und fand ein Drehgestell. Kaufte noch ein paar Karten.

Und dann ging er die Galerie entlang. Im Mirador.

Ganz unvermittelt hier.

Und an Gemmas Tür hing nichts als der letzte, wehende Fetzen Schnur. Er knotete ihn sorgfältig auf und steckte ihn in die Tasche. Die Luft in seiner Wohnung war schal, aber mit geöffneter Schiebetür wurde es schnell besser.

Er hatte Nachrichten auf dem Anrufbeantworter – eine merkwürdige von Faith und irgendwas Knappes von Doris. Er wollte sie nicht anrufen, aber der Tonfall seiner Mutter beunruhigte ihn. Tippte die Nummer ein.

Was brauchen wir, Tom?, sagte sie, kaum dass sie abgehoben hatte. Und er sah, dass es spät war. Sehr spät.

Sag's mir, sagte sie. Brauchen wir einen Neurochirurgen oder einfach nur eine Entgiftung?

Ich bin okay, sagte er. Ich bin zu Hause. Alles in Ordnung. In der Früh bin ich wieder bei dir.

Du brauchst Hilfe, mein Lieber.

Ich muss arbeiten, sagte er. Brauche Schlaf.

Arbeiten? Warum lügst du mich an?

Aber es stimmt.

Wovor hast du wirklich Angst?

Ich muss jetzt einfach schlafen. Es tut mir wirklich leid, Doris.

Er legte auf und stand einen Augenblick allein in der kleinen Wohnung. Dachte an die Spur aus Sand und Kotze, die er durch ihr Haus gezogen hatte, die Tüte mit den Pillen, die sie in einer Couchecke gefunden hatte. In Reichweite des Kindes. Nicht gut.

Zeit fürs Bett. Aber er war zu aufgedreht.

Dann fiel es ihm wieder ein. Morgen war ja gar nicht Donnerstag. Also keine Arbeit. Nur bei Tagesanbruch Gemma abholen. Wie versprochen.

Stell den Wecker. Auf fünf.

Ließ sich in den Sessel fallen, schaltete den Fernseher an. Wie immer Shows mit dicken Menschen, Kochshows, forensische Ermittlungen, der verdammte Jeremy Clarkson. Schaltete wieder aus.

Fischte die neuen Karten heraus. Breitete sie auf dem Küchentisch aus. Jede einzelne ein Tittenwitz – etwas zum Anschauen. Er fand einen Bleistift, einen Kuli, einen Filzmarker. Arbeitete sich durch die Piktogramme: Augen, Waffe, Kreuz. In der Messerschublade waren Umschläge und Briefmarken. Neben seinem letzten Blisterkärtchen Temazepam lag das Ausbeinmesser, das er Gemma abgenommen hatte.

Er richtete die Karten her, adressierte die Umschläge und klebte sie zu. Briefmarken hatte er genug. Morgen würde er noch eine Fahrt machen. Dranbleiben, bis Stewart Russell nur noch ein Häufchen Elend war.

Körniges Halblicht. Der Himmel grünlichgrau über dem verlassenen Parkplatz. Die Glastür öffnete sich. Der Kerl in Uniform trat beiseite, um ein Dutzend Arbeiter auf den kränklich erleuchteten Bürgersteig zu lassen. In ihren pastellfarbenen Kitteln und Arbeitsmänteln wirkten sie fröhlich oder müde, gesellig oder gehetzt. Gemma und ein großer, schlanker junger Mann standen im Eingangsbereich des Supermarkts herum. Seine Haare waren lang und blond und seine Bewegungen übertrieben und so grotesk, dass sie lachen musste und ihm einen spielerischen Knuff gab. Sie drehte sich um, sah Keely in ihrem Auto am anderen Ende des leeren Parkplatzes, und als sie losging und mit ihrer Schultertasche unter dem Arm vom Bordstein trat, wirbelte sie mädchenhaft herum und winkte dem Kerl.

Sie öffnete die Beifahrertür und ließ sich auf den Sitz fallen. Sie roch nach Deodorant und Tabak und etwas Zuckrigem.

Schlange gefällig?, sagte sie und hielt ihm eine Plastiktüte hin.

Keely schaute in das Knäuel greller Farben. Wich zurück, als ihm der widerliche Geruch industrieller Zusätze in die Nase stieg.

Schnall dich an, sagte er.

Ja, Dad.

Er gab ihr einen frisch gekauften Becher Kaffee, und sie brummte. Kühllaster bogen auf die Straße ein, und der Himmel war bereits bronzefarben. Er fuhr die Promenade aus Autohöfen und Möbelhäusern entlang, dann über die Stirling Bridge und auf die Vierspurige, die zu Doris führte. Gemma zündete sich eine Zigarette an und befreite ihre Haare vom Gummiband.

Du warst beschäftigt, sagte sie schnuppernd.

Kannst dir gar nicht vorstellen, wie.

Meine Füße bringen mich um.

Wirkst aber ziemlich fröhlich.

Dieser neue Typ, sagte sie. Franzose oder so was. Wie eine verdammte Fernsehshow. Der reinste Clown. Ist jetzt eine Woche da. Wird's aber nicht lange machen.

Sie seufzte und blies den Rauch zum Fenster hinaus.

Mit Kai alles in Ordnung?, fragte sie.

Ich habe bei mir geschlafen, sagte er.

Gemma stemmte sich im Sitz hoch. Das hättest du mir sagen sollen.

Komm schon.

Also, das ist doch ganz normal.

Ich habe mit Doris gesprochen. Alles ist gut.

Sagst du.

Dann ist es also okay, ihn allein im Gebäude zu lassen, aber ihn bei meiner Mutter zu lassen geht nicht?

Halt mir keine Vorträge. Bist nicht in der Position dafür.

Okay. Ich hätte anrufen sollen. Aber dein Telefon ist ausgeschaltet.

Ach nee.

Okay.

Wo warst du denn?

Bin nur rumgefahren.

Sie blies den Rauch aus und trank einen großen Schluck Kaffee. Er sah den roten Fleck eines Briefkastens und fuhr auf den Parkplatz eines Deli.

Was machst du?

Ich muss nur was einwerfen.

Er griff hinter sich und zog eine Plastiktüte heraus.

Mein Gott, was ist das alles? Was hast du vor?

Nichts, sagte er und drehte die Adressseite von ihr weg. Was Geschäftliches.

Geschäftlich, sagte sie. Dass ich nicht lache. Was für Geschäfte betreibst du denn? Wart, sag's mir lieber nicht, ich will's gar nicht wissen.

Ist mir nur recht, sagte er und stieg aus.

Am Briefkasten schob er die Karten durch den Schlitz, obwohl es ihm lieber gewesen wäre, er hätte gewartet und die Poststempel noch einmal ein bisschen gestreut, nur so zum Spaß und um vielleicht noch größere Verwirrung zu stiften, aber sie bei sich zu haben war ein wenig nervenaufreibend geworden; es war besser, sie abzuschicken, bevor er noch etwas vermasselte. Als er sich zum Auto umdrehte, warf Gemma den Pappbecher auf den Asphalt. Er hob ihn kommentarlos auf und stopfte ihn in einen Abfallkorb.

Während Gemma wieder einmal endlos duschte, saß Keely im Lärm der erwachenden Vögel im Garten. Inzwischen war es fast völlig hell, und der morgendliche Ostwind fuhr in die Bäume. Neben den ziellosen Pfaden mit rustikaler Bepflasterung war das Gras ungepflegt, und Bougainvilleen hatten den Hibiskus und den Frangipani besiedelt. Die große, gesprenkelte Platane lehnte sich schwer an den Zaun, und überall lag das Laub vom letzten Jahr wie die Überreste einer Wettorgie. Beim Anblick des Boots, das neben dem Schuppen mit Schindeldach stand, gab es ihm einen Stich. Er hatte es vor sich hergeschoben, aber er wusste, er musste es loswerden, ob mit Job oder ohne.

Im Augenwinkel bemerkte er eine Bewegung. Kais Gesicht am Fenster. Er winkte.

Der Junge kam nur in seiner Pyjama-Shorts auf die Terrasse. Zögerte erst und lief dann zu ihm.

Ich habe geschaut, sagte der Junge. Aber dich nicht gesehen.

Dieses Wochenende, sagte Keely. Sollen wir das Boot zu Wasser lassen und uns diesen Vogel noch einmal anschauen? Was meinst du?

Der Junge nickte.

Kann ich mich reinsetzen?

Jetzt? Sicher.

Keely ging mit ihm hin und hob ihn hoch. Über seinen Schulterblättern waren tiefe, herzzerreißende Grübchen. Kai kletterte auf die hintere Ruderbank und griff nach der Pinne, und in dem Augenblick, da er die Position des Skippers einnahm, verließ ihn sein feierlicher Ernst. Was für ein vergnügtes Grinsen! Wie verwandelt. Und Keely spürte eine hinterhältige Gefühlsaufwallung. Wenn irgendjemand dieses Kind auch nur anrührte. Egal, wer.

Beim Frühstück war Doris forsch. Sie bewegte sich mit solchem Tempo, dass kein freier Augenblick blieb, um sie beiseitezunehmen, sich zu entschuldigen und zu erklären, ein Versprechen abzugeben.

Er wollte sie beruhigen, aber sie hastete vorbei, erwähnte eine Besprechung um acht, und die einzigen Unterbrechungen in ihrer Hast waren die Hätschelpausen mit Kai, die wie private Witze zwischen ihr und dem Jungen wirkten, kurze, aber überschwängliche Gesten der Zuneigung, die Kai förmlich aufsaugte.

Doris war verletzt. Keely merkte das deutlich. Und wütend. Jetzt nahm sie sich Kai vor. Um ihn zu retten.

In einem dunklen Kostüm, Beutel und Handtasche an die Hüfte gedrückt, stürzte sie zur Tür hinaus.

Als Gemma nach Doris' Abfahrt ins Bett ging, wartete er, bis Kai für die Schule angezogen war. Sah sein eigenes Kissen und die zusammengefalteten Laken auf der Couch. Ein Stapel Papiere ragte darunter hervor. Zu ordentlich zusammengeschoben, um zufällig dorthin gelangt zu sein. Als er sie durchblätterte, sah er, dass es Seiten aus einem Notizblock waren. Aber das war nicht das Werk von Doris. Eine Liste mit Worten.

MANN

MACHETE
MACKE
MAKEL
MEDAILLE

MEDIZIN

MIETE
MITTE
MOND
MÖNCH

MANGEL

MARDER
MINE
MONAT
MÄDCHEN

MUND

MURMEL

Auf dem Sideboard lag neben dem uralten Scrabble-Karton ein Lexikon – das Concise Oxford Dictionary.

Auf dem Highway ging es nur langsam voran. Kai schniefte hin und wieder flüchtig, war aber nicht sehr gesprächig.

Und wer hat gestern Abend gewonnen?, fragte Keely, als sie am Bahnübergang im Stau standen.

Doris.

Sie ist eine harte Nuss bei den kleinen Wörtern am Ende.

Kai nickte abwesend.

Du arbeitest an deinen M-Wörtern?

Kai beugte sich vor, öffnete das Handschuhfach, stöberte darin. Keely sah eine Haarbürste, ein Glas Wick VapoRub.

M ist ein guter Buchstabe, sagte Keely.

Drei Punkte, sagte Kai.

Und es gibt nur zwei davon. Oder?

Der Junge drückte das Handschuhfach zu und streckte seine Hände aus. Einen Augenblick lang hielt Keely es für eine Einleitung zu einem Spiel, irgendeinem Jux, den Doris ihm beigebracht hatte. Aber dann sah er die Furchen in seinen Handflächen.

Zwei, sagte Kai.

Noch einmal bei Stewie vorbeizufahren hieß, das Schicksal herausfordern. Er wusste es, konnte aber nicht widerstehen. Was erwartete er eigentlich zu sehen – Türen und Fenster, die in Panik aufgerissen wurden, Speed-Freaks, die sich die Haare rauften, ein Taxi, das mit Mülltüten beladen wurde?

Tatsächlich sah alles ganz unverändert aus. Verspätete Bürohengste trotteten vorbei, ein Kerl spritzte den Bürgersteig vor dem Pub an der Ecke ab, Hippies sausten auf Rädern in die Richtung des Strip.

Er fuhr zum South Beach, schwamm eine schwächliche Runde. Sah einem Mann zu, der mit seiner Enkelin am Wasserrand eine Sandburg baute.

Später am Vormittag stand er wieder vor Stewies Haus im Schatten eines Kasuarinenbaums und wartete, dass der Postbote vorbeikam. Völlig verrückt. Hier zu lauern, in diesem verdammten Auto. Aber er wollte irgendetwas sehen. Musste unbedingt irgendeine Aktion mitbekommen, einen Hinweis auf ein mögliches Resultat, einen Beweis, dass er für Unruhe gesorgt hatte. Ach, nur den Ausdruck auf Stewies Hundefresse zu sehen. Ja, das wär's. Beim nächsten Mal würde er ein Paket, einen Kurier schicken. Den Druck erhöhen. Die Belagerung verstärken. Das volle Programm.

Aber nichts passierte. Kein Postbote. Überhaupt keine Bewegung.

Er fuhr zu Doris zurück. Angespannt. Frustriert. Drückte sich in der angenehm kühlen Küche herum. Machte sich ein

Sandwich. Kam sich vor, als würden alle Ölgemälde seiner Mutter ihn beobachten, mit erwartungsvoll starrem Blick. Das dringende Bedürfnis, etwas passieren zu sehen, es auszulösen.

Schlich vorsichtig den Gang entlang. Die Tür zum Gästezimmer stand einen Spalt offen. Gemma schlief in Unterhemd und Slip, eine Hüfte und ein Schenkel aufgedeckt, den Arm über der Bettkante. Die Sohlen ihrer Füße waren gelblich und rissig. Die Oberdecke hatte sie zu einem Knäuel am Fußende zusammengetreten. Auf dem Boden neben Kais Matratze lagen ein paar Bücher, sein Laptop. Keely schlich hinein, schnappte sich den Acer.

Am Küchentisch fuhr er das Ding hoch, klinkte sich in Doris WLan ein. Und gab den Namen ein.

Es war zu schön, um wahr zu sein. Er musste einen Freudenschrei unterdrücken. Der kleine Scheißer war bei Facebook. Es gab mehrere Stewart Russells und noch mehr Russell Stewarts, aber da war er, ohne jeden Zweifel, Stewie höchstpersönlich. Mista Gangsta. Eine Fotostrecke aus Verbrecherposen und zur Schau gestellten Tattoos. Arme auf den Schultern von Möchtegern-Gangsterbräuten in Titten-Tops. Macht gern PARTYYY. Hört Black Eyed Peas, Wu-Tang Clan, Funkmaster Flex und eine ganze Latte von Namen, die Keely absolut nichts sagten. Er hatte siebenundzwanzig Freunde, der Glückspilz. Was für eine Kohorte. Was für ein Segen für die Kultur.

Und da war sie. Carly. Das Mädchen aus dem fröhlichen Schnappschuss in Gemmas Küche. Nur dünner und mit mehr Sex-Appeal. Mit schwarz umrahmten Augen und einem Leck-mich-Fauchen. Noch immer Freunde. Noch immer in Kontakt.

Keely lehnte sich zurück. In seinem Kopf sprudelte es.

Er hätte früher daran denken sollen. Weil es wirklich

verlockend war. Er brauchte nur eine neue E-Mail-Adresse. Einen Mädchennamen. Und dazu ein nuttiges Foto. Irgendeine lahme Geschichte, die er Stewie auftischen würde, dass sie sich in irgendeinem Pub getroffen hätten oder dergleichen. Dann würde er ziemlich bald, nach ein paar Gefällt-mir- und Freund-Klicks, in Stewies Viertel herumgeistern. Scheiße reden, Fotos posten. Mitmachen. Wie ein Schatten-Ich. Nur die richtige Zeit abwarten. Um dann ein paar Granaten in seine Welt zu werfen. Er brauchte nicht mehr als eine kurze Videostrecke von einem Handy. Zum Beispiel Stewie an seinem Gartentor. Wie er etwas anscheinend Harmloses tat. Aber mit einer aufrührerischen Textzeile. Zusammen mit seiner Adresse. Etwas, das man nicht ignorieren konnte. Musste nicht unbedingt stimmen. Besser, es stimmte nicht. KINDERGRAPSCHER MITTEN UNTER UNS. Irgendein verrücktes Gerücht, das auch von einer Bürgerwehr kommen konnte. Und – klick – auf YouTube laden. Es allen Freunden Stewies schicken. Peng. Schon war es in der Welt. Lauffeuer. Es würde einen verdammten Aufruhr geben. In fünf Minuten wäre es viral. Schnell wie die Pest. Genau die Art von ungezügelter Guerilla-Kampagne, die er die Kids in der Bewegung nie hatte lostreten lassen, wie oft sie ihn auch darum anbettelten. Der Kerl war das ideale Zielobjekt. Umstelle ihn mit Phantomen. Zerquetsche ihn zu sabberndem Brei.

Er fuhr den Rechner herunter. Schlich wieder in Gemmas Zimmer, legte ihn neben die Matratze des Jungen.

Gedankennahrung. Aber er brauchte Geld. Und ein bisschen Hilfe. Postkarten allein brachten ihn nicht weiter.

Nach der Schule kam Kai zum Auto gelaufen. Schnallte sich an, kurbelte das Fenster hoch und verriegelte die Tür.

Kein so toller Tag, was?

Der Junge rutschte stumm auf seinem Sitz nach unten.

Lust zu schwimmen?

Kai schüttelte den Kopf.

Okay. Dann also zurück zur lieben, lieben Doris. Ich spiele eine Runde mit dir.

Der Junge reagierte nicht.

Wie wär's mit ein bisschen Kicken? Irgendwo muss noch ein Ball sein.

Schweigen.

Was ist dann mit dem Boot, Kai? Wir kurven ein bisschen auf dem Fluss herum, okay?

Kai schaute skeptisch. Sie stellten sich auf die quälende Kriecherei über die Vierspurige ein. Keely brachte aus dem Jungen nichts mehr heraus.

Als sie in die Küche kamen, war Gemma wach und Doris zu Hause, allerdings noch in Bluse und Rock. Es herrschte eine fröhliche Stimmung, die in dem Augenblick zusammenzubrechen schien, als er durch die Tür trat. Die Frauen widmeten sich dem Jungen, der noch immer mürrisch war, aber ihre Aufmerksamkeit mit Geduld ertrug.

Irgendwelche Wünsche fürs Abendessen?, fragte Keely.

Doris hat Steaks gekauft, sagte Gemma. Und es gibt Kartoffeln und Salat.

Okay, sagte er. Klasse.

Doris wich seinem Blick geschickt aus. Er gab sein Vorhaben auf, sie nach ihrem Tag zu fragen. Wenn Frost auf dem Rasen lag, konnte man nur warten, bis es taute. Er ging nach draußen. Rechte bis zum Abendessen halbherzig Laub.

Bei Tisch fingen die Frauen an, in Erinnerungen zu schwelgen.

Wir haben immer gesagt, du siehst aus wie ein Filmstar, sagte Gemma.

Unsinn, sagte Doris und löste ihren Haarknoten, den sie zur Arbeit trug.

Doch, stimmt schon.

Was war mit dir?, fragte Doris. Wer warst du – Bo Derek?

Frauen, dachte er. Was für ein Rätsel sie doch sind.

Er wusch und trocknete das Geschirr, während sie weitermachten, lachten und sich neckten, bis es Nacht wurde.

Als Kai um acht im Bett war, verkündete Keely, dass er einen Spaziergang machen wolle.

Gemma bügelte ihren Arbeitskittel. Doris tippte Nachrichten in ihr Handy. Er sah, wie seine Mutter zu der Schüssel auf der Arbeitsfläche schaute: die Autoschlüssel.

Ich will wirklich nur zu Fuß gehen, sagte er mit unverbindlichem Lächeln.

Ich brauche auch ein bisschen frische Luft, sagte Gemma mit unverminderter, so seltener Heiterkeit.

Musst du nicht arbeiten?, fragte er.

Erst um neun. Ist doch nur ein Spaziergang, keine Wanderung, oder?

Keely zuckte die Achseln. Er wäre lieber allein gegangen, aber jetzt war er in der Zwickmühle.

Doris hielt einen Augenblick inne und starrte das winzige Display an, als hätte es wirklich ihre ganze Aufmerksamkeit.

Hast du was dagegen, Doris?, fragte Gemma.

Geht nur, sagte seine Mutter. Ich will sowieso zu Hause bleiben.

Am Fluss war die Luft still und schwer. Gemma plapperte aufgeregt. Es gab keine Erlösung von der Hitze, seinem Gefühl des Gefangenseins. Unter den Bäumen roch das Ufer nach gefallenen Feigen, gemähtem Gras und Hundescheiße, und vom Wasserrand kamen die schweißigen Ebbe-Gerüche nach Salzwasser, Algen und gestrandeten Quallen. Der Mond hing über den Türmen der Stadt. Sein Licht schimmerte auf jeder Biegung und Bucht des Flusses.

Sie sieht wirklich aus wie ein alter Filmstar, meinst du nicht auch? Wahrscheinlich kannst du es nicht sehen, weil sie deine Mum ist.

Wie du meinst, sagte er.

Und was ist mit mir? Wie habe ich ausgesehen?

Kann mich nicht erinnern.

Blödsinn, sagte sie.

Das gemähte Gras fühlte sich weich unter den Füßen an. Winzige Wellen schwappten und seufzten am Wasserrand

Gemma, ich bin nicht wirklich in der Stimmung dafür.

Na komm schon, sagte sie, an wen habe ich dich erinnert? Würde es dich umbringen, einen Namen zu sagen?

Gut, sagte er unfreundlich, ich dachte, du siehst aus wie Farrah Fawcett.

Gemma seufzte befriedigt auf.

Schätze, ich wollte, dass jedes Mädchen so aussieht wie sie, sagte er. Aber das ist lange her.

Aber Doris sieht noch immer aus wie Julie Christie.

Keely spürte, sie erwartete, dass er jetzt etwas sagte, ihr ein höfliches Kompliment machte. Er verstand nicht, warum ihre fröhliche Stimmung ihn so nervte.

Das grasige Ufer endete an den Kalksteinklippen. Im Mondlicht leuchteten die blassen Steinfinger durch die Schattenflecken der Bäume. Der Pfad war schmal, aber deutlich erkennbar. Sie gingen durchs Unterholz weiter.

Nico sagt, ich sehe aus wie Brigitte Bardot.

Und wer ist Nico?

Der Neue in der Arbeit, der Franzose. Ein echter Witzbold. Die werden ihn feuern, das ist mal sicher. Er reißt Sachen auf, Tüten mit Essen. Süßigkeiten zum Beispiel. Gestern Nacht will er mich dazu bringen, sie zu essen, sagt, ich habe es verdient, sagt, er will mich aufbauen, sagt, er findet es schön, mir beim Essen zuzusehen. Überall sind Kameras, und er zieht mich hinter die Regale und Einkaufswägen, wir kauern uns hin und er stopft mir Sachen in den Mund, der dreckige Perversling. Er ist achtundzwanzig oder so.

Schätze, dann solltest du besser vorsichtig sein.

Keine Lust mehr, vorsichtig zu sein. Wohin gehen wir überhaupt?

Keely sagte nichts, bis sie unter dem großen, silbernen Stamm des toten Marri-Eukalyptus standen. Im Mondlicht wirkte er kahl, glatt und unglaublich schön, wie eine stilisierte Theaterrequisite. Er wirkte verträumt inmitten der dunklen Macht der lebenden Bäume. Wie er leuchtete. Schräg über dem Wasser hängend, der Besitzer der Nacht. Kaum vorstellbar, dass sich ein gewöhnlicher Vogel darauf niederließ.

Er spürte sie neben sich, wie sie staunend den Kopf reckte. Er spürte ihre Hand in seiner.

Er ist nicht da, sagte er, fast erleichtert.

Sie zog an seinem Arm. Dann fiel es ihm wieder ein, sie musste um neun zur Arbeit. Aber sie zerrte ihn tiefer in den Busch, weg von zu Hause. Stand ihm plötzlich gegenüber, zog ihn an sich. Ihre Zunge war in seinem Mund.

Hey, sagte er. Du musst arbeiten.

Ist noch Zeit.

Wofür?

Muss ich dir ein Bild malen?

Nein, sagte er.

Na komm. Ich dreh schon fast durch.

Sie küsste ihn heftig und packte seine Haare mit beiden Händen. Ihre Zähne stießen zusammen, und sie lachte auf.

Aber hier geht's doch nicht, sagte er.

Sie hob ihren Rock und drückte ihn heftig nach unten. Die Steine stachen ihm in die Knie, und irgendwo bellte ein Hund, als er den Kopf zwischen ihre Schenkel drückte. Sie fuhr ihm mit den Fingern durch die Haare und zog ihn weg, und er kniete nur da und schaute unsicher hoch in die blasse Kaskade ihrer Haare.

Sag was Nettes, keuchte sie. Nichts Schmutziges, einfach was Nettes.

Aber Keely konnte kaum sprechen. Er war atemlos, hirnlos vor Lust.

Mann, sagte sie zu laut. Früher haben sie mich angefleht. Könntest du nicht sagen, dass ich hübsch bin? Ist das so verdammt schwer?

Soll ich aufhören?

Meinst du, ich lasse dich jetzt aufhören?, sagte sie und stieg aus ihrem Slip.

Tut mir leid. Ich habe das nicht erwartet.

Sei einfach still, sagte sie und griff wieder in seine Haare.

Er traute sich nicht, den Kopf wegzuziehen. Er blieb, wo er war, bis seine Knie wund waren und sie ihn verfluchte und wimmerte und ihm auf den Hinterkopf schlug und zu schluchzen begann.

Gemma war noch nicht lange weg, als Doris aus ihrem Zimmer kam, den Kessel füllte und auf den Herd stellte. Keely saß noch am Tisch. Er steckte fest. Spürte seinen Händen nach. Betrachtete das wirre Muster seiner eigenen Finger. Drückte sie schließlich auf die Tischplatte, diese Hände. Um das Zittern beherrschen zu können.

Heiß, sagte Doris.

Keely spürte, wie sein Mund sich bewegte. Aber es kam nichts. Er wollte das nicht. Hier sein. In diesem verdammten Kuddelmuddel.

Alles okay?

Er nickte.

So eine Schande. Sie war beim Abendessen doch so guter Dinge. Es kam mir vor, als hätten wir – ich weiß auch nicht – einen Durchbruch geschafft.

Er presste die Hände zusammen. Und dann warf Doris etwas auf den Tisch. Neben seinen Ellbogen. Kais Skizzenblock.

Wir müssen darüber reden.

Sie schlug ihn etwa in der Mitte auf. Der Junge war fleißig gewesen. Da waren viele neue Zeichnungen in grob umrissenen Kästchen wie bei einem Storyboard. Jede Sequenz zeigte einen rudimentären Superhelden, einen bärtigen, bärenhaften Koloss. In Stiefeln, so schwarz wie sein Backenbart, stand er breitbeinig da und schwang die Fäuste gegen alles Kommende.

Da muss man nicht lange raten, wer unser Held ist, sagte er.

Und dieser Spätere da, der mit dem Schwert?

Doris beugte sich über den Block. Blätterte ein wenig. Sie roch nach Kokosnuss-Shampoo. Klopfte mit knotigem Finger auf eine Seite. Und da war er selbst. Ein Mann mit einem blauen Auge. Wie ein Zorro mit halber Maske. Der dieselbe grobe Gerechtigkeit austeilte wie Nev. Aber mit einer Waffe. Aus dem Ausbeinmesser war ein Säbel geworden, und überall waren Blutlachen, so schwarz wie Keelys Comic-Veilchen.

Er hat dir die gezeigt?

Sagen wir einfach, ich habe davon Kenntnis erlangt.

Du lässt dir aber keine Chance entgehen.

Bring mich lieber nicht auf Ideen.

Mum, ich weiß nicht, was ich tun soll.

Vielleicht solltest du darüber nachdenken, warum du irgendwas tust. Ob du überhaupt fit bist. In jeder Hinsicht.

Wovon redest du?

Ich glaube, du weißt genau, wovon ich rede.

Nein, log er.

Ach, Tom.

Ich habe dir die Situation erklärt.

Was für eine Situation?

Na ja. Gemmas Situation.

Nicht einmal da bist du ehrlich. Glaubst du, es macht mir Spaß, das zu sagen, dich das tun zu sehen? Wach auf, Tom. Schau es dir an. Direkt vor deinen Augen. Dieser verängstigte kleine Junge. Schau dir nur die Bilder an.

Was zum Teufel soll ich denn deiner Meinung nach tun? Wie soll ich dieses Problem lösen?

Du könntest damit anfangen, dass du aufmerksamer bist.

Mein Gott. Ich kämpfe für diesen Jungen, Doris.

Ich glaube, dein Kopf ist ganz woanders.

Wie du das sagst, klingt es abscheulich.

Geh erst mal ins Bad und wasch dir das Gesicht, vielleicht kommst du dann zurück und denkst immer noch so.

Keely schnellte vom Tisch hoch, und als er stand, kippte der Stuhl hinter ihm um.

Tu's nicht, sagte Doris, als er zur Tür ging. Bitte. Wir müssen darüber reden.

Er konnte nicht mehr zuhören. Er wollte Dunkelheit. Unsichtbar sein. Aber im Garten schien der Mond, auf der Straße war Licht, der Himmel glotzte ihn an wie ein milchiges Auge, und er ging einfach weiter.

Noch immer seine vielen Stiche kratzend, fuhr Keely mit dem Zug um 6:30 nach Fremantle.

Als er radioaktiv auf der hinteren Veranda aufgewacht war, kauerte Gemma neben ihm. Er wusste, wie das aussehen musste. Dass er in den Klamotten von letzter Nacht auf diesen Brettern lag. Als wäre er ausgegangen und hätte sich besoffen. Und wäre dann von Doris ausgesperrt worden. Aber so war es nicht. Er glaubte es wenigstens nicht. Denn obwohl er Lücken hatte, wusste er, dass Alkohol nicht im Spiel gewesen war. Keine Pillen. Zum einen hatte er kein Geld. Er war einfach spazieren gegangen. Barfuß. Am Fluss entlang, über laubbestreute Straßen, unter sabbernden Lichtern. Mottenschleier. Elektrische Blitze von Himmelschwarz. Bis seine Beine nicht mehr mitmachten. Und dann war er im warmen Sand am Fluss. Lichter von Fähren, rot und grün. Dann irgendein Mistkerl, der ihn mit einem Fußtritt weckte. Arschlöcher, die in der Grelle von Scheinwerfern Unfug mit ihm trieben. Durch Gärten laufen. Hunde. Flecken wilden Buschwerks. Er fiel hin, lag lange Zeit nur da. Wach. In der klagenden Luft. Und als er schließlich die Stufen zur Hintertür hochschwankte, musste er feststellen, dass Doris sie abgeschlossen hatte. Das war nur vernünftig; er nahm es nicht persönlich. Legte sich einfach auf die warme Veranda und wartete auf den Morgen. Um zu sterben. Zu schlafen. Träumte von Hunden, die aus dem Dunkel strömten. Und wachte dann hier auf, wund, steif, von Mücken gepeitscht, gehäutet wie ein philippinischer Büßer. Kurz vor Tagesanbruch. Mit Gemma neben sich. Verwirrend, wie sie die dünne Schale seines Kopfes streichelte. Wie ein Mädchen mit einem Pferd, das gleich weggebracht und erschossen wird. Sie zog ein Taschentuch hervor. Betupfte ihm die Augen.

Was ist los?, flüsterte sie. Was?

Panadol, krächzte er.

Es war Donnerstag. Sein erster Arbeitstag fing in weniger als einer Stunde an.

Er kam rechtzeitig ins Café. Genau genommen sogar ein wenig zu früh. Und Bub schien überrascht, als hätte er sein Angebot vergessen oder erwartet, dass Keely nicht auftauchte.

Zweite Pubertät, Genosse?, fragte Bub und zeigte auf die Pickel in seinem Gesicht und am Hals.

Stiche, murmelte er.

Genau das, was wir brauchen, sagte er. Eine Spülerschlampe mit Malaria. Komm.

Bub führte ihn durch die Schwingtür in den fettigen Mief der Küche. Erklärte ihm kurz die Regalbestückung, die Maschine, die Abfolge der Arbeitsflächen und Spülbecken. Er deutete zu dem Hipster am Herd, einem Kerl in Kochjacke und Piratenkopftuch, der finster auf seine Messertasche hinunterstarrte, während hinter ihm Flammenzungen aus den Gasbrennern leckten.

Geh ihm aus dem Weg, flüsterte Bub. Psycho in Clogs. Hält sich für ein Genie.

Was ist er wirklich?

Ein drittklassiger Koch, der versucht, die Finger vom Stoff zu lassen. Warum sonst kann ich ihn mir leisten? Warum sonst kocht er bei mir das Frühstück?

Keely nahm sich eine Schürze vom Stapel. Es warteten bereits Pfannen auf ihn, und Tabletts mit Gläsern, Kaffeetassen, Untertassen standen vor der alten Hobarth-Spülmaschine Schlange. Seine Füße schmerzten. Das Trommel-und-Bass-Gedröhn aus der Stereoanlage war mörderisch. Bub kam mit einem doppelten Espresso und einem Stück Apfelkuchen zurück. Dann überließ er ihn für fünfzehn Dollar die Stunde der Realität des Dreckkratzens und Geschirrscheuerns.

Um zwei humpelte er völlig fertig ins Mirador.

Der erste Tag, sagte er sich. Ein neuer Anfang. Und es fühlte sich auch so verdammt neu an.

Fuhr allein im Lift nach oben. So übermüdet, dass er sich fast beschwipst fühlte. Er fing an zu kichern.

Nach einer lauwarmen Dusche setzte er sich auf den Balkon und ließ den Meerwind seine Füße kühlen. Doch die plötzliche Erholung brachte das ganze Gewicht wieder auf ihn herab. Der Ausdruck auf dem Gesicht seiner Mutter. Die nagende Angst wegen der fehlenden Bruchstücke der Nacht. Und diese wilden Impulse, die in ihm zuckten.

Bei Doris würde es nicht gutgehen. Jetzt nicht mehr. Er zog besser wieder hierher zurück. Vielleicht blieb Gemma ja dort. Doris konnte über Kai schweben wie Jahwe über den formlosen Tiefen. Sie konnte sich eine hübsche, kleine Intervention einfallen lassen, das Jugendamt rufen. Sie wusste, was sie tat. Und jeder Bockmist, der folgte, wäre dann ihre Schuld.

Er nahm ein paar von Mamas kleinen Helfern, legte sich aufs Bett und ließ sich von der Brise umsäuseln.

Das Gebäude schepperte und gurgelte. Er empfand eine gewisse Verbundenheit. Hier sind wir also, dachte er, fahl und über die besten Jahre hinaus, mitgenommen, aber noch am Durchhalten. Er schnupperte an seinen aufgequollenen Fingern, sie stanken nach Geflügelfett und Zitronen-Spülmittel. Merkte, dass er wegdriftete. Aber er musste Kai um drei abholen. Da er es Gemma versprochen hatte. Sich selbst versprochen hatte. Er setzte sich schnell auf, so schnell, dass er Bläschen und Flecken sah und das Zimmer sich drehte und er schon dachte, der Schwindel würde zurückkehren. Tastete sich bis zum Sessel. Fiel hinein. Ließ die Luft sich beruhigen. Er war okay. Alles sicher. Alles gut.

Eine Taube ließ sich auf dem Geländer der Galerie nieder. Sie hob die Schultern, ruckte mit dem Kopf und fiel hinunter.

Er dachte an Kais kleines Storyboard. Sein Comic-Ich. Mit dem Säbel in der Hand. Wenn er es doch bloß nie gesehen hätte.

Am Schultor blieb der Junge wie angewurzelt stehen und versperrte anderen den Weg. Man sah, dass er das Fehlen des Fahrzeugs bemerkte. Keine Bestürzung, dafür war sein Gesicht zu ausdruckslos. Aber das Zögern war vielsagend. Von den Kindern hinter ihm wurde er beiseitegestoßen. Stand einfach nur da, bis Keely kam und ihn aus dem Gewimmel zog.

Deine Nan hat heute das Auto.

Aber da ist doch noch der Volvo.

Doris braucht ihn für die Arbeit. Wir nehmen den Zug.

Das kann ich nicht.

Ist ganz einfach.

Der Junge bedrängte ihn, drückte sich so fest an ihn, dass Keely beinahe gestolpert wäre.

Siehst du ihn?, fragte Kai.

Ist ja gut, Kumpel. Ich brauch nur ein bisschen Platz zum Gehen.

Schaut er her?

Komm, sagte Keely. Gib mir deinen Rucksack.

Er war da, sagte der Junge und krallte sich in Keelys Hemd ein.

Wer? Einer deiner Kumpel?

Ich komme raus, und er ist da.

Was?, fragte er, blieb an der Ecke stehen und schaute auf den Haarschopf des Jungen hinunter. Wer?

Die blonden Haare des Jungen fielen nach vorn, er drückte die Stirn in Keelys Flanke und zerrte an seinem Hemd. Wollte den Kopf nicht heben; es war zum Verrücktwerden, aber dennoch durchzuckte Keely ein kalter Schauer.

Kai? Von wem reden wir? Wer ist da? Wer beobachtet dich?

Können wir gehen?, fragte Kai.

Keely drückte den kleinen Kopf an sich und schaute sich um. Der Junge presste die Glieder so fest an seine, dass er ihn beinahe umriss. Er war in gleichem Maße ungeduldig und beunruhigt. Hatte nur keine vernünftige Bewegungsfreiheit. Es war eine belebte Straße. Fahrzeuge, die vorbeischnurrten. Erwachsenengesichter. Zwitschernde, hin und her sausende Kinder. Niemand, den er als Bedrohung identifizierte. Und doch klammerte sich Kai an ihn, stieg ihm auf die Füße.

Bitte?, sagte der Junge.

Das Wort hallte in Keelys Bauch wider. Er hob den Jungen hoch und hievte ihn sich auf den Rücken. Hängte sich den kleinen Rucksack an einen Arm. Und machte sich auf zum Bahnhof. Die Nase des Jungen im Nacken, fing er an zu traben.

Als sie zum Bahnsteig kamen, läutete der Zug bereits zur Abfahrt. Er zwängte sich an Bord und hätte sich beinahe auf den Jungen gesetzt, als er sich keuchend auf einen freien Platz fallen ließ. Kai wandte den Kopf vom Fenster ab. Der Zug fuhr aus dem Bahnhof.

Die ersten Minuten ließ Keely ihn in Ruhe. Er war sowieso zu atemlos. Sie rollten an den Kais entlang, überwanden die schwindelnde Länge der Brücke, über Schafskutter, Autofrachter, Container hinweg, die sich auf dem Deck von etwas Bauchigem und Orangem türmten. Und dann ließen sie den Hafen hinter sich. Die Kräne und Schornsteine waren bald verschwunden.

Keely saß am graffiti-trüben Glas. Der Junge hatte noch immer sein Hemd in der Faust, schaute sich wieder und wieder im Waggon um. Es roch nach Füßen und Kaugummi. Die Klimaanlage stieß eisige Luft aus, aber die Nachmittagssonne versengte alles, was sie berührte.

Kai, sagte er noch einmal. Du kannst es mir sagen.

Ist das der Weg nach Hause?

Ist er, Kumpel. Wir sind unterwegs. Nach ein paar Haltestellen steigen wir aus und gehen zu Fuß zu Doris.

Gibt's da ein Taxi?

Nein, Kumpel. Wir gehen. Was ist denn los? Was quält dich?

Kai starrte die High-School-Lümmel an, die durch den Waggon tollten, die knochigen Jungs der Christian Brothers, die einander knufften und schubsten. Die schmollenden Gören der staatlichen Schule, die mit Knöpfen in den Ohren auf ihre Handys tippten.

In silbernen Blitzen huschte das Meer vorbei. Keely löste die schweißfeuchte Hand von seinem Hemd. Nahm sie in seine.

Na komm, Kai. Sag was.

Er beobachtet mich.

Wer?

In der Schule.

Kein Schüler? Ein Lehrer?

Nein.

Ein Fremder?

Clappy.

Clappy. Ist das ein Mann?

Kai senkte den Kopf. Zog seine Hand aus Keelys. Wie aus Gewohnheit drehte er die Handfläche nach oben und betrachtete sie.

Jemand mit dem Namen Clappy, sagte Keely mit einem Pochen in der Kehle. Und er beobachtet dich.

Der Zug glitt in den Bahnhof von North Fremantle. Der Junge nickte, erstarrte, als die Türen sich öffneten, schaute sich noch einmal im Waggon um, während der Zug sich schon wieder in Bewegung setzte.

Ist das nur heute passiert?

Mit abgewandtem Gesicht schüttelte Kai den Kopf.

Und nicht nur nach der Schule?

Der Junge kniff die Lippen zusammen.

Von wo aus beobachtet er dich?

Gegenüber.

Und du kennst ihn? Du hast ihn schon mal gesehen?

Kai stierte auf den dreckigen Boden des Waggons.

Es ist okay, Angst zu haben. Und es ist okay, es zu sagen. Ich bin bei dir. Jetzt sag mir, woher kennst du diesen Kerl, wie sieht er aus? Ist er groß oder klein?

Der Zug hielt an der Victoria Street. Der Junge blinzelte und senkte wieder den Kopf. Seine Haare verdeckten das Gesicht.

Du musst nicht alles auf einmal beantworten, sagte Keely beruhigend, ruderte zurück. Sag mir, woher du den Kerl kennst.

Es bimmelte. Die Türen gingen rumpelnd zu.

Kai? Das ist der Kerl, der bei euch in der Wohnung war? Oder?

Kai klammerte sich wieder an Keelys Hemd.

Keely schaute hinunter auf den blassen Flaum auf dem Kopf des Jungen. Spürte Kälte in seinen Eingeweiden. Zu vertraut. Und er wusste Bescheid. Es war vorauszusehen gewesen. Dieses Gemetzel. Schon zu einer Zeit, als er diesen Jungen noch gar nicht gekannt hatte. Das war es die ganze Zeit gewesen, nicht Schicksal, sondern eine Chance.

Der Zug hielt. Fuhr wieder los.

Du brauchst keine Angst mehr zu haben, sagte er.

Und er versuchte, den Kopf des Jungen in seine Richtung zu drehen, aber Kai wehrte sich dagegen.

Sie fuhren in eine Haltestelle ein. Mädchen in steifen Strohhüten stiegen in den Waggon. O Mann, sie waren in Claremont. Er hatte ihre Haltestelle verpasst.

Als Doris nach Hause kam, lag Kai, so verschlossen wie eh und je, vor dem Fernseher. Und Keely leerte gerade den Margaret River Chardonnay, den er im Kühlschrank gefunden hatte. Aus dem Nachtkästchen seiner Mutter hatte er sich ein paar Panadeine Forte geklaut. Hätte eigentlich ruhiger sein sollen. Es war bereits sechs, und von Gemma war noch immer nichts zu sehen.

Soso, sagte Doris, stellte ihre Umhängetasche ab und zog die Jacke aus. Nimm dir ruhig.

Er reagierte nicht auf sie. Dachte an Wally Butcher. Das war ein Kerl, der zu seiner Zeit zu allem bereit gewesen war. Jede Menge Geschichten, wie er sich aus aussichtslosen Lagen befreit hatte. Aber Wally war in den Siebzigern, fett wie ein Schwein und brauchte dringend ein künstliches Hüftgelenk. Wal würde ihm nichts nützen.

Habt ihr schon was gegessen?, fragte Doris. Ihr beide?

Kai hatte ein Sandwich und Fruchtsaft.

Das ist alles?

Er hat keinen Hunger.

Was ist mit Gemma?

Keine Ahnung.

Und wo warst du heute?

In der Arbeit.

Was für Arbeit?

Ich spüle Geschirr. Im Bub's. Es ist sehr befriedigend.

Und jeder Tag ist Zahltag, so wie du aussiehst.

Tut mir leid, sagte er. Ich wollte eigentlich weg von hier. Wieder nach Hause. Aber es ist etwas passiert.

Hattet ihr Streit?

Ich habe sie noch nicht gesehen. Aber ich muss mit ihr sprechen. Bevor ich gehe.

Und wo warst du gestern Nacht?

Unwichtig, wo ich war. Ich war nicht betrunken, okay?

Aber heute Nacht ist eine andere Nacht.

Sieht so aus.

Doris machte sich an Kühlschrank und Speisekammer zu schaffen. Sie holte Knoblauch, Tomaten, Kapern und Anchovis hervor. Also irgendwelche Nudeln alla puttanesca, schloss er. Sie stellte eine Pfanne auf den Herd und zog ein Messer aus dem Block.

Du hast noch deine Arbeitssachen an, murmelte er. Lass mich das machen.

Gib mir die Schürze da, sagte sie.

Mum, also wirklich.

Du schneidest dir höchstens einen Finger ab.

Er gab ihr die Schürze. Kennst du jemanden, der irgendwo einen Wohnwagen stehen hat?, fragte er, und es war kaum mehr als ein Flüstern. Irgendwas Verschwiegenes?

Kein Mensch in dieser Stadt hat noch einen Wohnwagen. Und wenn sie einen hätten, würden sie ihn nicht an einen verschwiegenen Ort stellen. Wo warst denn du die letzten zehn Jahre?

Was ist mit einem Strandhaus?

Ich habe mich schon erkundigt, sagte sie. Stephanie hat mir die Schlüssel gegeben.

Stephanie wer?

Ist das wichtig?

Du hast das schon alles organisiert? Er hörte, wie blöd das klang. Wo ist es?

Eagle Bay.

Legal Bay, sagte er, bevor er es sich verkneifen konnte.

Das schwere Messer sauste auf die Knoblauchknolle nieder, vielleicht ein bisschen fester als unbedingt nötig.

Das ist sehr nett von ihr. Nett von dir. Vielen Dank. Das ist das Beste, was wir tun können. Könnte ich es vielleicht heute Abend schon machen?

Was machen?, fragte Doris beim Schneiden. Schwerer Knoblauchgeruch zog durch die Küche. In deinem Zustand drei Stunden fahren?

Ich müsste ja nicht selber fahren.

Aber du musst deine Sinne beisammen haben.

Na, dann warte ich vielleicht bis morgen, sagte er errötend. Gleich in aller Früh.

Vorausgesetzt, Gemma ist einverstanden, sagte Doris und zündete die Gasflamme an. Kurze Zeit später stieg der Geruch karamellisierender Anchovis in die Luft. Eigentlich sollte sie zur Polizei gehen, flüsterte sie grimmig.

Ich weiß, aber sie will nicht. Könntest du es tun?

Und den Beamten *was* erzählen, eine Geschichte aus dritter Hand? Ich habe ja absolut nichts *gesehen.*

Du kennst Polizisten, Leute bei den Behörden.

Es gibt keine Hinweise auf körperliche Gewalt. Ich habe keine Beweise, Tom, und ich kann ihnen nichts sagen außer ein paar Sachen, die nicht unbedingt zu Gemmas Gunsten sprechen.

Was ist mit – ich weiß auch nicht – irgendwas Inoffiziellem?

Die Jungs losschicken, meinst du? Es ist illegal, und es funktioniert auch nicht, glaub mir.

Ich meine nicht die Ortspolizisten.

Ich heure keine bezahlten Schläger an. Vergiss es.

Natürlich nicht. Das verstehe ich.

Was meinst du, was aus mir geworden ist, eine, die einen Scheck ausstellt, damit dieses arme Mädchen, diese ganze Geschichte, aus meinem Leben verschwindet?

Nein. Nein.

Tom, so ein Mensch bin ich nicht.

Ich weiß. Das sehe ich ja.

Das bezweifele ich.

Tja, dann muss ich es eben selber melden.

Ja, geh betrunken aufs Revier. Das hilft wirklich weiter.

Okay, okay.

Außerdem, sagte Doris, als müsse sie sich selber daran erinnern, muss Gemma diese Entscheidung treffen. Und so schwer es ist, dem Drang zum Eingreifen zu widerstehen, ist es doch ihre Sache. Wir dürfen uns da nicht einmischen.

Nicht einmal Kai zuliebe?

Doris sagte nichts. Er spürte ihre Seelenqual in diesem Schweigen.

Das Strandhaus, sagte er schließlich. Für den Augenblick wird das genügen. Es ist gut. Es ist ein Anfang. Aber wo zum Teufel ist sie?

Kai muss duschen, sagte Doris. Und du musst dich beruhigen.

Ich bin okay, sagte er.

Bis er aus dem Bad kommt, habe ich das hier fertig. Und du solltest dir überlegen, ob du dich nicht auch ein bisschen frischmachen willst.

Doris, meine Liebe, *das* ist jetzt eine Einmischung.

Ja, sagte sie und ließ die Kapern in die Pfanne gleiten. Tut mir leid. Irgendwie vergesse ich immer wieder, dass du schon erwachsen bist.

Sie aßen bereits, als Gemma hereinkam. Sie warf die Schlüssel auf die Anrichte, schleuderte ihre Tasche auf den Boden wie eine High-School-Göre und hob die Deckel von den Töpfen auf dem Herd. Keely bemerkte Kais wachsamen Blick. Er sah, dass seine Mutter Gemmas Bewegungen verfolgte, ohne tatsächlich den Kopf zu drehen. Mit klappernden Armreifen hob Doris ihr Glas und trank einen Schluck Sodawasser.

Sieht gut aus, sagte Gemma, als würde es sie etwas kosten, das zu sagen.

Noch genügend da, meine Liebe, sagte Doris und schaute zu Kai hinüber.

Gemma trug das kurze schwarze Kleid, mit dem sie zu Stewie gegangen war, an dem Tag, als sie sich das Auto genommen hatten. Ihre Haare waren zu einem Knoten zusammengefasst, der ein wenig aufgelöst und von Schweiß verklebt war. Noch in ihren High Heels füllte sie Nudeln in eine Schüssel, zog eine Gabel aus der Schublade und fing, am Spülbecken stehend und mit dem Rücken zu ihnen, lustlos zu essen an. Keely sah das Spiegelbild ihres Gesichts im Küchenfenster und wusste, dass es Probleme gab.

Er stocherte in seinem Essen. Spürte das Knistern der Energie im Raum. Nach einer langen Pause meldete sich der Junge.

Wo warst du?

Weg, sagte Gemma.

Hättest was sagen sollen.

Was? Bist du jetzt der Chef?

Der Junge starrte finster auf seinen Teller. Gemma drehte sich um. Ihre Augen waren gerötet, das Gesicht sah aus wie gekocht.

Du musst nicht alles wissen.

Doris legte dem Jungen die Hand auf den Arm, und diese Geste schien Gemma wütend zu machen.

Lass ihn, sagte sie heftig. Du machst ihn weich.

Weich ist nicht schlecht, meine Liebe.

Schau, wohin es einen bringt, sagte sie und deutete mit dem Kinn auf Keely.

Er spürte die Empörung seiner Mutter, bevor ihm die Beleidigung überhaupt bewusst wurde. Er stierte auf sein Essen, schaute in Kais düsteres Gesicht.

Wie wär's, wenn wir jetzt fertig essen und danach über alles reden?, fragte Doris mit stählerner Unbeschwertheit.

Wie wär's, wenn wir uns alle um unseren eigenen Dreck kümmern, sagte Gemma und schubste ihre Schüssel über die Anrichte.

Gemma, sagte er. Ich muss mit dir reden.

Reden? Das ist doch alles, was du kannst.

Ist was passiert, meine Liebe?, fragte Doris.

Das ist meine Sache.

Kai, sagte Doris fröhlich. Vielleicht essen wir beide auf der Terrasse weiter.

Sofort stand dem Jungen die Angst im Gesicht.

Er kann bleiben, wo er ist, sagte Gemma. Ich habe die Nase voll davon, dass man mir immer sagt, was ich tun soll.

Herzchen, ich sage dir doch nicht, was du tun sollst. Das war nur ein Vorschlag.

Was du nicht sagst.

Du bist aufgeregt. Kai und ich könnten euch beide allein

lassen, damit ihr alles besprechen könnt. Mehr will ich damit nicht sagen.

Bei dir klingt es, als würde Butter im Mund nicht schmelzen, Doris, aber du sagst mir trotzdem, was ich tun soll. Kai, hol deine Sachen.

Mach dich nicht lächerlich, sagte Keely. Jetzt beruhig dich erst mal wieder.

Kai!

Kai, vielleicht solltest du deiner Nan von Clappy erzählen, sagte Keely.

Aber der Junge schüttelte den Kopf. Er hatte Tomatensauce auf dem Kinn und Tränen auf den Wangen.

Wer ist Clappy?, fragte Doris.

O Gott, sagte Gemma. Ich bring den Scheißkerl um.

Doris strich dem Jungen über die Haare, aber er rutschte von seinem Stuhl und rannte ins Gästezimmer. Tom, sagte sie, da auf dem Sideboard liegen ein Schlüssel und eine Karte. Ich setze mich kurz mal zu Kai.

Was soll die Scheiße?, fragte Gemma, als Doris verschwunden war.

Nicht so laut. Bitte.

Sag's mir.

Er sagt, dass Clappy ihn beobachtet, sagte Keely.

Dieses Arschloch! Was hat er getan?

Nichts. Er ist einfach nur da. Gegenüber der Schule, für alle sichtbar. Er will gesehen werden. Gemma, du musst zur Polizei.

Ich hab's dir doch schon gesagt.

Es gibt da was, weiter unten im Süden. Doris hat herumtelefoniert.

Doris kann mich mal!

Du musst ihn beschützen, Gem, sagte er trotz seiner Wut. Du musst an ihn denken.

Man wird ihn mir wegnehmen – genau das wird passieren. Ich *denke* an ihn – du hast ja keine Ahnung.

Niemand wird ihn dir wegnehmen, Gemma. Du bist nur durcheinander, das ist alles.

Die sind doch völlig durchgeknallt, sagte sie, hob ihre Tasche auf und ging ins Wohnzimmer. Wahnsinnige Irre, das sind sie.

Keely folgte ihr, während sie Sachen einsammelte, die ihm gar nicht aufgefallen waren – zusammengelegte Wäsche, Promi-Magazine. Sie stopfte alles in einen Plastikwäschekorb.

Sie haben Schulden. Und jetzt scheißen sie sich in die Hose, weil ein anderer Witzbold in ihr Geschäft drängt. Als hätte ihnen jemand den Krieg erklärt. Sie wollen das Geld sofort.

Also sag's der Polizei, sagte er und torkelte.

Hör auf, das zu sagen! Schau dich doch bloß an.

Dann fahr noch heute Nacht. Der Schlüssel ist hier. Du hast Doris gehört. Geh für eine Weile weg.

Ich kann nicht einfach davonrennen, verstehst du das nicht? Niemand wird diese Arschlöcher einsperren. Und auch wenn sie es tun und ein Bulle Glück hat oder es schafft, ihnen Stoff unterzujubeln, sind sie auf Kaution gleich wieder draußen. Und gleich ums Eck. Und auch wenn sie verknackt werden, gibt's nur Gefängnis.

Wenigstens sind sie dann weggeschlossen.

Auf welchem Planeten lebst du? Nichts hält sie davon ab, es auch von drinnen zu organisieren.

Keely tastete nach der Couch, stützte die Knie gegen den Rahmen, stemmte die Hände auf die Rundung der Rückenlehne, um sich aufrecht zu halten.

Und was willst du damit sagen?

Wir müssen Geld auftreiben, zischte sie.

Aber das geht doch immer weiter, Gem.

Nicht für sie. Sie kriegen keinen Cent mehr.

Ich kann dir nicht folgen.

Wir brauchen Geld, um jemanden zu bezahlen. Um die Sache zu beenden, die Arschlöcher zu stoppen.

Er fasste sie am Arm, führte sie auf die Veranda hinaus. Schob die Tür hinter ihnen zu. Sie schüttelte ihn mit finsterer Miene ab.

Gemma. Jemanden bezahlen. Wovon redest du?

Wirst du sie stoppen? Du bist ein verdammtes Weichei, Kumpel.

Na, vielen Dank. Aber Keely wusste, dass sie recht hatte. Alles, was er tat, machte es nur noch schlimmer. Er hatte in seinen Ideen geschwelgt, sich für so verdammt clever gehalten.

Ich brauche dein Herumgeeiere nicht. Ich muss das gelöst kriegen. Und das kostet Geld.

Was, einen, der sie einschüchtert? Das ist doch Irrsinn.

Anständig. Und professionell.

Nein.

Keine andere Wahl.

Es ist falsch, Gem. Er ist sein Vater.

Ist mir egal. Ich habe mich entschieden.

Mein Gott, Gemma. Du kannst nicht bezahlen.

Ich werde bezahlen.

Wie?

Sie schaute ihn an. Im Licht war ihr Gesicht kalt vor Resignation. Er kannte diesen Ausdruck. Allein bei diesem Anblick schämte er sich, ein Mann zu sein.

Und dann kam Doris im Haus auf sie zu. Ihre Absätze klapperten über die Bodendielen. Sie schob die Tür auf.

Tom, kann ich dich kurz sprechen?

Ich gehe packen, sagte Gemma.

Dann fährst du also?, fragte Doris. Fährst du in den Süden?

Nein, sagte sie. Wir fahren heim. Danke für deine Gastfreundschaft. Tut mir leid, dass es so ein Schlamassel geworden ist.

Du bist immer willkommen, meine Liebe, sagte Doris betrübt und trat beiseite, um sie durchzulassen. Empfing den Kuss auf die Wange, den sie nicht erwartet hatte.

Ich fahre mit, sagte er.

Mir wäre lieber, sie würde zu Stephanie fahren.

Mir auch.

Pass auf sie auf, Tom. Und auf dich selbst. Bitte.

Werde ich, sagte er hilflos.

Wir reden noch.

Werden wir.

Auf dem Parkplatz des Mirador versuchte er, den Jungen ein wenig aufzumuntern, aber Kai reagierte auf nichts.

Ich hätte bleiben sollen, sagte Gemma im Lift.

Jetzt bist du hier.

Er schaute sich ihre Sachen an, die sie in Einkaufstüten und den Plastikwäschekorb gestopft hatte. Den Schulranzen des Jungen.

Im zehnten Stock ging die Tür auf. Auf der Galerie war niemand. Kein Hinweis darauf, dass in einer der beiden Wohnungen irgendwas nicht stimmte.

Ich kann auf deiner Couch schlafen, sagte er in ihrer Tür. Kai ging direkt ins Bett.

Nein, sagte sie. Nicht nötig.

Wirklich.

Ich bin spät dran für die Arbeit.

Du gehst?

Natürlich gehe ich.

Was ist mit ihm?

Er hat deine Nummer. Er bleibt jetzt hier.

Was ist mit der Schule?

Erst wieder, wenn alles vorbei ist.

Sie schlug ihm die Tür vor der Nase zu.

Seine Wohnung roch muffig. Er ließ sich in seinen Sessel fallen und dachte an Kai. Hörte, dass Gemma kurz vor neun zur Arbeit ging. Setzte sich auf. Wartete. Er würde es die ganze Nacht lang tun, wach bleiben, bis sie wieder zu Hause war.

Aber jemand hämmerte an seine Tür. Und es war dunkel. Na ja, halbdunkel. Und als er auf dem Boden neben dem Sessel herumtastete, war keine vernünftige Waffe zur Hand.

Er schnellte aus dem Sessel und spürte die Verzögerung, als hätte die Hälfte von ihm es noch nicht geschafft. Hämmern an der Tür.

Sein Name.

Sie schrien seinen Namen.

Schrammte an der Wand entlang. Mit nacktem Oberkörper. Hechtete ins Schlafzimmer. Wegen einem Hemd. Absurd, aber er brauchte ein Hemd. Um das jetzt zu tun, sich dem zu stellen, was ihn erwartete. Fragte sich, ob er den Mumm hatte, mehr zu tun, als hinter der Tür zu lauern. Das Zimmer war dunkel. Er tastete nach dem Schrank. Und wäre fast auf den Jungen gestiegen. Zusammengerollt in seinen Pyjama-Shorts. Auf dem Teppich, am Fußende des Betts. Der sich jetzt rührte, als Keely um ihn herumstolperte.

Mach die verdammte Tür auf, Tom!

Als Keely Gemmas Stimme hörte, schwankte er ins Wohnzimmer zurück. Nur Gemma. Er war okay. Alles war okay. Er fummelte an der Türkette herum.

Sofort!

Er lehnte sich kurz gegen den Kühlschrank. Alles verschwamm.

Hast du mich gehört?

Die Tür erzitterte im Rahmen; offenbar trat sie dagegen. Er schloss auf. Riss die Tür auf. Und Gemma hatte die Macht des Sonnenaufgangs hinter sich. Es war, als würde ihm der Kopf eingeschlagen.

Wo ist er? Mein Gott, Tom, was soll die Scheiße?

Keely taumelte gegen den Kühlschrank, die Fäuste an den Schläfen. Sie schob sich an ihm vorbei.

Du, sagte sie zu dem Jungen, der sich in der Tür zum Schlafzimmer den Schlaf aus den Augen rieb.

Gemma hob ihn wütend hoch, und Keely traf Kais Blick über ihre Schulter, als sie ihn an sich drückte.

Keely schwang sich herum und schaute auf die Küchenuhr. Es war 6:52. Was bedeutete, er musste in acht Minuten in der Arbeit sein.

Was soll denn diese Scheiße?, zischte sie. Was ist passiert?

Nichts ist passiert. Ich glaube, er hat sich selber reingelassen.

Sie ging auf ihn los. Du hast es nicht einmal gemerkt?

Ich habe ihn gerade erst gesehen. Er schlief auf dem Boden.

Mein Gott, sagte sie, ließ den Jungen herunter und zerrte ihn zur Tür. Du hast nicht mal gehört, wie er reingekommen ist? Du hast ihn auf dem Boden schlafen lassen?

Er schaute Kai an, sah den Schlüssel am Schnürsenkel vor seiner Hühnerbrust.

Er ist okay, Gem, er ist in Sicherheit.

Aber nicht dank dir.

Ich habe doch nichts getan, als in meiner eigenen Wohnung zu schlafen.

Rotzbesoffen.

Nein, sagte er.

Sie zerrte Kai an ihm vorbei und auf die Galerie hinaus.

Der Junge schaute ihn hoffnungsvoll an. Keely versuchte ein beruhigendes Lächeln, aber der Junge ließ sich nicht täuschen.

Im Bub's war er nur ein Mann, der seine eigene Leiche durch einen Sumpf schleift. Die Luft in der Küche war das reinste Miasma. Er spürte, wie sich das Fett auf seine Haut legte, und mit jedem Atemzug saugte er es in die Lunge. Ihm war übel, schwindelig, er fühlte sich wund und klamm und war so unsicher auf den Beinen, dass die anderen ihn herumschubsen und ihm ausweichen mussten. Die meisten fast noch Kinder. Die sich über ihn lustig machten. Er sah, wie ihre Münder sich bewegten, wie sie die Augen verdrehten. Alles um ihn herum – Licht, Lärm, der Raum an sich – fühlte sich zerstückelt an. Der Morgen schleppte ihn ein kleines Stück mit, schwappte an ihm vorbei, brandete auf ihn zurück. Die Zeit war kabbelig. Unbeständig. Endlos unterbrochen. Wie eine schlechte Verbindung. Was sich bewegte, hatte einen schmutzigen Strahlenkranz. Er arbeitete, äffte seine eigenen Gesten nach, sein Kopf fühlte sich flaumig an, ebenso substanzlos wie der Spülschaum, der ihm ins Gesicht stieg. Bub wirkte empört. Der Koch – dieser wuselnde Hipster mit seinen Ohrringen und dem Piratentuch – machte ihm die Hölle heiß. Schaute ihn böse an, bleckte seine kaputten Zähne. Keely blieb den ganzen Vormittag, kniete sich rein; er war entschlossen. Aber die vollen Gestelle neben der Spülmaschine standen Schlange, auf den Arbeitsflächen links und rechts der Spüle türmten sich kopfhoch Pfannen und Tabletts, und alles, ob schmutzig oder sauber, funkelte grässlich. Und dann, in der Vorbereitungsstunde vor dem

Mittagessen, lehnte er plötzlich schlaff am Becken, und seine Hände zuckten im Schaum. Aufrecht. Aber nutzlos.

Plötzlich schrie der Koch. Etwas, das er nicht verstand. Am anderen Ende der Küche schwang der Kerl drohend ein Hackmesser gegen ihn, und im nächsten Augenblick lag Keely in einem Wald aus Clogs und Beinen auf den stinkenden Matten. Ich wurde getroffen, dachte er. Der Idiot hat das Ding doch tatsächlich nach mir geworfen, hat mich umgemäht. Alles absolut still. Und dann, wie ein Wasserfall, auf den man zugeht, schwappte eine Welle aus Lärm über ihn – Gelächter, Besteckklappern, Musik –, und er wurde auf die Füße gezerrt.

Was für ein Trottel, sagte ein Junge.

Geh raus und zieh dir rein, was du brauchst, sagte der Koch ohne jede Kameraderie. Zehn Minuten. Oder verpiss dich gleich.

Keely saß in der stinkenden Gasse auf einer Milchkiste, während ein Kellner und eine Küchenhilfe in ihrer Rauchpause mit einem Hacky-Sack spielten. Bub tauchte neben ihm auf und setzte sich auf die Stufe.

Alles okay, Tom?

Ja.

Sicher?

Ein bisschen kaputt, Kumpel, das ist alles.

Bub schaute ihn skeptisch an. Keelys jüngere Arbeitskollegen warfen und kickten und kicherten zwischen Unkraut und flachgedrückten Kartons.

O Mann, Kumpel. Du scheinst das Geld ja wirklich zu brauchen.

Ich brauche etwas, dachte Keely. Aber alles, was er zusammenbrachte, war ein dünnes Grinsen.

Geh heim, sagte Bub. Um Gottes willen, geh ins Bett.

Mir geht's gut. Tut mir leid wegen dem Wirbel.

Hinter ihm in der Küche schepperte eine Wanne mit Geschirr. Es war wie eine Granatenexplosion zwischen seinen Schläfen, aber er stand auf, wischte sich die speckfettigen Hände an der Schürze ab und schaute Bub nach.

Hey, sagte er zu den Jungs mit dem Hacky-Sack. Kennt ihr vielleicht einen Speed-Freak mit dem Namen Clappy?

Die Küchenhilfe zuckte die Achseln und bückte sich, um den kleinen Stricksack aufzuheben.

Frag Gypsy, sagte der Kellner.

Nee, der ist doch weg vom Stoff.

Trotzdem dürfte er Bescheid wissen.

Gypsy?, fragte Keely. Im Ernst?

Der Kellner schniefte, und die beiden spielten weiter.

Der gespielte Machismo des Frühstückskochs war nicht nur irritierend, er war albern. Es war, als hätte er Posen einstudiert, um die prominenten bösen Jungs aus New York und London zu imitieren. Gypsy mochte zu seiner Zeit recht gut ausgesehen haben, jetzt aber war er eine Ruine. Wahrscheinlich Anfang vierzig. Sah aber viel älter aus. Schon vor der Nummer mit dem Hackmesser hatte Keely ihn nicht gemocht. Es war nicht sein Posieren, es war seine Griesgrämigkeit, der Mangel an Großzügigkeit. Als hätte ein Raum voller Leute, die sich abmühten, um alles am Laufen zu halten, es verdient, niedergemacht zu werden.

Gestern war der Koch nach seiner Schicht in Karohosen und Clogs draußen an einem Straßentisch gesessen, hatte Espressos gekippt und Sprüche über vorbeigehende Frauen gerissen. Und heute nach dem Mittagessen war er wieder da, als Keely wie ein Erlöster in den Schatten hinaustrat. Der Tag war vorüber. Gott sei Dank.

Bei Gypsy hockte ein alter Kerl, ein italienischer Zocker, den er aus der Stadt kannte. Der Koch schüttelte ihm die Hand, und der alte Knacker wuchtete sich hoch und humpelte davon. Keely zögerte kurz und setzte sich dann uneingeladen neben ihn.

Ah. Die Spülschlampe, die aus den Latschen kippt. Muss peinlich gewesen sein.

Na ja, schon.

Das ist mein Tisch.

Ich glaube, es ist Bubs Tisch.

Und, bist du gekommen, um dich zu entschuldigen, weil du so ein Waschlappen bist?

Ich wollte dich was wegen ein paar Kerlen fragen.

Du kommst mir bekannt vor. Und das passt mir nicht.

Vielleicht waren wir zusammen in der Sonntagsschule.

Das wird's sein.

Tom Keely.

Heißt du so oder der Kerl, von dem ich dir was erzählen soll?

Nein, das bin ich.

Hang down your head, Tom Keely, sang Gypsy. *Hang down your head and cry.*

Ein Typ namens Stewie Russell – kennst du ihn? Er hat einen Kumpel namens Clappy.

Der Koch kniff die Augen zusammen.

Warum sollte ich so kleine Scheißer wie die kennen? Scheißerchen. Winzige Kotklumpen.

Also kennst du sie.

Das habe ich nicht gesagt, sagte Gypsy. Typen, die du drinnen kennengelernt hast, was?

Hier? Das glaube ich nicht.

Verdammt.

Ach. *Drinnen.*

Der Koch stieß ein hämisches Lachen aus. Mannomann.

Nein. Nichts in der Richtung.

Hab dich für einen Knacki gehalten. Bub, der einem alten Kumpel eine zweite Chance gibt. Er macht so was, Gott segne sein billiges, kleines Herz.

Ich brauche Informationen.

Kumpel, wenn du dir was besorgen willst, bist du bei mir an der falschen Adresse.

Ich wollte einen Rat.

Ein Kerl, der so fertig aussieht wie du und über Scheißer einer gewissen Sorte redet, das klingt, als wärst du auf die Art von Rat aus, die ich nicht mehr gebe. Wach auf, Kumpel, werd sauber. Lass mich da raus.

Ich wollte was klarstellen. Eine Situation.

Tom Dooley. In einer Situation. Wer hätte das gedacht?

Ich muss wissen, mit wem ich es zu tun habe.

Gypsy drehte seine Espressotasse auf dem Unterteller und schob sie mit dem beringten kleinen Finger hin und her.

Es gibt da was, das ich bereinigen muss, sagte Keely. Für jemand anders. Ich muss wissen, wie gefährlich sie sind.

Je geringer der Einsatz, desto fieser der Kampf, Dooley. Schwachköpfe. Und was könnte schlimmer sein?

Wie meinst du das?

Volltrottel, die nichts zu verlieren haben. Mit solchen Leuten solltest du dich besser nicht anlegen. Du machst die Fliege. Oder du findest jemand, der die Sache für dich erledigt. Und wenn du Leute kennst, die so was tun, dann red nicht mehr mit mir. Ich will nichts davon wissen. Und ich meine das ernst. Komm nicht mal in meine Nähe. Diese kleinen Wichser stehen immer ganz dicht vor dem Abgrund. Und über kurz oder lang landen die im Knast. Dein »Freund« sollte sich Geld besorgen oder den Kopf einziehen. Aber jetzt verpiss dich, Dooley, du verscheuchst die Damen.

Kai war zappelig und unruhig, weil er den ganzen Tag in der Wohnung eingesperrt gewesen war. Ihr Scrabble-Spiel war halbherzig. Der Junge war nicht wirklich interessiert.

BERGT ist kein Wort, sagte ihm Keely. Zumindest las er die Buchstabenreihe so.

Der Junge zuckte die Achseln. Er war auch früher schon distanziert gewesen, aber noch nie so mürrisch.

Was ist mit Mario? Wir können das spielen.

Kai rümpfte verächtlich die Nase.

Was ist los, Kumpel?

Du hast geweint.

Was?

Gestern Nacht. Im Schlaf.

Oh, sagte Keely, und ihn verließ der Mut – mal was anderes, es war endlos. Wirklich?

Ich habe Angst bekommen.

Der Junge fuhr mit der Hand durch die unbenutzten Spielsteine im Schachteldeckel.

Warum hattest du Angst?

Der Junge wandte den Blick ab.

Kai? Warum hattest du Angst?

Ich weiß auch nicht. Einfach das Flennen.

Kai verschob die Steine auf dem Spielbrett – das Spiel war nicht mehr zu retten.

Ist das alles? Wirklich? Ehrlich?

Der Junge zuckte die Achseln. Schaute seine Handflächen an.

Habe ich geschlafwandelt oder so was? Habe ich irgendwas Merkwürdiges getan?

Nur Weinen.

Na ja, auch Männer weinen, weißt du.

Die Skepsis des Jungen grenzte schon an Verachtung.

Aber es stimmt, sagte er. Auch wenn wir es im Schlaf machen müssen.

Kai hob das Spielbrett an und ließ die Steine in die Schachtel zurückgleiten.

Mein Dad, sagte Keely. Er hat auch geweint, weißt du.

Der Junge spitzte mokant die Lippen.

Wirklich wahr. Er war nicht irgendein Actionheld, Kumpel. Er hat nicht den ganzen Tag lang böse Jungs verprügelt. Er war ein Prediger, was Ähnliches wie ein Pfarrer. Nur ein normaler Kerl. Ich bin auch ein normaler Kerl.

Kann ich fernsehen?

Glaub schon, sagte Keely.

Eine Weile stand er hinter der Couch und sah zu, wie der Junge durch die Kanäle zappte. In fünfzehn Minuten würde die Schulglocke läuten.

Gemma kam herein, die Haut fleckig von der Hitze. Sie stellte die Einkaufstüten ab und öffnete den Kühlschrank. Er stellte sich dicht neben sie, damit Kai nichts mitbekam.

Nichts, sagte sie.

Ich könnte ja mal nachschauen.

Was soll das bringen? Kai ist ja nicht mal da unten.

Nur damit ich weiß, wie das kleine Arschloch aussieht.

Dieses verdammte Auto, zischte sie.

Er schaute von der Galerie hinunter. Die Seitenstraße war verstopft von Eltern in Fahrzeugen. Alle möglichen Leute hingen am Maschendrahtzaun und rauchten vor den schäbigen Restaurants und Läden auf der anderen Straßenseite.

Er wünschte sich, er hätte sein Fernglas noch. Er wollte Gesichter sehen, aber von hier oben waren die Leute nur Gestalten, Körper, deren Haltung er nicht interpretieren konnte. Und je länger man hinstarrte, umso weniger unschuldig wirkten sie. Irgendwann fing jeder an, böse auszusehen. Lauernd, planend, in einem Gewirr aus Farbe und Bewegung, nur schemenhaft im heiß kräuselnden Aufwind. Aber es waren normale Menschen, Eltern, Tanten, ältere Geschwister, die ihre Kinder abholten, mit ihnen ins Schwimmbad oder in die klimatisierten Läden, zum Cricket-Training oder in die Tanzstunde gingen. Er musste sie Menschen sein lassen. Sogar den Kerl an der Ecke. Mit der Mütze. Schwarze Trainingshose, blaues Unterhemd, verspiegelte Sonnenbrille. An einem Tag wie heute. Eine Wollmütze. Um Himmels willen. Die Arme verschränkt. Ein Bein angewinkelt und an die Wand gestützt. Ein kleiner Kerl.

Keely zog die Tür hinter sich zu und ging zu den Liften. Wahrscheinlich war er es nicht. Aber er musste es wissen.

Als die Tür aufglitt, erschreckte er eine indische Oma, die mit einem vollbeladenen Einkaufswagen heraustrat. Er machte ihr Platz, lächelte wie ein Idiot und fing die Tür ab, bevor der Lift sich wieder in Bewegung setzte. Die Schulglocke hallte den Schacht hoch. Im vierten Stock versuchten zwei Punks, einen Schreibtisch und einen Bürostuhl in die Kabine zu zwängen, und nachdem er einige Augenblicke lang versucht hatte, ihnen zu helfen, stieg er aus und nahm die Treppe.

Als er im Erdgeschoss ankam, keuchte er, und sein Rückgrat fühlte sich an, als hätte man es ihm durch die Schädelbasis gerammt. Er trabte durch die Lobby und hinaus ins heiße Licht, schlurfte zur Ecke, doch hier auf Straßenhöhe war alles anders. Ein Schleier aus Leibern in Bewegung, vorbeifahrende Autos reflektierten die Sonne. Verwehte Einkaufstüten, die sich in Palisanderbäumen verfingen. In jeder Gasse geklaute Einkaufswägen. Auf dem Pflaster weggeworfene Becher, Essensreste. Möwen pickten, flogen auf, kamen wieder zurück. Piepend und in Dieseldämpfen stieß ein Lastwagen zurück. Und Kinder, Hunderte, die in alle Richtungen davonstoben. Er fragte sich, wie viele Kais Abwesenheit heute bemerkt hatten, ob es in dieser sich zerstreuenden Meute ein Mädchen oder einen Jungen gab, die ihn vermissten, die es tatsächlich bemerken würden, wenn er nie wieder zurückkehrte.

Er wirbelte herum, so dass Mütter ihre Kinder packten und zurückwichen. Er stieg auf eine Bank, um die Menge zu überblicken. Da waren einzelne Männer, Kerle in Anzügen, Händler in Signalwesten, aber in der endlos sich bewegenden Parade konnte er keinen einsamen Lauerer entdecken, keinen höhnisch grinsenden Gangster in Jogginghose und miefenden Laufschuhen, keine Kippe, keine Tattoos, keine Wollmütze. Er war zu spät.

Er zwängte sich durch die Menge zurück, merkte, dass er die Leute jetzt störte und ein bisschen einschüchterte. Herunterzukommen war Blödsinn gewesen. Er hatte Gemma und Kai oben allein gelassen, und wen er auch gesehen haben mochte, war nicht nur verschwunden – er konnte überall sein.

Der Lift zockelte unsicher den Schaft hoch. Er trieb ihn insgeheim an, ging erregt auf und ab, und die sudanesische Frau mit dem kleinen Mädchen mit den Cornrow-Zöpfen mied seinen Blick. Er wusste, wie er aussah – im Gebäude gab es noch andere seiner Art: Man sah sie oft im Waschsalon zittern und zappeln, schwitzen und keuchen. Keely lächelte der Frau beruhigend zu, aber das schien sie noch mehr zu beunruhigen.

Er lief die Galerie entlang, und sein Klopfen an Gemmas Tür war zu energisch. Er sah kurz das Guckloch aufblitzen, bevor die Kette gelöst wurde.

Ach, Tommy, sagte sie. Geh duschen. Du stinkst.

Sie aßen zusammen zu Abend. Gemma kochte, sie wirkte fast trotzig dabei. Keely hatte keinen Appetit, aber er hütete sich, Essen auf dem Teller zu lassen. Es herrschte schon so genug Spannung zwischen den dreien.

Danach stand er am Spülbecken und versuchte, es lustig zu finden, dass er schon wieder bis zu den Ellbogen in Spülschaum steckte, als auf der Arbeitsfläche hinter ihm Gemmas Telefon zirpte. Kai war in der Dusche. Er hörte, wie sie ihn vom Schlafzimmer aus zur Eile trieb. An diesem Abend hatte ihre Gereiztheit etwas Erschöpftes, als ginge ihr langsam die Kraft aus. Vielleicht würde sie jetzt doch in den Süden fahren. Er würde Doris anrufen.

Es war nur ein einzelnes Zirpen, eine Nachricht.

Er griff nach einem Tuch und trocknete sich die Hände. Als er das Handy aufklappte, war da kein Text, nur ein Foto. Eins von dreien.

Kai am Schultor. Dieses runde Gesicht, der arglose Blick, die weißen Haare bis zu den Schultern. Das zweite Foto zeigte den Teddybären. Gelb und grässlich hing er an einem Bein am Sicherheitsgitter, so wie Keely ihn gefunden hatte. Und auf dem dritten war Gemma. Unterwegs auf der Straße. Mit Einkaufstüten in den Händen. Heute Nachmittag aufgenommen.

Er spürte sie in der Tür, bevor sie etwas sagte.

Verdammt, was tust du da?

Mach die Tür zu, sagte er.

Willst jetzt *du* mir sagen, was ich zu tun habe?

Bitte, Gemma. Mach die Tür zu.

Sie schaute ihn böse an, zog sie aber zu. Im Bad rauschte weiter das Wasser. Er gab ihr das Handy. Er wusste nicht, wie er ihr die Sache mit dem Teddy beichten sollte, dass er ihn gefunden und nichts gesagt hatte. Aber so weit kam er gar nicht. Ihr Gesicht wurde sofort wild.

Du bringst ihn für mich ins Bett, okay?

Was hast du vor?

Telefonieren, sagte sie und ging an ihm vorbei zur Schiebetür. Sie trat auf den Balkon und zog die Tür hinter sich zu. Er klopfte ans Glas. Beobachtete sie einen Augenblick, bis sie sich umdrehte und ihn finster anstarrte. Sie bedeutete ihm, sie in Ruhe zu lassen. Er ging ins Schlafzimmer, rief Kai zu, er solle sich etwas beeilen, es sei Zeit fürs Bett.

Kai und er blätterten lustlos im Raubvogelbuch, als Gemma in der Tür erschien.

Bin ein paar Minuten weg, sagte sie.

Wohin gehst du?

Ich bin rechtzeitig zur Arbeit wieder zurück.

Bleib hier, Gem, sagte er und spürte deutlich Kais Aufmerksamkeit. Wirklich. Ich meine es ernst.

Hab nur was vergessen, sagte sie. Eine Mädchensache.

Er stand vom Bett auf und folgte ihr zur Tür. Gemma, ich meine es ernst.

Vergiss die Kette nicht, sagte sie, jede Diskussion abwürgend.

Und dann war sie verschwunden. Er ging wieder hinein und setzte sich aufs Bett. Es dauerte eine Weile, bis Keely auffiel, dass der Junge seine von der Sonne geschädigten Hände betrachtete. Kai zog die seinen unter der Decke hervor, drehte sie um und untersuchte sie. Keely legte dem Jungen die Hand auf die Innenfläche. Kai schien das zu verunsichern.

Er hob sie kurz an, wie um sie zu wiegen. Dann strich er mit einem Finger über den geäderten Rücken von Keelys Hand, die faltigen Knöchel. Keelys Hände waren aufgequollen vom heißen Wasser und sahen ein bisschen geschwollen aus. Er hatte keine Ahnung, was der Junge dachte. Er ließ ihn seine Hand umdrehen, den Furchen der Innenfläche nachspüren.

Eines Tages kriegst du auch mal so große Altmännerhände, sagte Keely.

Ich wache auf und bin genauso wie du, sagte Kai. So als würde ich träumen. Dann *bin* ich du.

Siehst du. So ist es, wenn man sich etwas vorstellt. Du siehst in deinem Kopf, wie es in der Zukunft sein wird, erwachsen zu sein, alt zu werden.

Nein, sagte der Junge und gab Keely seine Hand zurück. So ist es nicht.

Um zehn vor neun kam Gemma wieder nach Hause. Sie schwankte und hatte glasige Augen. Sie roch bitter, hatte aber vor der Arbeit keine Zeit mehr zum Duschen.

Wo warst du?, flüsterte er und zog die Schlafzimmertür zu.

Ich hab's dir doch gesagt, sagte sie, zog ihr Kleid aus und holte einen Kittel aus dem Plastikwäschekorb auf dem Couchtisch.

Was ist passiert?

Frag mich nicht, es ist eine Frauensache.

Ich glaube dir nicht.

Es ist egal, was du glaubst, sagte sie, machte den Reißverschluss des Kittels zu und stieg in ihre Schuhe.

Geh nicht, meld dich krank.

Kann ich nicht, sagte sie und legte Puderdose und Bürste auf die Arbeitsfläche in der Küche. Nicht heute Nacht.

Keely sah zu, wie Gemma sich zurechtmachte. Es war ihm ein Rätsel, wie eine Frau als Ruine ankommen und sich in wenigen Augenblicken wiederherstellen konnte. Sie war noch immer etwas zitterig, als sie den Kittel glattstrich und ihr Spiegelbild in der Schiebetür betrachtete, aber sie hatte jetzt einen Schutzpanzer angelegt, den sie vor wenigen Minuten noch nicht gehabt hatte. Er glaubte nicht, dass sie heute zur Arbeit ging. Aber warum dann die Uniform?

Kannst du bleiben?, fragte sie und drehte sich zur Tür um. Wirst du hier sein?

Natürlich. Ich habe morgen früh ab sieben Schicht.

Okay. Gut. Bis dahin bin ich längst zurück.

Was immer es ist, Gem. Tu's nicht.

Nur arbeiten, sagte sie.

Ich will nicht, dass du gehst.

Sie warf ihm ein knappes Lächeln zu, während sie die Tür zuzog, und nachdem sie gegangen war, wunderte er sich über den falschen Ton, den es angeschlagen hatte.

Er blieb bis Mitternacht auf. Er hatte das Bedürfnis, Doris anzurufen, mit Faith zu sprechen, aber er wusste nicht, was er sagen konnte, damit es nicht so klang, als würde er gleich zusammenbrechen. Aber an diesem Abend war er okay. Er war clean, nüchtern und machte sich nützlich. Er hatte eine Arbeit, zu der er am Morgen gehen musste. Er war nicht verrückt.

Das Mirador gluckste und pfiff. Er ging auf dem fleckenlosen Teppichboden von Gemmas Wohnzimmer auf und ab, schaute hinunter zu den Lichtern des Kanals, den wenigen Tankschiffen, die draußen in Gage Roads ankerten.

Es war nur Nacht, nur gewöhnliche Dunkelheit, und er war noch immer nur und ganz er selbst.

In der Küche des Bub's herrschte eine merkwürdige Stimmung. Eine Art Abstoßungsfeld, ein belasteter Raum, den niemand betreten wollte. Nach dem Fiasko von gestern war das kein Wunder. Aber Keely war es unheimlich, wie die Hacky-Sacker von gestern ihm Seitenblicke zuwarfen, sich dann mit runden Augen anschauten und die Achseln zuckten. Von Gypsy kamen nur finstere Blicke. Die Lautstärke der Küchenmusik war höllisch, als hätte der Küchenchef sie aus Gründen der Bestrafung oder der Kontrolle aufgedreht.

Bub schien in Ordnung zu sein, wenn auch etwas abgelenkt. Am Samstagmorgen war der Laden immer rappelvoll, und Keely wusste, dass er jede Hand brauchen konnte, zur Not auch seine. Die Arbeit war hektisch und unaufhörlich, eine Welle, auf der sie alle ritten, um von ihr nicht überrollt zu werden.

Die erste Flaute kam erst um zehn. Keely machte sich eine Herzbombe – einen vierfachen Espresso, der ein großes Glas füllte – und saß auf der Hintertreppe, als Gypsys fleckige Clogs neben ihm auftauchten. Keely machte Platz, um ihn durchzulassen, aber der Koch kauerte sich neben ihn, schaute, nur Ringe und Fingernägel und fettige Locken, über den verschandelten kleinen Hof und rieb sich die Brand- und Schnittnarben an seinen Händen und Unterarmen.

Was soll der Scheiß, Spüli?

Wie bitte?

Bist du wahnsinnig?

Ich hoffe nicht. Habe ich was angestellt?

Na, das ist ja reizend.

Lass mich nur schnell den da austrinken, dann gehe ich wieder hinein und bringe es in Ordnung, sagte er und kippte seinen Kaffee hinunter.

Ich lach mich kaputt. Bist du lebensmüde, oder was?

Ich kann dir nicht folgen, sagte Keely und wischte sich den Mund mit dem Ärmel ab. War jetzt doch beunruhigt.

Was letzte Nacht passiert ist. Klingelt da was bei dir, Spüli?

Keely schüttelte den Kopf und stellte das Glas neben sich auf die Stufe.

Du bist ein Klugscheißer, Kumpel. Das gefällt mir nicht.

Vielleicht könntest du mir das Problem erläutern.

O Mann, Kumpel, beleidige mich nicht.

Ich weiß wirklich nicht, wovon du sprichst.

Gestern Nacht wurde am Sardinenkai ein Kerl aus dem Wasser gefischt.

Okay. Ich bin ganz Ohr.

Und kurz nach Mitternacht sieht jemand, den *ich* kenne, wie jemand, den *du* kennst, auf einer Bahre in die Notaufnahme geschoben wird. Tropfnass und unordentlich. Beide Beine gebrochen.

Du willst mich verarschen.

Ich brauch dich nicht zu verarschen, Kumpel. Du solltest dir in die Hosen machen. Du bist im Arsch.

Keely richtete sich schwankend auf. Über Gypsys Kopf hinweg schaute er zu den aufblitzenden Bewegungen in der Küche, ein Rechteck aus flatternden Schatten, kurzen Erscheinungen, Schemen, die mit jeder Sekunde abstrakter wurden.

Glaubst du?

O Mann, sogar dieses kleine Arschloch hat Freunde. Den Bullen bricht es sicher das Herz, dass er nicht ertrunken ist, aber jetzt müssen sie ein gewisses Interesse daran zeigen, wer ihn umgemäht hat.

Mit einem Auto?

Angefahren. Und ins Wasser gestoßen.

Hat nichts mit mir zu tun.

Warum siehst du dann aus, als würde dir gleich ein Nierenstein abgehen?

Keely hatte nichts zu sagen, zu sehr war er damit beschäftigt, seinen eigenen Gedanken nachzujagen.

Das ist eine verdammt kleine Stadt, sagte Gypsy. Ein Dorf voller Dorftrottel. Die Leute reden.

Sollen sie doch.

Diese Jungs da drinnen. Die wissen, dass du dich nach einem ganz bestimmten Paar Volltrottel erkundigt hast. Und sie haben dich zu mir geschickt. Aber ich muss mich mit dem alten Bub gutstellen. Probleme kann ich nicht gebrauchen. Deshalb bin ich nicht sehr glücklich, Spüli.

Kann ich verstehen.

Als du mich gefragt hast, wusste ich nicht, von wem du redest. Okay?

Gut.

Du bist nur irgendein Penner von der Straße, ich kenne dich nicht, wir haben nur das eine Mal miteinander geredet.

Keely zuckte die Achseln.

Und wenn ich du wäre, würde ich mich aus dem Staub machen. Oder Schritte unternehmen.

Was für Schritte?

Kumpel, ich bin nicht einmal da, sagte Gypsy, stand auf und wischte sich ab wie ein Potentat, der die Würde seiner Stellung wiedererlangen wollte.

Keely stand draußen im Hof. Er starrte auf das Kaffeeglas auf der Stufe hinunter, die Blechdose mit den Zigarettenstummeln, die Reihe der Fettfässer, die Mülltonnen auf Rädern, die großen Plastikcontainer.

Er fragte sich, ob Bub ihn früher gehen lassen würde, ob das an sich schon Aufmerksamkeit erregte. Er hatte noch vier Stunden durchzustehen. Gemma und Kai wären in der Zeit in der Wohnung eingeschlossen, das war immerhin etwas. Aber er hatte keine Ahnung, wer im Streckverband lag und wer noch auf der Straße war. Wer da letzte Nacht im Wasser gelandet war, hatte wahrscheinlich einem Treffen zugestimmt, und zwar mit jemandem, den er kannte. Weder Stewie noch sein widerlicher Kumpel dürfte der Polizei irgendetwas verraten. Sie würden das selber bereinigen wollen. Aber Geld würde jetzt wohl kaum ausreichen. Von nun an ging es um Rache.

Er schob die Hand unter die Schürze und zog sein Handy heraus. Seine Finger waren glitschig und fahrig, aber er fand die Nummer.

Was ist los?, fragte sie.

Musst du das fragen?

Keine Ahnung, was du meinst, sagte sie.

Mit Kai alles in Ordnung?

Langweilt sich, sagte sie. Ich hasse diesen verdammten Mario.

Hast du noch mal übers … Verreisen nachgedacht? Der Schlüssel ist noch in meiner Wohnung.

Ich überlege es mir.

Geh nirgendwohin, bis ich zurück bin, in Ordnung?

Keely schaute sich ein paar Websites an. Zu dem Vorschlag, sich aus dem Staub zu machen, hatte er eigene Vorstellungen, aber die Alternative – Schritte zu unternehmen – war eine völlig andere Geschichte.

Er war mitten auf dem Rathausplatz, eilte fast im Laufschritt zum Mirador, als er die Gestalt im Schatten der Moretonbucht-Feige sah. Der Mann stand mit den Händen in den Taschen seiner Jogginghose da und sah aus, als wäre er intensiv mit Nichtstun beschäftigt, wie einige das sehr gut konnten, und es war absolut nichts Ungewöhnliches an dem blauen Unterhemd, der Adidas-Hose, den Echsenaugen oder den Tattoos. Hier, zwischen den Feigen und Dattelpalmen, trieben sich immer Charmeure herum, die lungerten, um zu kaufen, und lauerten, um zu verkaufen. Aber dieser Typ verströmte ein böswilliges Interesse, das nicht zufällig wirkte. Ein Anflug von Angst beschleunigte Keelys Schritte, doch dann beherrschte er sich, und er wurde mindestens so wütend wie ängstlich.

Am anderen Ende des Platzes blieb er stehen und kehrte um. Er hatte den Eindruck, als wäre das Gesicht des Mannes ihm zugewandt, aus dieser Entfernung war es allerdings kaum mehr als eine blasse Scheibe.

Keely hob die Hand in der unmissverständlichen Form einer Pistole. Sah, dass der Mann erschrocken die Hände aus der Tasche nahm. Zielte. Ahmte Abfeuern und Rückstoß einer Waffe nach. Blies imaginären Rauch von der Spitze seines Zeigefingers. Sah die Arme des Mannes erleichtert seitlich herabfallen. Machte wieder kehrt, um nach Hause zu gehen. Rannte nicht.

Die Lobby war leer. Er ging direkt zur Hintertür und hinaus auf den Parkplatz, suchte die Reihen ab, bis er den Hyundai in der hintersten Ecke entdeckte. Es hatte keinen Sinn, nach offensichtlichen Hinweisen auf eine Kollision zu suchen, denn jedes Fenster war zertrümmert, und von vorne bis hinten war auf jedes Blech eingeschlagen worden. Drei Reifen platt, und auf der Motorhaube, eingerollt wie eine Schlange, ein Kothaufen.

Er eilte in den relativen Schutz des Fahrradschuppens und rief sie an. Er musste sich anstrengen, um sich seine Panik nicht anmerken zu lassen.

Hast du das Auto gesehen?

Welchen Teil des Autos?

Scheiße, Gemma.

Was?

Na ja, das Reisen ist schwieriger geworden. Es gibt kein Auto. Es ist nur noch Schrott.

Scheiß Clappy. Woher weiß er es überhaupt?

Was glaubst du denn?

O Gott.

Ruf die Polizei, sagte er. Ich flehe dich an.

Du weißt, dass das nicht passieren wird. Tom. O Gott. Hilf mir.

Bleib, wo du bist. Öffne niemandem die Tür. Ich bin in einer Stunde zurück.

Er stieg aus dem Bus und versuchte, sich an der mit Transportern verstopften Kreuzung zu orientieren.

Es war brutal heiß. Häuser mit Betonlöwen vor der Tür machten Fabrikgebäuden, Möbel-Discountern und Gebrauchtwagenhändlern Platz. Er ging hundert Meter nach Osten, noch immer in seinem verschmierten Hemd und der halb getrockneten Hose, bis er das Fenster mit dem Stahlgitter davor sah. Er wischte sich die Hände am Ärmel ab und stieß die Tür auf. Als er eintrat, kündigte ein Summer ihn an, und er sah Überwachungskameras. Der blecherne Geruch von Leichtöl begrüßte ihn. Aus irgendeinem absurden Grund erinnerte ihn der Geruch an die uralte Singer-Nähmaschine seiner Mutter. Und dann an die Triumph seines Vaters, auf Betonblöcken im Schuppen.

Ah, guten Tag, sagte der rotbärtige Kerl, der jetzt hinter der Glastrennscheibe des Verkaufstresens auftauchte.

Ja, sagte Keely. Auch ihnen einen guten Tag.

Seit er mal in Amsterdam in einen Sexshop gestolpert war, hatte er sich in keinem Geschäft mehr so unsicher gefühlt. Im Verkaufsraum gab es zwar viel mehr Fotos von Waffen als tatsächliche Feuerwaffen, doch als er auf die bescheidene Auswahl in der Vitrine vor sich zuging, spürte er eine gallige Mischung aus Scham und Bedrohung.

Kann ich Ihnen helfen?

Na ja, ich weiß auch nicht, stotterte er. Ich dachte an eine Pistole.

Revolver oder Halbautomatik?

Äh, sagen wir, eine Halbautomatik.

Sind wohl gerade erst einem Club beigetreten, was?, fragte der Mann nachsichtig.

Club?

Na ja, sie kommen mir nicht vor wie ein Farmer. Oder wie ein Ermittler, da wir ja von einer Faustfeuerwaffe sprechen.

Tut mir leid, aber ich kann Ihnen nicht folgen.

Kumpel, Sie können hier nicht einfach reinstolpern und eine Pistole kaufen. Nicht in diesem Land. Zum einen müssen Sie seit sechs Monaten eingetragenes Mitglied eines Clubs sein. Danach müssen Sie bei der Polizei einen Waffenschein beantragen, und Ihr Vorstrafenregister wird überprüft. Aber wenigstens sind Sie über einundzwanzig, das ist schon mal ein Anfang.

Keely errötete und grinste panisch.

Ja, sagte er schließlich. Ich habe verstanden. Schätze, ich wollte mich einfach mal informieren.

Wie sie aussehen, oder was sie kosten?

Na ja, ich schätze, beides.

Dann geht's also um Recherche.

Ja, sagte Keely.

Haben wohl noch nie was von Google gehört, was?

Na ja, es ist schon was anderes, nicht? Wenn man sie tatsächlich sieht.

Wird wohl so sein.

Wie auch immer, ich glaube, meine Neugier ist befriedigt.

Nun gut, sagte der Büchsenmacher wie zur Entlassung. Hat mich gefreut, Ihnen helfen zu können.

Er fuhr mit dem Bus in die Stadt zurück, stieg am Spanner-Park hinter der großen Apotheke aus und klapperte die Gebrauchtwarengeschäfte ab. Im Laden von St. Vincent de

Paul fand er in einer Schachtel mit gebrauchtem Spielzeug, das nach Desinfektionsmittel roch, eine Plastik-Luger. Zwei rotgesichtige Matronen an der Kasse lächelten und schickten ihn mit einer recycelten Plastiktüte und ein paar Segenswünschen wieder auf den Weg. Er ging direkt in den Laden für Hobbybedarf. Kaufte eine Dose Airfix Sprühlack von der Größe einer Garnrolle. Bezahlte dafür mit seinem letzten Kleingeld und ging nach Hause.

Der Lift stand offen. Er fuhr nach oben und wartete dann vor ihrem Fenster, bis er den Kopf des Jungen hinter dem Nylonvorhang vorbeiwandern sah. Er klopfte leise ans Glas, und Kai spähte heraus. Keely zeigte ihm den hochgereckten Daumen, und der Junge winkte zögerlich, als hätte er Angst, entdeckt zu werden. Als Keely eine Grimasse schnitt, zeigte der Junge ein schwaches Grinsen und ließ den Vorhang wieder fallen.

Die ausgebleichte rote Luger – am Griff schartig, weil irgendein Kleinkind darauf herumgekaut hatte – war nur eine Wasserpistole mit fehlendem Stöpsel. Er breitete Zeitungspapier auf dem Küchentisch aus und lackierte das Ding blauschwarz, und als er damit fertig war, es weglegte und einen Schritt zurückging, sah er, dass es nie funktionieren würde. Was zum Teufel hatte er sich nur dabei gedacht? Wieder eine Stunde vergeudet. Er musste sie aus der Stadt schaffen. Noch heute Abend. Soweit er sich das zusammenreimte, hatte Gemma oder jemand, den sie kannte, mit voller Absicht einen Mann angefahren und in den Hafen gestoßen; das war keine Kleinigkeit. Dafür käme sie ins Gefängnis; auf keinen Fall würde sie jetzt noch zur Polizei gehen, denn das bedeutete, dass sie Kai in eine Pflegeeinrichtung geben musste.

Er wählte Doris' Nummer, legte aber wieder auf, bevor sie sich meldete. Dann rief er Gemma an, die abhob, aber nichts sagte.

Im Hintergrund die Geräusche des Fernsehers oder des Computerspiels, Reifenquietschen. Und dann ganz schwach ihr Weinen.

Ich bin da, sagte er, um etwas zu sagen. Bin nur ich.

O Gott, Tommy, flüsterte sie.

Was immer letzte Nacht passiert ist, sagte er, es gab Gründe dafür. Du könntest es erklären. Wenn du aufs Revier gehen und ihnen sagen würdest, was los ist, würde das zu deinen Gunsten sprechen. Doris könnte dir einen scharfen

Anwalt besorgen. Und falls irgendwas … na ja, falls es nötig ist, auch wenn es nur ein paar Tage sind, dann kümmern wir uns um Kai, das weißt du. Du kommst auf Kaution frei. Was immer passiert, wir kümmern uns um ihn, um euch beide.

Ich kann nicht, sagte sie. Ich kann es verdammt noch mal nicht.

Wir kümmern uns um ihn, Gem.

Sie ist eine alte Frau, zischte sie. Und glaubst du wirklich, man gibt ihn in *deine* Obhut? Du hast den Job noch nicht mal eine Woche. Du bist am Ende, Tom. Ich habe gesehen, wie du mich anschaust. Ich weiß, was du denkst. Aber weißt du was? Verglichen mit dir, geht's mir blendend.

Ja, sagte er. Abgesehen von der Tatsache, dass du die Wohnung nicht verlassen kannst und von der Polizei gesucht wirst.

Wenn du mich verpetzt, dann sage ich Clappy, wo deine Mum wohnt. Ich meine das ernst.

Keely setzte sich. Schaute in den Sonnenuntergang hinaus. Er war unerträglich schön.

Hast du mich verstanden?

Das meinst du nicht ernst, sagte er, als könnte das Aussprechen ihn überzeugen.

Blut ist dicker als Wasser.

Nein.

Ich meine es ernst. Was bleibt mir denn sonst übrig?

Na ja, du könntest an deine Freunde denken, sagte er. Denn wenn Blut dicker ist als Wasser, dann bist du im Arsch. Und Kai ebenfalls.

Er legte auf und starrte das blöde, kleine Spielzeug auf dem Tisch an.

Das Telefon läutete.

Tommy, es tut mir leid. Ich habe es nicht so gemeint. Ich weiß, dass du nichts sagen wirst.

Aber jetzt bist du dir nicht mehr sicher, sagte er.

Doch, sagte sie. Ich vertraue dir.

Er sagte nichts. Er schämte sich, als er sie das sagen hörte. Es nagte an ihm nicht weniger, als die Wahrheit gesagt zu bekommen: dass er als Mensch nicht geeignet war, sich um ein Kind zu kümmern. In wen setzte sie ihr Vertrauen? Doch nur in einen Strauchelnden.

Glaubst du, Doris nimmt uns wieder auf?

Ja, sagte er und wusste, dass es stimmte.

Keely dachte an den Volvo. Doris würde ihr das Auto geben und sie fortschaffen, und scheiß auf die Konsequenzen.

O Gott, Tommy.

Die Sonne tauchte ins klare Meer ein. Der Himmel war großartig.

Mir ist schlecht, flüsterte sie.

Pack ein paar Sachen zusammen. Ich muss mit Doris reden. Ich komme vorbei, wenn ich was organisiert habe. Ruf niemanden an.

Er legte auf. Und als er zum Spülbecken ging, um sich ein Glas Wasser einzuschenken, war ein Bein schwer. Seine Hände zitterten so stark, dass er das Glas abstellen und in den Überresten seiner Vorräte wühlen musste. Brauchte etwas, das ihn wieder auf den Damm brachte. Raschelte und knisterte sich durch Schachteln und Blisterkärtchen. Schüttelte heraus, was er konnte, schluckte eine partyfarbene Handvoll, was immer nötig war.

Und dann packte er eine Tasche. Versuchte, methodisch vorzugehen.

Zeit, Doris anzurufen. Und auch Bub. Wenn nur seine Hände sich wieder beruhigen würden.

Trank noch etwas Wasser. Und hätte beinahe das Glas fallen lassen. Er überstürzte alles, war zu hektisch. Musste sich einen Augenblick hinsetzen. Einen klaren Kopf bekommen.

Und dann schaute er seewärts, und der Himmel war dunkel.

Ja, er würde Bub um das bitten, was ihm noch zustand, würde auch sein Angebot eines Kredits annehmen. Zu Doris fahren – nein, Doris anrufen. Vielleicht das Boot hinten an den Volvo hängen, es gegen Bargeld bei einem Händler am Highway verkaufen. Und mit dem Geld einen Transporter kaufen. Am Bahnhof stand eine ganze Schlange von denen, weil Rucksacktouristen sie dort verhökerten, um nach Hause zu kommen. Er hatte den Schlüssel zu dem Haus unten im Süden. Oder Doris hatte ihn. Sie würde sie gleich abholen. Wäre überrascht, seine Wohnung nach so langer Zeit nun doch noch zu sehen. Sie würde es schaffen, und sie würden sich aus dem Staub machen, eine Weile im Süden bleiben und sich nicht unterkriegen lassen. Er würde mit ihnen kommen oder auch nicht, er wusste es noch nicht. Besser, er schaffte sie zuerst fort. Weiter konnte er nicht denken. Konnte nicht über die sich herabsenkende Nacht hinausdenken. Wirklich. Konnte einfach nicht wirklich. Denken.

Das Telefon. Es läutete. Und läutete. Von so weit weg.

Und nach einiger Zeit richtete er sich auf. Aber es hatte aufgehört.

Dann fing auf dem Boden neben dem Stuhl sein Handy zu blinken an, es summte und vibrierte. Er griff danach wie durch bewegtes Wasser. Jagte und packte es. Spürte es bocken wie ein Fisch. Doch dann ließ er es an seinem Ohr atmen und keuchen. Wie die Geräusche, die seine kleine Schwester machte. Er roch Airfix-Lack, dachte an die Spitfires und Typhoons, die er in seinem Zimmer in der Blackboy Crescent zusammengeleimt hatte. Der Lanolingeruch einer feuchten Strampelhose, das Syd-Jackson-Poster an der Schranktür. Wenn er jetzt die Augen schlösse, wäre er wieder dort. Und er wollte es. Ja, Faith im Nebenzimmer. Doris und Nev, die sich auf der Veranda leise unterhielten. Alles gut, alles sicher.

Tom? Bist du das?

Ja, krächzte Keely. Und erst dann begriff er, dass es nicht Faith, sondern Kai war.

Bist du wach, Tom?

Ja, sagte er, obwohl alles sich wie ein Traum anfühlte und auch so klang. Ja, ich glaube schon.

Aber wo bist du?

Ich bin hier, murmelte er und versuchte, sich auf dem Stuhl aufzurichten. Zu Hause.

Wir wussten nicht, was los ist. Wir haben gewartet.

Wo ist Gemma?, fragte er, noch immer verwirrt. Weil es dunkel war, so spät.

Schläft, sagte der Junge. Sie hat geweint. Aber jetzt schläft sie.

Gut, sagte er. Das ist gut.

Sie hat gesagt, du würdest nicht davonlaufen.

Und dann dachte Keely an die gepackte Tasche. Die Fahrt in den Süden.

Tom? Bist du wirklich da? Kann ich dich sehen?

Was ist los? Ist was passiert?

Nur, ich hatte den Traum. Und ich habe Angst, wieder einzuschlafen.

Aber du musst doch müde sein. Mann, ich bin müde. Es ist nur ein Traum, Kumpel.

Der Junge keuchte leise. Und hinter ihm war ein Rauschen, als hätte er den Fernseher an; es klang wie Statik.

Es ist nur ein Traum, Kai. Er kann dir nichts tun. Es ist nur etwas, das in deinem Kopf abläuft. Es ist nicht echt.

Bist du echt?

Natürlich, sagte er. Aber Keely kam sich nicht mehr echt vor.

Bist du wirklich da? Kann ich dich sehen? Kannst du herauskommen?

Wo raus?

Nach draußen.

Keely spürte einen Stich der Angst, und plötzlich war er hellwach. Kai, wo bist du?

Auf dem Balkon.

Keely ruderte durch die Luft, kam auf die Füße. Sein Kopf war voll Wasser, balancierte bedenklich auf seinem Hals. Er drückte die Schiebetür auf und taumelte hinaus. Dort war er, drei Türen entfernt, im milchigen Abglanz der Stadtlichter, blass und mit nackter Brust.

Kai!

Ich sehe dich, sagte der Junge und winkte.

Geh jetzt rein. Bitte.

Kai bewegte sich, aber zum Geländer. Die Stangen zerteilten seine Gestalt in vertikale Streifen. Eine Hand lag auf der Querstange. Und Keely wurde flau im Magen. Er war jetzt wieder in seinem eigenen Alptraum.

Kann ich rüberkommen? Tom?

Wirklich, Kumpel. Du musst jetzt wieder hineingehen, bevor wir irgendwas anderes machen.

Aber Nan.

Wir flüstern, okay? Du gehst jetzt einfach wieder hinein und verschließt die Tür und legst dich auf die Couch, und wir reden.

Okay, sagte der Junge.

Keely sah ihn hineingehen, sah einen Schein am inneren Rand des Balkons, als hätte die Tür sich bewegt.

Hast du abgeschlossen?

Ja, flüsterte der Junge.

Warum legst du dich nicht hin, bist du nicht müde?

Doch.

Leg dich einfach auf die Couch, und ich bleibe am Telefon. Du kannst einschlafen, wenn du willst. Ich bin einfach da und höre zu.

In meinem Ohr, sagte der Junge sanft.

Genau, sagte er und ließ sich in den Sessel sinken.

Wie der Vater es sagt. Er hat gesagt, dass er in unserem Ohr ist, der Heilige Geist.

Na ja. Schätze, das ist eine Art, sich das vorzustellen, ja.

Der Vater ist kein Vater, aber.

Ähm, nein. Nicht auf diese Art, nein.

Nicht erlaubt.

Nein.

Ist es dir erlaubt?

Ja, flüsterte er. Ich glaube schon. Aber ich denke, für mich ist es zu spät.

Eine Weile hörte er nur Atmen.

Mein Dad ist nicht gut, sagte Kai. Aber ich will nicht, dass er stirbt.

Nein, natürlich nicht. Er ist dein Vater.

Du hast nichts Böses getan. Ich weiß es.

Ich mache Fehler, Kai. Deine Mum und dein Dad, sie machen einfach Fehler. Menschen stecken fest. Sie brauchen Hilfe.

Du bist es. Ich wusste, dass du echt bist.

Bin noch da, Kumpel.

Du bist der Richtige.

Psssch.

Ich habe es gesehen.

Versuch zu schlafen, sagte er und konnte selbst ein Gähnen nicht unterdrücken.

Ich werde alt werden, Tom. Wie Doris.

Ja, wie Doris.

Aber es ist traurig.

Nee.

Wir haben den Vogel gesehen.

Das stimmt.

Und der Vogel hat dich gesehen.

Du klingst schläfrig.

Ja.

Es ist alles in Ordnung. Ich bleibe hier. Und dann bin ich …

In meinem Ohr.

Genau.

Tschüs, Tom.

Gute Nacht, Kumpel.

Keely fühlte sich ihm so nahe, dass er hörte, wie der Schlaf den Jungen übermannte. Da war keine Hand an seinem Hemd, aber Kais Atem war in seinem Ohr, direkt in seinem Kopf. Jetzt spürte er endlich etwas Süßes und Gütiges in sich, wie ein Bollwerk. Er saß ein paar Minuten da und lauschte dem heiligen Keuchen des schlafenden Jungen.

Wusste nicht, wie lange es dauerte, bis er sich wieder rührte, noch immer das eingeschaltete Handy in der Hand. Stemmte sich hoch. Ging mit dem Handy ins Nebenzimmer. Blinzelte, als er den Koffer auf dem Bett sah. Er wusste, Doris würde sofort kommen, wenn er jetzt anrief. Aber er war noch zu benebelt, um in die Gänge zu kommen und auch in Gang zu bleiben. Er musste einsatzfähig sein.

Spürte die Matratze unter sich nachgeben. Drückte sich das Handy ans Ohr. Das Geräusch des lebendigen Jungen. Nur noch einen Augenblick, bis er ganz klar im Kopf war.

Dann würden sie in den Süden fahren. Zu Wald, weißen Buchten, Granitblöcken, die wie wilde Tiere vor dem silbernen Meer ruhten.

Augenblicke später war es dann hell. Etwas grub sich in seinen Schädel wie eine Faust, wie die Mündung einer Waffe. Und in seinem Ohr war eine Stimme, sie schrie und flehte. Als er sich im Bett herumrollte, fiel das Telefon kreischend zu Boden, aber das dämonische Geräusch war überall im Gebäude, draußen auf der Galerie, vor seiner erzitternden Tür.

Er stand auf, sah, dass er noch immer angezogen war. Sie rief ihn.

Und als er die Tür einen kleinen Spalt aufmachte, platzte der kleine Mann aus der sengenden Helle des Sonnenlichts, und durch den Zusammenprall taumelte er gegen die Kühlschranktür, bevor er auch nur einen Ton sagen konnte. Sie krachten beide gegen die Küchentheke, und Keely spürte den Griff an seiner Kehle, sah einen Sari und ein aufklappendes Telefon aufblitzen, als jemand an der offenen Tür vorbeirannte. Clappy hielt seine freie Hand umklammert und drückte seinen Kopf so heftig nach hinten, dass sein Hals sich anfühlte, als würde er gleich von den Schultern brechen, und er konnte nichts tun, als am Unterarm des Mistkerls zu zerren, damit er nicht erstickte. Die Kante der Theke drückte in sein Rückgrat, und vor seinen Augen tanzten Lichtflecke.

Du verdammtes, blödes Arschloch, sagte Clappy.

Keelys Unterkiefer wurde nach oben gepresst. Keine Möglichkeit zu antworten. Er tat, was er konnte, um sich dagegenzustemmen, den Druck zu neutralisieren, den Schmerz zu lindern, und dann spürte er in sich eine Klarheit erwachen. Er hatte keine Angst. War nur wütend. An seiner eigenen Nase entlang starrte er auf den kümmerlichen Bart seines Gegners. Er war nur Pupille. Die Mütze war marineblau. Die Ohrringe sahen aus wie Angelhaken, konnten keine Angelhaken sein. Makrelenaugen. Trockene, aufgeplatzte Lippen. Sein Atem stank nach schlechten Zähnen und Batteriesäure. Etwas an diesem debilen Grinsen reizte Keely. Es war eine Performance. Das war Clappys Act, eine Nummer, die er aus dem Fernsehen hatte. Vollgedröhnt bis zu den Kiemen, hatte er sich Mut gemacht, sich eingeredet, er könne mächtig sein, dominieren und sich selbst und die merkwürdige Dunkelheit, die ihn beherrschte, zufriedenstellen. Irgendwie war das erbärmlich. Verdammt noch mal, er war nur halb so groß wie Keely. Unterernährt, zitterig, mickrig.

Ein Lachen stieg in Keelys Kehle hoch, das sie beide unerwartet traf. Clappy knurrte und rammte ihm das Knie tief in das weiche Fleisch des Oberschenkels, und es war, als hätte er davor noch keinen wirklichen Schmerz erlebt. Danach war Keely hellwach. Er erkannte seinen Fehler. Er war wirklich in einem sehr schlechten Zustand. Trotz seiner geringen Größe, und ob er nun eine Nummer abzog oder nicht, war Clappy gefährlich. Mit neuer Kraft drückte er Keely nach hinten, verbog seine Wirbel, drückte ihm die Kehle zu.

Uns einschüchtern wollen, zischte Clappy. Mit so einer Scheiße. Du weißt nicht, wozu ich fähig bin, du blödes Arschloch. Wenn ich mit dir fertig bin, geh ich da rüber, Kumpel, zu den beiden, und dann geht der Spaß erst richtig los.

Der Druck auf Keelys Hals war unerträglich. Er konnte nicht zurückweichen, aber er schaffte es, sich einen halben Schritt zur Seite zu schieben, bevor der kleine Wichser darauf reagieren konnte, und diese Sekunde der Verzögerung reichte ihm; er sah, wie hoch sein Gegner greifen musste, um den Druck aufrechtzuerhalten, Clappy tänzelte auf Zehenspitzen. Und die Theke schien Keely schier zu zerbrechen. Er spürte, wie seine Luftröhre allmählich nachgab. Wusste, dass er die Position nicht viel länger halten konnte. Und Hilfe kam nicht. Aber er spürte, wie der Arm des anderen vor Anstrengung zitterte. Sah die Augen flackern, an Keelys Schulter vorbeihuschen, zu was – zur Aussicht, dem Tisch? Scheiße, der Tisch. Das Zeitungspapier, die Lackdose, die Waffe.

Es war nur ein Flackern, ein Augenblick verlorenen Schwungs, als hätte Clappys fiebriges Hirn sich nur eine Sekunde lang verhakt. Die Augen wurden groß. Er blinzelte. Und Keely schnellte zur Seite, spürte, wie der kleine Kerl das Gleichgewicht verlor und loslassen musste, um sich wieder aufzurichten. Keely befreite sich, sah den anderen stolpern und wieder hochkommen, auf Armeslänge entfernt.

Du blöde Fotze, sagte Clappy.

Keely ging auf ihn los. Spürte die knabenhafte Magerkeit seiner hochgerissenen Hand. Und hörte das Messer, bevor er es sah.

Die Klinge klapperte zu Boden, und Clappy bückte sich halb, bevor er sich wieder aufrichtete und auf den Tisch hinter ihnen starrte. Keely grinste ihn an. Clappy blinzelte, schnappte nach Luft und floh dann, stürmte auf die Galerie hinaus, und Keely spürte nichts als Erleichterung heiß in sich aufwallen.

Irgendwo im Gebäude wurde gesungen. Eier wurden gebraten. Seine Nachbarin von nebenan skandierte rhythmisch, eine Melodie wie ein Wiegenlied. Als er auf die Galerie hinausstolperte, stieg ihm der Ostwind ins Gesicht. Schmeckte nach Staub, nach Ernte, nach dem weiten Land.

Er hörte eine Sirene. Jede Fingerspitze fing an zu kribbeln. Ihm war fast schwindelig vom Gefühl des Triumphs. Er war überlebensgroß. Seine Beine zitterten.

Und jetzt kam, in nichts als einem T-Shirt, Gemma auf ihn zugelaufen.

Wo ist Kai?, sagte er.

Drinnen, rief sie. In Sicherheit.

Geh zurück, sagte er. Geh rein.

Leg dich hin, Tommy. Sie kommen. Die Polizei, der Krankenwagen. Um Gottes willen, du musst dich hinlegen.

Er hörte sie hinter sich auf der Galerie rufen, während er losrannte. Ich bin der Richtige, dachte er. Dieses kleine Arschloch ist mich noch nicht los. Ich bin der Richtige.

Er hielt sich nicht mit den Liften auf. Er sauste die Treppe hinunter, donnerte durch jeden stahlgeländerten rechten Winkel mit dem Wind in den Ohren. Angetrieben von seinem eigenen, zunehmenden Schwung, fühlte er sich mit jeder Sekunde stärker und schneller. Er war in Höchstform. Er spürte Macht in den Zähnen, eine große Kraft, die ausbrechen wollte.

Auf jeder Etage zockelte der Lift gemächlich im Schaft nach unten. Clappy wie eine Ratte im Käfig. Und Keely war dicht dran, in Kontakt, beinahe bei ihm, bereit.

In der Lobby krachte er gegen die sich schließende Glastür, sah die dunkle Gestalt über den Vorhof in unmögliches Licht sprinten, in dem es von verschwommenen Gestalten wimmelte, die zur Seite sprangen und konsterniert aufschrien. Die Glastür ging auf, und er war draußen in der weißen Welt, in einem Feld aus Sternchen und Flecken, der tanzenden Sonne. Gesichter tauchten auf und Körper zuckten zur Seite, während er auf stampfenden Füßen rannte. Vor ihm auf der Straße das Quietschen bremsender Reifen. Schreie. Und dann Menschen. So viele Menschen. Die herbeikamen. Die heranwogten in einer wachsenden Schar aus Köpfen und Beinen. Was immer da vor ihm auf der Straße war, was immer am Bordstein passiert war, es wartete auf ihn, direkt in Reichweite. Er schwamm durch die heiße Luft, streckte die Hände aus, durchpflügte die Brise auf das Flackern sich drehender Gesichter, offener Münder zu, warf sich gegen den leeren Raum des Morgens, verwirrt, glücklich, noch immer tastend.

Warum deshalb der Asphalt so plötzlich und heiß an seinem Gesicht? Die Hände versengt. Die kalten Füße glitschigfeucht. Er drehte sich auf eine Schulter, fiel merkwürdig atemlos auf den Rücken und sah den wirbelnden Himmel und den rosa Finger des Gebäudes über ihm. Die Welt blitzte außerhalb, verlöschendes Licht, zerhackte Geräusche. Ein Kreis von dunklen Köpfen schloss sich über ihm, schenkte ihm Augenblicke gnädigen Schattens.

Sir?

Dunkelhäutige Nasen, schwarze Augen, Gesichtsfragmente durch die Briefkastenschlitze im Gewebe.

Sir?, fragte die Brille mit dem Abbild einer menschlichen Gestalt dahinter. Sir, geht es Ihnen gut?

Die verhüllten Gesichter wichen unsicher zurück, und Keely verstand. Er war gestürzt. Er sah weiter hinten den Turm und die winzige Gestalt des Jungen sicher auf dem Balkon. Er roch Salz und Beton und Urin. Sah hübsche braune Daumen, die Tasten drückten, Nummern wählten, nach ihm griffen. Die Darstellung war unstet. Das Gesicht des Jungen ein Blitz – oder war das eine Möwe?

Sir, Sie bluten. Geht es Ihnen gut?

Ja, sagte er mit all der Klarheit, die ihm geblieben war. Vielen Dank. Mir geht es gut.

Die Originalausgabe erschien 2013 unter dem Titel *Eyrie* bei Hamish Hamilton, Penguin Group (Australia), Melbourne.

MIX
Papier aus verantwortungsvollen Quellen
FSC® C014496

Verlagsgruppe Random House FSC® N001967
Das für dieses Buch verwendete FSC®-zertifizierte Papier *EOS* liefert Salzer Papier, St. Pölten, Austria.

1. Auflage

Umschlaggestaltung: buxdesign | München, unter Verwendung eines Motivs von © plainpicture/Design Pics
Satz: Greiner & Reichel, Köln
Druck und Einband: GGP Media GmbH, Pößneck
Printed in Germany
ISBN 978-3-630-87448-7

www.luchterhand-literaturverlag.de
Besuchen Sie auch unseren LiteraturBlog www.transatlantik.de
facebook.com/luchterhandverlag